아르테미스

아르테미스

앤디 위어 지음 | 남명성 옮김

ARTEMIS

RH Korea

마이클 콜린스, 딕 고든, 잭 스위거트, 스튜어트 루사,

앨 워든, 켄 매팅리, 론 에번스에게 바칩니다.

어떠한 찬사를 보내도 부족한 이들이기 때문입니다.

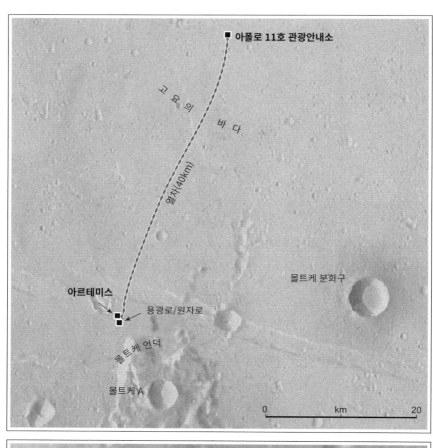

아폴로 11호 관광안내소

고요의 바다

열차(40km)

아르테미스

용광로/원자로

몰트케 언덕

몰트케 A

몰트케 분화구

0   km   20

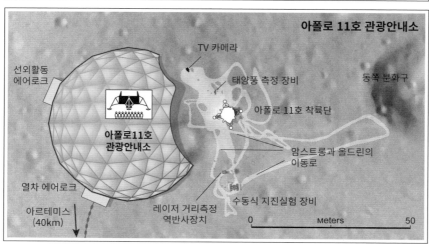

아폴로 11호 관광안내소

선외활동
에어로크

아폴로11호
관광안내소

열차 에어로크

아르테미스
(40km)

TV 카메라

태양풍 측정 장비

동쪽 분화구

아폴로 11호 착륙단

암스트롱과 올드린의
이동로

레이저 거리측정
역반사장치

수동식 지진실험 장비

0   Meters   50

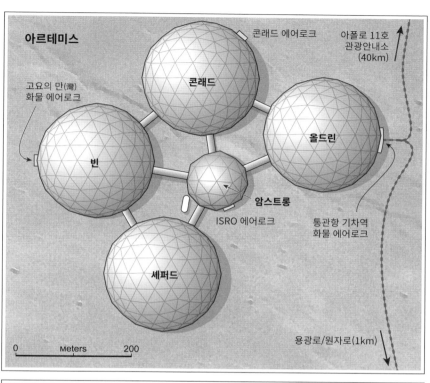

아르테미스

콘래드 에어로크

아폴로 11호
관광안내소
(40km)

고요의 만(灣)
화물 에어로크

콘래드

올드린

빈

암스트롱

ISRO 에어로크

통관항 기차역
화물 에어로크

세퍼드

용광로/원자로(1km)

0   Meters   200

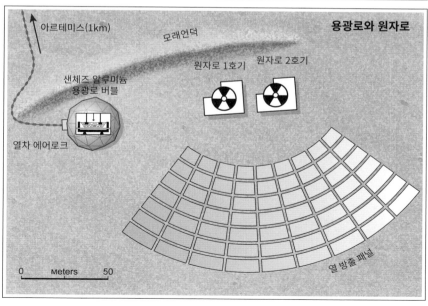

아르테미스(1km)

모래언덕

용광로와 원자로

원자로 1호기

원자로 2호기

샌체즈 알루미늄
용광로 버블

열차 에어로크

열 방출 패널

0   Meters   50

달은 오랫동안 작가들에게 상상력의 원천이 되어왔습니다. 그런 이유에서일까요? 이번 작품에서는 화성을 떠나 달을 선택하게 되었죠. 인류가 지구를 벗어나 처음으로 우주에 건설한 정착지 이야기를 쓰고 싶었거든요. 그게 가능한 곳이 바로 달이었습니다. 다른 어떤 천체보다도 지구와 가깝거든요. 지구와의 교역과 관광이 가능할 정도로요.

《아르테미스》는 달에 생성된 최초의 도시 아르테미스에 관한 이야기입니다. 주인공은 불법 밀매업을 하는 여성 범죄자죠. 돈이 필요한 그녀가 큰돈을 만질 수 있는 일거리를 맡게 되면서 일이 하나둘 꼬이기 시작합니다. 결국 그녀는 자신을 죽이려는 권력자들로부터 도망치는 신세가 되고 말죠. 단순한 스토리라인의 화성판 생존기를 다룬 전작《마션》과는 사뭇 다른 느낌의 미스터리 범죄 스릴러라고나 할까요. 모든 면에서 복잡해졌죠. 우선 주인공이 복잡해졌는데, 범죄자임에도 도덕적인 주관이 아주 뚜렷합니다. 믿을 수 없을 정도로 명석하지만 현명하지 못한 선택들도 많이 했죠. 이야기도 한결 복잡해졌습니다. 계속해서 이야기의 흐름이 바뀌는데 읽으면서 앞으로의 일을 추측하고 그러면서 재미를 느낄 수 있기를 바랐거든요.

이 책의 주인공 재즈 바샤라는 원래 다른 이야기에 나오는 조연급 인물이었습니다. 헌데《아르테미스》의 줄거리와 주인공에 대한 작업을 하다 보니 달빛 존재감을 발산하며 내 앞에 탁 나타나더군요. 원래 이 소녀의 국적 같은 것은 하나도 정해지지 않았었어요. 하지만 내 앞에 자꾸만 아른거리는 이 소녀를 나는 결국 주인공으로 발탁할 수밖에 없었고, 그 시점에서 이미 그녀는 사우디아라비아 출신의 저돌적이고 말괄량이인 소녀로 머릿속에 각인되어 있었습니다. 문제는 그다음부터였죠. 정말이지 여주인공에게 감정이입을 하여 글을 쓴다는 건 어려운 일이더군요. 소설을 쓰는 내내 긴장하고 있었던 것 같아요. 주변에 글을 읽고 조언해 줄 수 있는 여성이 있다면 누구에게든 부탁했습니다.

그럼에도 내 모습이 묻어 있다면, 그건 내가 이야기를 쓰면서 과학적 사실을 조사하고 검증하는 걸 좋아하는 탓일 겁니다.《마션》과 마찬가지로《아르테미스》도 수많은 자료 조사와 수학적 계산을 거친 결과물입니다(그건 내가 평소 즐기는 일이자 소설을 쓰는 재미가 되어 주죠). 아르테미스라는 도시 자체가 그렇고, 애초에 그게 어떻게 만들어졌고 도시 경제는 어떻게 돌아가는지 등등을 구상해 나가야 했으니까요. 아주 많은 공이 들어갔지만, 내가 소설을 쓰며 가장 즐거워했던 부분이기도 합니다. 안타까운 것은 퇴고 과정에서 이야기의 흐름에 큰 영향을 미치지 않는 것은 미련 없이 잘라내어 극히 적은 부분만 들려줄 수 있다는 것입니다(하지만 소설이 더 재미있어졌으니, 만족합니다).

처음부터 끝까지 집필하는 데 1년여의 시간이 걸렸습니다. 《마션》을 쓰는 데 3년 걸렸으니 그에 비해 상당히 빨리 썼다고 생각할 수도 있으나 꼭 그렇지만은 않아요. 그땐 회사에 다니면서 틈틈이 소설을 썼었지만, 이제 전업 작가가 되었거든요. 하루 종일 소설만 붙잡고 있어도 누가 뭐라 하지 않죠. 시간과 공을 가장 많이 들인 부분은 바로 아르테미스라는 도시예요. 읽는 사람들이 도시 자체를 실제처럼 느꼈으면 했어요. 진짜로 아르테미스란 도시가 존재하고 한 번쯤 여행하고 싶다는 얘길 듣는다면 정말 기쁠 거예요. :)

또한 소설 《아르테미스》에는 여주인공의 출신지인 사우디아라비아부터 노르웨이, 러시아, 케냐, 라틴아메리카 등의 다양한 인종들이 나옵니다. 달이란 그런 곳이니까요. 미국이나 다른 어떤 나라도 '소유'한 곳이 아니죠. 갈 수 있으면 살 수도 있고요. 이렇게 세계 각국의 사람들이 이야기를 만들어 가는 소설 《아르테미스》가 한국에서 출간되어 기뻤습니다. 전작 《마션》만큼 운이 좋을지는 알 수 없지만, 최선을 다했기에 이번 작품도 많은 분들이 재미있게 읽어주셨으면 하는 바람입니다.

미국 캘리포니아에서,
앤디 위어

01

나는 콘래드 버블의 거대한 돔을 향해 잿빛 먼지로 된 표토 위를 풀쩍풀쩍 뛰었다. 붉은 조명이 둘러진 콘래드의 에어로크는 한숨이 나올 정도로 멀리 있었다.

100킬로그램의 장비를 착용하고 달리는 건 힘들다. 달의 중력에서 조차. 하지만 목숨이 위태로우면 놀랄 정도로 자신이 얼마나 빨리 달릴 수 있는지 알게 될 것이다.

밥은 내 옆에서 달렸다. 무전으로 그의 목소리가 들렸다. "내 산소 탱크를 네 우주복에 연결해."

"그럼 당신도 죽어요."

"공기가 엄청 새고 있어!" 밥은 벌컥 화를 냈다. "탱크에서 가스 빠져나오는 게 보인다고."

"격려의 말씀 고맙네요."

"선외활동(EVA) 마스터는 나야." 밥이 말했다. "당장 멈춰서 교차 연결을 해!"

"싫어요." 나는 뛰면서 말했다. "누출 경보 직전에 뭔가가 터졌다고요. 금속피로죠. 분명 밸브 뭉치일 거예요. 교차 연결을 하다가는 손상된 날카로운 가장자리에 당신 호스에도 구멍이 날 거예요."

"위험을 감수하겠어!"

"누구 맘대로. 이건 내 말을 들어요, 밥. 금속은 내가 잘 아니까."

나는 보폭을 더 멀리 규칙적으로 바꿔 뛰기 시작했다. 슬로모션처럼 느껴졌지만, 이 모든 장비를 짊어지고 움직이기엔 최고의 방법이다. 헬멧의 헤드업 디스플레이가 에어로크까지 52미터 남았다고 알려주었다. 소매 계기판을 흘깃 보았다. 눈앞에서 잔여 산소량이 곤두박질쳤다. 아무래도 안 보는 게 낫겠다.

큰 걸음 주법은 효과가 있었다. 정말이지 나는 날아가는 것처럼 달리고 있었다. 달에서 가장 노련한 선외활동 마스터인 밥조차 뒤처질 정도였다. 비결이 뭐냐고? 땅을 디딜 때마다 앞으로 나아가는 가속도를 더하면 된다. 하지만 그건 한 번 뛸 때마다 결코 방심해선 안 된다는 뜻이기도 하다. 실수라도 하는 날엔 얼굴을 땅에 처박고 슬라이딩하게 될 테니까. 선외활동 우주복이 아무리 튼튼하다지만 달의 표토에 대고 문질러서 좋을 건 없다.

"너무 빨라! 넘어지면 안면보호 유리가 깨질 수도 있어!"

"진공을 흡입하는 것보단 낫겠죠." 내가 말했다. "이제 겨우 10초 남았을 텐데."

"난 못 따라가. 기다리지 마."

콘래드의 삼각형 외벽 판들이 시야에 들어오고 나서야 내가 얼마나 빠른지 깨달았다. 외벽 판들이 빠르게 커지고 있었다.

"젠장!" 속도를 늦출 시간이 없었다. 마지막으로 펄쩍 뛰어오른 다음 앞구르기를 했다. 시간을 제대로 맞췄고, 기술보다는 운으로 두 발이 벽에 부딪혔다. 그래, 밥이 옳았어. 내가 너무 빨리 달리고 있었지.

땅바닥을 짚고 허둥지둥 일어나 출입문 손잡이를 움켜잡았다.

귀가 찢어질 것 같았다. 경고음이 헬멧 속에서 요란하게 울려댔다. 탱크는 막바지에 이르렀고 더는 누출에 대응할 수 없었다.

나는 출입문을 밀쳐 열고 안쪽으로 쓰러졌다. 숨이 막혀 헐떡거렸고 눈앞은 흐릿했다. 출입문을 발로 차서 닫고 비상용 탱크로 손을 뻗어 핀을 홱 잡아당겼다.

탱크의 마개가 날아가면서 공기가 실내로 쏟아져 나왔다. 속도가 얼마나 빠른지 공기의 절반은 급속 팽창으로 인한 냉각 작용으로 액화되어 수증기 입자로 변했다. 나는 바닥에 쓰러져 거의 의식을 잃었다.

우주복 차림으로 헐떡거리며 욕지기를 참았다. 내 몸으로는 도저히 견딜 수 없을 만큼 힘들었다. 산소 부족으로 두통이 밀려왔다. 적어도 몇 시간은 가시지 않을 것이다. 본의 아니게 달에서 고산병을 앓게 된 것이다.

공기가 쏟아져 나오는 소리는 곧 들리지 않을 정도로 줄더니 결국에는 멈췄다.

밥이 마침내 출입문에 도착했다. 작고 둥근 창으로 안을 들여다보는 그의 모습이 보였다.

"상태는 좀 어때?" 밥이 무전으로 말했다.

"의식은 있어요." 내가 헐떡거리며 말했다.

"일어설 수 있겠어? 아니면 도움을 요청할까?"

밥이 안으로 들어오면 나는 죽을 것이다. 손상된 우주복을 입고 에어로크에 누워 있기 때문이다. 하지만 도시 안에 있는 2,000명 중에는 누구든 반대편에서 에어로크로 들어와 나를 끌고 나갈 수 있다.

"괜찮아요." 나는 무릎을 꿇고 엎드렸다가 일어섰다. 조작반에 몸을 기대고 숨을 고른 다음 세척을 시작했다. 사방에서 고압 압축공기가 뿜어져 나왔다. 에어로크 내부에 잿빛 달 먼지가 소용돌이치다가 벽을 따라 설치된 여과용 환기구로 빨려 들어갔다.

세척이 끝나자 안쪽 출입문이 자동으로 열렸다.

나는 준비실로 들어가 안쪽 출입문을 닫고 벤치에 털썩 앉았다.

밥은 호들갑스럽게 비상용 탱크를 사용하지 않고(어쨌거나 비상용 탱크는 이제 교체해야 했다) 에어로크를 통과했다. 그냥 정상적으로 펌프와 밸브를 사용하는 방식이었다. 세척 과정을 마친 그는 준비실에 있는 내게 합류했다.

나는 아무 말 없이 밥이 헬멧과 장갑 벗는 걸 도왔다. 절대 우주복을 혼자서 벗게 해서는 안 된다. 물론 그렇게 할 수는 있겠지만 아주 귀찮은 일이 될 것이다. 이런 일에는 전통이 있는 법이다. 밥도 내 우주복 벗는 걸 도와주었다.

"아, 짜증." 밥이 헬멧을 벗기자마자 내가 말했다.

"너 거의 죽을 뻔했어." 밥은 우주복을 벗으며 말했다. "내가 지시한 대로 했어야지."

나는 몸을 꼼지락대며 우주복을 벗고는 뒤쪽을 살폈다. 그리고 뾰족 뾰족 찢어진 금속 조각으로 변해버린 밸브를 가리켰다. "밸브가 날아 갔어요. 정확히 내가 말했던 대로죠. 금속피로예요."

밥은 밸브를 살펴보더니 고개를 끄덕였다. "좋아. 교차 연결을 거부한 일은 옳았어. 잘했군. 하지만 애초에 이런 일이 벌어져서는 안 되는 거야. 도대체 우주복은 어디서 구한 거야?"

"중고를 샀어요."

"왜 중고를 사?"

"새것을 살 돈이 없으니까요. 중고를 살 돈도 있을까 말까 한데 빌어먹을 당신네는 우주복 없는 사람을 길드에 안 받아주잖아요."

"새것을 살 수 있게 저축을 했어야지."

미국 해병대 출신인 밥 루이스에게 이런 변명 따위는 통하지 않았다. 더 중요한 건 그가 선외활동 길드의 수석 교관이라는 점이다. 길드 회장에게 보고는 해야 하지만, 밥은 혼자서 새 멤버의 합격 여부를 판단할 수 있다. 그리고 멤버가 되지 못하면 혼자서 선외활동을 나갈 수 없고 관광객을 데리고 외부로 나갈 수도 없다. 길드는 그런 식으로 돌아간다. 재수 없는 놈들.

"그래서요? 합격이에요?"

밥은 코웃음을 쳤다. "장난해? 재즈, 넌 시험에 떨어졌어. 아주 확실하게 불합격이야."

"왜요!" 나는 따져 물었다. "필수 동작도 다 해냈고 과제도 전부 완수했고 장애물 코스도 7분 내에 끝냈어요. 게다가 치명적인 문제가 발생했을 때 파트너를 위험에 빠뜨리지 않고 안전하게 도시로 돌아왔잖아요."

밥은 로커를 열고 그 안에 장갑과 헬멧을 넣었다. "우주복은 네 책임이야. 그런데 고장 났잖아. 그건 네가 불합격했다는 뜻이야."

"누출이 어떻게 내 책임이죠? 외부로 나갈 때는 전부 괜찮았다고요!"

"선외활동 마스터는 결과 위주의 직업이야. 달은 아주 잔인한 놈이지. 달은 우주복이 왜 망가졌는지 따위는 신경 쓰지 않아. 망가지면 그냥 죽는 거야. 그러니 장비를 더 잘 점검했어야 해.” 밥은 우주복을 로커 안쪽의 주문 제작한 선반에 걸었다.

“이러지 마요, 밥!”

“재즈, 넌 밖에서 죽을 뻔했어. 내가 어떻게 합격시킬 수 있겠어?” 밥은 로커를 닫고 밖으로 나가려고 했다. “6개월 후에 다시 시험을 보라고.”

나는 그의 앞을 막아섰다. “말도 안 돼요! 제멋대로인 길드 규칙 때문에 왜 내가 기다려야 하죠?”

“장비 점검에 더 신경을 써.” 밥은 나를 빙 돌아서 준비실 밖으로 나갔다. “그리고 새는 거 고칠 때는 제대로 돈을 쓰라고.”

밥이 떠나는 모습을 본 후 나는 긴 의자에 털썩 주저앉았다.

“빌어먹을.”

미로 같은 알루미늄 통로를 터벅터벅 걸어서 집으로 돌아갔다. 오래 걸을 필요는 없었다. 도시 전체라 해도 지름 500미터에 불과하니까.

나는 달의 첫 번째(그리고 지금까지는 유일한) 도시 아르테미스에 산다. 아르테미스는 ‘버블’이라고 부르는 거대한 구(球) 다섯 개로 이루어져 있다. 버블의 절반은 땅속에 묻혀 있어 아르테미스는 옛날 SF 소설에서 묘사했던 달 도시의 모습을 정확히 닮아 있다. 바로 여러 개의 돔으로 이루어진 모습. 단지 월면 아랫부분은 보이지 않을 뿐이다.

암스트롱 버블이 한가운데 자리를 잡았고 올드린, 콘래드, 빈, 셰퍼드 버블이 그 주위를 둘러싸고 있다. 버블은 터널을 통해 이웃 버블과 각각 연결되어 있다. 초등학교 때 숙제로 아르테미스의 모형을 만들었던 적이 있다. 아주 간단했다. 공 몇 개와 막대기만 있으면 됐으니까.

10분 걸렸다.

이곳에 오려면 돈이 아주 많이 들고, 이곳에서 살려면 돈이 엄청나게 많이 필요하다. 하지만 도시에는 부자 관광객과 괴짜 갑부만 살 수는 없는 법이다. 노동자 계급의 사람도 필요하다. 'J. 돈많아 넘쳐흘러 3세'께서 스스로 변기를 닦을 수는 없는 노릇 아닌가.

나는 힘없는 사람들 가운데 한 명이고 콘래드 버블의 지하 15층에 있는 지저분한 동네 '콘래드 다운 15'에 산다. 만일 내 이웃집에 와인이 살았다면 와인 감정사는 그 와인을 두고 '형편없음. 끔찍한 결정을 내려 실패한 인생 같은 맛'이라고 표현했을 것이다.

다닥다닥 붙은 채 이어진 네모난 문들을 지나 집에 도착했다. 그나마 내가 사는 곳은 '아래층' 침상이었다. 들어가고 나오기가 더 쉬웠다. 기즈모를 잠금장치에 대고 흔들자 문이 딸카닥 열렸다. 안으로 기어들어가 문을 닫았다.

침상에 누워 얼굴에서 채 1미터도 되지 않은 천장을 바라보았다.

엄밀하게 말해 '캡슐형 주택'이지만 모두가 관(棺)이라고 불렀다. 잠글 수 있는 문이 달린 밀폐된 침상에 불과하니까. 관의 용도는 딱 하나다. 잠. 아, 맞다, 다른 용도도 있긴 하다(그 용도 역시 길게 눕는 일과 연관이 있다). 내 말이 무슨 뜻인지 알 것이다.

집에는 침대 하나와 선반이 있다. 그게 전부다. 통로 끝에 공용 화장실이 있고 몇 블록 떨어진 곳에 공동 샤워장이 있다. 내 관은 언젠가 월간 〈더 좋은 집과 달 풍경〉에 등장할 일은 결코 없을 것이다. 하지만 형편이 이 정도밖에 안 된다.

기즈모로 시간을 확인했다. "빌어머억을."

지난 일을 생각할 때가 아니었다. 오후에 KSC 화물선이 착륙할 테니, 일을 해야 했다.

확실하게 해두겠다. 태양은 우리에게 '오후'를 알려주지 않는다. 28지구일마다 한 번씩 '정오'가 있을 뿐이지만 우리에게는 어차피 보이지 않는다. 모든 버블은 6센티미터 두께의 외벽이 두 겹으로 설치되어 있는데, 두 겹의 외벽 사이를 1미터 두께의 분쇄 암석이 차지하고 있다. 도시를 향해 곡사포를 쏜다고 해도 외벽은 뚫리지 않을 것이다. 햇빛은 당연히 들어오지 않는다.

그럼 우리는 어떤 시간대를 사용하느냐고? 케냐 시간대다. 나이로비가 오후면 아르테미스도 오후다.

거의 죽을 뻔한 선외활동으로 몸이 땀범벅이었다. 샤워할 시간은 없지만, 옷 갈아입을 시간은 있었다. 똑바로 누워서 선외활동용 냉각복을 벗고 파란색 작업복을 입었다. 벨트를 조인 다음 일어나서 책상다리로 앉아 머리를 하나로 묶었다. 그러고 나서 기즈모를 들고 밖으로 나갔다.

아르테미스에는 도로가 없다. 통로가 있을 뿐이다. 어마어마한 돈을 들여서 만든 달의 부동산을 도로로 낭비할 수는 없지 않은가. 원한다면 전기 카트나 스쿠터를 가질 수는 있지만, 통로는 보행자들의 왕래를 위해 만들어졌다. 이곳의 중력은 지구의 6분의 1에 불과하므로 걷는 데 많은 에너지가 필요하지 않다.

가난한 구역일수록 통로가 좁다. 콘래드 다운의 통로는 폐소공포증을 일으키기에 알맞은 곳이다. 두 사람이 옆으로 몸을 돌려야 간신히 지나갈 수 있을 정도니까.

구불구불 이어진 통로를 따라 다운 15의 중심으로 향했다. 근처에는 엘리베이터가 없었다. 그래서 나는 한 걸음에 계단을 세 개씩 올랐다.

버블의 중심에 있는 계단통은 지구와 똑같이 생겼다. 폭이 좁은 계단은 한 단의 높이가 21센티미터였다. 따라서 관광객들도 별 불편을 느끼지 못했다. 하지만 관광객이 찾지 않는 구역의 계단은 한 단의 높이가 50센티미터 이상이다. 달의 중력이란 그런 것이다. 어쨌거나 나는 관광객용 계단을 따라 서둘러 지상층까지 올라갔다. 계단을 걸어 오른다니 어쩌면 끔찍하게 들릴 수도 있겠지만, 이곳에서는 그리 큰일이 아니다. 숨조차 차지 않으니까.

지상층은 다른 버블과 연결된 모든 터널로 이동할 수 있는 곳이다. 상점과 부티크, 그 외에 관광객을 노리는 가게들이 전부 보행 교통의 이점을 노리고 이곳에 자리 잡기를 원하는 건 당연한 일이다. 하지만 콘래드에서는 가게라고 해봐야 대개는 진짜 음식을 사 먹을 형편이 안 되는 관광객들에게 겅크를 파는 식당이 전부다.

사람들 한 무리가 올드린 연결 터널로 밀려가고 있었다(암스트롱을 거쳐서 멀리 돌아가는 방법을 제외하면). 콘래드에서 올드린으로 가는 유일한 통로인 이곳은 중요한 도로였다. 나는 거대한 원형 플러그 도어를 지나 터널 안으로 들어섰다. 터널이 파손될 경우 콘래드에서 빠져나가는 공기에 출입문이 저절로 닫힐 것이다. 콘래드에 있는 사람들은 전부 목숨을 건질 수 있다. 하지만 때마침 터널 안에 있었다면… 안됐지만 좆된 거다.

"이런, 재즈 바샤라잖아!" 가까이 있던 멍청이가 말했다. 남성은 친구라도 된다는 듯이 굴었다. 하지만 우린 친구가 아니었다.

"데일." 나는 멈추지 않고 걸으면서 말했다.

데일은 서둘러 날 따라왔다. "화물선이 들어오는 모양이야. 그렇지 않다면 게으른 네가 작업복을 입었을 리 없잖아."

"아, 내가 네 말을 제대로 들은 적이 언제였더라. 이런, 실수. 한 번도 없었지."

"듣자 하니 오늘 선외활동 시험에서 떨어졌다면서." 데일은 낙심한 척 혀를 찼다. "안됐네. 난 첫 번째 시험에서 붙었는데. 하지만 전부 나 같을 수야 없잖아, 안 그래?"

"꺼져버려."

"그래, 근데 말이지, 관광객들이 도시 밖에 나갈 때는 돈을 왕창 내거든. 젠장, 지금도 관광 안내를 하러 안내소에 가는 중이야. 돈을 긁어모아야지."

"밖에 나가면 엄청나게 날카로운 바위에나 뛰어내려라."

"아니지. 시험에 합격한 사람은 그런 짓을 할 정도로 멍청하지 않아."

"농담이야." 나는 무관심하게 말했다. "선외활동은 진짜 직업이랄 것도 없잖아."

"그래, 맞아. 나도 나중에 너처럼 소녀 배달부가 되고 싶어."

"포터야." 나는 투덜거렸다. "정식 용어는 '포터'라고."

데일은 능글맞게 웃었다. 한 대 때려주고 싶은 표정이었다. 다행스럽게도 올드린 버블에 도착했다. 나는 어깨로 그를 밀치면서 연결 터널 밖으로 나왔다. 올드린의 플러그 도어 역시 콘래드처럼 경계를 서고 있었다. 서둘러 앞으로 걸어간 다음 오른쪽으로 휙 방향을 바꿔 데일의 시야에서 벗어났다.

올드린은 모든 면에서 콘래드와 상반된다. 콘래드는 배관 공장, 유리 공예소, 금속 공장, 용접 공장, 수리소… 그런 것들이 가득하다면, 올드린은 진정한 휴양지다. 호텔, 카지노, 사창가, 극장이 있고 진짜 잔디가 깔린 진짜 공원도 있다. 2주 동안의 휴가를 위해 지구 전역에서 부자 관광객들이 찾아오는 곳이다.

아케이드를 지났다. 목적지로 가는 가장 빠른 길은 아니지만 풍경이
마음에 들었다.

뉴욕에는 5번가가 있고, 런던에는 본드 스트리트가 있다면, 아르테
미스에는 아케이드가 있다. 상점들은 귀찮게 가격표를 붙여두지 않는
다. 가격을 묻는다면 살 여유가 없다는 거니까. 그리고 아르테미스 리
츠칼튼 호텔이 블록 전체를 위로 5층, 아래로 5층까지 차지하고 있다.
하룻밤 숙박비가 12,000ĝ로 내가 포터 일을 해서 한 달에 버는 것(다
른 수입원이 있기는 하지만)보다도 더 비싸다.

달로 떠나는 휴가는 그 비용에도 불구하고 늘 수요가 공급을 초과한
다. 중산층 지구인은 평생 단 한 번 달 여행이 가능하지만 예산이 빠듯
하다. 따라서 그들은 콘래드처럼 형편없는 버블에 있는 형편없는 호텔
에서 묵는다. 반면 부자들은 해마다 여행을 와서 좋은 호텔에서 지내
며 깜짝 놀랄 정도로 쇼핑을 한다.

그런 아르테미스에서 올드린은 다른 어느 곳보다 돈을 벌어들이는
곳이다.

쇼핑 구역에서 내가 살 수 있는 건 하나도 없다. 하지만 언젠가는 나
도 이곳에서 지낼 수 있을 정도로 돈을 왕창 벌 것이다. 어쨌든 계획은
그렇다. 나는 한 번 더 천천히 이곳을 둘러보고는 돌아서서 통관항으
로 향했다.

올드린은 착륙장에서 가장 가까운 버블이다. 부자들이 굳이 빈민가
를 지나며 가난을 체험할 필요는 없으니까, 그렇잖아? 그러니까 곧장
멋진 구역으로 향하는 것이다.

나는 항구로 이어지는 넓은 아치 길을 천천히 걸어갔다. 거대한 에

어로크로 이루어진 통관항은 아르테미스에서 두 번째로 큰 실내 공간이다(첫 번째로 큰 곳은 올드린 공원이다). 실내는 사람들 움직임으로 부산스러웠다. 나는 앞뒤로 능숙하게 움직이는 노동자들 사이로 재빨리 끼어들었다. 시내에서는 천천히 걷지 않으면 관광객을 넘어뜨릴 수 있지만, 항구는 전문가를 위한 곳이다. 모든 사람들이 '아르테미스의 폭넓은 걸음'을 알고 있고, 한번 움직이면 쉽게 멈출 수 없다는 사실도 알고 있다.

항구 북쪽으로 열차 에어로크 주변에서 몇몇 통근자들이 기다리고 있었다. 대부분 도시에서 남쪽으로 1킬로미터 떨어진 원자로와 샌체즈 알루미늄 용광로에 가는 사람들이다. 용광로는에서는 어마어마한 양의 열과 극도로 위험한 화학물질이 나오고 있어 도시에서 멀리 떨어져 있어야 한다. 원자로는… 그러니까… 핵물질을 사용하므로, 마찬가지로 멀리 있는 편이 나을 것이다.

데일이 서둘러서 열차 플랫폼으로 향했다. '아폴로 11호 관광안내소'로 가는 것이다. 관광객들은 그곳을 무척이나 좋아한다. 열차를 타고 달리는 30분 동안 달 지형의 끝내주는 경치를 볼 수 있고, 관광안내소는 도시를 벗어나지 않고 착륙 기념지를 보기에 최적의 장소다. 추가로 더 멋진 경치를 보려고 외부로 모험을 떠나려는 사람들을 위해 데일과 다른 선외활동 마스터들이 관광 안내를 준비하고 있다.

열차 에어로크 바로 앞에 거대한 케냐 국기가 보였다. 깃발 아래로는 〈귀하는 이제 케냐의 해양구조물 아르테미스에 탑승하게 됩니다. 이곳은 '케냐 우주 공사(KSC)'의 재산입니다. 국제해양법이 적용됩니다.〉라는 글귀가 보였다.

나는 데일을 노려보았다. 그는 전혀 눈치채지 못했다. 제기랄, 완벽할 정도로 적의를 담아낸 눈총 한 방을 낭비하고 말았다.

기즈모로 착륙장 일정을 확인했다. 오늘은 '고기 실은 배(우리는 여객선을 그렇게 부른다)'가 오지 않는다. 여객선은 일주일에 한 번 정도 오는데, 앞으로 사흘간 여객선은 오지 않을 것이다. 아, 다행스러운 일이다. 부모에게 물려받은 돈으로 평생을 놀고먹으면서 '달나라 창녀'나 찾는 녀석들보다 짜증나는 것은 없으니까.

화물용 에어로크가 대기하고 있는 남쪽으로 향했다. 에어로크는 한 번에 1만 세제곱미터의 화물을 처리할 수 있는 크기지만 안으로 들여오는 과정이 더뎠다. 격납 용기는 벌써 몇 시간 전에 도착해 있었다. 그 격납 용기들을 선외활동 마스터들이 에어로크에 들여놓고 고압 공기로 세척했다.

우리는 달 먼지가 도시 내에 유입되지 않도록 온갖 노력을 기울이고 있다. 젠장, 내가 조금 전에 밸브가 부서져서 죽을 뻔했으면서도 세척을 생략하지 못한 이유다. 왜 온갖 귀찮음을 감수하느냐고? 달 먼지는 호흡기에 극도로 해롭기 때문이다. 달 먼지는 아주 작고 미세한 돌가루인데, 달에는 이들 표면을 마모시킬 기상(氣象) 자체가 존재하지 않는다. 뾰족뾰족하고 가시 돋친 티끌 하나하나는 우리의 폐를 찢어놓을 준비를 마친 끔찍한 놈들이다. 그 빌어먹을 것들을 흡입하느니 차라리 석면 필터 담배 한 갑을 피우는 편이 나을 것이다.

화물 에어로크에 도착했을 때쯤에는 거대한 안쪽 출입문이 열려 있고 격납 용기에서 짐이 나오고 있었다. 나는 항구 하역반장인 나코시에게 슬며시 다가갔다. 그는 검수 테이블에 앉아 운송용 상자의 내용물을 검사하고 있었다. 금지 물품이 없다는 사실에 만족한 그는 상자 뚜껑을 닫고 대문자 A의 오른쪽이 활과 화살 모양으로 장식된 아르테미스 상징이 각인된 도장을 찍었다.

"안녕하세요, 나코시 씨." 나는 밝게 인사했다. 나코시와 아빠는 내가 어렸을 때부터 친구였다. 따라서 그는 내게 가족, 사랑하는 삼촌과도 같았다.

"다른 포터들처럼 줄을 서, 이 잡것아."

음, 아무래도 그냥 먼 친척이라고 하는 편이 낫겠군.

"왜 그래요, 나코시 씨." 나는 살살 구슬렸다. "몇 주 동안 이번 화물선을 기다렸다고요. 벌써 얘기 끝났잖아요."

"돈은 보냈어?"

"도장 찍었어요?"

나코시는 내게서 눈을 떼지 않은 채 테이블 아래로 손을 뻗었다. 그리고 봉인을 뜯지 않은 상자 하나를 꺼내 내게 내밀었다.

"도장이 없잖아요." 내가 말했다. "빌어먹을, 매번 꼭 이래야 해요? 우리 이런 사이 아니잖아요. 갑자기 왜 이래요?"

"넌 어른이 되더니 아주 귀찮은 골칫덩어리가 됐어." 나코시는 기즈모를 상자 위에 올려놓았다. "예전엔 아주 가능성 많은 아이였잖아. 물론 죄다 날려버렸지만 말이야. 3,000흘야."

"2,500이겠죠? 그렇게 합의 봤잖아요?"

나코시는 고개를 흔들었다. "3,000이야. 루디가 코를 쿵쿵대고 다녀. 위험할수록 돈을 더 내야지."

"그건 재즈의 문제라기보다 나코시의 문제 같은데요. 2,500에 합의를 봤다고요."

"흠."

나코시가 말했다. "그럼 검사를 좀 더 해봐야겠군. 안에 있어선 안 될 물건이 있는지."

나는 입을 꾹 다물었다. 항의할 때가 아니었다. 나는 기즈모에서 뱅킹 소프트웨어를 불러내 즉각 돈을 이체했다. 기즈모는 상대방을 인식하고 확인하기 위해 컴퓨터가 수행하는 어떤 마법이든 부릴 수 있다.

나코시는 자신의 기즈모를 집어 들어 화면을 확인하더니 고개를 끄덕였다. 그러고는 박스에 도장을 쾅 찍었다. "그나저나 안에 뭐가 들었는데?"

"대부분 포르노죠, 뭐. 별 볼 일 없는 여성들이 나오는."

나코시는 코웃음을 치고는 검사를 계속했다.

금지 물품은 이런 식으로 아르테미스에 밀반입할 수 있다. 아주 간단하다. 여섯 살 때부터 알고 지내던 부패한 관리 한 명만 있으면 된다. 밀수품을 아르테미스까지 배송하는 건… 아, 그건 또 다른 얘기다. 나중에 자세히 얘기하겠다.

배달할 상자를 몇 개 더 받을 수도 있었지만, 이번 상자는 특별했다. 나는 카트로 걸어가서 운전석에 올라탔다. 꼭 카트가 필요하지는 않지만 — 아르테미스는 탈것을 위해 건설되지 않았으니까 — 더 빨리 돌아다닐 수 있고 더 많은 물건을 배달할 수 있다. 배달 횟수로 돈을 받는 나 같은 사람에겐 투자할 가치가 있었다. 카트는 다루기가 조금 까다롭지만 무거운 물건을 운반하기에 좋다. 따라서 나는 카트가 남성이라 생각하고 '트리거'라 이름 붙였다.

나는 트리거를 항구에 세워두는 대가로 매달 돈을 냈다. 달리 어디에 두겠는가? 내 집이라고 해봐야 지구에서 평범한 죄수가 사용하는 면적보다도 좁은데.

트리거의 시동을 걸었다. 열쇠 같은 건 없다. 그냥 버튼이 있을 뿐이다. 카트를 훔칠 사람도, 훔칠 이유도 없으니까. 카트를 가지고 달려 뭘 하겠는가? 팔아치워? 말도 안 되는 일이지. 아르테미스는 작은 곳이니까. 무엇이 됐든 그걸 훔치는 사람은 없다. 아, 물론 가게 물건을 슬쩍할 수는 있겠지. 카트를 훔칠 사람이 없단 얘기다. 나는 카트를 몰고 항구를 벗어났다.

트리거를 타고 셰퍼드 버블의 호화로운 통로를 구불구불 달렸다. 내가 사는 지저분한 곳과는 전혀 다른 곳이다. 셰퍼드의 통로는 목재 장식과 고상한 소음 방지 카펫이 깔려 있는 게 특징이다. 그리고 20미터마다 빛을 내뿜는 샹들리에가 달려 있다. 샹들리에는 달에서 터무니없을 정도로 비싸지 않다. 달에는 규소가 많아서 유리를 자체 생산할 수 있으니까. 그래도 얼마나 호화로운지 이루 다 표현할 수 없다.

혹시 달에서 휴가를 보내는 비용이 비싸다고 생각한다면 셰퍼드 버블에서 사는 데 돈이 얼마나 드는지는 알고 싶지도 않을 것이다. 올드린에 숙박비가 엄청나게 비싼 리조트와 호텔이 있다면, 셰퍼드는 아르테미스의 부자들이 사는 곳이다.

나는 이곳에서 가장 돈 많은 부자놈들 중 하나인 트론 란비크의 집으로 향했다. 그는 노르웨이에서 통신사업으로 아주 큰돈을 번 사람이다. 그의 집은 셰퍼드의 지상층에서 엄청나게 큰 규모를 차지하고 있다. 자신과 딸, 입주 가정부만 산다는 걸 생각하면 멍청할 정도다. 하지만 뭐 어쩌겠는가, 자기 돈인데. 란비크가 달에 큰 집을 갖겠다는데 내가 뭐라고 그를 비난한단 말인가. 기껏해야 그가 요청한 불법 물건이나 배달하러 온 주제에.

나는 트리거를 저택 출입문 옆에(잠깐 덧붙인다면, 여러 개의 출입문 중 하나다) 세워놓고 초인종을 눌렀다. 문이 스르륵 열리더니 덩치 큰 러시아 여성이 모습을 드러냈다. 오래전부터 란비크 가족과 함께 살았던 이리나였다.

이리나는 아무 말 없이 나를 쳐다보았다. 나도 맞서 그녀를 쏘아봤다.

"배달이요." 마침내 내가 말했다. 이리나와 나는 이제껏 수도 없이 마주쳤지만, 그녀는 내가 문 앞에 설 때마다 무슨 일로 왔는지 알아서 말하게 했다.

이리나는 콧방귀를 뀌고는 돌아서서 안으로 걸어갔다. 그것이 내게 들어오라는 신호였다.

나는 저택의 로비를 지나며 나를 안내하는 이리나의 등에 대고 경멸하는 표정을 지어 보였다. 그녀는 통로를 가리켜 보이고는 아무 말 없이 반대쪽으로 걸어갔다.

"볼 때마다 반가워요, 이리나!" 나는 이리나의 등 뒤에 대고 말했다.

아치형 입구를 지나자 운동복에 목욕가운 차림으로 소파에 기대앉은 트론이 보였다. 전에 본 적 없는 아시아계 남성과 이야기하고 있었다.

"어쨌거나 돈 벌 가능성은…." 트론은 내가 들어서는 모습을 보더니 활짝 웃어 보였다. "재즈! 볼 때마다 반갑군!"

트론의 손님 옆으로 열려 있는 상자가 보였다. 손님은 예의 바르게 웃더니 손으로 더듬더듬 상자를 닫았다. 만약 안 그랬다면 신경도 쓰지 않았을 일에 호기심이 발동한 건 당연했다.

"저도 만나서 반가워요." 내가 말했다. 그리고 밀수품을 소파에 내려놓았다.

트론은 손님을 가리켜 보였다. "이쪽은 홍콩에서 온 진 추야. 진, 이쪽은 재즈 바샤라야. 이곳 사람이지. 달에서 자랐다고."

28

진은 고개를 숙여 인사하더니 미국식 악센트로 말했다. "반가워요, 재즈." 나로선 기습을 당한 셈이었는데, 그렇다는 것이 얼굴에도 드러난 것 같았다.

트론이 웃으며 말했다. "그래, 여기 진은 미국의 고급 사립학교를 나왔어. 홍콩은 정말 멋진 곳이야."

"하지만 아르테미스처럼 멋지진 않죠!" 진은 활짝 웃었다. "달에는 처음 와봅니다. 과자 가게에 온 어린아이가 된 것 같네요! 어려서부터 SF 팬이었거든요. 《스타 트렉》을 보면서 자랐죠. 그런데 이제 현실이 되었잖아요!"

"《스타 트렉》이라고?" 트론이 말했다. "세상에나, 그건 백 년이나 된 거잖나."

"걸작은 걸작이죠." 진이 말했다. "오래된 게 무슨 상관이에요. 셰익스피어의 팬들에게 뭐라고 하는 사람은 없잖아요."

"일리 있는 말이군. 하지만 여기엔 유혹할 수 있는 화끈한 외계인 아가씨가 없지. 자네가 커크 선장이 될 리도 없고 말이야."

"사실…." 진 추는 손가락을 들어 보였다. "커크는 이 고전 시리즈를 통틀어 외계인 여성과 세 번 섹스를 해요. 트로이우스의 엘란과 잠자리를 가졌다고 가정했을 때 그렇다는 얘기죠. 잔 것처럼 나오긴 하는데, 확실히 잤다고 나오진 않거든요. 그러니까 두 번일 수도 있죠."

트론은 제발, 이라고 말하듯 고개를 숙였다. "앞으로 《스타 트렉》에 관해서는 자네에게 도전장을 내밀어선 안 되겠군. 여기 있는 동안 아폴로 11호 기념지엔 가볼 건가?"

"물론이죠." 진이 말했다. "선외활동 관광이 있다고 들었어요. 그걸 한번 해봐야 할까요?"

내가 끼어들었다. "아뇨. 거기엔 전부 접근 금지 울타리가 설치되어 있어요. 관광안내소의 전망대에서 보는 것과 다를 게 없죠."

"오, 그렇군요. 그럼 나갈 필요가 없겠네요."

엿이나 먹어라, 데일.

"차나 커피 마실 사람 있나?" 트론이 물었다.

"네, 감사합니다."

진이 말했다. "진한 커피 있으면 한 잔 부탁드릴게요."

나는 가까운 의자에 털썩 앉았다. "전 홍차로 주세요."

트론은 소파 등받이를 뛰어넘었다(들리는 것처럼 흥미진진하지는 않다. 이곳 중력을 기억할 것). 그는 빠른 속도로 식기장으로 다가가 고리버들 바구니를 집었다. "마침 고급 터키 커피가 있군. 아주 마음에 들 거야." 그는 내 쪽으로 목을 길게 빼고 말했다. "재즈, 너도 좋아할지 몰라."

"전 커피를 왜 마시는지 모르겠어요." 내가 말했다. "마실 만한 뜨거운 음료라면 오직 홍차뿐이죠."

"너희 사우디인들은 정말 홍차를 좋아해." 트론이 말했다.

그렇다, 엄밀하게 말해 나는 사우디아라비아의 국민이다. 하지만 여섯 살 때 이후로는 그곳에 가본 적이 없다. 몇 가지 사고방식이나 믿음을 아빠로부터 물려받긴 했지만, 요즘의 나는 지구의 어느 곳에도 어울릴 것 같지 않다. 나는 아르테미스인이다.

트론이 마실 것을 준비하며 말했다. "자네들끼리 얘기하고 있어, 금방 되니까." 왜 이리나에게 시키지 않는 거지? 정말이지 모를 일이다. 솔직히 이리나가 뭐하러 있는 건지 모르겠다.

진은 정체 모를 상자에 팔을 얹고 있었다. "듣기론 아르테미스가 신혼부부들에게 인기 높은 곳이라더군요. 여기 신혼부부들이 많이 오나요?"

"딱히 그렇지도 않아요." 내가 말했다. "신혼부부에겐 너무 비싸거든요. 그보다는 잠자리에 변화가 필요한 나이 든 커플들이 많이 와요."

진 추는 어리둥절해하는 것 같았다.

"중력 때문이죠." 내가 말했다. "중력이 6분의 1인 이곳에서의 섹스는 전혀 다르거든요. 결혼한 지 오래된 커플에게는 끝내주죠. 함께 섹스를 재발견하는 거예요. 마치 처음 하는 것처럼요."

"그건 생각도 못 했어요." 진이 말했다.

"더 알고 싶다면, 올드린에 창녀들이 아주 많아요."

"오! 이런, 아닙니다. 그런 짓은 절대 안 해요."

진 추는 여성이 매춘을 권할 거라고는 생각지도 못한 모양이었다. 지구인들은 그런 화제에 완고한 경향이 있는데, 도무지 그 이유를 모르겠다. 돈을 받고 서비스를 해주는 것뿐인데, 뭐가 그리 문제람?

난 어깨를 으쓱했다. "혹시 생각이 바뀌면, 한 번 하는데 2,000ǥ쯤 해요."

"안 합니다." 진 추는 불안한 듯 웃더니 화제를 바꿨다. "그런데… 아르테미스의 돈을 왜 슬러그라고 부르죠?"

나는 커피 테이블에 두 발을 올리면서 말했다. "그건 연착륙, 즉, 소프트랜디드 그램(soft-landed grams)을 줄인 거예요. S. L. G. 슬러그 (Slug)죠. 1슬러그면 KSC를 통해 지구에서 아르테미스까지 1그램의 화물을 옮길 수 있어요."

"엄밀히 말하면 화폐는 아니네." 식기장에서 트론이 말했다. "여긴 나라가 아니니까 화폐를 가질 수 없지. 슬러그는 KSC에서 발행하는 선불 서비스 신용점수야. 달러나 유로, 엔, 어떤 돈이든 지불하고 그 대가로 아르테미스로 오는 화물의 중량 허가를 받는 거지. 한꺼번에 모두 사용할 필요가 없으니까 회사에서 각자의 잔액을 기록하고 있고."

트론은 커피 테이블 위에 쟁반을 내려놓고 말했다. "결국 슬러그는 상거래에 유용한 수단이 되었어. 그래서 KSC는 은행처럼 기능하는 거고. 지구에서라면 잘 돌아갈 리가 없지만 여긴 지구가 아니니까."

진은 몸을 앞으로 숙여 커피잔을 손에 들었다. 그 틈을 타서 나는 상자를 슬쩍 엿보았다. 하얀색 바탕에 검은색 글씨가 새겨져 있었다.

ZAFO 샘플 ― 무단 사용 금지

"그럼 제가 앉은 이 소파도 지구에서 가져온 건가요?" 진이 물었다. "여기까지 가져오는 데 얼마나 들었죠?"

"그건 43킬로그램이야." 트론이 말했다. "그러니까 화물로 가져오는 데 43,000ğ가 들었지."

"여기서 평범한 사람은 얼마나 버나요? 혹시 실례가 되지 않는다면 말이죠." 진이 물었다.

나는 찻잔을 들고 잔의 온기가 양손에 스며들도록 했다. "난 포터로 일해서 한 달에 12,000ğ를 벌어요. 보수가 낮은 편이죠."

진은 커피를 마시더니 인상을 찌푸렸다. 전에도 본 적이 있다. 지구인들은 우리 커피를 매우 싫어한다. 물리적으로 이곳 커피는 맛이 거지 같을 수밖에 없다.

지구의 공기 중 20퍼센트는 산소로 되어 있다. 나머지는 질소나 아르곤처럼 인간 몸에 필요 없는 것들이다. 그래서 아르테미스의 공기는 기압이 지구의 20퍼센트인 상태에서 순수산소로 되어 있다. 그러면 외벽에 가해지는 압력을 최소화하면서 제대로 된 산소량을 공급할 수 있다. 그건 새로운 개념이 아니라, 아폴로 시절까지 거슬러 올라간다. 중요한 건 기압이 낮을수록 물의 끓는점이 낮아진다는 것이다. 이곳에서 물은 섭씨 61도에서 끓기 때문에 차와 커피가 아무리 뜨거워도 섭씨 61도에 그친다. 익숙하지 않은 사람이라면 역겨울 정도로 차가운 모양이다.

진은 커피잔을 테이블 위에 조심스럽게 내려놓았다. 아마 다시는 들지 않을 것이다.

"아르테미스에는 무슨 일로 왔죠?" 내가 물었다.

진 추는 ZAFO 상자를 손가락으로 툭툭 쳤다. "우린 지난 몇 달 동안 사업상 논의를 해왔어요. 그리고 마침내 논의가 끝나서 란비크 씨를 직접 만나고 싶었어요."

트론은 자기 자리에 앉더니 밀수품 상자를 집어 들었다. "트론이라고 부르라니까."

"아, 네. 트론." 진이 말했다.

트론은 상자를 열더니 그 안에서 검은색 나무 상자를 꺼냈다. 그리고 빛에 상자를 비춰보며 여러 각도에서 살펴보았다. 미학에 별 관심 없는 나조차 아름다운 물건임을 알 수 있었다. 상자 표면에는 복잡한 문양이 새겨져 있고, 스페인어로 된 우아한 상표가 붙어 있었다.

"뭔가요?" 진이 물었다.

트론은 헤벌쭉 웃더니 상자를 열어 보였다. 종이로 각각 감싼 시가 24개가 들어 있었다. "도미니카산 시가야. 사람들은 쿠바산이 최고라고 하지만 틀렸어. 도미니카산이 최고지."

나는 매달 트론을 위해 이 물건 한 상자를 몰래 들여온다. 단골손님은 사랑하지 않을 수 없다.

트론은 문을 가리켜 보였다. "재즈, 문 좀 닫아주겠나?"

나는 문가로 향했다. 멋지게 꾸민 벽 뒤에 실용성을 갖춘 완벽한 출입문이 있었다. 문을 밀어서 닫고 손잡이를 돌려 잠갔다. 부유층 저택이라면 이런 식의 출입문이 상당히 흔했다. 만일 버블의 기압이 떨어지는 사태가 닥쳐와도 집을 밀폐해 죽음을 피할 수 있으니까. 어떤 사람들은 혹시 몰라 밤에 침실을 밀폐해 둘 정도로 편집증을 보이기도 한다. 나라면 헛돈 쓰는 거라고 말하겠다. 아르테미스 역사상 기압 손실은 단 한 번도 없었으니까.

"이 방에는 특별한 공기여과장치가 갖춰져 있지." 트론이 말했다. "절대 연기가 이 방을 빠져나가지 못해."

트론은 시가의 포장을 벗기고 끝을 물어뜯어서 재떨이에 뱉었다. 그러고는 시가를 입에 물고 금 라이터로 불을 붙였다. 몇 번 뻐끔거리고는 연기를 내뱉었다. "훌륭해… 아주 훌륭해."

트론이 상자를 내밀었지만 진은 점잖게 손을 흔들어 거절했다. 그러자 그는 내게도 권했다.

"좋죠." 나는 시가 하나를 집어 들어 가슴 주머니에 넣었다. "점심 먹고 피워야지."

거짓말이었다. 하지만 이런 걸 왜 거절하겠나. 팔면 100g는 받을 수 있을 텐데.

진은 이맛살을 찌푸렸다. "죄송합니다만… 담배가 금지 품목인가요?"

"정말 바보 같은 일이지." 트론이 말했다. "난 밀폐된 공간을 갖고 있어! 연기 때문에 괴로워할 사람이 없다고! 정말이지 말이 안 된다니까!"

"이런, 말도 안 되는 소리 마세요." 나는 진에게 고개를 돌렸다. "불 때문이에요. 아르테미스에서 불이 난다는 건 악몽 같은 일이죠. 밖으로 피할 수가 없잖아요. 정말로 합당한 이유가 아니라면 인화물질은 불법이에요. 라이터를 가진 멍청이들이 어슬렁거리는 일이야말로 우리가 절대 피하고픈 상황이죠."

"아… 그런 거였군." 트론이 라이터를 만지작거렸다. 라이터 역시 내가 몇 년 전에 밀반입해준 것이었다. 몇 달에 한 번씩 새로 가스도 넣어주어야 했다. 그것도 돈이 된다.

따뜻한 차를 한 모금 더 마시고 나는 기즈모를 꺼냈다. "트론?"

"그래, 당연하지." 트론은 기즈모를 꺼내 내 것 옆으로 나란히 들었다. "여전히 4,000ﻫ지?"

"네. 하지만 미리 말씀드리죠. 다음에는 4,500으로 올려야겠어요. 최근 비용이 더 비싸지고 있거든요."

"문제없어." 트론이 말했다. 그가 자판을 두드리는 동안 나는 기다렸다. 잠시 후 내 화면에 이체 확인 요청이 떠올랐다. 내가 받아들이자 거래가 완료되었다.

"좋아요." 내가 말했다. 진에게 고개를 돌렸다. "만나서 반가워요, 진씨. 여기 있는 동안 재미있게 보내세요."

"고마워요, 그러죠!"

"잘 가라고, 재즈." 트론이 웃었다.

뭔지 몰라도 하던 짓을 계속하도록 두 사람을 남겨두고 나왔다. 모르긴 해도 절대 떳떳한 짓은 아닐 것이다. 트론은 뒤가 구린 짓이라면 뭐든 다 했다. 그래서 그가 좋았다. 그가 달까지 사람을 불러들였다면 '평범한 사업 협상'이 아닌 뭔가 더 재미난 일이 벌어지고 있다는 뜻이었다.

모퉁이를 돌아 로비로 나섰다. 이리나는 내가 떠나는 모습을 보며 불쾌한 눈초리를 보냈다. 나도 코를 찡그려 보였다. 그녀는 인사도 하지 않고 내가 나오자마자 문을 닫았다.

트리거에 올라타려는 순간 기즈모가 울렸다. 배달 일거리 알림 메시지였다. 내가 경력이 오래되고 가까운 곳에 있기 때문에 시스템이 내게 먼저 알림을 보낸 것이다.

픽업 장소: AG-5250. 질량: 100KG 이하. 배달 장소: 미정. 요금: 452훙

와, 452훙씩이나. 조금 전 시가 한 상자로 번 돈의 10분의 1이나 되는 돈이네.

나는 일감을 수락했다. 어떻게든 돈을 벌어야 하니까.

켈빈 오티에노에게,

안녕. 내 이름은 재스민 바샤라야. 사람들은 나를 재즈라고 불러. 난 아홉 살이야. 아르테미스에 살고 있어.

텔러 씨는 우리 선생님이야. 내 기즈모를 수업 시간에 가지고 논다고 빼앗아가긴 했지만 좋은 선생님이야. 선생님이 케냐의 KSC 단지에 있는 아이들에게 이메일을 보내라고 숙제를 냈어. 네 메일 주소도 선생님이 줬어. 넌 영어 하니? 난 아랍어도 해. 케냐에선 무슨 말을 쓰니?

난 미국 텔레비전 프로그램을 좋아해. 좋아하는 음식은 생강 아이스크림이야. 하지만 대개는 겅크를 먹어. 개를 사고 싶지만 너무 비싸. 지구에서는 가난한 사람들도 개를 가질 수 있다고 들었어. 진짜니? 너도 개가 있니? 혹시 있다면 네 개에 대해 얘기해 줘.

케냐에는 왕이 있니?

우리 아빠는 용접공이야. 네 아빠는 무슨 일을 하니?

...

재즈 바샤라에게,

안녕. 난 켈빈이고 나도 아홉 살이야. 나는 엄마 아빠하고 살아. 누나 둘과 여동생이 있어. 전부 멍청이들이고, 누나 둘은 날 때려. 하지만 나도 크고 있으니까 언젠가는 누나들을 때려줄 거야. 농담이야. 남성은 절대 여성을 때리면 안 되거든.

케냐 사람들은 영어와 스와힐리어를 해. 우린 왕이 없어. 우린 대통령하고 국회 그리고 상원이 있어. 어른들이 투표해서 그 사람들을 뽑고 그들이 법을 만들어.

우리 집에는 개가 없지만 고양이를 두 마리 키워. 한 마리는 밥 먹을 때만 보이지만 다른 한 마리는 아주 착하고 늘 소파에서 잠만 자.

아빠는 KSC 경비원이야. 14번 출입문에서 일하는데, 들어갈 수 있는 사람만 들어가게 하는 일을 해. 우리는 단지에서 정해준 집에 살고 학교도 단지 안에 있어. KSC에서 일하는 사람은 누구나 공짜로 아이들을 학교에 보낼 수 있어. KSC는 아주 마음이 넓고 우리는 모두 고마워하고 있어.

엄마는 집에 있어. 우리 남매들을 모두 돌보지. 좋은 엄마야.

좋아하는 음식은 핫도그야. 컹크가 뭐야? 그런 건 한 번도 못 들어봤어.

나도 미국 텔레비전 프로그램을 아주 좋아해. 특히 드라마. 드라마는 아주 재미있어. 엄마는 싫어하지만. 여긴 인터넷이 잘 돼서 엄마가 안 볼 때 드라마를 봐. 엄마에게 이르지 마. 하하. 네 엄마는 뭐 하는 분이야?

어른이 되면 뭐가 되고 싶어? 나는 로켓을 만들고 싶어. 지금은 로켓 모형을 만들어. 조금 전에 KSC 209-B 모형을 완성했어. 내 방에 아주 잘 어울려. 언젠가는 진짜 로켓을 만들고 싶어. 다른 아이들은 로켓 조종사가 되고 싶다지만 난 그런 건 싫어.

넌 백인이니? 아르테미스 사람들은 모두 백인이라고 들었어. 이곳 단지에도 백인이 많아. 이곳에서 일하려고 전 세계 곳곳에서 온 사람들이야.

···

켈빈에게,

개가 없다니 안됐다. 언젠간 네가 로켓을 만들게 되길 바랄게. 모형이 아니라 진짜 로켓.

컹크는 가난한 사람들이 먹는 음식이야. 해조류와 맛을 내는 양념을 섞어서 말린 거야. 해조류는 여기 아르테미스에 있는 통 안에서 키워. 지구에서 가져오는 음식은 비싸거든. 겅크 맛은 끔찍해. 맛을 내는 양념이면 맛을 좋게 만들어야 하는데 그냥 다른 끔찍한 맛으로 만들어. 매일 그걸 먹어야 해. 정말 싫어.

난 백인이 아니야. 아랍인이야. 피부는 옅은 갈색이야. 여기 사람들 절반 정도만 백인이야. 엄마는 지구 어딘가에 살고 있어. 내가 아기일 때 떠났거든. 그래서 엄마 기억은 안 나.

드라마는 시시해. 하지만 네가 시시한 걸 좋아하는 건 괜찮아. 우린 그래도 친구가 될 수 있어.

집에 마당이 있니? 원할 때는 언제든 나갈 수 있어? 선외활동에는 규칙이 있어서 나는 열여섯 살이 될 때까지 밖에 나갈 수 없어. 언젠가 선외활동 자격증을 따면 밖에 나가고 싶을 때 나가도 아무도 뭐라고 하지 않아.

로켓 만드는 건 멋진 직업인 것 같아. 네가 꼭 그 일을 하게 되었으면 좋겠다.

나는 직업을 갖고 싶지 않아. 어른이 되면 부자가 되고 싶어.

02

암스트롱은 후졌다. 아르테미스에서 이렇게 형편없는 구역에 그렇게 멋진 사람의 이름을 붙였다는 건 정말이지 수치스러운 일이다.

트리거를 몰고 낡은 통로를 따라 움직이는 동안 벽에서 산업용 장비가 삐걱대는 소리가 흘러나왔다. 무거운 산업용 설비는 15층이나 떨어져 있음에도 소리가 잘 전달됐다. '생존 지원센터'에서 카트를 멈추고 묵직한 문 바로 앞에 주차했다.

생존 지원센터는 아르테미스에서 제대로 된 보안 규정이 있는 몇 안 되는 장소들 중 하나다. 아무나 어슬렁거리며 들어오면 안 되는 곳. 물론 문에 달린 패널 위로 기즈모를 흔들어 댈 수는 있지만, 너무나 당연하게도 나는 출입 가능자 명단에 들어 있지 않다. 따라서 그곳에서 기다려야 했다.

픽업을 요청한 물건은 대략 100킬로그램 정도 되는 짐이었다. 문제될 건 없었다. 그보다 무게가 두 배 나가는 물건도 땀 하나 흘리지 않고 들 수 있으니까. 이런 말을 할 수 있는 지구인 여성은 아마 별로 없을걸. 물론 지구인이라면 여섯 배나 되는 중력을 감당해야 하겠지만, 그건 뭐 그들 문제니까.

질량을 제외하고는 요청 내용이 모호했다. 품목이 뭔지, 어디로 가는지 정보가 없었다. 고객으로부터 알아내야 했다.

아르테미스의 생존 지원센터는 우주여행 역사상 독특한 곳이다. 이곳에서는 이산화탄소를 산소로 환원시키는 과정을 수행하지 않는다. 물론 필요할 경우 몇 달 동안 환원 처리를 할 수 있게 장비와 배터리를 갖추고 있다. 하지만 훨씬 저렴하면서도 사실상 무한대로 산소를 얻을 수 있는 다른 공급원을 갖추고 있다. 바로 알루미늄 산업이다.

도시 밖에 있는 '샌체즈 알루미늄'의 용광로는 광석을 처리하는 과정에서 산소를 발생시킨다. 사실 제련이란 그런 과정이다. 순수한 금속을 얻기 위해 산소를 제거하는 것. 대다수의 사람들이 잘 모르지만 달에는 터무니없을 정도로 많은 산소가 있다. 그걸 얻기 위해 어마어마한 양의 에너지가 필요하긴 하지만. 샌체즈는 부산물인 산소를 너무 많이 생산하는 바람에 부업으로 로켓 연료를 만들어 낼 뿐 아니라 아르테미스에 사는 우리가 모두 숨 쉴 수 있는 공기를 공급하고 있다. 그러고도 남는 것은 밖으로 뿜어낸다.

그러니까 사실상 우리는 처치가 곤란할 정도보다 훨씬 더 많은 산소를 갖고 있다. 생존 지원센터는 공기의 흐름을 조절하면서 샌체즈의 수송관으로부터 들어오는 공기가 안전한지 확인하고, 사용한 공기에서 이산화탄소를 분리해 낸다. 또한 온도와 기압, 그 밖에도 재미난 모든 것들을 관리한다. 그들은 이산화탄소를 겅크 농장에 판매하고 농장은 그걸 이용해 가난한 사람들이 먹는 해조류를 키운다. 중요한 건 항상 경제 아니던가?

"안녕, 바샤라." 뒤에서 익숙한 목소리가 들려왔다.

제기랄.

나는 최선을 다해 거짓 웃음을 지으며 돌아섰다. "루디! 당신한테서 물건을 픽업해야 한다는 말을 못 들었어요. 들었다면 안 왔을 텐데!"

좋아, 거짓말은 그만두자. 루디 드보이스는 심각할 정도로 잘생긴 남성이다. 키가 2미터에 금발머리를 가진 그는 히틀러의 몽정에나 등장할 법한 모습이다. 10년 전 캐나다의 기마경찰대를 그만두고 아르테미스의 보안책임자가 됐지만 여전히 예전 제복을 입고 다닌다. 게다가 제복이 잘 어울린다. 정말로 뭐… 그를 좋아하는 건 아니지만 뒤끝 없는 관계라면 한번….

루디는 이곳에서 법으로 통했다. 인정한다, 당연히 모든 사회에는 법이 필요하고 누군가는 법을 집행해야 하니까. 하지만 루디는 지나치게 나대는 경향이 있다.

"걱정 마." 루디는 기즈모를 꺼내 들며 말했다. "네가 밀수꾼임을 증명할 증거는 확보하지 못했으니까. 아직까지는."

"밀수라니요? 제가요? 에이, 바른생활 사나이님, 어디서 이상한 말을 들으셨나 봐요."

정말이지 골칫거리다. 루디는 내가 열일곱 살 때 사고를 친 이후 계속해서 나를 노리고 있다. 다행히도 아무 이유 없이 누군가를 추방할 수는 없다. 오직 아르테미스의 행정관만 그럴 권한을 가졌는데, 행정관은 루디가 뭔가 설득력 있는 이유를 내놓지 않는 한 나를 내쫓지 않을 것이다. 그러니까 이곳에도 약간의 견제와 균형이 작용하고 있다. 많지는 않지만.

나는 주위를 둘러보았다. "짐은 어디 있어요?"

루디가 판독기 위로 기즈모를 흔들자 방화문이 스르륵 열렸다. 루디의 기즈모는 마법 지팡이와도 같다. 말 그대로 아르테미스에 있는 어떤 문이든 열 수 있으니까. "따라와."

루디와 나는 산업 시설 안으로 들어갔다. 장비를 다루는 기술자들이 있었고 한쪽 벽에 설치된 거대한 상황판을 지켜보는 수리 기술자도 있었다.

나와 루디만 빼고 시설 안에 있는 사람들은 모두 베트남인이었다. 아르테미스에서 일이 돌아가는 방식이 그렇다. 이곳으로 이주해 온 몇몇 사람들이 특정 사업을 일궈낸 다음 또 다른 지인들을 고용하는 것이다. 아는 사람을 고용하는 것은 당연한 일이다. 사실 정말로 오래된 관행이니까.

직원들은 기계와 고압 파이프의 미로 사이로 움직이는 우리를 신경도 쓰지 않았다. 도안 씨는 상황판 가운데 놓인 의자에 앉아 감독하고 있었다. 그는 루디와 시선을 마주하더니 천천히 고개를 끄덕였다.

루디는 공기 탱크를 청소하는 남성 바로 뒤에서 멈춰 섰다. 그리고 사내의 어깨를 두드렸다. "팜 빈 씨?"

빈은 고개를 돌리더니 투덜대는 소리를 냈다. 거친 얼굴에 험악한 표정이 못 박혀 있었다.

"빈 씨, 당신 아내 땀 씨가 오늘 아침 루셀 박사의 진료실을 찾아왔어요."

"네."

빈이 말했다. "칠칠치 못해서죠."

루디는 기즈모를 돌려서 보여주었다. 화면에는 얼굴에 멍이 든 여성이 보였다. "의사 말로는 눈에 멍이 들고 뺨에 혈종이 생기고 갈비뼈 두 대에 타박상이 있고 뇌진탕 증상도 있다던데."

"칠칠치 못해서죠."

루디는 기즈모를 내게 건네더니 정확하게 빈의 얼굴로 주먹을 날렸다.

소싯적 좀 놀던 시절에 루디와 몇 번 붙어본 적이 있다. 그래서 그가 뚜껑 열리도록 센 놈이라고 자신 있게 말할 수 있다. 물론 나를 때리거나 한 것은 아니다. 한 손으로 나를 제압한 채 다른 손으로 기즈모에 타이핑을 한 적은 있지만. 물론 나도 그에게서 벗어나려고 용을 쓰긴 했다. 하지만 그의 손아귀는 진짜 강철로 된 올가미 같았다. 지금도 늦은 밤이면 때로 그때 일을 떠올리곤 한다.

빈은 바닥에 쓰러졌다. 양손과 양 무릎으로 몸을 일으키려 했지만 잘 안 되는 것 같았다. 달의 중력에서 제대로 일어설 수 없다는 건 심각할 정도로 맛이 갔다는 뜻이다.

루디는 한쪽 무릎을 꿇더니 빈의 머리끄덩이를 잡아 올렸다. "한번 볼까요…. 그래요, 뺨은 멋지게 부어올랐군요. 이제 눈을 멍들게 할 차례…." 루디는 거의 넋이 나간 사내의 눈에 짧게 주먹을 날린 다음 머리를 땅바닥에 처박았다.

아기처럼 몸을 웅크린 빈은 신음 소리를 냈다. "그만…."

루디는 일어서서 내게 건넸던 기즈모를 집어 들었다. 그리고 나도 볼 수 있도록 화면을 돌렸다. "갈비뼈 두 대에 타박상이지? 왼쪽 4번 하고 5번인가?"

"그런 것 같아요." 나는 맞장구를 쳤다.

루디는 엎드린 사내의 옆구리를 발로 찼다. 빈은 비명을 지르려 했지만, 소리를 지를 정도로 숨을 들이쉴 수 없는 모양이었다.

"머리는 이미 맞았으니까 뇌진탕도 있다고 봐야겠지." 루디가 말했다. "도를 지나치는 상황은 원치 않으니까."

다른 기술자들은 일을 멈추고 구경거리를 지켜보고 있었다. 몇몇은 웃기도 했다. 여전히 의자에 앉아 있는 도안은 얼굴에 희미하나마 용인한다는 표정을 띠고 있었다.

"빈, 앞으로는 이렇게 될 거예요." 루디가 말했다. "지금부터 아내에게 벌어지는 일은 당신한테도 벌어져요. 알았나요?"

빈은 쓰러진 채 숨을 헐떡거렸다.

"알았냐고?" 루디가 더 크게 물었다.

빈은 격하게 고개를 끄덕였다.

"좋아." 루디는 웃었다. 그리고 내게 고개를 돌렸다. "자, 여기 이 친구가 짐이야, 재즈. 100킬로그램 정도 되고, 루셸 박사에게 전달하면 돼. 청구는 보안부 계좌로 하고."

"알았어요."

이것이 이곳에서 정의가 구현되는 방식이다. 교도소도, 벌금도 없다. 심각한 범죄를 저지르면 지구로 추방된다. 그 외의 일들은 모두 루디가 맡는다.

'특별 배달'을 마치고 일반적인 픽업과 배달을 몇 건 더 끝냈다. 대부분 항구에서 물건을 받아 가정집으로 배달하는 일이었다. 하지만 가정집에서 항구로 상자 여러 개를 배달하는 계약도 한 건 따냈다. 나는 사람들 이사를 돕는 일이 아주 마음에 든다. 이사하는 사람들은 보통 팁도 많이 준다. 이번에 이사하는 사람들도 상당히 괜찮았다. 지구로 돌아가는 젊은 부부였다.

여성은 임신 중이었다. 임신한 상태로는 달의 중력에 있을 수 없다. 아기가 선천적 장애를 갖게 되기 때문이다. 어차피 이곳에선 아이를 기를 수도 없다. 뼈와 근육 발달에 좋지 않으니까. 내가 이곳에 온 것도 여섯 살 때였다. 당시 달에 살 수 있는 최소 연령이었다. 이후 최소 연령은 열두 살로 조정되었다. 내 몸을 걱정해야 하는 걸까?

다음 픽업을 위해 이동하려는데 기즈모가 날카로운 소리를 내며 울렸다. 전화벨 소리도 아니고, 메시지가 도착했다는 신호음도 아니고, 비명과도 같은 알람 소리였다.

화재 발생: CU12-3270 — 차단 시행. 주변에 있는 자원봉사 대원들은 전원 보고할 것.

"이런 망할."

트리거의 후진 기어를 넣고 유턴을 할 수 있을 정도로 통로가 넓어질 때까지 뒤로 갔다. 그리고 제대로 방향을 잡은 다음 경사로를 향해 속도를 높였다.

"재즈 바샤라, 보고한다." 나는 기즈모에 대고 말했다. "현 위치, 콘래드 업 4."

중앙안전통제 컴퓨터가 내 보고를 인식하고 콘래드 버블의 지도를 띄웠다. 나는 지도 위에서 CU12-3270을 향해 모여드는 여러 점들 가운데 하나로 표시되었다.

아르테미스에는 소방서가 없다. 대신 자원봉사자가 있다. 하지만 이곳에서 연기와 불은 너무 치명적이어서 자원봉사자라고 해도 공기 탱크로 숨 쉬는 법을 알아야만 한다. 그래서 모든 선외활동 마스터들과 선외활동 교육생들이 자동으로 자원봉사자가 된다. 아, 물론 모순이 있다는 건 안다.

화재가 발생한 곳은 콘래드 업 12로 내가 있는 곳에서 8층 위였다.

나는 요란한 소리를 내며 경사로를 따라 CU 12를 향해 위로 올라간 다음 3번 순환로를 향해 통로를 내달렸다. 그곳에서 진북(眞北)을 기준으로 대략 270도 방향에서 해당 구역을 찾아내야 했다. 오래 걸리진 않았다. 선외활동 마스터들이 이미 떼거지로 모여들고 있었으니까.

해당 주소로 가보니 두꺼운 문 위에서 붉은 불빛이 번쩍이고 있었다. 그 위 표지판에는 〈퀸즐랜드 유리 공장〉이라고 쓰여 있었다.

밥도 현장에 와 있었다. 길드의 간부 회원이 현장에 있으면 화재 진압의 책임자가 된다. 그는 내가 온 걸 봤다는 뜻으로 짧게 고개를 끄덕여 보였다.

"자, 주목!" 밥이 말했다. "유리 공장 내부 전체에 화재가 발생했고, 실내의 가용 산소를 모두 태웠다. 14명이 내부에 있고, 모두 늦지 않게 공기 대피소로 피신했다. 부상자는 없으며 대피소는 제대로 작동 중이다."

밥은 문 앞에 섰다. "다른 때처럼 내부 온도가 내려갈 때까지 기다릴 수 없는 상황이다. 이 공장은 규소와 산소를 반응시켜 유리를 만들기 때문에 내부에 여러 개의 대형 압축 산소 탱크가 있다. 만약 탱크가 폭발해도 외부로 확산되는 건 막을 수 있지만 내부에 있는 사람들이 죽을 것이다. 만약 산소가 새로 공급되면 모든 게 날아가 버릴 것이다."

밥은 손을 휘저으며 사람들이 문가에서 물러서게 한 다음 빈 공간을 만들었다. "바로 여기에 텐트를 세우는데, 출입문을 주위 벽에 바짝 붙여서 밀폐시켜야 한다. 설치한 텐트 안쪽에는 공기 주입 접이식 터널을 설치한다. 그리고 구조 작업을 수행할 네 사람이 필요하다."

잘 훈련된 소방대는 즉각 실행에 들어갔다. 빈 파이프를 이용해 정육면체 골격을 세웠다. 그러고 나서 방화문 주위 벽에 비닐을 테이프로 붙인 뒤 파이프로 만든 골격 위로 늘어뜨린 다음 가장자리를 테이프로 붙여서 밀폐했다. 뒤쪽은 펄럭거리며 열린 상태로 두었다.

접이식 터널을 텐트 안으로 밀어 넣었다. 쉬운 일은 아니었다. 임시로 만든 비닐 텐트와 달리 공기 주입식 터널은 기압을 유지할 수 있게 제작된 물건이다. 외부가 완전히 진공인 상태에서도 공기 대피소로부터 사람들을 구조할 수 있도록 두툼하고 단단하게 만들어졌다. 이번 작전에 사용하기엔 조금 지나친 감이 있지만, 지금 우리가 보유한 장비는 이거 뿐이었다.

텐트가 아주 크지 않아서 터널이 내부 공간을 거의 다 차지했다. 그래서 밥은 가장 작은 소방대원 넷을 뽑았다. "세라, 재즈, 아룬, 마시. 들어가."

우리 네 사람은 앞으로 나섰다. 다른 대원들이 우리에게 공기 탱크를, 코와 입에는 호흡용 마스크를, 눈에는 고글을 장착해 주었다. 우리는 한 사람씩 장비를 점검한 다음 엄지손가락을 들어 보였다.

그러고는 텐트 안으로 들어갔다. 몸이 꽉 꼈다. 밥은 텐트 안쪽으로 금속 가스 탱크 하나를 들여놓으며 말했다. "공기 대피소는 서쪽 벽에 있다. 그 안에 있는 사람은 전부 14명이다."

"알았다. 14명." 세라가 말했다. 우리 네 사람 가운데 정식 자격증이 있는 선외활동 마스터로 가장 경력이 많은 세라가 진입 조의 대장이었다. 다른 소방대 자원봉사자들은 펄럭거리는 텐트 뒤쪽을 밀봉하면서 한쪽 구석을 살짝 열어두었다.

세라가 탱크의 밸브를 돌려서 열자, 안에서 이산화탄소가 안개처럼 텐트 내부로 뿜어져 나왔다. 산소를 대체하기 위한 엉성한 과정인데 마지막으로 남은 원자까지 밀어낼 필요는 없었다. 단지 산소의 비율을 최대한 낮추기만 하면 되었다. 1분이 지나고 세라가 다시 밸브를 닫자 밖에 있는 사람들이 마지막으로 남겨두었던 텐트의 열린 구석을 밀봉했다.

세라가 문을 더듬으며 말했다. "뜨거워." 우리는 언제 폭발할지 모르는 공간으로 통하는 문을 열려는 참이었다. 산소를 보태지는 않겠지만 그래도 여전히 불안했다.

세라는 출입문에서 화재 잠금 해제 암호를 눌렀다. 말 그대로 암호였다. 방화 공간에서 알람이 울리면 출입문과 환기구는 즉각 밀폐된다. 안에 있는 사람들은 밖으로 나갈 수 없다. 공기 대피소로 들어가거나 죽어야 한다. 너무 가혹하다고? 사실은 그렇지 않다. 밀폐된 공간에서 몇 사람 죽어가는 것보단 도시 전체로 화재가 번지는 게 훨씬 더 끔찍하니까. 아르테미스는 화재 대책에 있어서는 절대 바보짓을 하지 않는다.

세라의 지시에 따라 출입문을 열자 안쪽 열기가 텐트 내부를 가득 채웠다. 즉각 몸에서 땀이 쏟아졌다.

"맙소사." 아룬이 말했다.

공장 안에 연기가 자욱했다. 몇몇 군데는 열기로 벌겋게 달아올라 있었다. 설령 산소가 조금 남아 있었다고 해도 벌써 불타올랐을 것이다. 멀리 보이는 벽 쪽으로 산업용 공기 대피소의 모습이 희미하게 보였다.

세라는 시간을 낭비하지 않았다. "재즈, 나랑 같이 앞쪽으로 간다. 아룬과 마시는 여기 남아서 접이식 터널 뒤쪽을 봐줘."

나는 세라와 합류했다. 그녀가 뚫려 있는 터널 앞부분의 한쪽을 잡고, 내가 다른 쪽을 잡았다. 아룬과 마시는 뒤쪽 중간 지점에서 같은 행동을 했다.

세라가 앞으로 걸어갔고 나도 보조를 맞췄다. 접이식 터널이 우리 뒤쪽으로 펼쳐졌고, 아룬과 마시는 뒤쪽에 남아 터널을 단단히 붙잡고 있었다.

규소가 산소와 반응하면 엄청난 열기가 생긴다. 그래서 내부를 내화성 재료로 만드는 것이다. 왜 지구에서처럼 모래를 녹이지 않느냐고? 달에는 모래가 없다. 적어도 사용할 수 있을 정도로 충분하지 않다. 하지만 알루미늄 산업의 부산물인 규소와 산소는 많다. 그래서 우리는 유리를 원하는 만큼 만들 수 있다. 그 과정이 고생스러워서 그렇지.

주 연소실이 바로 앞에 있었다. 갇힌 작업자들에게 가려면 터널을 우회시켜야 했다. "온도가 높을 수도 있어요." 내가 말했다.

세라는 고개를 끄덕이고는 크게 원을 그리며 돌았다. 구조용 터널이 녹아 구멍이 생기는 건 바라지 않았다.

대피소 출입문에 다다르자 나는 작고 둥근 창을 두드렸다. 얼굴 하나가 나타났다. 재로 뒤덮이고 눈물로 범벅된 남자의 얼굴이었다. 마지막으로 대피소에 피신한 작업감독일 가능성이 높았다. 그가 엄지손가락을 들어 보였고, 나도 같은 동작을 해보였다.

세라와 나는 터널 안으로 들어가 대피소 출입문 주변 고리에 터널의 연결용 죔쇠를 채웠다. 적어도 거기까지는 어렵지 않았다. 터널은 바로 그런 용도로 만들어졌기 때문이다. 하지만 아룬과 마시는 비닐 텐트 속에서 터널 반대편 끝을 비닐에 대고 테이프로 고정시키는 작업을 해야 했다. 작업자들을 위한 대피로를 만들어 내긴 했지만, 그 내부는 호흡이 불가능한 공기로 채워져 있었다.

"공기 주입할 준비 됐어?" 세라가 소리쳤다.

"밀폐 완료, 준비 끝!" 아룬이 소리쳐서 대답했다.

텐트 밖에 대기하고 있던 대원들이 비닐을 찢었다. 터널 속 연기가 통로로 빠져나갔지만, 소방대원들은 연기의 확산을 최소화하기 위해 환풍기와 여과장치를 준비해 둔 상태였다.

"텐트 열렸어! 공기 주입해!" 아룬이 소리쳤다.

세라와 나는 서로 눈길을 주고받으며 준비가 되었음을 확인했다. 그리고 숨을 깊게 들이마시고는 등에 멘 공기 탱크의 밸브를 열었다. 탱크에서 쏟아져 나온 공기가 연기를 몰고 터널을 지나 통로로 흘러나갔다. 터널 내부는 금세 '호흡 가능한' 공기로 채워졌다. 콘래드 업 12에서는 향후 며칠간 탄내가 진동할 것이다.

우리는 숨을 들이쉬었다. 기침이 나왔지만 그리 나쁘진 않았다. 상쾌할 필요까진 없었다. 죽지 않을 정도면 충분하니까. 작업자들이 사망하지 않으리라는 걸 확인한 세라는 공기 대피소의 출입문 손잡이를 비틀어 열었다.

작업자들은 놀랍게도 일렬로 줄을 맞춰 신속하게 빠져나왔다. 퀸즐랜드 유리에 대한 내 존경심이 한 칸 더 올라갔다. 회사가 비상사태에 대비해 직원들을 잘 훈련시킨 것이다.

"하나! 둘! 셋…!" 세라가 빠져나가는 사람들을 하나하나 셌다. 나역시 따로 확인하며 수를 헤아렸다.

인원이 14명에 이르자 내가 소리쳤다. "열넷! 확인 완료!"

세라는 대피소 안을 들여다보았다. "대피소 비었음!"

나도 복창했다. "대피소 비었음! 확인 완료!"

우리는 매캐한 연기에 기침하는 작업자들을 따라 터널을 지나 안전한 곳으로 향했다.

"잘했다." 밥이 말했다. 이미 다른 자원봉사자들은 새카맣게 그을린 직원들에게 산소마스크를 채워주고 있었다. "재즈, 경상을 입은 사람이 세 명 있다. 2도 화상이야. 루셀 박사에게 데려다줘. 나머지 대원들은 텐트와 터널을 안쪽으로 밀어 넣고 방화문을 다시 봉쇄한다."

트리거와 나는 이날 들어 두 번째로 구급차 역할을 했다.

결국 산소 탱크들은 폭발하지 않았다. 그렇지만 퀸즐랜드 유리는 전소되었다. 안타까운 일이었다. 늘 화재 안전에 빈틈이 없던 회사였고 사소한 위반조차 전혀 없었다. 내 생각에는 운이 나빴던 것 같다. 이제 그들은 처음부터 다시 일어서야 했다.

그럼에도 회사가 잘 관리해온 공기 대피소와 주기적인 화재 훈련 덕분에 많은 인명을 살렸다. 공장은 다시 세울 수 있다. 사람은 그렇지 못하니 이긴 싸움이었다.

그날 저녁, 나는 가장 좋아하는 술집 하트넬스에 들렀다.

그리고 늘 앉던 자리인, 바의 끄트머리에서 두 번째 자리에 앉았다. 첫 번째 자리에는 데일이 앉곤 했지만, 그것도 다 과거 얘기다.

하트넬스는 비좁은 곳이다. 음악도 없다. 댄스플로어도 없다. 바 하나와 모양이 제각각인 테이블 몇 개가 전부다. 분위기를 내기 위해 장착한 거라고는 벽에 바른 소음 흡수용 고무밖에 없다. 빌리는 손님들이 무엇을 중요하게 여기는지 알았다. 바로 알코올과 침묵이다. 관능적인 분위기 따위는 전혀 없다. 하트넬스에서는 누구도 작업을 걸지 않는다. 하룻밤 상대를 구하려면 올드린에 있는 나이트클럽으로 간다. 하트넬스는 오직 술을 마시기 위한 곳이다. 그리고 어떤 술이든 구할 수 있다. 물론 맥주에 한해서지만.

나는 이곳이 마음에 든다. 빌리가 유쾌한 바텐더이기도 하지만, 가장 큰 이유는 내 관에서 가장 가까운 술집이기도 하다.

"어서 와, 자기." 빌리가 말했다. "오늘 불이 났다면서. 자기가 투입됐다던데."

"퀸즐랜드 유리 공장에서." 내가 말했다. "내가 키가 작아서 자원자로 뽑혔어. 공장은 엉망이 됐지만 모두 안전하게 구출했고."

"그렇군. 그렇다면 첫 잔은 공짜로 주지." 빌리는 내가 가장 좋아하는 환원식 독일 맥주를 한 잔 따랐다. 관광객들은 맛이 거지 같다지만, 이제껏 내가 마셔본 유일한 맥주라 그런지 나는 그럭저럭 괜찮았다. 언젠가 진짜 독일 맥주를 사서 뭐가 어떻게 다른지 꼭 확인해 볼 것이다. 빌리가 맥주잔을 내 앞에 놓았다. "고생했어, 자기."

"이야, 이런 걸 거절할 수야 없지."

나는 공짜로 받은 맥주잔을 들고 한 모금 마셨다. 맛있고 시원했다. "고마워."

빌리는 답례로 고개를 끄덕이고는 다른 손님을 응대하기 위해 바의 다른 쪽으로 갔다.

기즈모의 웹브라우저를 켜고 'ZAFO'를 검색했다. 스페인어 동사 zafar의 활용형으로 '해방되다'라는 의미였다. 왠지 홍콩에서 온 진 씨가 스페인식 이름이 붙은 뭔가를 가져온 것은 아닌 것 같다는 생각이 들었다. 게다가 'ZAFO'는 모두 대문자였다. 아마도 약어 같았다. 하지만 어떤 말을 줄인 약어일까?

그게 뭐든 온라인에서는 그에 대한 언급을 찾을 수가 없었다. 그 말인즉슨, 비밀이라는 뜻이었다. 이제 정말로 그게 뭔지 알고 싶어졌다. 이제 보니 나도 정말 참견하기 좋아하는 녀석이로군. 하지만 지금 당장은 더 이상의 단서가 없기에 머릿속 한쪽으로 치워두어야 했다.

나는 매일 은행 계좌의 잔액을 확인하는 나쁜 버릇이 있다. 열심히 들여다보면 잔액이 올라가기라도 할 것처럼. 하지만 뱅킹 소프트웨어는 내 꿈엔 아무 관심도 보이지 않고 울적한 소식을 전해주었다.

현재 잔액 : 11,916ğ

내가 가진 순 자산 총액은 내가 목표하는 금액의 2.5퍼센트 정도였다. 대체 목표 금액이 얼마나 되기에 그러냐고? 416,922ğ. 그게 내가 원하는 금액이다. 내게 필요한 금액이다. 이보다 더 중요한 건 없었다.

빌어먹을 선외활동 길드에 들어가기만 하면 그때부터 엄청난 돈을 벌어들일 수 있을 것이다. 외부 관광 안내는 큰돈이 된다. 고객 8명이 인당 1,500ğ씩 낸다. 한 번 안내를 하면 12,000ğ를 벌 수 있다는 뜻이다. 사실 그중 10퍼센트를 길드에 내야 하지만, 그래도 10,800ğ가 남는다.

외부 관광 안내는 일주일에 두 번만 나갈 수 있다. 길드가 그렇게 제한을 두었다. 회원들이 방사능에 노출되는 걸 우려한 것이다.

그럼 나는 한 달에 85,000ğ를 벌 수 있다. 게다가 그건 외부 관광 안내로만 벌 수 있는 금액이다. 화물 로켓 관리자 자리에도 도전해 볼 수 있을 것이다. 그들은 선외활동 마스터이면서 격납 용기를 화물용 에어로크로 가져와 짐을 내리는 일을 한다. 그렇게 되면 나는 나코시가 검사하기 전에 화물에 접근할 수 있을 것이다. 밀수품을 곧바로 가지고 들어오거나, 숨겨두었다가 나중에 밤이 되면 몰래 나가서 가져올 수 있다. 어느 쪽이든 더 나은 방법으로. 중요한 것은 나코시를 완전히 배제시킬 수 있다는 점이다.

그리고 나는 필요한 돈을 모을 때까지 거지처럼 살 것이다. 생활비를 감안하면 아마 6개월이면 모을 수 있겠지. 운이 좋다면 5개월.

하지만 지금 이대로 포터로 일하며 밀수를 부업으로 한다면 아마 영원히 돈을 모을 수 없겠지.

빌어먹을, 망할 놈의 시험에 통과했어야 했는데.

그랬다면 일단 416,922g를 해결한 뒤에도 계속해서 많은 돈을 벌 수 있을 텐데. 멋진 집을 살 수도 있을 것이다. 거지 같은 관의 월세는 8,000g밖에 안 되지만, 그 안에선 일어설 수조차 없다. 그리고 나만의 화장실을 갖고 싶다. 별거 아닌 것 같지만 그게 그렇지 않다. 한밤중에 오줌을 누러 잠옷 바람으로 공용 통로를 백 번쯤 걸었을 때 나는 깨달았다.

한 달에 50.000g 정도면 빈 버블에 콘도를 얻을 수 있다(뭐, 길드에 들어가면 그보단 많이 벌 수 있으니까). 거실과 침실, 화장실에다 개인 샤워실이 딸린 멋진 집이다. 공동 시설은 전혀 사용하지 않아도 된다. 운이 좋다면 조리 공간이 있는 집을 얻을 수도 있을 것이다. 주방은 바라지도 않는다. 그건 빌어먹을 정도로 비싸고. 별도의 화재 방지 공간에 만들어야 한다. 하지만 조리 구역의 버너는 섭씨 80도까지만 올라가고, 500와트짜리 전자레인지도 있다.

나는 머리를 흔들었다. 언젠가는 그럴 수 있겠지.

내가 괴로워하는 표정이 저 멀리 바 끝에서도 보였던 걸까. 빌리가 걸어왔다. "이봐, 재즈. 왜 그리 시무룩해?"

"뭐 돈 때문이지." 내가 말했다. "한 번도 충분했던 적이 없잖아."

"난 또 뭐라고." 빌리가 몸을 숙였다. "저기… 내가 순수 에탄올 때문에 자기 서비스를 이용했던 거 기억해?"

"당연하지." 아르테미스에서는 인간 본성에 대한 양보 차원에서 인화성이 있음에도 독한 술을 허가하고 있다. 하지만 순수 에탄올에 대해서는 선을 긋고 있다. 그건 엄청날 정도로 불이 잘 붙는다. 나는 늘 하던 대로 에탄올을 밀수입했고, 빌리에게 수수료를 20퍼센트만 받았다. 그건 친구와 친척에게만 적용되는 수수료율이다.

빌리가 좌우를 살폈다. 단골 두 명은 이쪽엔 신경도 쓰지 않았다. 그들 말고는 우리뿐이었다. "뭘 좀 보여주고 싶은데…"

빌리가 바 아래로 손을 뻗더니 갈색 액체가 담긴 병을 꺼내 작은 유리잔에 조금 따랐다. "자, 한 모금 마셔봐."

1미터 떨어진 곳에서도 알코올 냄새가 났다. "뭐야?"

"보모어 싱글몰트 스카치야. 15년짜리. 한번 마셔봐, 공짜니까."

공짜 술을 마다할 내가 아니었다. 한 모금 마셨다.

구역질이 나서 도로 뱉어냈다. 흡사 악마의 불타는 똥구멍 같은 맛이었다.

"이런." 빌리가 말했다. "별로야?"

나는 기침을 하고 입을 닦았다. "이건 스카치가 아니잖아."

빌리는 얼굴을 찌푸리며 병을 들여다보았다. "설마. 지구에 사는 어떤 녀석이 술을 끓여서 추출물을 보내주거든. 그걸 물과 에탄올로 환원한 거야. 똑같아야 하는데."

"글쎄, 안 똑같은데." 나는 쉰 목소리로 말했다.

"스카치는 어른이나 아는 맛이라서 그런가…."

"빌리, 난 사람 몸에서 나오는 더 맛있는 것도 삼켜본 몸이야."

"미쳤어." 빌리는 병을 치웠다. "계속 시도해 봐야겠어."

뒷맛을 씻어내려고 맥주를 꿀꺽꿀꺽 마셨다.

기즈모가 울렸다. 트론의 메시지였다.

오늘 밤에 시간 있나? 잠깐 집에 들를 수 있겠어?

이건 아니지. 이제 막 저녁 술자리를 시작했는데.

많이 늦었는데. 나중에 들르면 안 돼요?

오늘 밤이면 좋겠는데.

이제 막 저녁 먹으려고 앉았는데…

술이야 나중에 마셔도 되잖아. 그만한 가치가 있는 일이야. 약속하지.

아, 이 능구렁이 같은 영감탱이.

"계산해야겠어." 나는 빌리에게 말했다.

"말도 안 되는 소리! 이제 겨우 한 잔 마셨잖아!"

"일거리가 생겼어." 나는 기즈모를 넘겨주었다 .

빌리는 내 기즈모를 금전등록기로 가져갔다. "한 잔 마셨어. 이제껏 너한테 끊어본 가장 싼 계산서로군."

"또 이런 일이 있으면 안 되지."

빌리는 내 기즈모를 금전등록기 위로 흔들고는 다시 돌려주었다. 거래가 완료되었다(하트넬스는 이미 오래전 내 계좌에 '자동 확인' 점포로 지정해 둔 상태였다). 나는 기즈모를 다시 주머니에 집어넣고 밖으로 나섰다. 다른 손님들은 잘 가라며 인사하지도, 심지어 돌아보지도 않았다. 맙소사, 이런 하트넬스가 너무 마음에 든다니까.

이리나는 문을 열고 마치 자기가 끓인 보르시(우크라이나식 수프-옮긴이)에 내가 오줌이라도 싼 것처럼 바라보았다. 늘 그랬듯이 용건을 먼저 말하지 않으면 나를 들이지 않을 터였다.

"안녕하세요, 저는 재즈 바샤라고 해요." 내가 말했다. "우리 백 번도 넘게 만났죠. 트론 씨가 불러서 왔어요."

이리나는 나를 식당 입구로 안내했다. 안에서 맛있는 음식 냄새가 났다. 짐작건대 고기 같은데. 소고기구이? 가장 가까운 소가 40만 킬로미터 떨어져 있는 이곳에서는 아주 보기 드문 별미지.

안쪽을 들여다보니 트론이 텀블러에 따른 술을 마시고 있었다. 늘 입던 목욕가운 차림으로 테이블 맞은편에 앉은 누군가와 이야기를 나누고 있었다. 누군지는 보이지 않았다.

옆자리에는 트론의 딸 레네가 앉아 있었다. 대화 중인 아빠를 넋이 빠질 듯 매혹된 채 바라보고 있었다. 대개의 경우 열여섯 살 아이들은 자기 부모를 싫어한다. 나도 그 나이에는 아빠에게 엄청난 골칫거리였다(요즘엔 그냥 실망스러운 자식일 뿐이다). 하지만 레네는 아빠가 지구를 창조하기라도 한 것처럼 우러러보고 있었다.

레네가 나를 보더니 신나게 손을 흔들었다. "재즈! 안녕!"

트론이 들어오라고 손짓했다. "재즈! 어서 와, 이리 앉아. 혹시 행정관님 뵌 적 있나?"

안으로 걸어 들어가니 세상에, 뭐 이런 오줌 지릴 일이! 행정관 응구기가 와 있었다. 그녀가 거기에… 앉아 있었다! 테이블에 앉아 시간을 보내고 있다니.

피델리스 응구기는 한마디로 아르테미스가 존재하는 이유였다. 그녀는 케냐의 재무장관으로 있을 때 국가적 우주산업을 맨땅에서 일구어냈다. 케냐는 우주 기업들에 제공할 단 하나의 유일한 자원을 가지고 있었다. 바로 적도다. 적도에서 발사되는 우주선은 연료 절약을 위해 지구의 자전이라는 이점을 최대한으로 이용할 수 있다. 하지만 응구기는 뭔가 더 제공할 것이 있다는 것을 깨달았다. 바로 정책이었다. 서방 국가들은 상업적인 우주 기업들에 불필요한 행정 규제를 잔뜩 가하고 있었다. 이때 응구기는 말했다. "웃기는 소리 하네. 우린 규제를 다 날려버리는 게 어때?"

물론 내 멋대로 바꿔 표현한 것이다.

34개국 50개 회사로부터 어떻게 수십억 달러를 투자받아 KSC를 만들었는지는 오직 신만이 아시겠지만, 어쨌든 응구기는 해냈다. 그리고 케냐 정부로 하여금 새로운 거대기업만을 위해 특별 감세 조치를 취하고 법률을 제정하게 했다.

뭐라고? 한 회사만을 위해 특별법을 만드는 건 공정치 못하다고? 그딴 소리는 동인도회사에나 가서 말해보시길. 이건 세계경제 문제다, 유치원이 아니라.

KSC가 아르테미스의 총책임자를 선출할 때, 그들이 선택한 사람은 예상했던 대로… 피델리스 응구기였다! 일이 그렇게 진행된 것이다. 응구기는 어디서 끌어왔는지 모를 돈으로 예전엔 제3세계 국가에 불과했던 조국에 거대한 산업을 창출해 냈고, 자신은 달의 지배자 자리에 앉았다. 그리고 20년 넘게 아르테미스를 통치해 오고 있다.

"우와." 나는 감정을 드러내며 말했다. "그…"

"알아, 놀랐지?" 레네가 말했다.

응구기는 현대적인 서방 스타일의 드레스 차림에 전통 머릿수건인 두쿠로 대비를 준 모습이었다. 그녀는 품위 있게 일어서서 내게 걸어오더니 말했다. "반갑구나." 스와힐리어 악센트의 영어가 혀끝에서 얼마나 부드럽게 굴러가는지, 그 자리에서 당장 할머니로 모시고 싶은 심정이었다.

"재, 재스민…" 나는 더듬거리며 말했다. "재스민 바샤라입니다."

"알아." 응구기가 말했다.

뭐라고, 장난해?!

그녀가 웃었다. "우리 전에도 만난 적 있어. 자네 아버지가 우리 집에 비상 공기 대피소를 설치했지. 그때 자넬 데려왔더군. 행정관 관저가 암스트롱 버블에 있을 때였지."

"우와… 정말 기억이 하나도 안 나네요."

"아주 어렸으니까. 그땐 아버지 말이라면 뭐든 잘 듣는 사랑스러운 아이였는데. 아마르는 요즘 어떻게 지내?"

나는 눈을 몇 번 깜박였다. "음… 아빠는 잘 지내요. 고맙습니다. 자주 보진 못해요. 아빠는 작업장이 따로 있고, 저도 일해야 하니까요."

"좋은 사람이야, 자네 아버지 말이야." 응구기가 말했다. "정직한 사업가에다 열심히 일하지. 이곳에서 최고의 용접공이기도 하고. 자네와 사이가 틀어지다니 안된 일이야."

"잠깐만요, 사이가 틀어진 건 어떻게…"

"레네, 다시 만나서 아주 즐거웠다. 이제 아주 많이 컸구나!"

"고맙습니다, 행정관님!" 레네가 활짝 웃었다.

"그리고 트론, 맛있는 저녁 고마워요."

"언제든 환영입니다, 행정관님." 트론이 일어서며 말했다. 그가 지금 목욕가운 차림이라는 사실을 믿을 수가 없었다! 달에서 가장 중요한 인물과 저녁식사를 하는데 목욕가운을 입다니! 그러고는 웅구기와 마치 대등한 사람이라도 되는 것처럼 악수를 했다. "방문해 주셔서 감사합니다!"

이리나가 들어오더니 웅구기를 안내했다. 심술궂은 러시아 할망구의 얼굴에 존경의 기미라도 보일까? 짐작건대, 이리나에게도 예외는 있는 것 같았다. 하긴 뭐 모든 사람들을 미워할 수는 없는 법이니까.

"빌어먹을, 깜짝 놀랐잖아요." 나는 트론에게 말했다.

"환상적이지, 안 그래?" 트론은 딸에게 고개를 돌리고 말했다. "좋아, 우리 딸, 방에 갈 시간이야. 아빠는 재즈하고 사업 얘기를 해야 하거든."

레네는 10대 여자애답게 신음을 토해냈다. "맨날 재미있을 만하면 방에 가라고 해."

"여유를 가지라고. 너도 금세 극악무도한 사업가가 될 테니까."

"아빠처럼 말이죠." 레네가 웃었다. 그리고 바닥으로 팔을 뻗어 목발을 짚었다. 팔 위쪽에 지지대가 달린 목발이었다. 레네는 목발을 양팔에 손쉽게 끼우더니 몸을 일으켜 세웠다. 두 다리가 공중에 떠 있었다. 그리고 트론의 뺨에 키스하고는 발로 바닥을 디디지 않고 목발에 의지해 걸어 나갔다.

레네는 엄마를 죽음에 이르게 한 교통사고로 영원히 불구의 몸이 되고 말았다. 트론은 돈이 썩어날 정도로 많았지만, 그 무엇으로도 딸이

다시 걷게 할 수 없었다. 아니, 할 수 있었다고 해야 하나? 지구에서는 휠체어에 못 박혀 있어야 하지만 달에서는 목발을 짚고 자유롭게 움직일 수 있으니까.

그래서 트론은 부사장을 여러 사람 뽑아 회사 대부분을 맡기고 아르테미스로 이사 왔다. 그리고 레네 란비크는 아주 손쉽게 다시금 걷게 되었다.

"안녕, 재즈!" 레네가 나가면서 말했다.

"그래, 안녕."

트론이 술잔을 흔들며 말했다. "앉게."

식탁은 아주 컸고, 나는 트론에게서 몇 자리 떨어져 있는 의자를 골라 앉았다. "잔에 든 건 뭐죠?"

"스카치야. 마셔보겠나?"

"그럼 맛 좀 볼까요." 내가 말했다.

트론은 술잔을 내 쪽으로 밀었다. 한 모금 마셔보았다.

"오오오, 예에에…." 내가 말했다.

"훨씬 좋군요."

"스카치를 자주 마시는 여성인 줄 몰랐군." 트론이 말했다.

"평상시엔 못 마시죠. 아까 이거랑 비슷하지만 훨씬 더 끔찍한 걸 마셨거든요. 그래서 원래 맛이 어떤지 알고 싶었어요." 나는 텀블러를 트론에게 돌려주었다.

"그냥 마셔." 트론은 술 진열장으로 가더니 다른 잔에 술을 따라서 자리로 돌아왔다.

"행정관님은 여기 왜 온 거죠?"

트론은 의자에 앉아 식탁에 발을 올리고는 몸을 뒤로 기댔다. "샌체즈 알루미늄을 인수하고 싶어서 승인을 받으려고. 괜찮다고 하는군."

"알루미늄 회사는 왜 인수하고 싶은데요?"

"사업 확장을 좋아하기 때문이지." 트론은 과장되게 멋을 부리며 대답했다. "내 전문 분야이기도 하고."

"하지만 알루미늄이라니요? 내 말은… 그거 시시한 일 아니에요? 제조업이라서 고생할 것 같은데."

"맞아." 트론이 말했다. "알루미늄이 왕이던 옛날과는 다르지. 버블 하나 세우는 데 알루미늄이 4만 톤이나 필요했잖아. 하지만 지금은 인구 정체기라 더 이상 새 버블을 만들지 않고 있어. 솔직히 알루미늄을 이용한 로켓 연료 생산이 아니었다면 오래전에 망했을 거야. 그나마 그것도 거의 수익이 없지."

"쉬운 돈벌이였던 시대는 다 지나간 것 같네요. 그런데 왜 이제 와서 손대려고요?"

"다시 어마어마하게 돈을 벌 수 있을 것 같아서."

"어떻게요?"

"그건 알 거 없고."

나는 양손을 들어 올렸다. "쳇. 까다롭게 구시긴. 좋아요, 당신은 알루미늄을 만들고 싶어해요. 그런데 왜 직접 회사를 세우지 않는 거죠?"

트론이 코웃음 쳤다. "말이야 쉽지. 샌체즈와 경쟁하는 건 불가능해. 말 그대로 불가능이야. 알루미늄 산업에 대해 뭘 좀 아나?"

"거의 아는 게 없죠." 내가 말했다. 그러고는 의자에 몸을 뒤로 기댔다. 트론은 오늘 밤 수다스러워 보였다. 이럴 때 그에게서 가능한 한 많은 말을 듣는 게 좋을 것 같았다. 이야기하는 동안 좋은 술을 마실 수 있는 건 덤이고.

"우선 회장석(화산 지대에서 많이 산출되는 암석의 일종-옮긴이)을 모아야 해. 아주 쉽지. 해당하는 돌을 주워 모으기만 하면 되니까. 밤낮으로 암석들을 주워 모으는 자동 수확기 차량이 있어. 그다음에는 화학 작용과 전기 분해 방식으로 광석을 제련하는데, 빌어먹을 만큼 전기가 많이 들지. 정말이지 어마어마한 양의 전기야. 샌체즈 알루미늄은 아르테미스의 원자로가 생산해 내는 전기의 80퍼센트를 사용해."

"80퍼센트라고요?" 전에는 그런 생각을 해본 적이 없지만 27메가와트짜리 원자로 두 개는 2,000명이 사는 도시용으로는 조금 지나친 감이 있었다.

"그래, 하지만 재미난 부분은 샌체즈 알루미늄이 사용료를 내는 방식이야."

트론은 주머니에서 돌멩이 하나를 꺼냈다. 별로 특별할 것이 없는, 지금까지 달에서 봐왔던 다른 모든 돌들처럼 잿빛의 뾰족한 돌덩어리였다. 그는 그 돌멩이를 내게 던져주었다. "자, 회장석이니까 가져."

"야호, 돌이네요." 돌이 날아들자 나는 말했다. "고맙기도 해라."

"그 돌은 알루미늄과 산소, 규소, 칼슘으로 이루어졌어. 제련하면 그런 기본 요소들로 분리가 되는 거고. 회사는 알루미늄을 판매해. 그게 원래 목적이니까. 그리고 규소는 유리 제조업체에, 칼슘은 거의 무상으로 전기기술자들에게 넘겨. 그냥 없애는 게 목적인 거지. 하지만 믿을 수 없을 정도로 유용한 부산물이 하나 있어. 바로 산소야."

"그러게요, 그걸로 우리가 숨을 쉬잖아요. 저도 알아요."

"그래, 하지만 샌체즈가 산소를 공급하는 대가로 전기를 무료로 사용한다는 것도 알아?"

나는 그 부분에서 두 손을 들고 말았다. "진짜예요?"

"그래. 아르테미스 초창기에 맺어진 계약이지. 샌체즈는 공기를 만들고, 아르테미스는 샌체즈에 얼마든지 전기를 쓰게 해주고. 완전 공짜로."

"전기 요금을 낼 필요가 없다고요? 영원히?"

"그들이 도시에 산소를 공급하는 한은 그럴 거야. 그리고 전력은 용광로에서 가장 큰 비용이 들어가는 것이지. 그러니 내가 맞붙어 경쟁해볼 방법이 없어. 불공평해."

"오, 불쌍한 우리 억만장자님." 내가 말했다. "엎드려서 통곡이라도 할 수 있게 황무지를 좀 만드셔야겠어요."

"그래, 그래. 부자들은 무조건 쳐 죽일 놈들이고 어쩌고저쩌고 그렇지."

나는 잔을 비웠다. "스카치 잘 마셨어요. 그런데 왜 불렀어요?"

트론이 고개를 곤추세우더니 나를 바라보았다. 조심스럽게 말을 어떻게 꺼내야 할지 생각하는 걸까? 그럴 리가. 트론은 절대 그럴 사람이 아니다.

"선외활동 시험에 떨어졌다면서."

절로 신음이 흘러나왔다. "벌써 동네방네 소문이 퍼졌어요? 내가 안 보이면 전부 모여서 내 얘기라도 하나요?"

"이 바닥이 좁잖아, 재즈. 난 항상 도시 돌아가는 상황을 파악하고 있다고."

나는 트론을 향해 술잔을 내밀었다. "시험에서 낙방한 얘기 할 거면 스카치라도 한 잔 더 해야겠어요."

트론이 술이 가득 찬 자기 잔을 건네주었다. "자넬 고용하고 싶어. 그리고 돈을 잔뜩 주고 싶어."

65

이제야 기운이 났다. "아, 그거 좋죠. 진작 그렇게 얘기하지 그랬어요. 이번엔 뭘 밀반입하는데요? 뭔가 큰 건인가요?"

트론이 몸을 숙였다. "이번엔 밀수가 아니야. 전혀 다른 일이지. 자네가 이 일을 어떻게 생각할지 모르겠어. 자넨 언제나 정직했지. 적어도 나한테는. 이번 일은 절대 누구에게도 발설하지 않고 비밀로 하겠다고 약속할 수 있나? 혹시 일을 거절한다고 해도 말이야."

"당연하죠." 아빠한테서 배운 것이 하나 있다면, 약속은 무슨 일이 있어도 지켜야 한다는 것이다. 아빠는 법의 테두리 안에서 일했고 나는 그렇지 않지만, 원칙은 동일했다. 사람들은 믿을 수 없는 사업가보다는 믿을 수 있는 범죄자를 보다 신뢰할 것이다.

"전력과 산소의 무상교환 거래는 내가 알루미늄 산업을 시작하는 데 유일한 장애물이야. 만일 샌체즈가 산소 공급을 중단한다면 그건 계약 위반이 되지. 그럼 내가 개입해서 그 계약을 차지하면 돼. 같은 조건으로 말이야. 공짜 산소와 공짜 전기."

"산소는 어디서 얻으려고요?" 내가 물었다. "용광로가 없잖아요."

"꼭 용광로에서 산소를 얻어야 한다는 법은 없잖아. 아르테미스 시는 산소가 어디서 나오는지에 대해선 전혀 신경 쓰지 않아. 공급되기만 한다면." 트론은 양쪽 다섯 손가락을 맞붙여서 세웠다. "지난 넉 달 동안 산소를 따로 모아서 보관해 두었어. 1년 이상 도시 전체 수요를 충분히 감당할 수 있는 양이야."

나는 눈썹을 추켜세웠다. "도시의 공기를 빼돌려서 따로 보관할 수는 없어요. 그건 말도 안 되는 불법 행위예요."

트론이 거만하게 손을 흔들었다. "이거 왜 그래. 난 바보 멍텅구리가 아니야. 아주 정당하게 산소를 구매한 거야. 샌체즈와 주기적으로 산소를 배달받는 고정계약을 맺었지."

"지금 샌체즈로부터 산소를 구매하고 있어서 샌체즈의 산소 공급 계약을 빼앗을 수 있다는 거예요?"

트론이 능글맞게 웃으며 말했다. "샌체즈는 산소 생산량이 너무 많아서 도시 전체가 쓴다 해도 전부 다 소비할 수 없어. 그래서 누구든 원하는 사람이 있다면 산소를 싸게 팔고 있어. 그리고 난 시간을 두고 천천히 여러 유령회사를 통해 산소를 사들이고 있으니까 누구도 내가 산소를 모으고 있다는 걸 몰라."

나는 턱을 괴고 말했다. "산소는 인화성 물질 그 자체잖아요. 그런데 어떻게 그렇게 많은 산소를 저장할 수 있게 시로부터 허락받았어요?"

"허가 같은 건 없어. 암스트롱 버블 밖에 커다란 저장 탱크를 여러 개 만들었지. 탱크는 암스트롱과 빈, 셰퍼드 버블을 잇는 연결 터널로 된 삼각지 안에 있어. 멍청한 관광객들로부터 완벽하게 떨어진 안전한 곳이고, 설령 뭔가 잘못된다 해도 산소는 그냥 진공으로 누출되어버리지. 탱크가 생존 지원센터와 연결되어 있긴 하지만, 지금은 바깥 공간에 실제 밸브로 분리되어 있어. 그러니 절대 도시에 위험을 가할 수 없지."

"흐음." 나는 테이블 위로 술잔을 돌렸다. "그러니까 제가 샌체즈의 산소 생산을 중단시키길 원하는군요."

"바로 그거야." 트론은 의자에서 일어나 술 진열장으로 걸어갔다. 이번에는 럼이 든 술병을 꺼내 들었다. "시에서는 빠른 해결을 원할 테고, 그때 내가 계약을 따내는 거지. 일단 그렇게 되면 용광로를 따로 세울 필요가 없어. 샌체즈는 공짜 전기 없이는 알루미늄을 만드는 게 아무 의미 없다는 것을 알 테니까. 결국 사업 전체를 내게 넘길 거야."

트론이 새로 술을 따라서 테이블로 돌아왔다. 테이블의 한쪽 면을 열자 여러 개의 스위치와 버튼이 보였다.

실내조명이 어두워지고 멀리 떨어져 있는 벽의 프로젝터 화면이 환해졌다.

"무슨 슈퍼 악당이라도 되는 거예요?" 나는 화면을 가리켜 보였다. "저거 말이에요."

"마음에 들어? 설치한 지 얼마 안 됐어."

화면은 '고요의 바다' 안에 있는 우리의 주거 지역을 찍은 위성사진을 보여주었다. 아르테미스는 햇빛을 받아 작은 물방울처럼 반짝이고 있었다.

"우리가 사는 곳은 저지대야." 트론이 말했다. "주변에 감람석과 티탄철석이 아주 많지. 철을 생산하기엔 최적의 환경이야. 하지만 알루미늄을 원한다면 회장석이 필요하단 말이지. 회장석은 이 주변에선 보기 어렵지만 고지대에는 널려 있지. 그래서 샌체즈의 수확기들은 여기서 남쪽으로 3킬로미터 떨어진 몰트케 언덕에서 작업하고 있어."

트론은 기즈모의 레이저 포인터로 도시의 남쪽 지역을 가리켰다.

"수확기들은 완벽하게 자동으로 움직여. 꼼짝할 수 없거나 다음에 뭘 해야 할지 모를 때에만 본부에 연락하지. 회사가 돌아가는 데 가장 중요한 부분이고, 모두 한 곳에 몰려 있지만, 경비는 전혀 없는 상태야."

"알겠어요." 내가 말했다. "무슨 얘길 하는진 알겠는데…"

"그래." 트론이 말했다. "수확기들을 못 쓰게 만들어 줬으면 해. 전부 다 한꺼번에 제거하는 거야. 그리고 절대로 수리할 수 없어야 하고. 샌체즈가 대체품을 지구에서 이곳까지 수송해 오는 데 한 달 정도 걸려. 그동안에는 회장석을 새로 구할 수가 없지. 회장석이 없으면 산소 생산을 못 하는 거고. 산소 생산이 중단되면 내가 이기는 거야."

나는 팔짱을 꼈다. "이걸 내가 해야 할지 모르겠네요, 트론. 샌체즈에서 일하는 직원이 100명쯤 되지 않아요? 사람들이 일자리를 잃는 건 원치 않는다고요."

"그건 걱정 마." 트론이 말했다. "그 회사를 사고 싶은 거지 망치고 싶은 건 아니니까. 모두 그대로 일하게 될 거야."

"좋아요, 하지만 난 수확기에 대해서 아는 게 없어요."

트론이 손가락으로 버튼들을 움직이자 화면이 수확기 사진으로 바뀌었다. 카탈로그에서 가져온 사진처럼 보였다. "수확기는 도요타의 '츠쿠루마' 모델이야. 내 창고에도 넉 대가 사용되기를 기다리고 있지."

우와. 이제야 알겠군. 수확기 정도 되는 크기의 물건은 부품들을 분리 수송한 다음 여기서 조립해야 한다. 게다가 비밀리에 진행하지 않으면 누군가 나서서 "이봐, 트론, 왜 당신 회사에서 수확기를 조립하고 있는 거야?" 따위의 곤란한 질문을 받게 된다. 트론은 오래전부터 부하들을 시켜 준비를 해왔던 것이다.

트론은 내 머릿속에서 톱니바퀴들이 돌아가고 있는 걸 본 게 분명했다. "그래, 꽤 오래전부터 이 일을 준비해 왔어. 어쨌든 원한다면 얼마든지 수확기를 살펴볼 수 있어. 물론 모두 비밀리에 말이지."

나는 의자에서 일어나 화면 쪽으로 걸어갔다. 세상에나, 수확기라는 놈은 짐승 같았다. "그러니까 이놈들의 약점을 찾아내는 게 제가 할 일이라는 거죠? 하지만 전 엔지니어가 아닌걸요."

"보안 장치라고는 전혀 없이 전자동으로 움직이는 차량들이야. 넌 똑똑하니까 틀림없이 찾아낼 수 있을 거야."

"좋아요, 하지만 붙잡히기라도 하면 어쩌죠?"

"재즈가 누구죠?" 트론은 연극하듯이 말했다. "배달하는 여성이요? 잘 모르겠는데. 그 사람은 왜 그런 짓을 했대요? 도무지 이해할 수가 없네."

"어떻게 될지 잘 알겠어요."

"솔직하게 말하는 것뿐이야. 만약 체포되더라도 날 끌고 들어가지 않겠다는 약속도 거래의 일부지."

"왜 저예요? 왜 제가 이걸 해낼 수 있으리라 생각하는 거죠?"

"재즈, 난 사업가야. 내가 하는 일이 활용도 낮은 자원을 개발하는 거라고. 그리고 넌 엄청나게 활용이 안 되고 있는 자원이야."

트론은 일어나서 진열장으로 걸어가더니 또다시 술을 따랐다. "넌 뭐든 될 수 있었어. 용접공이 되기 싫다고? 괜찮아. 과학자가 될 수도 있었으니까. 엔지니어, 정치가, 성공한 사업가, 뭐든. 하지만 넌 포터가 됐지."

나는 얼굴을 찡그렸다.

"평가하려는 게 아니야." 트론이 말했다. "그냥 분석하는 거지. 넌 정말로 똑똑하고 돈을 원해. 나는 정말로 똑똑한 누군가가 필요하고 돈이 있어. 관심 있나?"

"흠…" 잠시 생각했다. 가능하긴 한 일일까?

일단 에어로크에 접근해야 한다. 도시 전체에는 에어로크가 단 네 개 있고, 사용하려면 면허를 가진 선외활동 길드의 회원이어야만 한다. 에어로크의 조작반은 기즈모를 통해 이용자를 확인한다.

그러고 나면 몰트케 언덕까지 3킬로미터를 이동해야 한다. 어떻게 이동하지? 걸어서? 일단 도착하면 어떻게 해야 하나? 수확기에는 카메라가 달려 있고 운행을 하기 위해 360도로 움직이며 주위의 모든 걸 촬영한다. 어떻게 들키지 않고 망가뜨릴 수 있을까?

게다가 뭔가 구리다. 트론은 알루미늄 산업에 진출하는 이유를 말하면서 이상하게 얼버무리는 태도를 취했다. 뭔가 잘못되기라도 하면 위험에 처하는 건 트론이 아니라 나였다. 그리고 만약 붙잡히기라도 하면 나는 지구로 추방될 것이다. 지구에서는 혼자 살아가는 건 둘째치고 아마 일어서지도 못할 것이다. 난 여섯 살 때부터 달의 중력에서 살았다.

아무래도 안 되겠어. 난 밀수꾼이지 파괴 공작원이 아니잖아. 더군다나 전체적으로 뭔가 수상한 냄새도 나고.

"미안해요, 하지만 제가 할 일이 아닌 것 같아요. 다른 사람을 찾아보세요."

"100만 ğ를 주지."

"하죠!"

어이, 켈빈.

잘 지내? 요 며칠 연락을 못 했네. 체스 클럽에는 들어갔어?

근데 무슨 중학교 클럽에 가입조건이 다 있는 거니? 지원자가 득시글거려서 일부를 잘라내야 하나? 왜, 체스판이 부족한가? 아니면 탁자가 모자라나? 아니면 호주머니 필통이라도 부족한 거야?

학교에서 나를 영재반에 넣으려고 해. 또야. 아빠는 완전 그러고 싶어하지만, 왜 그래야 할까? 난 어차피 그냥 용접공이 돼버릴 텐데. 쇳조각을 서로 붙이는 데 미분을 배울 필요는 없잖아. 에휴….

참, 챠리시하고는 어떻게 됐어? 데이트 신청했어? 말은 걸어봤고? 아니면 네 존재감을 보여주긴 한 거야? 아니면 어떻게 해서든 그애를 피해 다니겠다는 그 훌륭한 계획을 계속 밀어붙이고 있는 거니?

• • •

재즈,

미안, 요즘 방과 후 활동이 많아서 바빴어. 그래, 나 체스 클럽에 들어갔어. 내 레벨을 알기 위해 게임을 몇 번 했는데 클럽에서 1,124라는 점수를 매겼어. 아주 잘하는 건 아니지만 더 잘하기 위해 배우고 연습하고 있어. 매일 컴퓨터랑 게임을 하는데, 이젠 사람들하고도 할 거야.

영재반에 들어가지 그러니? 학업 성취도는 부모님을 기쁘게 해드릴 수 있는 아주 좋은 방법이야. 한번 생각해 봐. 너희 아빠도 분명히 매우 자랑스러워하실 거야. 우리 부모님은 내가 심화반에라도 들어가면 엄청 좋아하실 거야. 하지만 수학이 어려워. 점수를 계속 올리고는 있는데, 그래도 어려워. 그래서 날마다 다짐하고 있어. 나는 로켓을 만들고 싶으니까. 수학을 잘하지 않고는 로켓을 만들 수가 없거든.

챠리시하고는 아직 얘기 못 해봤어. 나 같은 애한테는 분명 관심 없을 거야. 여자애들은 덩치가 크고 힘도 세고 다른 남자애들을 때려주는 애들을 좋아하잖아. 난 그런 부류가 아니고. 말을 걸면 망신만 당할 거야.

. . .

켈빈,

친구야.

어디서 여성에 대한 정보를 얻는지는 모르지만, 네 생각은 틀렸어. 여자애들은 멋지고 웃게 해주는 남자애를 좋아해. 우린 싸움하는 남자애를 질색하고 멍청한 남자애를 싫어해. 내 말을 믿어.

아빠가 시켜서 작업장 일을 돕고 있어. 간단한 일은 혼자서도 할 수 있어. 아빠가 돈을 주는 건 좋아. 하지만 이제 수입이 생겼다면서 용돈을 끊었어. 그러니까 지금 나는 공짜로 받는 용돈보다 조금 더 벌겠다고 일을 하고 있는 거야. 내가 그러자고 동의한 건지는 확실치 않지만, 어쩌겠어.

아빠는 용접공 길드하고 관계가 좋지 않아. 이곳에서는 프리랜서로 일하든지 아니면 길드에 들어가야 해. 그리고 길드는 프리랜서를 싫어하지. 아빠는 대체로 길드하고 문제가 없지만, 용접공 길드가 '폭력단화'되었다고 해. 내 생각엔 길드가 사우디 조직범죄단에 소속된 것 같아. 왜 사우디냐고? 몰라. 이곳 용접공들은 거의 다 사우디 사람들이야.

어쨌든 길드는 말도 안 되는 작전으로 사람들을 강제로 끌어들이고 있어. 영화처럼 협박하거나 그런 건 아니야. 그냥 소문을 퍼뜨려. 부정직하고 일을 엉망으로 한

73

다는 소문. 그런 식이야. 하지만 아빠는 평생 동안 평판을 쌓아왔어. 거짓 소문은 곧 사라질 거야. 아빠 고객들은 그런 소문을 안 믿거든.

아빠, 파이팅!

...

재즈,

용접공 길드 일은 유감이구나. KSC에는 노조나 길드가 없어. 이곳은 특별행정구역이고, 노조에 도움이 될 일반 법률은 통하지 않아. KSC는 케냐 정부에 미치는 힘이 커. KSC를 위한 특별법도 많아. 하지만 KSC는 우리 모두에게 엄청 도움이 되니까 특별한 대접을 받을 자격이 있지. KSC가 없다면 우린 다른 아프리카 나라들처럼 가난할 거야. 지구로 이사 오는 거 생각해 본 적 있니? 넌 분명히 과학자나 엔지니어가 되고 돈도 많이 벌 거야. 넌 사우디아라비아 국민이잖아?! 그 나라에는 큰 회사도 많아. 똑똑한 사람들을 위한 일자리도 많고.

...

켈빈,

아니, 지구에서 살고 싶지는 않아. 난 달나라 소녀라고. 또 지구에 가게 되면 엄청난 의학적 혼란이 생겨. 난 이곳에서 인생의 절반 이상을 살았어. 그래서 내 몸은 지구 중력의 6분의 1에 익숙해졌지. 지구로 가려면 그전에 여러 가지 훈련을 해야 하고 근육과 뼈가 자라는 걸 자극하기 위해 특별한 약을 먹어야 해. 그런 다음 매일 몇 시간씩 인공중력 회전 장치 속에서 있어야 하고…. 우웩. 사양하겠어.

챠리시한테 말 한번 걸어봐, 이 겁쟁이야.

03

나는 올드린 다운 7의 거대한 통로를 살금살금 걸어갔다. 몰래 움직일 필요는 없었다. 워낙 꼭두새벽이라 아무도 없었으니까.

새벽 5시는 내게 대체로 이론상으로나 있는 개념이다. 존재한다는 건 알지만 실제로 체험한 적은 거의 없다. 체험하고 싶지도 않고. 하지만 오늘 아침은 달랐다. 트론은 비밀이라는 점을 강조했고, 우리는 정상적인 업무시간 전에 만나야만 했다.

20미터마다 커다란 창고 문이 있었다. 이쪽 지역의 공간들은 수가 적은 대신 넓었는데, 사업체들이 얼마나 돈을 쌓아놓고 있는지 보여주는 증거였다. 트론의 회사 작업장에는 그냥 'LD7-4030─란비크 산업'이라는 간판만 붙어 있었다.

문을 두드렸다. 잠시 후 문이 조금 스르륵 열렸다. 트론이 고개를 내밀더니 통로 양쪽을 살폈다.

"미행당했나?"

"그럼요." 내가 말했다. "놈들을 당신한테 바로 데려왔죠. 알고 보니 제가 그리 똑똑하지 않았나 봐요."

"건방진 녀석."

"의심 많은 양반."

"들어오라고." 그는 들어오라는 손짓을 해보였다.

내가 살며시 안으로 들어가자 트론이 재빨리 문을 닫았다. 트론은 이렇게 하면 들키지 않을 거라고 생각하는 모양이었다. 어쨌든 100만 ħ를 준다는 거잖아. 원한다면 007 흉내라도 내야지.

작업장은 사실상 차고였다. 엄청나게 거대한 차고. 정말이지 이런 공간을 갖기 위해서라면 살인이라도 저지를 것 같았다. 한쪽 구석에 작은 집을 짓고, 음… 나머지 공간에는 가짜 잔디라도 깔까? 똑같이 생긴 수확기 네 대가 각각 별도로 분리된 공간에 자리를 잡은 채 실내를 채우고 있었다.

나는 가장 가까운 수확기로 걸어가 살펴보았다. "와."

"그래." 트론이 말했다. "가까이에서 보기 전에는 얼마나 큰지 알 수가 없지."

"이걸 어떻게 아무도 모르게 갖고 들어온 거예요?"

"쉽진 않았어." 트론이 말했다. "조각조각 난도질해서 여기로 가져왔어. 가장 신뢰하는 사람들만 알고 있지. 입 닫고 지내는 법을 아는 정비공 일곱 명을 데리고 다시 조립했고."

나는 동굴 같은 작업장을 자세히 둘러보았다. "여기엔 아무도 없나요?"

"당연히 없지. 널 고용했다는 걸 아무도 몰랐으면 했거든."

"마음이 아프군요."

수확기는 높이 4미터, 폭 5미터, 길이 10미터였다. 태양열 흡수를 최소화하기 위해 차체엔 반사 물질이 입혀져 있었다. 이 짐승에겐 바퀴가 여섯 개나 있었는데 지름이 무려 1.5미터였다. 거대하고 텅 빈 우묵한 짐칸이 기계의 대부분을 차지했다. 짐칸 앞쪽에 달린 강력한 유압식 기계와 뒤쪽 경첩이 짐칸 속 내용물을 쏟아내는 장치였다.

수확기 앞쪽에는 커다란 버킷이 관절 부위에 접합되어 있었다. 사람이 타는 곳은 당연히 없었다. 수확기는 자동화 기계였다. 그럼에도 필요할 경우 원격 조작도 가능했다. 조종석이 있을 법한 자리에는 밀봉된 금속 상자가 자리하고 있었다. 상자에는 도요타 로고와 함께 '츠쿠루마'라는 글자가 멋진 서체로 새겨져 있었다.

바퀴 달린 공구함과 정비용 장비 들이 작업자들이 일을 마치고 가면서 놓아둔 대로 여기저기 수확기 주변에 놓여 있었다.

"역시, 쉽지 않겠어요." 나는 상황을 받아들이며 말했다.

"뭐가 문제야?" 트론이 바퀴 중 하나로 걸어가 기대서면서 말했다. "그냥 로봇이잖아. 아무런 방어 장치도 없어. 그냥 길 찾기를 위한 인공지능일 뿐이야. 너랑 커다란 아세틸렌 탱크가 결합하면 분명 뭔가를 찾아낼 수 있을 거야."

"이놈들이야말로 탱크라고요, 트론. 해치우기가 쉽지 않겠어요." 나는 수확기 뒤쪽으로 돌아가 차대 아래를 자세히 살펴보았다. "그리고 온통 카메라가 달려 있잖아요."

"당연하지." 트론이 말했다. "길을 찾아가려면 필요하니까."

"화면이 관리자에게 전송된다고요." 내가 말했다. "만약 연결이 끊어지면 관리자가 무슨 일인지 확인하려고 화면을 되감아 보겠죠. 그들이 날 알아볼 거예요."

"그럼 선외활동 우주복에서 정체를 알 수 있는 표시를 모두 가려." 트론이 말했다. "문제없잖아."

"아, 왜 문제가 없어요. 그들은 도대체 무슨 일이 벌어진 건지 알아보려고 선외활동 마스터들에게 연락할 테고, 그러면 선외활동 마스터들이 절 잡으러 출동할 거라고요. 제가 누군지는 모르지만 끌고 들어가서 헬멧을 벗기면 마치 만화처럼 뽕 하고 정체가 드러나는 거죠."

트론은 수확기를 돌아서 내가 있는 쪽으로 왔다. "무슨 말인지 알겠군."

나는 양손으로 머리칼을 쓸어 넘겼다. 아침에 샤워를 하지 못했다. 마치 기름 덩어리인 내 몸이 더 지저분한 기름 통에 푹 빠졌다가 나온 기분이었다. "시간을 끌 수 있는 게 뭐가 있나 한번 찾아봐야겠어요. 그러면 제가 도시로 돌아온 다음에 일이 벌어지겠죠."

"그리고 잊지 마. 넌 이놈들을 완전히 망가뜨려야 해. 만일 어떻게든 고칠 수 있다면 샌체즈 수리공들이 며칠 만에 정상으로 되돌려 놓을 테니까."

"네, 알겠어요." 나는 턱을 괴고 말했다. "배터리는 어디 있죠?"

"앞쪽에. 도요타 로고가 있는 상자가 배터리야."

나는 앞쪽 짐칸 주변에서 기본적인 안전개폐기를 찾아냈다. 개폐기 내부에는 전류의 급증이나 합선으로부터 제품을 보호하기 위한 주 차단기가 설치되어 있었다. 기억해 둘 만했다.

가까운 공구 캐비닛에 몸을 기대고 섰다. "광석을 가득 채우면 그걸 용광로로 가져가나요?"

"그렇지." 트론은 렌치를 집어 들더니 공중으로 던졌다. 렌치는 천장을 향해 높이 날아올랐다.

"그러고 나서는… 어떻게 되죠? 싣고 온 걸 내려놓고는 다시 몰트케로 돌아가나요?"

"일단 재충전부터 하지."

나는 매끈한 반사 재질 금속으로 된 짐칸을 손으로 쓸어보았다. "배터리는 얼마나 크죠?"

"2.4메가와트시."

"와!" 나는 트론에게 고개를 돌렸다. "그 정도 힘이면 아크용접도 하겠는데요."

그는 어깨를 으쓱했다. "암석 100톤을 싣고 다니려면 에너지가 필요하지."

수확기 아래로 기어들어갔다. "열 방출은 어떻게 하죠? 상전이(相轉移) 물질을 바르나요?"

"몰라."

진공 상태에서는 열을 제거하는 것이 어렵다. 열을 빼앗아 갈 공기가 없기 때문이다. 그리고 전력을 사용하면 모든 에너지가 궁극적으로 열로 바뀌게 된다. 애초에 에너지는 전기 저항이나 동력 부품의 마찰, 배터리 내부의 화학 반응 등 다양한 이유로 생겨난다. 하지만 결국 모든 에너지는 열이 된다.

아르테미스의 복잡한 냉각 시스템은 열기를 원자로 시설 근처에 있는 발열 패널로 전달한다. 그늘에 자리 잡은 패널들은 천천히 적외선 에너지를 발산한다. 하지만 수확기는 독립적으로 움직인다.

잠시 살펴보던 나는 찾고 있던 걸 발견했다. 열 방출 시스템의 밸브였다. 어떤 방식으로 작용하는지 금방 알아볼 수 있었다. 예전에 아빠와 함께 월면 이동 차량인 로버를 수리할 때 여러 번 장착해 본 적이 있었다.

"역시 왁스였군요."

트론의 발이 다가오는 게 보였다. "그게 무슨 말이야?"

"배터리와 모터 덮개가 고형 왁스로 가득 찬 용기 속에 들어 있는 거예요. 왁스를 녹이는 데는 많은 에너지가 소비되니까, 그러면서 열이 방출되는 거죠. 왁스 층을 냉각 파이프들이 둘러싸고 있어요. 수확기가 재충전하려고 본부로 오면 파이프에 차가운 물을 밀어 넣어 왁스를 식히고, 그러는 과정에서 가열된 물을 다시 빼내는 거죠. 그러고 나서 수확기들이 다시 작업을 나간 여유 시간에 물을 식히는 거고요."

"그러니까 수확기를 과열시킬 수 있다는 거야?" 트론이 물었다. "그게 계획인가?"

"그리 간단치 않아요. 과열을 막는 안전장치들이 있거든요. 수확기는 온도가 내려갈 때까지 그냥 멈춰 있을 거예요. 그럼 샌체즈의 기술자들이 즉각 문제를 해결할 거고. 아, 다른 생각이 있어요."

나는 수확기 아래에서 기어 나와 일어서서는 등을 쭉 폈다. 그런 다음 옆으로 기어올라 짐칸 안으로 내려섰다. 말을 하니 목소리가 울렸다. "이곳을 볼 수 있는 카메라가 있나요?"

"왜?" 트론이 물었다. "아! 수확기에 올라타서 몰트케 언덕까지 가려는 거군!"

"트론, 여기도 카메라에 보여요?"

"아니. 카메라의 용도는 이동이야. 바깥쪽을 향하고 있지. 이봐, 도시에서는 어떻게 빠져나갈 셈이야? 마음대로 에어로크를 이용할 수가 없잖아."

"그건 걱정 마세요." 짐칸에서 기어 올라와 4미터 아래 바닥으로 뛰어내렸다. 의자를 끌어당겨 돌린 다음 그 위에 다리를 벌리고 앉았다. 손바닥으로 턱을 받치고 멍하니 생각에 잠겼다.

트론이 옆으로 몇 걸음 다가왔다. "어떻게 할 건데?"

"생각 중이에요."

"그렇게 앉아 있을 때 얼마나 섹시해 보이는지 아나?"

"당연하죠."

"그럴 줄 알았다니까!"

"집중하는 중이거든요."

"미안."

한참 동안 수확기를 바라보았다. 트론은 별생각 없이 차고를 돌아다니며 연장을 만지작거렸다. 그는 천재적인 기업가지만 참을성은 열 살짜리 아이와도 같았다.

"좋아요." 마침내 내가 말했다. "계획을 세웠어요."

"그래?" 트론은 드라이버를 내려놓고 얼른 다가왔다. "말해봐."

나는 고개를 저었다. "세부적인 일은 걱정 마세요."

"난 구체적인 게 좋더라고."

"누구나 비밀이 있는 법이죠." 나는 일어섰다. "하지만 모든 수확기를 완벽하게 망가뜨릴 거예요."

"그거 멋지군!"

"됐어요. 이제 집에 갈래요. 샤워해야겠어요."

"그래." 트론이 말했다. "정말 그래야 할 것 같아."

일단 관으로 돌아온 나는 술에 취한 졸업파티 데이트 상대보다 더 빠른 동작으로 옷을 벗어 던졌다. 그리고 목욕가운을 입고 샤워장으로 향했다. 심지어 200g를 추가 지불하고 욕조에 몸을 담갔다. 기분이 좋았다.

평소처럼 배달 일을 하면서 하루를 보냈다. 크게 한탕하기 직전인데 판에 박힌 내 일상에 변화가 생겼다는 사실을 어떤 예민한 녀석이 눈치채는 일은 없었으면 했다. 그냥 평범한 하루였다. 아무렇지 않은 것처럼 휘파람 부는 모습을 보일 필요까지는 없었다. 오후 4시쯤까지 일했다.

집에 가서 누운 다음에는(일어설 수 있지만 누웠다는 얘기가 아니다) 약간의 조사를 했다. 지구인들이 부러운 점이 한 가지 있다. 더 빠른 인터넷. 아르테미스에도 자체 네트워크가 있지만 슬러그 거래나 이메일 사용에나 유용할 뿐 웹 검색에 필요한 서버는 모두 지구에 있다. 다시 말해, 뭔가를 입력할 때마다 최소 4초는 기다려야 한다는 뜻이다. 빛의 속도는 내 마음에 들 정도로 빠르지는 않았다.

차를 너무 많이 마셔서 20분에 한 번씩 공동 화장실로 종종걸음을 해야 했다. 그렇게 몇 시간 조사를 한 나는 결론 내렸다. 나만의 화장실을 반드시 갖고야 말겠다고.

하지만 그런 생각 끝에 한 가지 계획을 세웠다. 그리고 모든 좋은 계획이 그렇듯이, 미치광이 우크라이나 사내가 필요해졌다.

ESA(유럽우주국) 연구센터에 트리거를 세운 다음 좁은 통로에 주차했다.

아르테미스에 최초로 입주한 기관은 세계 각국의 우주국들이었다. 옛날에는 암스트롱의 지상층이 도시에서 가장 좋은 부동산이었다. 그 뒤로 네 개의 버블이 추가로 갑자기 생겨났지만, 우주국들은 원래 자리에 그대로 남았다. 한때 최첨단이었던 디자인은 이제 20년 뒤떨어진 모습이었다.

나는 트리거에서 뛰어내려 연구소로 들어갔다. 첫 번째 방은 손님을 맞는 작은 공간이었는데 부동산이 지금보다 많이 모자라던 과거의 모습 그대로였다. 네 개의 통로가 이상한 각도로 이어져 있었다. 일부 출입문은 다른 문들이 열려 있는 동안에는 열 수 없었다. 17개국의 정부가 위원회를 구성해 연구소를 설계해서 나온 결과물은 인체공학적 미숙아였다. 가운데 문으로 들어가 통로를 따라 거의 끝까지 간 다음 초소형 전자공학 연구실로 들어갔다.

마르틴 스보보다는 현미경 위로 몸을 숙인 채 보지도 않고 커피를 향해 손을 뻗고 있었다. 그의 손은 치명적인 산성 용액이 든 비커 세 개를 지나서 머그잔을 잡았다. 그는 커피를 한 모금 마셨다. 이 멍청한 인간은 언젠가 자기 손에 죽고 말 거라고 나는 확신한다.

스보보다는 4년 전 ESA에서 초소형 전자공학 제조기술 연구를 위해 아르테미스로 파견 나왔다. 보아하니 그쪽 분야에서는 달이라는 장소가 특별한 장점을 지닌 듯했다. ESA 연구소는 사람들이 매우 탐내는 근무지인데, 그렇다면 스보보다는 실력이 좋은 것이 분명했다.

"스보보다." 내가 말했다.

무응답. 그는 내가 들어온 것도 눈치채지 못했고 내가 부른 것도 듣지 못했다. 항상 그런 식이었다.

내가 뒤통수를 찰싹 때리자 스보보다는 펄쩍 뛰며 현미경에서 물러섰다. 그리고 사랑하는 이모를 바라보는 아이 같은 미소를 지었다. "오! 안녕, 재즈! 무슨 일이야?"

나는 그의 맞은편에 놓인 스툴에 앉았다. "너의 미치광이 과학이 좀

83

필요해서.”

“좋아!” 스보보다는 스툴을 빙그르르 돌려 나를 마주 보았다. “뭘 해줄까?”

“전자 장치가 필요해.” 나는 주머니에서 배선도를 꺼내 내밀었다. “이거야. 혹은 이거랑 비슷한 거.”

“웬 종이?” 스보보다는 배선도가 소변 샘플이라도 되는 것처럼 받아 들었다. “종이에 써온 거야?”

“설계도 앱 쓰는 방법을 몰라서.” 내가 말했다. “그냥… 어떻게 생각해?”

스보보다는 종이를 펼치더니 내가 휘갈겨 쓴 것을 보며 얼굴을 찌푸렸다. 그는 아르테미스에서 최고의 전기 기술자다. 이런 건 그에게 전혀 문제 될 리 없었다.

그는 그림을 옆으로 돌렸다. “왼손으로 그리기라도 한 거야?”

“난 화가가 아니라고, 알겠어?”

그는 턱을 괴고 말했다. “그림 솜씨는 접어두고, 이거 우아한 디자인인데. 어디서 베끼기라도 한 거야?”

“아니, 왜? 뭐가 잘못됐어?”

그는 눈썹을 추켜세웠다. “정말 잘 그렸네.”

“고마워.”

“이렇게 재능 있는지는 몰랐어.”

나는 어깨를 으쓱했다. “인터넷에서 전자공학 강좌를 찾아서 공부했어.”

“독학했다고?” 스보보다는 다시 배선도를 들여다보았다. “얼마나 오래?”

"오후 내내."

"이걸 오늘 다 배웠다고? 재즈, 넌 훌륭한 과학자가 될 수…."

"그만해." 나는 손을 들어 저지했다. "듣고 싶지 않아. 만들 수 있어, 없어?"

"있지, 당연히." 그가 말했다. "언제 필요한데?"

"빠를수록 좋지."

스보보다는 배선도를 연구소 탁자 위로 던졌다. "내일까지 만들어 줄게."

"좋아." 나는 스툴에서 뛰어내려 기즈모를 꺼냈다. "얼마야?"

그는 망설였다. 협상 중에 그런 모습을 보이는 건 결코 좋은 신호가 아니다.

스보보다는 오랫동안 나를 위해 갖가지 일을 해주었다. 대개는 밀수한 전자 제품에서 복제 방지용 칩을 제거하는 일이었다. 프리랜서로 일할 때는 보통 2,000ǧ를 받았다. 이번이라고 달라질 이유가 뭐 있나?

"2,000ǧ?" 내가 제안했다.

"흠." 그가 말했다. "서로 주고받는 건 어때?"

"좋지." 나는 기즈모를 치웠다. "뭐 몰래 들여올 거라도 있어?"

"아니."

"그렇구나." 빌어먹을, 나는 밀수꾼이란 말이야! 왜 사람들은 내게 자꾸 다른 일을 요구하는 걸까?

스보보다는 일어서더니 따라오라며 손짓해 보였다. 나는 그를 따라 비밀 작업을 하는 연구실 구석 자리로 갔다. 유럽 납세자들이 사준 장비가 있는데 뭐하러 개인 장비를 따로 사겠는가?

"잘 봐!" 스보보다는 테이블 위를 가리켰다.

가운데에 놓여 있는 물건은 별로 볼 것도 없었다. 그냥 뭔가가 안에 든 작고 투명한 플라스틱 상자였다. 나는 자세히 들여다보았다. "이거 콘돔이야?"

"그래!" 스보보다가 자랑스레 말했다. "최근 발명품이지."

"중국인들이 이미 700년이나 앞서 만든 거잖아."

"이건 흔히 보는 콘돔이 아니야!" 스보보다는 보온병 크기의 원통형 물건을 내게 내밀었다. 파워 케이블과 경첩 뚜껑이 달려 있었다. "이거랑 세트야."

나는 뚜껑을 열었다. 안쪽 벽에 작은 구멍들이 있고 바닥에는 끝이 둥근 금속 실린더가 박혀 있었다. "음, 그래…."

"이걸 한 개에 3,000g씩 받고 팔면 큰돈을 벌 수 있어."

"콘돔은 하나에 50g밖에 안 해. 뭐하러 이걸 사겠어?"

그는 씩 웃었다. "이건 재사용이 가능해!"

나는 눈을 깜박였다. "지금 장난하는 거지?"

"무슨 소리! 이건 얇지만 오래가는 물질로 만들었어. 수백 번을 써도 괜찮다고." 스보보다는 장치의 둥근 금속 봉 부분을 가리켰다. "사용한 다음에는 콘돔을 뒤집어서 이 실린더에 끼운 다음…."

"우웩."

"그런 다음에 세척기를 켜는 거야. 액체를 이용한 세척 과정이 지나고 10분 동안 고온을 가하는 거지. 그러면 소독이 돼서 다시 사용할 수…."

"맙소사, 말도 안 돼."

"어쩌면 먼저 헹궈야 할 수도 있어."

"그만해!" 내가 말했다. "어떤 사람이 이런 걸 원하겠어?"

"길게 보면 돈을 아낄 수 있어. 그리고 그냥 콘돔보다 실패할 확률도 적다고."

나는 최대한 미심쩍어하는 표정으로 그를 노려보았다.

"계산해 봐." 스보보다가 말했다. "보통 콘돔은 너무 비싸. 이곳에서는 콘돔을 안 만들잖아. 라텍스를 만들 원재료가 없으니까. 하지만 내가 만든 제품은 최소 200번은 사용할 수 있어. 그렇다면 1만 ğ를 아끼는 거지."

"진짜 그렇네⋯" 이제야 내 관심을 끌 만한 얘길 하는군. "좋아, 어쩌면 아주 정신 나간 소리는 아닌 것 같네. 하지만 지금 당장은 투자할 만한 돈이 없는데⋯"

"아, 투자자를 찾는 게 아니야. 테스트해 볼 사람이 필요한 거지."

"나한테 그걸 테스트할 수 있는 거시기라도 달렸다고 생각하는 거야?"

스보보다는 눈을 굴렸다. "어떤 느낌인지 알고 싶어."

"난 너랑 섹스할 생각 없어."

"아니, 아니야!" 스보보다는 움찔했다. "그냥 다음에 네가 섹스할 때 사용해 봤으면 하는 거야. 그리고 사용해 보니 어땠는지 얘기해 주면 돼."

"직접 여성이랑 해보고 물어보지그래?"

스보보다는 자기 신발을 내려다보았다. "난 애인도 없고 여성들한테 너무 서툴러서 말이야."

"올드린에 창녀촌이 잔뜩 있잖아! 고급이든 싸구려든 원하는 건 뭐든."

"그건 좋은 생각이 아니야." 스보보다는 팔짱을 꼈다. "재미로 섹스

87

하는 여성한테서 자료를 얻어야 해. 섹스에 경험이 좀 있어야 하는데, 그 말은 바로 네가…"

"말조심…"

"그리고 가까운 미래에 섹스할 가능성이 높아야 해. 그것 역시 네가…"

"다음 말은 현명하게 선택해."

스보보다는 잠시 멈칫했다. "어쨌든 그래. 내가 뭘 원하는지 알 거야."

나는 끙 소리를 냈다. "그냥 2,000g 받으면 안 돼?"

"돈은 필요 없어. 테스트가 필요해."

나는 콘돔을 노려보았다. 보기엔 아주 평범해 보였다. "괜찮은 거지? 찢어지거나 하는 건 아니겠지?"

"아, 당연하지. 내가 여러 번 테스트해 봤다니까. 늘려보고 압박도 가하고 마찰도 시키고 다 해봤어."

갑자기 불쾌한 생각이 머릿속에 떠올랐다. "잠깐만. 이거 네가 사용한 거야?"

"아니, 하지만 내가 사용했다고 해도 문제 될 건 없어. 세척 과정을 거치면 살균이 되니까."

"지금 나랑 농담…." 나는 말을 멈추고 숨을 들이마셨다. 그리고 최대한 차분하게 말했다. "문제가 돼, 스보보다. 생물학적으로 말고 심리적으로."

그는 어깨를 으쓱했다.

나는 잠시 신중하게 생각한 다음 마침내 말했다. "좋아, 그렇게 하자고. 하지만 이것 때문에 누군가를 붙잡아서 자겠다는 약속을 하는 건 아니야."

"그럼, 당연하지." 그가 말했다. "그저 언제든 자연스럽게 다음번에 하게 되면, 알지?"

"그래, 알았어."

"좋았어!" 스보보다는 콘돔 상자와 세척 장치를 집어서 내게 내밀었다. "뭐든 물어볼 게 있으면 연락해."

나는 조심스럽게 물건을 건네받았다. 뭐 자랑스러워할 만한 순간은 아니지만 논리적으로 말해서 잘못된 건 없었다. 그저 물건 테스트를 좀 해주는 것뿐이니 이상할 거 없다, 그런 거지?

그렇잖아?

나는 떠나려고 돌아섰다. 그러다 멈춰 서서 그를 돌아봤다. "저기… ZAFO라고 들어봤어?"

"아니, 말아야 하는 거야?"

"그런 건 아니고, 잊어버려. 내일 오후에 물건 가지러 들를게."

"내일 나 쉬는 날이야. 대신 공원에서 만날래? 오후 3시 어때?"

"좋아." 내가 말했다.

"무슨 일에 쓸 건지 물어봐도 돼?"

"안 돼."

"알았어. 내일 봐."

콘래드 다운 6.

나는 트리거를 몰고 익숙한 통로를 지나는 동안 가슴이 무너지는 것 같은 기분을 애써 무시하려 애썼다. 구불구불한 모든 통로와 상점들, 벽의 긁힌 곳까지 전부 익숙했다. 눈을 감은 채 메아리 소리와 주변 소음만으로도 어딘지 알아맞힐 수 있었다.

모퉁이를 돌아 '장인 거리'로 들어섰다. 아르테미스 최고의 장인들이 이곳에서 일했지만 번쩍거리는 간판이나 광고 같은 건 없었다. 그들은 고객을 끌어들일 필요가 없었다. 평판을 통해 사업하는 사람들이니까.

CD6-3028 앞에 카트를 세우고 내려 문 앞에서 잠시 머뭇거렸다. 순간적으로 두려운 마음에 돌아섰지만, 다시 마음을 다져 먹고 돌아서서 초인종을 눌렀다.

그을린 얼굴의 남성이 문을 열었다. 잘 다듬은 수염에 하얀색 타끼야(이슬람교도들이 쓰는 모자-옮긴이)를 쓴 남성은 잠시 아무 말 없이 바라보다가 말했다. "응?"

"안녕하세요, 아빠." 나는 아랍어로 말했다.

"문제 생겼냐?"

"아뇨."

"돈이 필요해?"

"아뇨, 아빠. 나 이제 독립했잖아요."

아빠는 눈살을 찌푸렸다. "그럼 여긴 왜 왔어?"

"딸이 그냥 아빠를 존경하는 의미에서 찾아오면 안 되나요?"

"헛소리 집어치워." 아빠는 영어로 말했다. "왜 찾아온 거야?"

"용접 장비 좀 빌리러 왔어요."

"재미있구나." 아빠는 문을 열어둔 채 작업장 안으로 들어갔다. 그게 곧 아빠가 내게 들어오라는 말이기도 했다.

오랜 세월이 지났지만 바뀐 것은 많지 않았다. 방화벽이 설치된 작업장은 전에 그랬던 것처럼 덥고 비좁았다. 꼼꼼하게 정리해 둔 아빠의 장비들이 벽에 걸려 있었다. 작업 테이블이 실내 한구석을 차지하고 있고 그 옆으로는 용접 마스크가 여러 개 보였다.

"이리 와라." 아빠가 말했다. 나는 아빠를 따라 뒷문을 지나 집 안으로 들어섰다. 작은 거실은 내가 사는 초라하고 더러운 곳에 비하면 으리으리했다.

아빠 집에는 한쪽 벽에 관 모양의 침상이 두 개 있었다. 아르테미스의 하류층 집에서는 흔히 볼 수 있는 형태였다. 따로 마련된 침실보다야 못하겠지만 그래도 사생활이 허락되니 좋았다. 나는 이 집에서 자랐다. 저 침상에서… 이런저런 짓을 했다.

아빠가 사용하는 조리 구역에는 실제 불을 사용할 수 있는 스토브가 있었다. 방화벽이 설치된 집에 사는 몇 안 되는 장점 중 하나였다. 전자레인지보다 훨씬 좋았다. 혹여 진짜 스토브가 있다고 하니 맛있는 요리를 떠올릴 수도 있는데, 그건 잘못된 생각이다. 아빠는 최선을 다했지만 경크는 경크였다. 해조류로는 요리하는 데 분명 한계가 있다.

그렇지만 한 가지 큰 변화가 있었다. 안쪽 벽을 따라서 폭 1미터짜리 얇은 금속이 바닥에서 천장까지 이어져 있었다. 수직은커녕 수직과 비슷하지도 않았다. 내가 보기에는 수직에서 20도 내지 30도는 기울어져 있는 것 같았다.

나는 새로 생긴 걸 가리켰다. "도대체 저건 뭐죠?"

아빠는 그쪽을 바라보았다. "최근에 생각나서 만들었어."

"뭐에 쓰는 건데요?"

"맞혀봐."

하! 아빠가 저 말을 할 때마다 1g씩 생겼다면 내 평생… 아빠는 절대 그냥 답을 말해주지 않았다. 모든 것은 빌어먹을 배워야 하는 경험이었다.

아빠는 이런 식의 하찮은 퀴즈를 낼 때 늘 그랬던 것처럼 팔짱을 끼고 나를 바라보았다.

나는 가까이 다가가서 금속판을 만져보았다. 너무나 당연하게도 상당히 견고했다. 아빠는 뭐든 엉터리로 만드는 법이 없었다. "2밀리미터짜리 알루미늄판이네요?"

"맞아."

"그렇다면 옆으로 힘을 받을 일은 없다는 거고…" 손가락으로 금속판과 벽이 만나는 곳을 훑었다. 20센티미터 간격으로 작은 돌출부가 튀어나와 있었다. "점용접을 했어요? 아빠답지 않네요."

아빠는 어깨를 으쓱했다. "멍청한 짓일 수도 있으니까. 아직 완전히 고정시키지 않았어."

천장에서 겨우 몇 센티미터 떨어진 금속판 꼭대기에 고리 두 개가 튀어나와 있었다. "판에 뭔가를 걸려는 거군요."

"맞아. 근데 뭘까?"

금속판을 위아래로 바라보았다. "각도가 좀 특이하다는 게 열쇠인데… 각도기 좀 빌릴 수 있나요?"

"내가 고생을 덜어주지." 아빠가 말했다. "수직에서 22.9도야."

"흠…." 내가 말했다. "아르테미스의 경도가 22.9도인데…. 아, 알겠어요." 나는 몸을 돌려 아빠와 마주 보았다. "기도를 위한 거네요."

"맞았어." 아빠가 말했다. "난 기도 벽이라고 부른단다."

달은 늘 같은 면이 지구를 향하고 있다. 그래서 우리는 궤도를 돌지만 우리가 볼 때 지구는 움직이지 않는다. 엄밀히 말하면 달의 칭동(어떤 값을 중심으로 진동하는 현상-옮긴이) 때문에 약간씩 흔들려 보이기는 하지만, 우리의 작고 예쁜 머리로 군이 그런 걱정까지 할 필요가 있을까? 중요한 건 지구는 하늘에 고정되어 있다는 것이다. 지구는 제자리에서 돌면서 주기적으로 모습이 변하지만 움직이지는 않는다.

경사면은 지구를 향하고 있고 아빠는 기도하는 동안 메카를 향할 수 있다. 이곳에 사는 무슬림들은 대부분 그냥 서쪽을 보고 기도한다. 내가 본 아빠도 평생 그렇게 해왔다.

"어떻게 사용하려고요?" 내가 물었다. "특별히 고안된 끈이나 뭐 그런 거라도 있어요? 그러니까, 거의 수직이잖아요."

"바보 같은 소리 마." 아빠는 양손을 기도 벽에 대더니 앞으로 몸을 기댔다. "이렇게. 아주 간단하고 쉽지. 그리고 달에서는 서쪽을 보는 것보다 이렇게 하는 것이 키블라(이슬람교에서 예배하는 방향-옮긴이)에 더 가까워."

"정말 웃겨요, 아빠. 오스트레일리아에 사는 무슬림은 땅굴을 파고 얼굴이라도 박아야겠네요. 무함마드께서 무척이나 감동하시겠어요."

"이 녀석!" 아빠가 날카롭게 말했다. "이슬람교를 믿을 것도 아니면서 선지자에 대해 말하지 마."

"네, 그러죠." 나는 고리를 가리키며 물었다. "저건 왜 필요하죠?"

"맞혀봐."

"어이쿠!" 내가 말했다. 그러고는 마지못해 덧붙였다. "기도용 깔개라도 붙이나요?"

"맞아." 아빠는 조리 구역 근처 테이블로 걸어가서 의자에 앉았다. "원래 쓰던 기도 깔개에 구멍을 내고 싶지 않아서 새로 하나를 지구에 주문했다. 몇 주 후면 올 거야."

나는 반대편 의자에 앉았다. 평생 수도 없이 밥을 먹던 자리였다. "화물 송장 번호 있어요? 내가 더 빨리 받을 수 있게…."

"아냐, 괜찮아."

"아빠, 연줄을 이용하는 게 불법은 아니에요."

"그래도 괜찮아." 아빠가 이번에는 좀 더 크게 말했다. "그 이야기는 더 하지 말자."

나는 이가 갈렸지만 아무 소리도 하지 않았다. 이야기 주제를 바꿀 때였다. "이상한 질문이지만 'ZAFO'라고 들어본 적 있어요?"

아빠는 눈썹을 추켜세웠다. "고대 그리스의 레즈비언 말이야?"

"아뇨, 그건 사포(Sappho)죠."

"아, 그럼 몰라. 그게 뭔데?"

"모르겠어요." 내가 말했다. "지나가다 봤는데 뭔가 해서요."

"넌 늘 호기심이 많았지. 해답을 찾아내는 것도 훌륭했고. 가끔은 그런 천재성을 뭔가 쓸모 있는 일에 써보는 것도 괜찮을 거다."

"아빠." 내 목소리에는 경고의 기미가 섞여 있었다.

"알았어." 아빠는 팔짱을 꼈다. "그러니까 용접 장비가 필요하다는 거지?"

"그래요."

"지난번에 네가 내 장비에 손댔을 때는 결과가 안 좋았지."

몸이 뻣뻣해졌다. 아빠의 시선을 피하지 않으려고 해봤지만 어쩔 수가 없었다. 바닥을 내려다보았다.

아빠의 목소리가 부드러워졌다. "미안하다. 공연한 소리를 했나 보구나."

"아뇨, 괜찮아요."

불편한 침묵이 흘렀다. 우린 이런 상황에 이미 도가 튼 상태였다.

"그래…." 아빠가 어색하게 말했다. "그러니까… 뭐가 필요하다고?"

머릿속을 재정돈했다. 죄책감에 괴로워할 시간이 없었다. "토치랑 아세틸렌 탱크 두 개, 산소 탱크 하나 그리고 마스크요."

"네온은?" 아빠가 물었다.

나는 움찔했다. "네, 맞아요. 네온도 물론 있어야죠."

"너도 이젠 깜박깜박하는구나." 아빠가 말했다.

사실 네온이 필요하진 않았다. 하지만 아빠에게 그렇게 말할 수는 없었다.

알루미늄을 용접할 때는 용접 부위 주변에 불활성가스를 내뿜어 표면이 산화되는 것을 막아야 한다. 지구에서는 엄청나게 다량으로 존재하는 아르곤을 사용한다. 다만 달에는 불활성기체가 없어 지구에서 가져와야만 한다. 그런데다 네온은 아르곤에 비해 무게가 절반이라 우리는 주로 네온을 쓴다. 나는 진공 상태에서 작업할 것이라 내겐 굳이 필요치 않다. 진공 상태에서는 금속을 산화시킬 산소가 없다. 하지만 굳이 그런 사실을 아빠에게 알리고 싶지 않았다. 또한 나는 알루미늄이 아니라 강철을 절단할 것이다. 하지만 그것 역시 아빠와 나눌 얘기가 아니었다.

"대체 무슨 일에 쓸 건데?" 아빠가 물었다.

"친구한테 공기 대피소를 설치해 주려고요."

나는 아빠한테 셀 수 없이 많은 거짓말을 해왔다. 특히 10대일 때 더욱 그랬다. 그러나 매번, 빌어먹도록 매번 속이 울렁거렸다.

"네 친구는 왜 용접공을 고용하지 않는데?" 아빠가 물었다.

"했어요. 절 고용했죠."

"아, 그럼 너 이제 용접공이야?" 아빠는 과장된 모습으로 눈을 크게 떴다. "그렇게 오랫동안 용접 일을 싫다고 하더니?"

한숨이 절로 나왔다. "아빠, 그냥 친구가 침실에 공기 대피소를 만들고 싶어하는 거예요. 돈도 거의 안 받고 해주는 거예요." 집에 공기 대피소를 설치하는 일은 흔했고, 특히 신참 이주민들이 많이 설치했다. 새로 온 사람들은 '치명적인 진공 상태의 외부'와 관련된 온갖 것들에 편집증을 보이는 경향이 있다. 아르테미스의 외피는 대단히 안전하기 때문에 비이성적인 생각이었지만, 두려움은 논리로 말할 수 있는 게 아니었다. 사실상 개인용 공기 대피소는 금세 옷장 신세가 되고 만다.

"불법인 일은 뭔데?" 아빠가 물었다.

나는 기분이 상한 표정을 지어 보였다. "왜 그런 생각을…."

"뭐가 불법이야?" 아빠는 재차 물었다.

"암스트롱에 있는 친구 아파트가 벽 안쪽에 붙어 있어요. 대피소를 벽 안쪽에 직접 붙여야 해요. 시에서는 벽 안쪽에 용접을 하려면 온갖 추가 검사를 해야 한다는데 친구는 그럴 만한 돈이 없어요."

"흠." 아빠가 말했다. "무의미한 관료주의야. 완전 아마추어라고 해도 6센티미터나 되는 알루미늄판에 손상을 입히지는 못해."

"제 말이요!!!"

아빠는 팔짱을 끼고 얼굴을 찌푸렸다. "사업에 걸림돌이나 되는 터무니없는 행정이라니."

"계속 설교하세요."

"좋아. 필요한 걸 가져가. 하지만 아세틸렌과 네온은 다시 채워놔야 해."

"네, 물론이죠." 내가 말했다.

"너 괜찮아? 왠지 핼쑥해 보이는데."

나는 곧 토할 판이었다. 아빠에게 거짓말하고 있자니 다시 10대로 돌아간 것 같았다. 여기서 말해둘 게 있다. 내가 가장 싫어하는 사람이 있다면 그건 바로 10대 시절의 재즈 바샤라다. 그 멍청한 년은 멍청한 년이 할 수 있는 온갖 나쁜 선택들을 다 했다. 그년이 오늘날의 나에 대해 책임져야 할 사람이다.

"괜찮아요. 그냥 좀 피곤해요."

재즈에게,

생일날에 커다란 루사 호 포스터를 선물 받았어. 정말이지 멋진 우주선이야! 지금까지 만들어진 가장 큰 우주선이잖아! 승객을 200명까지 태울 수 있어! 난 이 우주선에 대해서는 모르는 게 없어. 약간 집착처럼 보이지만 뭐 어때? 재밌잖아.

이 우주선은 경이로워! 아무도 어지러워하지 않을 정도로 반경이 큰, 완벽한 가상 중력 공간을 갖추고 있어. 심지어 사람들이 달 중력에 적응할 수 있도록 돕기도 해! 7일 동안 달까지 항해하면서 점점 회전을 늦추잖아. 그래서 처음에 사람들이 올라타면 승객 갑판은 중력이 1g이었다가 달에 도착하면 6분의 1g에 도달하지. 돌아올 때는 거꾸로 작동해서 사람들이 1g에 다시 익숙해지게 해. 진짜 멋지지?

그런데 아직 '업호프-크라우치 순환 궤도'는 이해하지 못하고 있어. 지구와 달 사이를 오가는 탄도 궤도라는 건 알아. 하지만 진짜 이상해. 그러니까… 지구에서 출발한 다음 7일 후에 달에 도착하고 지구-달 궤도면에서 멀리까지 튀어 올라서 14일 뒤에 다시 달로 돌아온다…. 그러는 도중에 지구 주위 타원 궤도에서 2주 동안 그냥 돌기도 하고…. 모르겠어. 알아보고 싶지도 않고. 중요한 건 루사가 멋진 우주선이라는 거야.

언젠가 내가 부자에다 로켓 설계사가 되면 아르테미스에 갈 거야. 거기서 우리 함께 차를 마시자.

야, 너랑 너희 아빠랑 아르테미스로 이사 갈 때 루사 호를 타고 갔었니?

...

켈빈에게,

아니, 우리가 여기로 이사 올 때 루사 호는 만들어지지도 않았었어. 그때 우린 하나밖에 없던 우주 여객선 콜린스 호를 타고 왔어. 10년 전이니까(난 겨우 여섯 살이었거든) 모든 일이 자세히 기억나지는 않아. 하지만 인공중력 장치는 없었어. 어디나 다 무중력 상태였지. 이리저리 뛰어놀고 엄청 재미있었는데.

네가 궤도 어쩌고 하는 바람에 호기심이 생겨서 찾아봤어. 엄청 간단한 것 같던데. 우주선은 한 번에 7일이 걸리는 과정을 반복하는 거야. 지구 -> 달 -> (지구-달 궤도 밖 깊은 우주) -> 달 -> 지구 -> (지구-달 궤도 밖 깊은 우주) -> 지구. 그걸 영원히 반복하는 거지. 만일 달이 제자리에 가만히 서 있으면 그냥 왔다 갔다 하면 되지만, 달은 한 달에 한 번 지구 주위를 돌잖아. 그래서 오가는 일이 엄청 복잡하게 되는 거지.

궤도가 어떤 모양으로 움직이는지 수학으로 풀어보고 방정식에 숫자를 대입해 확인해 봤어. 아주 간단해. 암산으로도 할 수 있어.

...

재즈에게,

너라면 암산으로 할 수도 있겠지. 너처럼 똑똑해진다면 소원이 없겠어. 하지만 난 똑똑하지 않아. 괜찮아. 대신 열심히 노력하니까. 그리고 넌 지독하게 게으르고.

...

켈빈에게,

감히 내게 게으르단 말을 하다니! 엄청나게 반박할 수 있지만, 됐어, 그럴 의욕조차 없네.

야, 충고 좀 해주라. 에드거하고 네 번째 데이트를 할 거야. 입으로 하는 건 엄청 했어(그냥 키스만, 다른 건 안 했음). 이제 진도 좀 나가고 싶은데 너무 서두르고 싶지는 않아. 아직 벌거벗을 준비가 안 됐거든. 뭐든 충고해 줄 수 있니?

...

재즈에게,

가슴이지.

...

켈빈에게,

진짜? 그렇게 간단해?

...

재즈에게,

응.

04

다음 날 아침, 호화롭고 편안한 침대에서 벌거벗은 채 일어났다.

아니, 누구와 함께는 아니었다. 그놈의 음란한 생각 좀 버리시길. 나중에 100만 훙가 생기면 어떤 삶을 살아갈지 그냥 맛이라도 한번 보고 싶었다.

등이 뒤로 굽을 정도로 펴면서 양팔을 뻗었다. 진짜 끝내주는 하룻밤이었다!

거지 같은 내 관과 달리 이 방은 방음이 기가 막혔다. 고함을 질러가며 다투거나 시끌시끌한 섹스로 날 깨우는 이웃 따윈 없었다. 통로가 떠나가라 울려대는 대화 소리도 없었다. 술에 취해 벽을 들이박는 멍청이도.

그리고 침대! 가로로 누워서도 잘 수 있다! 게다가 시트와 담요는 벨벳보다 더 부드럽다. 피부에 닿는 침구류는 내 잠옷보다 더 느낌이 좋았다.

하룻밤에 2,000g인 방이다. 트론에게 돈을 받으면 나만의 아름답고 방음이 잘 되는 아파트에 이런 침대를 사놓아야지.

기즈모를 확인했다. 아침 11시? 와, 정말 잘 잤네.

따뜻한 시트에서 스르륵 빠져 나와 욕실로 갔다. 나 혼자 사용하는 욕실이었다. 가운을 입지 않아도 되고 통로에서 화장실이 비었나 확인하는 사람도 없어, 그저 나와 내 방광이 평화롭게 볼일을 마칠 수 있다.

특별히 긴 샤워를 포함해 매일 아침 거치는 절차를 밟았다. 개인 샤워실은 미래에 갖고 싶은 편의시설 가운데 하나였다. 아르테미스에서 물은 비싸다. 그렇지만 쓰고 버리지는 않는다. 폐쇄 시스템이라 실제로는 물 정화 비용을 내는 것이다. 호텔 객실은 중수도 재사용 샤워실을 갖추고 있다. 첫 20리터는 새 물이다(3분쯤 사용할 수 있다). 그 뒤에는 사용한 물을 다시 데워서 보내준다. 원하는 만큼 오래 사용해도 되지만 사용하는 물은 20리터뿐이다.

여기서 중요한 점: 중수도 재사용 샤워실에서는 소변을 보지 말 것.

터무니없을 정도로 부드러운 재질의 타월 가운을 걸치고 수건으로 머리를 터번 모양으로 감쌌다.

사악한 계획의 다음 단계를 실행에 옮길 시간이었다. 이번에는 조사 같은 건 필요하지 않았다. 그냥 머리만 굴리면 됐다. 나는 '재즈가 절대로 떠나지 않기를 원하는 침대'에 벌러덩 누워 이런저런 생각을 했다.

문제: 어떻게 도시 밖으로 나갈 것인가?

에어로크는 선외활동 길드의 멤버가 아닌 사람의 명령에는 작동하지 않는다. 그럴 만한 이유가 있다. 훈련받지 않은 어떤 한심한 녀석이 에어로크 조작반 주위를 어슬렁거리는 일은 누구도 원치 않을 것이다. 에어로크를 잘못 사용하면 버블 속에 있는 모든 사람들을 빠르고 효과적으로 죽일 수도 있으니까.

그래서 누구든 에어로크 조작반을 사용하고 싶으면 자신의 기즈모를 대고 흔들어야 한다. 그러면 제어판이 길드의 멤버인지 확인한다. 간단해서 아무리 바보라도 쉽게 이해할 수 있는 매우 효과적인 이용법이다. 그렇지만 작정하고 덤비는 바보를 이겨낼 수는 없는 법. 시스템에는 결함도 있다.

안전상의 이유로 에어로크 바깥 출입문에는 보안 장치가 없다. 만일 선외활동 우주복에서 공기가 새서 안전한 곳으로 향하고 있는 경우라면 '권한 확인 중…'이라는 글귀를 절대 보고 싶지 않을 것이다. 내게 필요한 건 오직 밖에서 제어판을 작동시켜줄 누군가였다. 사람이든…또는 기계든.

프런트에서 체크아웃을 하지 않으면 하루 치 숙박비를 더 내야 한다고 해서 호텔을 나왔다. 트리거를 몰고 암스트롱 다운 4로 갔다. 이곳 사람들은 '작은 헝가리'라고 부르는 곳이다. 헝가리인들은 금속 가공업을 전부 장악하고 있다. 베트남인들이 생존 지원센터를, 사우디인들이 용접을 차지한 것과 같은 이치다.

나는 아빠 동료인 조커 슈트로블의 작업장 옆에서 멈췄다. 조커 슈트로블(Zsóka Stróbl)이라니, 모음(母音)이 무척이나 귀했던 시절에 이름을 지었나 보다. 그녀는 기압 유지 용기 전문가였다. 아빠가 공기 대피소 설치를 의뢰받으면 대개 조커에게서 물건을 구매했다. 그녀가 만든 물건의 품질이 좋았고, 아빠에겐 무엇보다 품질이 중요했다.

트리거를 세워두고 문을 두드렸다. 조커는 문을 조금 열고 한쪽 눈으로 밖을 내다보더니 강한 악센트로 말했다. "뭘 원해?"

나는 나 자신을 가리켜 보였다. "저예요, 슈트로블 아줌마. 재즈 바
샤라."

"넌 아마르 바샤라의 딸이야." 그녀가 말했다. "그는 좋은 사람이야.
너는 어릴 때 착했어. 지금은 나빠."

"그래…. 있잖아요, 뭐 좀 얘기했으면 하는데요…."

"너는 결혼을 안 했어. 그리고 많은 남성들과 섹스를 해."

"맞아요, 저 엄청 음란해요."

조커의 아들 이슈번은 내가 지금까지 잤던 사람보다 더 여러 명과
잤다. 조커에게 그렇게 말해주고 싶었으나 참았다. "뭘 좀 며칠 동안
빌리려고 왔어요. 1,000ǧ 드릴게요."

조커는 문을 조금 더 열었다. "뭘?"

"HIB요."

조커는 빈과 셰퍼드 버블을 건축할 때 참여했다. 버블 건설은 엄청
난 일거리이다(돈도 많이 받는다).

조커와 수십 명의 다른 금속공들은 모서리가 둥근 모양의 삼각형을
만들었고, 그것들을 틀 위에 쌓아 올려 버블의 외벽을 세웠다. 조립을
맡은 선외활동 마스터들이 수많은 리벳을 박아 밀폐 상태를 만들었지
만 여전히 공기가 엉망으로 새는 상태였다. 그다음으로 생존 지원센터
가 새는 것보다 많은 양의 공기를 충분히 불어넣었고, 용접공들이 안
쪽으로 땜질을 하여 진정한 밀폐 상태를 완성했다. 기억하기로 아빠는
이 작업으로 돈을 쏠쏠하게 벌었다.

조커처럼 양심이 있는 금속공들은 주기적으로 자기가 했던 작업을
확인했다. 하지만 훈련받고 면허를 딴 선외활동 마스터도 아니면서 어
떻게 외벽 밖을 확인할 수 있겠는가? 바로 '외벽 검사 로봇(Hull-

inspection bot)'이 있기에 가능했다. 줄여서 말하면 'HIB'이다.

사실 놈들은 바퀴 대신 집게발이 달린 무선조종 자동차와 같다. 아르테미스의 외벽 바깥 부분은 보수를 위한 접근이 가능하도록 손잡이들을 전체적으로 설치해두었다. HIB는 손잡이를 이용해 원하는 곳 어디든 갈 수 있다. 비효율적일 것 같다고? 글쎄, 버블의 측면을 기어오를 방법은 그것뿐이다. 알루미늄은 자성을 띠지도 않고, 흡착 컵이나 프로펠러는 진공 상태에서는 작동하지 않으며, 로켓 엔진은 터무니없을 정도로 비용이 많이 든다.

"왜 HIB를 원해?" 조커가 물었다.

이에 대한 거짓말은 미리 준비해 두었다. "셰퍼드 버블의 안전밸브가 새고 있어요. 아빠가 설치한 거예요. 아빠가 저더러 어딜 용접해야 할지 파악해두라고 해서요."

아르테미스의 기압을 일정하게 유지하는 것은 쉽지 않다. 사람들이 평소보다 전력을 더 사용하면 도시 전체의 기압이 약간 상승한다. 왜냐고? 전력은 열을 발생시키고, 그러면 공기 온도를 높게 되고, 그러면 기압이 올라가는 것이다. 보통은 생존 지원센터에서 내부의 공기를 빼내어 이를 상쇄시킨다. 하지만 만약 그 절차가 제대로 작동하지 않는다면?

시 당국은 혹시 모를 상황에 대비하여 모든 버블에 안전밸브를 설치했다. 만약 기압이 지나치게 상승하면 밸브가 열리면서 정상으로 돌아갈 때까지 공기를 빼내게 된다.

"네 아빠는 불량 용접 절대 안 해. 다른 문제가 분명해."

"저도 알고 아주머니도 알지만 확인은 해봐야죠."

조커는 깊이 생각했다. "얼마나 오래 필요해?"

"며칠이면 돼요."

"1,000힝?"

나는 기즈모를 꺼냈다. "네. 그리고 지불도 미리 할게요."

"기다려." 조커는 문을 밀어서 닫았다.

잠시 후 조커가 다시 문을 열고 상자를 내밀었다. 나는 필요한 물건이 다 들어 있는지 상자 안을 확인했다.

기계 벌레는 길이가 30센티미터였다. 네 개의 이동 집게발은 접혀서 몸통 내부에 들어 있었고, 공구 역할을 하는 팔은 '7'자 모양으로 맨 위에 달려 있었다. 팔 끝에 고화질 카메라와 기본적으로 조이고 붙잡을 수 있는 장치가 장착되어 있었다. 뭔가를 건드려 보고 결과를 녹화하기에 완벽했다. 원격으로 외벽을 검사할 때 딱 필요한 물건이었다. 그리고 비도덕적인 내 계획에도 필요했다.

조커는 리모컨을 건네주었다. 손잡이와 조이스틱이 비디오 화면을 둘러싸고 있는 작고 매끄러운 장비였다.

"사용 방법은 알아?"

"인터넷으로 사용법을 읽으면 돼요."

조커는 얼굴을 찌푸렸다. "부서지면 고치는 값은 네가 내."

"그냥 우리끼리만 아는 걸로 하는 거죠?" 기즈모 화면 위로 손가락을 빙빙 돌리며 나는 말했다. "용접 길드에서는 늘 아빠를 험담할 핑계를 찾고 있어요. 그 사람들한테 총알을 마련해 주고 싶지 않아요."

"아마르는 좋은 사람이야. 좋은 용접공이야. 말하지 않아."

"그럼 약속하는 거예요?"

조커는 자신의 기즈모를 꺼냈다. "그래."

나는 돈을 전송했고, 조커는 받아들였다.

"다시 가져와. 이틀 후에." 조커는 작업장으로 다시 들어가더니 문을 닫았다.

좋아, 조커는 심술궂었고 나를 헤픈 여성이라 생각했다. 하지만 솔직히 말해 난 모든 사람들이 조커 같았으면 좋겠다. 잡담이나 헛소리를 하지 않고 친한 척도 하지 않는다. 그냥 물건과 서비스를 돈과 교환할 뿐이다. 완벽한 사업 상대였다.

빈 버블에서는 쇼핑을 좀 했다. 생각보다 비쌌지만 특별한 옷이 필요했다. 아르테미스에는 그 수가 많진 않지만 무슬림들이 살고 있고 (아빠를 포함해서) 그들을 대상으로 하는 상점도 몇 개 있다. 황갈색 계열의 단순한 색상에 우아한 무늬로 수를 놓은 긴 드레스를 찾아냈다. 보수적인 무슬림 여성에게 잘 어울렸다. 또 암녹색 니캅도 하나 샀다. 갈색이나 검은색도 생각했지만 암녹색이 황갈색 드레스와 소박하게 잘 어울렸다. 강도질을 계획하고 있다고 해서 멋지게 보이면 안 된다는 법은 없지.

좋다, 니캅이 뭔지 아는 척은 이제 그만하시길. 그건 이슬람교도가 전통적으로 머리에 쓰는 것으로 얼굴 아래쪽을 덮는다. 머리칼을 덮는 히잡(머릿수건)과 함께 사용하면 눈만 드러나게 된다. 의심을 사지 않으면서도 가면을 쓸 수 있는 최고의 방법이다.

다음으로 새 기즈모를 구해야 했다. 내 기즈모는 사용할 수 없다. 내가 저지르려는 온갖 불법적인 짓거리의 디지털 흔적을 남기게 될 것이다. 루디가 내 기즈모의 로그 기록을 살펴보면서 사건을 재구성하는 모습을 지켜볼 수밖에 없을 것이다. 그런 상황은 고맙지만 사양하고 싶다. 경찰이 끊임없이 꽁무니에 붙어 다니면 인생이 아주 귀찮아진다. 가짜 신분이 필요했다.

이곳에서 가짜 신분을 만드는 일이 쉽다는 건 행운이었다. 사람들이 서로 상대가 누군지 신경 쓰지 않는다는 것이 가장 큰 이유였다. 이곳에서는 가명의 사용이 아닌 신분의 도용을 막기 위해서 대책을 세웠다. 만일 진짜 존재하는 사람의 신분을 훔치려고 한다면 비참하게 실패할 것이다. 피해자는 눈치채는 즉시 신고할 것이고, 루디는 추적을 위해 당신이 사용한 기즈모의 이력을 수사할 것이다. 어디로 달아나겠는가? 밖으로? 숨을 잘 참을 수 있기를.

인터넷에 접속해 몇백 슬러그를 유로화로 환전했다. 그런 다음 누하 네젬이라는 이름으로 유로화를 사용해 KSC로부터 슬러그를 구입했다. 인터넷을 이용하니 10분밖에 걸리지 않았다. 지구에서라면 더 빠를 수도 있겠지만 이곳에서는 4초의 핑 타임이 더 걸린다.

집에 들러 기즈모를 두고 나왔다. 누하 네젬이 될 시간이었다.

빈 업 6층에 있는 작은 호텔인 '아르테미스 하얏트'로 갔다. 약간의 세련미가 있고 가격도 적당한 곳이다. 이곳에서는 일생일대의 휴가일 수 있는 평범한 사람들에게 수많은 일들이 벌어졌다. 나 역시 전에 여행 온 사람과 데이트하느라 한 번 가본 적이 있었다. 객실은 충분히 쾌적했지만, 내가 뭘 얼마나 알겠나. 그저 천장만 쳐다보다 나왔는데.

호텔 전체가 하나의 긴 통로로 이루어져 있었다. 벽장 크기의 매점이 '프런트'였는데 직원 한 명이 일하고 있었다. 내가 모르는 사람이어서, 그건 마음에 들었다. 그 말인즉슨 직원 역시 나를 모른다는 뜻이니까.

"안녕하세요." 나는 아랍어 악센트를 강하게 섞어서 말했다. 말투와 전통적인 옷차림 등 모든 것이 내가 여행객이라고 외치고 있었다.

"아르테미스 하얏트에 오신 걸 환영합니다!" 직원이 말했다.

"기즈모 필요한 입니다."

직원은 엉터리 영어를 쓰는 대화에 익숙했다. "기즈모요? 기즈모가 필요하세요?"

"기즈모." 나는 고개를 끄덕였다. "필요한."

상대방의 머릿속이 돌아가는 걸 볼 수 있었다. 직원은 내가 누구 이름으로 예약했는지 알아내려 할 텐데, 사우디 여성인 나는 남편 이름으로 예약했을 수도 있다. 알아내는 과정에서 수많은 무언극과 잘못된 의사소통을 겪게 될 것이다. 그냥 날 위해 기즈모를 만들어 주는 편이 쉬웠다. 그런다고 호텔에 손해가 되는 것도 아니니까.

"성함은요?" 직원이 물었다.

너무 간절해 보이는 건 원하지 않았다. 혼란스러워하며 남성을 바라보았다.

직원은 자신의 가슴을 두드렸다. "노턴. 노턴 스피넬리." 그러고는 나를 가리켰다. "성함이 뭐죠?"

"아." 내가 말했다. 그리고 내 가슴을 두드렸다. "누하 네젬."

직원은 컴퓨터를 두드렸다. 그래, 누하 네젬이라는 이름으로 예약한 손님이 있군. 그리고 그 예약에는 아무도 기즈모를 연결해 두지 않았다. 어떻게 된 일인지 알 수 있었다. 직원은 계산대 아래쪽에서 낡은 기즈모 한 대를 꺼냈다. 오래된 모델로 뒷면에 '아르테미스 하얏트의 물품입니다'라는 글자가 적혀 있었다. 직원이 자판을 몇 번 두드리더니 모든 걸 처리했다. 그러고는 기즈모를 건네주며 말했다. "아르테미스에 오신 걸 환영합니다!"

"나는 고맙습니다." 나는 웃으면서 말했다. "많이 고맙습니다. 달은 아주 재미있어요!"

이제 위장 신분을 갖게 되었다. 2단계로 넘어갈 시간이다.

새 기즈모에서 지도 앱을 불러내 길을 찾는 척했다. 물론 아르테미스를 돌아다니면서 지도가 필요한 건 아니었지만, 그것 역시 관광객 행세의 일부였다. 비능률적으로 돌아다니면서 도시를 가로질러 통관항으로 향했다. 물론 커다란 가방도 하나 들었다. 그런 가방도 하나 없는 여성 관광객이 어디 있겠는가?

이제 어려운 부분이다.

항구에서는 모두가 날 알았다. 매일 그곳에 갔고 나의 빛나는 개성은 쉽게 잊히지 않으니까. 몰래 움직이기엔 이상적인 상황이 아니었다. 하지만 오늘 나는 재즈 바샤라가 아니다. 나는 사우디에서 온 관광객 누하 네젬이다.

열차 에어로크 옆에 있는 대기 장소로 가서 관광객 무리에 합류했다. 좌석은 다 차 있었고 10여 명이 서서 어슬렁거리고 있었다. 몇몇 가족의 밉살맞은 아이들은 흥분해서 날뛰고 있었다. 이런 상황에서 '흥분해서 날뛰는'이란 그냥 비유적인 표현이 아니다. 지나치게 흥분한 아이들은 문자 그대로 벽을 차며 날뛰었으니까. 달 중력은 부모에게 일어날 수 있는 최악의 상황이다.

"진짜 멋지다!" 멍청한 금발 여성이 금수저 남자친구에게 말했다. "우리가 달나라 모노레일을 타게 되는 거잖아!"

우웩. 오직 관광객들만 그렇게 불렀다. 심지어 이건 모노레일도 아닌데! 열차는 지구의 기차와 마찬가지로 나란히 놓인 열차 궤도 위를 달린다.

그나저나 우리는 사람들이 우리를 가리켜 '달나라 토끼'라고 부르거나 아르테미스를 '우주 도시'라고 부르는 것을 끔찍이도 싫어한다. 우리는 우주에서 살지 않는다. 달 위에서 산다. 엄밀히 말하면 '우주'에 있는 건 맞지만 그건 런던도 마찬가지 아닌가.

주제에서 벗어났군.

마침내 열차가 도착했다. 나는 다른 사람들처럼 열차가 다가오는 것에 마음을 빼앗긴 척했다. 지구인들에게 익숙한 기다랗게 연결된 열차가 아니라 달랑 한 칸짜리 열차였다. 열차는 속도를 늦추며 서행해서 도킹 포트에 접근한 다음 살짝 앞으로 움직여 연결을 마쳤다. 딸깍 소리가 나고 철컹하더니 둥근 탑승 출입구가 열리고 안내인이 모습을 드러냈다.

젠장! 라지잖아! 지금 여기 있을 리가 없는데! 아무래도 다른 사람과 근무 시간을 바꾼 것 같았다.

라지와 나는 함께 자란 사이였다. 같은 학교에 다녔다. 10대 시절도 함께 보냈다. 가까운 친구 사이거나 그런 건 아니지만 거의 평생을 매일 보고 살았다. 드레스와 히잡으로 모습을 감추는 것만으로는 충분하지 않을 수도 있었다.

라지는 탑승구로 나오더니 제복을 매만졌다. 구닥다리 19세기 스타일의 네이비블루 황동 단추가 달린 복장에 차장 모자를 쓰고 있었다. 아폴로 11호 기념지에서 돌아온 들뜬 사람들이 열차에서 빠져나왔다. 많은 사람들이 관광안내소에서 산 기념품을 들고 있었다. 이곳 암석을 깎아 만든 달 착륙선 모형이나 아폴로 11호 심벌 패치 등등.

승객들이 다 내리자 라지는 맑고 큰 목소리로 외쳤다. "오후 2시 34분발 아폴로 십이이이이일 호행 열차아아입니다! 전원 탑스으으으 응하세요!" 그는 오래된 것으로 보이는 황동 검표기를 꺼냈다. 물론 구멍을 낼 종이 티켓 따위는 없었다. 결제용 패드 옆으로 보이는 장식품에 불과했다.

나는 니캅을 조금 더 단단히 여미고 구부정하게 걸었다. 몸짓을 좀 바꾸면 알아보지 못할 수도 있으니까. 승객들이 줄지어 라지 앞을 지나면서 검표기 위로 각자의 기즈모를 흔들고는 준비실을 통과해 열차 안으로 들어갔다.

라지는 준비실을 한 번에 한 사람씩 지나도록 했다. 대개는 사람들 앞을 막아서는 방식으로 약삭빠르게 행동했다. '혹시 기압에 문제가 생기면 준비실 문이 자동으로 닫힙니다. 도시는 안전하겠지만 당신은 죽게 됩니다'라고 설명하는 것보다는 그편이 더 쉽겠지.

내 차례가 되자 나는 눈길을 피하기 위해 고개를 숙였다. 내 기즈모에서 삐 소리가 나더니 안내 문자가 왔다.

아르테미스 시: 열차 요금 75ǧ.

라지는 날 알아보지 못했다. 나는 안도의 한숨을 내쉬고는 열차 안으로 들어갔다.

빈자리가 없어서 가는 내내 서 있어야겠다고 마음먹고 있는데, 키 큰 흑인 남성 한 명이 나를 보더니 일어섰다. 사내는 프랑스어로 뭐라고 말하면서 자기가 앉았던 자리를 가리켰다. 진짜 신사였다! 고개를 숙여 인사하고는 자리에 앉았다. 가방은 무릎 위에 올려놓았다.

마지막 승객이 탑승하자 라지는 그 뒤를 따라 들어오면서 준비실의 양쪽 문을 꽉 닫았다. 그리고 열차 앞쪽으로 걸어가 마이크에 대고 말했다. "달 특급 열차에 오신 것을 환영합니다! 이 열차는 오후 2시

34분발 아폴로 11호 관광안내소행 열차입니다. 도착 예정 시간은 오후 3시 17분입니다. 운행 중에는 손이나 발을 창밖으로 내밀지 마시기 바랍니다!"

승객들 사이에서 숨죽인 웃음이 퍼졌다. 웃기지도 않는 농담이었지만 관광객들은 아주 즐거워했다.

열차가 출발했다. 더할 나위 없이 매끄럽게 움직였다. 덜컹거림이나 흔들림 따위는 전혀 없었다. (너무나 당연하게도) 전기 모터를 이용해서 움직였고, 선로는 거친 날씨로 인해 뒤틀리거나 하는 현상을 전혀 겪지 않은 상태였다. 게다가 지구와 비교하면 선로 위에 가해지는 무게도 크지 않았다.

좌석 각 열마다 양옆으로 둥근 창이 나 있었다. 승객들은 돌아가면서 칙칙하고 돌투성이인 경치를 열심히 내다보았다. 왜 이렇게 난리를 피우는 걸까? 그냥 잿빛 돌멩이들이 잔뜩 널려 있는 것뿐인데. 누가 이런 걸 신경이나 쓴다고?

미국 중서부에서 온 것 같은 누추한 차림의 여성이 창문을 내다보며 킥킥거리더니 내게 고개를 돌렸다. "멋지지 않아요?! 우린 달나라에 있는 거예요!"

"마알리쉬, 아나 마아리프 잉글리지아(미안합니다, 영어를 몰라요)." 나는 어깨를 으쓱하며 말했다.

여성은 다른 승객에게 고개를 돌렸다. "멋지지 않아요? 우린 달나라에 있는 거예요!"

사람들에게 방해받지 않는 방법 중에 언어 장벽만 한 것은 없다.

나는 기즈모를 꺼내 아랍어 가십 웹진 사이트로 들어갔다. 고개를 숙이고 있을 핑계가 필요했을 뿐이었다. 다행히 라지는 열차를 조종하느라 반대편을 보고 있었다.

도착할 때쯤 나는 사우디 왕가의 최근 스캔들에 대해 모든 걸 알게 되었다. 왕세자는 여러 부인을 두고도 불륜을 저지르고 있었다. 부인들 가운데 두 사람은 이슬람 율법에서 쿨라라고 부르는 이혼을 청구했고 다른 두 사람은 남편 곁에 남았다. 이 사건에 대한 왕비의 발언을 절반쯤 읽었을 때 열차가 멈춰 섰다.

도킹 절차에 따르는 익숙한 소리가 열차 안에 울리더니 라지가 소리쳤다. "종차아악역입니다!"

라지가 걸어가 출입문을 열었다. "아폴로 11호 관광안내소입니다! 즐거운 시간 보내시기 바랍니다!"

열차에서 내리면 바로 기념품 상점이 나왔다. 일부는 그곳에서 멈춰 섰지만 대부분은 계속 앞으로 움직여 전망대로 향했다. 안내소의 한쪽 벽면 전체가 바닥부터 천장까지 착륙 기념지를 내다보는 창문으로 이루어져 있었다.

사람들이 유리로 다가가자 깔끔한 외모의 안내인이 인사했다. 나는 시선을 돌렸다. 또 아는 사람이었다. 빌어먹을, 작은 마을에서는 범죄를 저지르는 일도 짜증스러웠다.

귄터 아이헬은 10년 전 이복남매인 일사와 함께 아르테미스로 이주해 왔다. 두 사람이 사랑하는 사이가 되면서 독일에서 외면당했기 때문이다. 정말이다. 그들이 이주해 온 이유가 그랬다. 우리는 섹스에 관해서는 사람들이 뭘 하든 신경 쓰지 않는다. 법적으로 성관계가 가능한 어른이기만 하다면(물론 일부 사람들은 '어른'의 정의를 넓게 잡기도 한다).

어쨌든 그와는 친구도 그 무엇도 아니었다. 변장만으로도 충분할 것이다.

권터는 사람들이 모이길 기다리더니 설명을 시작했다. "'고요 기지'에 오신 것을 환영합니다. 유리 가까이로 오시죠. 공간이 충분해서 모두가 보실 수 있습니다."

우리는 앞으로 다가가 거대한 유리창에 줄지어 붙어 섰다. 착륙선은 지난 세기에 있었던 곳에 그대로 있었고, 그 옆으로 옛날 우주비행사들이 늘어놓은 실험 도구들이 보였다.

"전망대 유리창이 이상한 모양으로 되어 있다는 사실을 눈치채셨는지 모르겠군요." 권터가 말했다. "왜 그냥 반원형이거나 직선형이 아닐까요? 자, 아폴로 착륙 기념지의 모든 구역에 대해서 10미터 안쪽으로는 그 무엇도 접근할 수 없다는 규칙이 있습니다. 그 '모든 구역'은 착륙선, 장비, 도구, 기념 명판에다 심지어 우주비행사들이 남겨둔 발자국까지 포함합니다. 그래서 전망대의 모든 유리창은 착륙 기념지의 모든 부분으로부터 딱 10미터씩 떨어진 곳에 설치되어 있습니다. 전망대 안을 자유롭게 다니면서 다양한 각도에서 구경하시기 바랍니다."

일부 관광객들은 이미 구불거리는 모양의 벽을 따라 걷고 있었다. 그리고 권터의 권유에 추가로 몇 명이 앞선 사람들을 따라가기 시작했다.

"혹시라도 여러분이 이곳과 진공 상태의 공간 사이에 있는 유리창에 대해 신경이 쓰인다면 전혀 걱정하지 마세요. 이곳 유리창은 여러분을 방사능으로부터 보호하기 위해 23센티미터의 두께로 만들어졌습니다. 그러다 보니 유리창이 관광안내소의 외벽 가운데 가장 튼튼한 부분이 되는 뜻밖의 결과가 생겼습니다. 그리고 유리는 바로 이곳 달에서 생산되었다는 점을 자랑스럽게 언급하고 싶습니다. 유리를 흐릿하게 만들기 위해 소량의 돌가루를 넣었습니다. 그렇게 하지 않으면 밖에서 비치는 햇빛에 눈을 뜰 수가 없거든요."

권터는 착륙 기념지를 향해 손짓을 해보였다. "미국의 국조(國鳥)에서 착안해 이름을 붙인 이글 호는 1969년 7월 20일 달에 착륙했습니다. 지금 이곳에서 보이는 것은 이글 호가 착륙했던 자리입니다. 이후 우주비행사 닐 암스트롱과 버즈 올드린은 임무를 마친 뒤 착륙선 앞 머리에서 다시 탑승해 달 궤도로 올라갔습니다."

관광객들은 눈앞에 펼쳐진 광경을 넋을 잃고 보느라 유리창에 달라 붙어 있었다. 나도 한참 동안 보고 있었다. 나라고 아무 감정이 없는 사람은 아니니까. 나는 내가 사는 도시와 그 역사를 사랑한다. 이글 호는 이곳 역사의 커다란 부분이다.

"비행사들은 모든 아폴로 임무에 나설 때마다 미국 국기를 꽂았습니다" 권터가 말했다. "어디쯤 있을까요? 이륙할 때 가스가 분사되면서 불쌍한 깃발이 쓰러졌습니다. 그다음에는 달 먼지가 날아들면서 깃발을 덮었고요. 땅을 자세히 보시면 이글 호 바로 왼쪽으로 작은 하얀 천 조각을 보실 수 있습니다. 지금은 깃발의 아주 작은 부분만 보일 뿐입니다."

사람들은 하얀 조각을 가리키며 웅성거렸다.

"이후 다른 임무에 나설 때는 깃발을 더 먼 곳에 세우기로 했죠."

관광객들 사이에서 작게 웃는 소리가 들렸다.

"흥미로운 내용이 하나 있습니다. 다른 깃발들은 모두 백 년이 넘도록 달의 낮 기간 동안 여과되지 않은 햇빛에 노출되었습니다. 지금은 완전히 흰색으로 바랬죠. 하지만 고요 기지에 있는 깃발은 얇은 돌가루 층에 덮여 있습니다. 그러니까 어쩌면 1969년의 상태 그대로일지도 모릅니다. 물론 확인을 위해 저 구역에 들어가거나 건드리는 것은 금지되어 있습니다."

권터는 뒷짐을 졌다. "고요 기지의 역사와 아름다움을 만끽하시길 바랍니다. 뭐든 질문이 있으면 망설이지 말고 제게 물어보세요."

사람들 뒤쪽으로 밥 루이스와 다른 선외활동 마스터 두 명이 '선외활동 준비 구역'이라고 써 붙인 문 옆에 서 있는 모습이 보였다.

권터는 세 사람을 가리켰다. "관심 있는 분들께는 전문가를 동반한 선외활동 체험 기회를 제공하고 있습니다. 이는 놀라운 경험이며 전망대에서는 볼 수 없는 각도에서 기념지를 볼 수 있는 절호의 기회죠."

대개 데일도 동료들과 함께 이곳에 나왔지만 오늘은 토요일이었다. 독실한 유대인인 그는 아르테미스의 유일한 유대교 회당인 '벳 찰루짐'에 가 있었다.

선외활동 마스터들 주위로 사람들이 몰려들었고 나머지 사람들(가난한 사람들)은 유리창 앞에 남았다. 선외활동 체험을 하러 가는 사람들 쪽에 서둘러 합류한 나는 중간쯤에 머물러 있으려고 애썼다. 밥에게 너무 가까이 다가가고 싶지 않았다.

마스터들은 우리를 여덟 명씩 세 그룹으로 나누었다. 나는 밥의 팀에 배정되었다. 벌어먹을!

세 명의 마스터들은 자신에게 배정된 사람들을 옆으로 데려가 프로그램이 어떻게 돌아가는지에 관한 기본적인 설명을 했다. 나는 사람들 뒤쪽에 서서 눈길을 피하며 들었다.

"좋아요, 잘 들으세요." 밥이 말했다. "저는 선외활동 우주복을 완전히 갖춰 입겠지만 여러분은 우리가 '햄스터 공'이라고 부르는 물건 속에 들어가게 됩니다. 따라서 날카로운 물건은 절대로 갖고 가면 안 됩니다. 공에 구멍이 나면 죽으니까요. 과격한 장난도 안 됩니다. 걷는 것은 되지만 뛰는 것은 안 됩니다. 이리저리 뛰어 오르거나 서로를 들이받아서도 안 됩니다." 밥은 자신의 그룹에 속한 10대 두 명을 향해 몸이 움츠러들 법한 시선을 보냈다.

"관광객으로부터 보호하기 위해 착륙 기념지 둘레에 1미터 높이의 울타리가 설치되어 있습니다. 울타리는 넘어가서는 안 되는 10미터 경계선을 표시하고 있습니다. 울타리를 넘으려는 시도는 하지 마시기 바랍니다. 만일 그런 행동을 하면 저는 선외활동을 중단할 것이고 여러분은 지구로 추방될 것입니다."

밥은 잠시 말을 멈추고 사람들이 자기 말을 머릿속에 되새기게 했다. "밖에 나가서 제가 지시하면 묻지 말고 즉각 따르세요. 항상 제가 볼 수 있는 곳에 있어야 합니다. 어디든 돌아다니는 건 상관없지만 만약 제가 무전으로 너무 멀리 갔다고 말하면 즉각 돌아오세요. 혹시 질문 있습니까?"

작은 체구의 아시아계 남성이 손을 들었다. "음, 네. 안내하시는 분이 밖에 방사능이 있다던데요? 얼마나 위험한 거죠?"

밥은 여러 번 말해본 듯 능숙하게 대답했다. "선외활동은 약 두 시간 동안 진행됩니다. 그 정도 시간이면 100마이크로시버트 이하의 방사능에 노출됩니다. 치과에서 엑스레이를 한 번 찍을 때와 비슷한 양이죠."

"그럼 관광안내소에는 왜 보호막을 씌운 거죠?" 신경과민증 남성이 물었다.

"관광안내소를 포함해서 달의 모든 구조물은 이곳에 살면서 일하는 사람들을 보호하기 위한 시설입니다. 가끔씩 한 번 노출되는 것은 상관없지만 항상 노출되어서는 안 되겠죠."

"그럼 당신은 어떻게 하죠? 항상 밖에 나가지 않습니까?"

밥은 고개를 끄덕였다. "그렇죠. 하지만 선외활동 마스터는 일주일에 두 번밖에 관광 안내를 할 수 없습니다. 노출을 최소한으로 줄이기위해서죠. 다른 질문은 없습니까?"

신경과민증 남성은 고개를 숙였다. 추가 질문이 있는 것 같았지만물어보기가 겁나는 것 같았다.

밥은 결제용 패널을 꺼냈다. "선외활동 체험 가격은 한 명당 1,500g입니다."

관광객들은 한 번에 한 명씩 기즈모를 결제기 위에 대고 흔들었다. 나는 사람들 중간에 콕 박혀서 함께 움직이며 결제를 했다. 기즈모가남은 금액이 줄어들고 있다고 알려올 때마다 나는 기즈모를 향해 인상을 찌푸렸다. 이놈의 벼락부자 되기 작전은 비용이 너무 많이 들어간다니까!

밥은 우리를 준비실로 안내했다. 최고 선임자 선외활동 마스터인 밥이 가장 먼저 관광객을 데리고 나갈 수 있었다.

준비실 가득 설치된 선반에 공기를 뺀 햄스터 공들이 보관되어 있다. 공 옆에는 딱딱한 배낭이 하나씩 놓여 있었다. 안쪽 벽으로 커다란출입문과 그에 딸린 조작반이 보였다. 그 너머로 관광을 나갈 사람들이 모두 충분히 들어갈 정도로 넓은 에어로크가 보였다.

밥이 벽에 걸린 배낭을 하나 들었다. "이건 단거리용 배낭입니다. 선외활동을 하는 동안 등에 메게 됩니다. 이 안에 여러분의 생존 지원 장치가 있어 필요한 만큼의 산소를 공급하고 이산화탄소를 제거해 줍니다. 또 공기를 적절한 기압과 온도로 유지시켜줍니다."

그는 단거리용 배낭을 옆으로 돌려 찍찍이로 붙여둔 헤드셋을 보여주었다. "선외활동 중에는 이 헤드셋을 써야 합니다. 개방된 채널을 사용합니다. 우리 아홉 명 모두가 말하고 들을 수 있죠. 또 여러분의 단거리용 배낭은 뭐든 문제가 발생하면 제게 보고를 합니다."

신경과민증 남성은 손을 들더니 말했다. "배낭은 어떻게 작동시키나요?"

"작동시키지 않습니다." 밥이 말했다. "완전히 자동화된 상태니 괜히 만져서 망가뜨리지 마세요."

나는 놀라는 척하며 밥의 설명을 들었다. 물론 단거리용 배낭에 대해서는 죄다 알고 있었다. 빌어먹을, 훈련의 일환이라며 일부러 고장 낸 배낭 여러 개를 놓고 뭐가 문제인지 알아맞혀야 한 적도 있으니까. 그리고 나는 죄다 맞혔다.

밥은 줄지어 늘어서 있는 로커를 가리켰다. "개인 소지품과 뭐든 필요치 않은 물품은 저기 로커에 넣으세요. 기즈모는 반드시 챙기시고요."

흥분 수위가 한 칸 올라갔다. 관광객들은 모두 웃으면서 한껏 들뜬 채 대화를 나누었다. 나는 가장 가까운 로커로 가서 기즈모를 흔들었다. 로커가 딸칵 열렸다. 이제 로커는 내 기즈모와 연동되었고, 나중에 다시 열 수 있는 사람도 나뿐이었다. 간단명료한 구조였다. 신경과민증 남성도 추가 질문 없이 사용할 수 있었다.

지갑을 로커에 넣은 다음 곁눈질로 나를 보는 사람이 없는지 확인했다. 아무도 없었다.

HIB를 가방에서 꺼내 줄지어 늘어서 있는 로커 옆 바닥에 내려놓았다. 완전히 눈에 띄지 않게 할 수는 없었지만 적어도 일부분은 가릴 수 있었다. 나는 리모컨을 허벅지 안쪽 끈으로 맨 권총집에 밀어 넣었다.

그곳에서 밥이 지켜보는 가운데 모든 사람들이 단거리용 배낭을 짊어졌다. 그 뒤에서 밥이 한 사람씩 햄스터 공에 들어가게 한 뒤 밀봉했다. 그 과정에서 몇몇 사람들이 비틀거리고 넘어지긴 했지만, 대부분의 사람들은 공 속에서 잘 적응했다. 그리 어렵지 않았다.

밥은 자신의 선외활동 우주복을 로커에서 꺼내 3분 만에 입었다. 젠장, 정말 빠르네. 내 기록은 9분인데.

우리는 모두 밥 뒤에 줄지어 섰다. 공을 굴리는 솜씨는 모두 제각각이었다. 밥이 에어로크 조작반 위로 기즈모를 흔들자 안쪽 출입문이 열렸다. 그는 우리를 에어로크 안으로 인도했다.

나는 제일 먼저 들어가 구석 자리로 굴러갔다. 벽을 향해 서서 드레스 속에서 리모컨을 꺼내 HIB를 작동시켰다. 준비실에 있던 로봇이 깨어나 카메라를 작동시켰다. 이제 모든 걸 내 시점뿐 아니라 HIB의 시점에서도 볼 수 있었다.

밥은 관광객들에게 신경 쓰고 있었는데, 그 말인즉슨 HIB를 등지고 있다는 뜻이었다. 관광객들은 바깥쪽 출입문에 시선을 고정하고 있었다. 출입문은 그들과 달에서의 흥미진진한 경험 사이에 마지막으로 남은 장애물이었다. 그리고 햄스터 공은 안쪽에서 보면 상당히 어둡다. 안에 있는 사람을 가혹한 햇빛으로부터 보호할 수 있도록 만들어졌기 때문이다.

그러므로 지금이 기회였다. HIB가 그 사랑스럽고 작은 집게발들을 이용하여 앞으로 재빨리 달려나가게 했다. HIB는 에어로크의 안쪽, 마지막에서 두 번째 관광객의 햄스터 공 옆으로 뛰어들었다. 그러고는 구석에 숨었다.

밥은 안쪽 출입문을 닫고 바깥쪽 출입문 손잡이를 돌리기 시작했다. 에어로크의 바깥쪽 출입문은 특별히 멋질 게 없었다. 그냥 수동 밸브였으니까. 왜 최첨단 컴퓨터 시스템이 아니냐고? 수동 밸브는 고장나거나 재부팅하는 법이 없기 때문이다. 출입문은 운에 맡기고 싶지 않은 물건 아닌가.

에어로크에서 공기가 빠져나가자 햄스터 공들은 조금 더 단단해졌다. 밥은 계속 계기판을 점검하면서 여덟 개의 공이 확실하게 밀폐되었는지 확인했다. 에어로크가 진공 상태가 되자 그가 무전기로 모두에게 안내를 시작했다.

"좋아요. 이제 바깥쪽 출입문을 엽니다. 관광 구역에 있는 날카로운 바위는 모두 치웠습니다. 하지만 혹시라도 뭔가 공에 구멍을 낼 것처럼 생긴 걸 발견하면 괜히 건드리지 마세요. 그냥 제게 말해주세요."

밥이 바깥쪽 출입문을 열자 그 너머로 잿빛의 생명 없는 경치가 펼쳐졌다.

관광객들은 놀라서 탄성을 내질렀다. 그러고는 모두가 동시에 공개 통신망으로 이야기를 시작했다.

"대화는 최소한으로만 하세요." 밥이 말했다. "특정한 사람에게 말하고 싶으면 기즈모로 통화하시고요. 공통 채널은 체험과 관련된 지시와 질문을 위한 것입니다."

밥이 밖으로 나가더니 따라오라는 손짓을 했다.

다른 사람들과 함께 달 표면으로 굴러나갔다. 내가 굴리는 공 아래에서 달의 돌가루가 으드득 부서졌다. 햇빛은 신축성 있는 폴리머 소재의 공이 대부분 차단해 안으로 들어오지 못했다. 하지만 그 말은 곧 햇빛이 모두 열로 전환된다는 뜻이었다. 안쪽을 덮은 폴리머가 훌륭한 단열재이기는 하지만 완벽하지는 않았다. 햇빛 아래로 발을 내디딘 지 몇 초 지나지 않아 공 속 공기가 따뜻해지는 걸 느낄 수 있었다.

단거리용 배낭이 팬 하나를 작동시켜 더워진 공기를 빨아들인 다음

차갑게 만들어 내뿜었다.

수확기와 마찬가지로 햄스터 공도 열 방출이라는 골칫거리를 해결해야 했다. 그렇지만 사람을 왁스로 뒤덮을 수는 없는 법. 그렇다면 단거리용 배낭은 열을 어떻게 처리할까? 커다란 얼음덩어리를 지나가면 된다.

정말이다. 진짜로 옛날에 쓰던 그 얼린 물 말이다. 2리터면 충분하다. 모든 물질들 가운데 물은 열을 가장 잘 흡수하는 것 중 하나다. 그리고 얼음을 녹이려면 더 큰 에너지가 필요하다. 햄스터 공을 이용한 여행을 얼마나 오래 할 수 있는지를 실제로 결정하는 것은 그것이었다. 얼음 덩어리가 얼마나 오래 견딜 수 있느냐 하는 것. 얼음은 두 시간을 견딜 수 있다.

모두가 밖으로 나가자 밥은 바깥 출입문을 닫고 우리를 착륙 기념지로 안내했다. 나는 나의 작은 HIB 친구(녀석의 이름은 히비로 결정했다)를 일부러 에어로크에 남겨두었다.

둥근 모양의 관광안내소를 돌아서 걷는 길은 짧았다.

나는 울타리에 붙어 있는 다른 사람들에게 합류했다. 내가 진 추에게 관광안내소에서만도 충분히 멋진 풍경을 볼 수 있다고 말했던 것을 기억하는가? 그건 거짓말이었다. 밖에서 보니 훨씬 더 멋졌다. 정말로 이곳에 있는 느낌이 들었다. 물론 나는 진짜 이곳에 있는 거지만. 무슨 뜻인지 알겠지.

닐과 버즈가 옛날에 뛰어다녔던 땅바닥을 보며 잠시 감탄했다. 정말 굉장한 광경이었다. 지금 이곳이 내게는 역사적 순간이었다.

이제 다시 일해야 할 시간이었다.

관광객들은 각기 다른 각도에서 착륙지를 살펴보기 위해 흩어졌다.

일부는 관광안내소 유리창에 손을 흔들어 보였지만 안내소 안쪽은 보이지 않았다. 우리 쪽에서 본 유리창은 거울이었다. 밖은 안쪽에서 본 것보다 훨씬 더 밝았다.

달의 적막함에 감탄하는 척하며 나는 밥으로부터 돌아섰다. 리모컨을 꺼내 다시 HIB를 작동시켰다. 어떻게 간단한 리모컨 장치로 아르테미스의 외벽을 뚫고 무선 전파를 보낼 수 있는지 궁금해 하는 사람이 있을지도 모르겠다. 6센티미터짜리 알루미늄판 두 겹과 그사이 1미터를 돌가루로 채워 만든 벽을 통해 신호를 보내는 건 어려운 일이다.

사실상 원리는 아주 간단하다. 아르테미스의 다른 모든 기기들처럼 리모컨은 무선 통신망을 통해 데이터를 보낸다. 모든 버블 꼭대기에는 수신기와 중계기가 설치되어 있는데 관광안내소 역시 마찬가지다. 설마 선외활동 마스터들을 통신 불가능 상태로 놔두기를 원하지는 않겠지? 통신망보다 더 강력한 안전장치는 없다. 그래서 리모컨은 히비와 아무 문제 없이 소통할 수 있었다.

에어로크는 진공 상태였다. 모든 에어로크는 기본적으로 진공 상태다. 바로 지금 다음 순서로 체험에 나설 그룹이 안내를 맡은 선외활동 마스터와 함께 준비하고 있었다. 내게 주어진 기회는 아주 짧았다.

히비에게 바깥 출입문을 기어오르게 했다. 기어오르기 위해 붙잡을 수 있는 부분이 화면에 강조되어 보였다. 환상적인 인공지능(AI)의 도움이었다. 어디로 가야 할지 정해주기만 하면 나머지는 녀석이 알아서 했다.

히비는 파이프와 밸브 손잡이 그리고 다른 튀어나온 부분들을 붙들고 출입문을 기어올랐다. 갈빗대 모양 구조물에 몸을 지지하게 한 뒤 출입문 손잡이를 붙잡게 했다.

필요한 힘을 얻기 위해서는 집게발 두 개를 사용해야 했지만 손잡이는 움직였다. 손잡이를 완전히 세 바퀴 돌리자 문이 조금 열렸다. 히비를 바닥으로 떨어뜨렸다. 녀석은 떨어지면서도 자동으로 몸을 뒤집어 발로 착지했다. 야, 이거 갖고 놀기 재미있는 녀석이네! 부자가 되면 하나 장만해야겠다.

고양이가 방 안에 숨어드는 것처럼 히비는 에어로크 출입문을 밀쳐 열며 밖으로 빠져나왔다. 그리고 나온 다음에는 문을 닫았다.

어깨 뒤로 고개를 돌려 혹시라도 나를 보는 사람이 없는지 확인했다. 관광객 대부분은 울타리에 붙어 있고 밥은 상황을 지켜보고 있었다. 누구도 규칙을 어기거나 위험에 처하지 않았으므로 그는 만족해하고 있었다.

나는 히비를 조종해 문을 닫은 다음에는 위로 기어 올라가 바깥 출입문을 다시 꽉 닫게 했다. 그러고 나서 녀석에게 관광안내소 꼭대기로 이동할 것을 명령했다. 누구의 눈에도 띄지 않을 완벽한 장소였다. 녀석은 집게발을 뻗을 수 있는 곳에 자리한 손잡이들을 통해, 복잡하지만 효과적인 경로로 안내소 옆면을 신나게 기어올랐다. 꼭대기까지 가는 데 2분 걸렸다.

히비를 절전 모드로 해놓고는 리모컨을 다시 다리 안쪽에 넣었다. 그리고 뒤돌아서 관광안내소의 돔을 쳐다봤다. 지면에서는 꼭대기가 보이지도 않았다. 완벽해.

2단계 완료. 나머지 체험 시간 동안 이글 호를 살펴보았다. 저런 걸 타고 사람이 실제로 이곳에 착륙했다니 놀랍다. 나라면 100만 ǧ를 준다고 해도 나서지 않았을 텐데.

아니, 아니지. 100만 ǧ라면 해야지. 하지만 겁날 것 같기는 하네.

켈빈에게,

손 때문에 망했어.

손은 내가 사랑하는 남잔데, 침대에서 날 울부짖게 해. 하지만 맙소사, 손은 가끔 멍청하기도 해.

손이 마리화나를 조금 손에 넣었어. 관광객한테서 샀대. 파티를 열 곳이 필요했어. 문제는 이 동네에서는 담배를 피우면 화재경보가 울린다는 거야. 그래서 우리가 어디로 갔게?

나한테 완벽한 해결책이 있었어. 바로 아빠의 새 작업장!

아빠는 요새 사업을 확장하고 있거든. 그래서 두 번째 공장을 임대한 거야. 새 장비도 들여오고 그곳에서 직원으로 일할 용접공 면접도 보고, 모든 걸 갖춰가는 중이었지.

준비가 안 끝나서 작업은 아직 안 했어. 장비 절반이 아직 도착 안 했거든. 그러니까 이렇게 크고 대부분 비어 있는 공간에 들어가는 비밀번호를 내가 알고 있었던 거야. 들어봐. 담배는 적어도 내화 설비를 한 들어갈 수 있는 작업장에서 피워야 책임감 있다고 할 수 있잖아! 도시를 화재로부터 보호해야 하고, 뭐 그러니까. 그래서 그리로 가자고 했지.

우린 파티를 했어. 큰 파티는 아니고. 그냥 손의 친구 몇 명이랑 나랑 진탕 놀고 취했지. 그런데 손하고 친구들이 장비를 갖고 장난치기 시작한 거야. 그러지 못하게 말렸어야 했는데, 모두가 웃고 재밌는 시간을 보내고 있었거든. 분위기를 깨기 싫었어, 알지?

그런데 알고보니 아빠가 그날 아세틸렌 탱크를 채워놓았던 거야. 그러니까 손하고 멍청한 친구들이 토치 손잡이로 칼싸움을 하는 동안 가스 공급선이 실제로 작동하고 있었던 거지. 누군가 손잡이를 돌렸든지 무슨 짓을 한 게 분명해. 쇠끼리 부딪혔을 때 불꽃이 튀었거든.

작업장 전체에 불이 붙고 경보음이 울리더니 작업장이 자동으로 닫혔다. 우린 안에 갇혔고 간신히 늦지 않게 공기 대피소로 피신할 수 있었어. 좁은 공간에 쑤셔 박혀서 소방대가 오길 기다렸어.

짧게 설명할게. 아무도 안 다쳤지만 작업장은 엉망이 되었어. 루디(참견하기 좋아하는 캐나다 기마경찰대 출신 얼간이)는 나를 추방하고 싶어했지만 마리화나가 불에 전부 타버려서 불법 인화물질에 대한 증거를 확보하지 못했어.

아빠는 완전 화를 냈어. 나한테 소리를 질러댔는데, 전에는 그런 적이 한 번도 없었지. 작업장에 돈을 얼마나 들였는지 아느냐, 그게 나 때문에 전부 불 속으로 사라졌다면서 끝이 없었어. 그런데 그 소리에 나도 화가 나는 거야. 있지, 나도 죽을 뻔했거든. 적어도 나한테 괜찮은지 물어보기는 해야 하는 것 아냐?

우린 대판 싸웠어. 아빠는 나더러 손하고 헤어지라고 했어. 마치 내 연애에 대한 결정권이라도 가진 것처럼! 그러더니 느닷없이 내가 가능성을 저버렸다는, 그놈의 툭하면 던지는 말을 하는 거야.

난 그놈의 '가능성'이라는 말만 들어도 구역질이 날 것 같아. 아빠도 그렇고 선생님들도 그렇고 내가 만나는 모든 '어른'들이 그 말을 하는데 이젠 지겨워 죽겠어.

아빠한테 내가 누구랑 사귀든 상관 말라고 했어! 아빠는 그런 생각으로 어떻게 '한 발짝 나아갈 수 있겠냐'며 손은 시간 낭비라고 어쩌고저쩌고 지겹게 떠들어 대더라. 내 인생이니까 내가 원하는 대로 할 거야!

나는 내 물건들을 챙겨서 집에서 뛰쳐나와 버렸어. 지금은 손이랑 지내고 있어. 아빠 집보다 훨씬 좋아. 손은 이제 겨우 스물세 살인데 집에 침실과 욕실이 있어. 사람들은 내게 먹고살려면 어떡하든 열심히 일해야 한다고 하는데, 손은 그렇게 살지 않아. 도박꾼인데 돈을 걸 때마다 손해는 안 봐. 요새는 '스탈릿 카지노'에 자리를 하나 얻으려고 저축하고 있어. 올드린 버블에 있는 카지노 말이야!

나도 우선 일자리를 찾고 나서 내가 살 집을 구할 때까지 돈을 모을 거야. 아닐 수도 있고. 어쩌면 숀이랑 계속 살 수도 있어.

...

재즈에게,

아빠와 싸웠다니 정말 유감이야. 화난 건 알지만 아빠와 함께 살지는 않더라도 화해는 생각해 봐. 가족보다 더 중요한 건 없으니까.

다른 소식이 있는데, 나 KSC에 취직했어! 일개 적재물 관리자 조수라서 온종일 화물 용기의 무게를 재는 일만 하지만, 뭐 이제 시작이니까! 수습 기간이 끝나면 적재물 평형 분야의 교육을 받게 해준대. 적재물을 적절하게 고정하고 평형을 잡는 건 매우 중요해. 제대로 못 하면 발사가 실패할 수도 있어.

만일 적재물 관리자로 승진하게 되면 누이들의 직업학교 학비를 댈 수 있을 거야. 그래서 누이들이 일단 모두 기술을 익히면 우리 네 명이 부모님을 도와드릴 수 있어. 엄마 아빠는 그제야 일을 그만둘 수 있을 거야. 아직 한참 남은 일이지만, 그렇게 될 수 있도록 나랑 누이들은 열심히 노력하는 중이야.

···

켈빈에게,

답장이 늦어서 미안해. 지난 2주간 정말 정신없이 바빴어. 숀하고 싸웠는데 그 뒤에 화해를 했어(자세한 얘긴 생략할게. 지금은 다 괜찮으니까).

일자리 얻은 거 축하해!

며칠 전에 사우디 사람 몇 명이 찾아와서 내가 원하면 용접공 수습생으로 키워주겠다고 했어. 나더러 작업장에 와서 함께 일하자고 제의한 용접공이 적어도 다섯 명은 돼. 헝가리인 기계공들도 들렀어. 그 사람들은 용접이나 기계 만지는 일이나 모두 금속을 다루니까 비슷하다는 거야. 무슨 논리인지 모르겠어. 어쨌든 그들은 내가 기계 일도 잘할 거라고 생각해.

그런 일이 있고 나서 내가 일하려고 한다나 뭐 그런 소문이 퍼진 거야. 다양한 직업군의 사람들이 연락해왔어. 배관 공장, 전기 공장, 유리 공장, 전부 말이야. 갑자기 내가 파티에서 최고의 인기 미녀라도 된 것 같아. 그래, 내가 마음만 먹으면 뭐든 잘할 거라는 평판이야 있었지. 그런데 좀 이상해.

아빠 냄새가 나. 이번 일에는 온통 아빠 지문이 묻어 있어. 아빠는 도시의 기술자들에게 영향력이 있어. 아빠가 나랑 한번 얘기해 보라고 직접 부탁했거나, 아마르 바샤라의 딸을 고용하면 아빠와 끈끈한 거래 관계를 맺을 수 있을 거라 생각해서 그 사람들이 자발적으로 나선 것일 수도 있어.

전부 거절했어. 아빠를 미워하거나 그런 건 아니야. 그저 나만의 길을 개척하고 싶었던 것뿐이야, 알지? 그리고 솔직히 말하면 그런 직업들은 전부 힘든 노동을 해야 해.

나는 포터로 일하고 있어. 생활비를 벌기 위한 임시 일자리야. 숀이 집세를 내지만 모든 걸 그에게 기대고 싶지는 않아, 알지? 어쨌든 일하고 싶을 때 일하고 일하

129

기 싫을 때는 하지 않아도 되니까 마음에 들어. 조직도 상사도 아무것도 없어. 픽업이나 배달을 할 때마다 돈을 받지.

이건 좀 다른 말인데, 숀은 다른 여자들이랑 자고 다녀. 다른 사람하고 자면 안 된다고 서로 말한 적은 없어. 이리로 이사 온 건 갈 곳이 없어서야. 그래서 상황이 좀 이상하긴 하지만 괜찮아. 우린 규칙을 정했고 중요한 건 우리 둘 중 누구도 숀의 집에 다른 사람을 데려올 수 없다는 것. 다른 사람이랑은 다른 곳에서 자라는 거지. 나한테는 대체로 소용없는 규칙이야. 이 남자 저 남자 만나고 다니는 데엔 관심 없거든. 한 명이면 충분해.

물론 마음에 들지는 않아. 하지만 숀은 처음부터 이런 일에 대해 아주 솔직하게 이야기했어. 그러니까 불평할 수는 없어. 어떻게 될지 지켜보는 수밖에.

05

다음 날 아침, 나는 관에 누워서 HIB 리모컨을 만지작거리며 빈둥거리고 있었다.

명령을 내리면 히비는 즉시 깨어났다. 배터리는 92퍼센트 남아 있었다. 유감스럽게도 나의 작은 히비에게는 태양 전지판이 없었다. 뭐하러 설계할 때 그런 걸 넣겠는가? HIB는 한 번에 몇 시간씩 사용하고 다시 안으로 들여올 목적으로 설계되었는데.

녀석이 관광안내소 돔의 곡면을 따라서 열차 에어로크 바로 위까지만 내려가도록 했다. 그런 다음에는 기다려야 했다. 기즈모를 보며 시간을 좀 때웠는데, 대부분 아랍어로 된 가십 사이트의 글을 읽었다. 왕비는 진짜로 아들에 맞서 며느리들 편을 들고 있었다! 이게 말이 돼? 엄마까지 나서서 아들한테 뭐라 한다면 그건 진짜 형편없는 놈이란 얘기잖아.

마침내 관광객들을 태운 첫 열차가 관광안내소에 도착했다. 히비는 돔에서 기어 내려와 열차 객차 위에 올라탔다. 열차는 완벽할 정도로 정해진 시간에 오갔다. 10분 뒤 열차는 나의 작은 밀항자를 태우고 아르테미스를 향해 출발했다.

HIB의 배터리가 아무리 오래 간다고 해도 달의 지형을 40킬로미터나 걸어갈 수 없다는 건 너무나 명확했다. 그래서 히비는 멋지게 도시로 되돌아오고 있었다. 나의 작은 친구를 위해서는 최고의 방법이었다!

열차가 아르테미스까지 돌아오기를 기다리며 가장 좋아하는 가십 사이트에 들어가서 시간을 좀 더 죽였다.

오, 이런 맙소사! 왕자의 두 번째 부인이 언론에다 남편에 관해 털어놓은 말을 믿을 수가 없었다. 너무 야비하잖아! 하지만 나는 바람난 남성을 둔 여성이라면 누구에게든 공감할 수 있다. 나도 겪어봤거든. 있잖아, 그거 정말 엿 같다.

열차가 도시로 돌아오자 히비를 올드린 버블 위로 재빨리 올라가게 했다. 이제부터는 좀 쉬웠다. 지금 나는 히비를 설계한 목적대로 정확하게 사용하는 중이었다.

녀석은 올드린의 외벽을 따라 기어 올라가서 올드린과 암스트롱의 연결 터널 지붕 위를 가로지른 다음 콘래드로 올라갔다. 녀석이 콘래드의 꼭대기에 진지를 구축하게 했다.

그러고 나서 히비는 다시 절전 모드로, 나는 왕가의 지저분한 가십으로 돌아갔다.

주의: 당신은 올드린 공원에 입장하고 있습니다. 공원은 이중 외벽으로 보호되지 않습니다. 파손 경보가 들리면 즉시 가까운 공기 대피소로 피신해 주십시오. 공기 대피소는 파란 깃발로 표시되어 있고 공원 전역에서 찾을 수 있습니다.

입장료:

비영주권자 – 750ğ

영주권자 – 무료

판독기 위로 기즈모를 흔들자 부스의 출입문이 열렸다. 당연히 나는 공짜였다. 아르테미스 시민권이라는 게 존재하지 않는다고 누가 그래?

부스 안으로 걸어 들어가 바깥 출입문이 밀폐되기를 기다렸다. 바깥 출입문이 밀폐되자 안쪽 출입문이 열리더니 나를 공원으로 들여보냈다. 나는 햇빛 속으로 걸어 나갔다. 그렇다, 햇빛이었다.

올드린 공원은 버블의 꼭대기 네 개 층을 차지하고 있다. 도시의 나머지 부분을 둘러싼 채 모든 걸 차단하는 벽 대신 이 구역은 거대한 유리판으로 보호되고 있다. 아폴로 11호 관광안내소가 사용하는 것과 같은 종류였다. 자랑스럽게도 바로 이곳 달에서 생산한 제품이었다.

지금은 나이로비 시간으로 오후 3시지만(따라서 아르테미스 시간도 오후 3시였다) 실제로는 달의 '아침'이었다. 지평선 위에 뜬 태양이 공원에 햇빛을 흩뿌리고 있었다. 유리가 보호해주지 않는다면 공원 이용객들은 가혹한 방사능과 UV(자외선)에 통구이가 될 것이다.

스보보다와 만나기로 약속한 시간이 되려면 아직 좀 더 기다려야 했다. 나는 산책을 했다.

공원은 단순하고 우아하게 설계되었다. 원형 바닥은 그 끝이 유리 벽과 연결되어 있었다. 지형은 대개 평평했고, 여기저기 몇 군데 인공 언덕이 있었는데 모두 잔디로 덮여 있었다. 하느님께 맹세하건대, 진짜 잔디였다. 작지 않은 성과였다.

공원 둘레를 따라 느릿느릿 걸으며 달을 내다보았다. 달의 경치가 매력적이라고 생각해 본 적은 한 번도 없었다. 그건 그냥… 아무것도 아니었다. 아무것도 아닌 걸 사람들은 좋아하는 걸까? '선(禪)'이니 뭐 그런 거? 아무튼 난 아니었다. 내게 외부에서 보이는 가장 아름다운 것은 아르테미스의 나머지 부분이었다.

도시는 햇빛 속에서 여러 개의 금속 젖가슴처럼 빛났다. 뭐? 난 시인이 아니라고. 도시는 젖가슴처럼 보인다.

서쪽은 콘래드 버블이 경치를 압도하고 있다. 내부야 지저분하고 가난할지 몰라도 외부는 다른 자매들처럼 아주 예쁘다.

남서쪽에는 다른 버블들보다 작은 암스트롱이 거미줄 한가운데 놓인 거미처럼 앉아 있다. 그쪽 방향으로 더 멀리 보면 부자놈들이 득실거리는 셰퍼드 버블이다. 반구형 모습이 오만하게 보일 일은 없으리라 생각했는데, 오만하게 보였다. 빈 버블은 콘래드와 셰퍼드 사이에 있었는데, 지리적으로도 그랬고 상징적으로도 그랬다. 이 모든 계획이 성공하면 미래의 내 집이 있을 곳이다. 지금은 내게서 가장 멀리 떨어져 있지만.

북쪽을 보았다. 고요의 바다가 시야를 가득 채웠다. 지평선까지 펼쳐진 지형에는 잿빛 언덕과 삐죽삐죽한 바위들이 점점이 흩뿌려져 있었다. '전체가 장엄한 황무지(버즈 올드린이 달을 보고 했던 유명한 말-옮긴이)'니 뭐니 하는 말을 할 수 있으면 좋으련만, 그렇지 못했다. 아르테미스 주변 땅에는 온통 타이어 자국이 나 있고 바위는 모조리 걷어낸 모습이었다. 이곳에는 돌을 이용한 건축물이 많다. 사람들이 그 돌을 어디서 구해왔겠는가.

공원 한가운데에 있는 '숙녀들'을 향해 걸어갔다.

달에서 진짜 나무는 마련하기가 쉽지 않다. 그러나 공원에는 아주 진짜처럼 보이는 계수나무 조각품 한 그루를 심어두었다. 그 아래엔 조각상이 두 개 있다. 하나는 중국 달의 여신인 창어(嫦娥)다. 다른 하나는 멋진 우리 도시가 이름을 따온 그리스 여신 아르테미스다. 두 여인은 웃음을 띤 채 얼어붙은 듯 서 있는데 창어가 아르테미스의 팔에 손을 올리고 있다. 둘은 뭔가 친근하게 대화를 나누는 것처럼 보인다. 이곳 사람들은 이 조각상을 '숙녀들'이라고 부른다. 그리로 걸어가 '나무'에 기댔다.

고개를 들어 하늘에 떠 있는 '반(半)지구'를 쳐다보았다.

"공원에선 금연이야." 신경질적이고 나이 든 목소리였다.

공원 관리인은 적어도 여든 살은 넘어 보였다. 공원이 문을 연 뒤 바뀐 적이 없었다.

"제가 담배라도 들고 있나요?"

"전에 널 한 번 잡은 적이 있지."

"그건 10년 전 일이에요."

관리인은 자기 눈을 가리켰다가 다시 나를 가리켰다. "지켜보고 있어."

"뭐 좀 물어볼게요." 내가 말했다. "겨우 잔디나 깎으려고 굳이 달까지 이사 온 사람이 누구일까요?"

"난 식물이 좋아. 그리고 관절이 아파. 이곳 중력은 관절염에 도움이 돼." 관리인은 지구를 올려다보았다. "아내가 죽은 뒤로 저기서 더 살 이유가 없어졌지."

"늙은이에겐 끔찍한 여행이었겠네요."

"일 때문에 여행이 익숙해서. 뭐 괜찮았어."

스보보다는 언제나 그랬듯 정확한 시간에 나타났다. 어깨에 가방을 메고 웃고 있었다. 그는 나를 그리고 여신 조각상들을 가리켰다. "여, 이것 좀 봐! 달나라의 화끈한 아가씨들 세 명이 놀러 나오셨군!"

나는 눈을 굴리며 말했다. "스보보다, 내가 언제 여성들한테 말하는 법 좀 가르쳐 줄게."

스보보다는 관리인에게 손을 흔들었다. "안녕하세요, 저 아시죠. 이름이 마이크 맞죠?"

"아니야." 관리인이 말했다. 그리고 나를 쏘아보았다. "그럼 비슷한 것들끼리 시간 보내. 잔디에서 섹스는 안 돼."

"가다가 너무 늙어서 죽지나 마시고요, 할아버지." 내가 말했다.

관리인은 걸어가면서 어깨 위로 손을 흔들어 보였다.

"다 만들었어?" 나는 스보보다에게 물었다.

"그럼, 여기 있지!" 스보보다는 가방을 내밀었다.

안을 들여다보았다. "고마워."

"콘돔은 써볼 기회가 있었어?"

"이제 스물네 시간 지났어. 내가 섹스를 얼마나 자주 한다고 생각하는 거야?"

"나야 모르지. 그냥 물어본 거야." 그는 공원을 둘러보았다. "여기는 자주 오게 되질 않네. 한껏 늘어지기 좋은 곳인데."

"날아다니는 물건을 좋아하면 뭐 괜찮지."

공원은 악명이 높았다. 지구에서 온 사람이라면 아무리 머릿속으로는 알고 있다 해도 뭐든 너무 세게 던진다. 100미터 떨어진 곳에 있는 친구 — 받으려는 사람 — 는 공이 머리 위를 날아 공원 반대편까지 날아가는 모습을 보게 될 것이다. 원반 던지기는 더 말할 것도 없다. 낮은 중력에다 낮은 기압에서 원반은 관광객들에게 완벽한 수수께끼가 된다.

"마음에 들어." 스보보다가 말했다. "도시에서 유일하게 '자연스러운' 곳이잖아. 탁 트인 공간이 그립기도 하고."

"밖을 보면 탁 트인 공간이 얼마나 많은데." 내가 말했다. "그리고 공원보단 바가 친구들과 어울리기에 더 좋아."

스보보다의 얼굴이 밝아졌다. "우리 친구지?"

"그럼."

"좋았어! 난 친구가 많지 않거든. 넌 가슴이 달린 유일한 친구라고."

"너 정말 말하는 법 좀 공부해야겠다."

"그럼, 좋지. 미안해."

나는 화나지 않았다. 감정을 드러내지도 않았다. 계획에 빠져 있기에도 바빴다.

끝났다. 모든 준비를 마쳤다. 용접 장비와 주문 제작한 전자 장치가 있고 HIB도 준비가 끝났다. 숨이 가빠지고 심장이 튀어나올 것처럼 뛰었다. 나의 작은 범죄 계획은 더 이상 이론에 그치지 않을 것이다. 진짜로 해낼 생각이니까.

그날 밤 나는 밸브가 새는 선외활동 우주복을 수리한 뒤 전체적으로 철저히 점검했다. 그러고 나서 또 한 번 점검했다. 밥에게 인정하지는 않았지만 시험 전에 점검을 제대로 하지 못했다는 그의 말은 백번 옳았다. 우주복 때문에 죽을 일이 없도록 확인하는 것은 내 소관이었다. 그리고 이번에는 모든 것이 완벽하게 돌아가도록 완전히 확실하게 점검했다.

잠을 좀 잤지만 많이 자지는 않았다. 나는 용감한 사람이 아니었고 그렇다고 주장해 본 적도 없다. 준비는 끝났다. 남은 내 인생은 얼마나 잘 준비했느냐에 달려 있었다.

새벽 4시에 잠에서 깨어났다. 그때부터 더는 기다릴 수 없어 안달이 났다.

통관항까지 걸어가서 트리거와 선외활동 우주복을 챙긴 다음 트리거를 타고 잠든 도시의 통로를 지나 콘래드의 에어로크로 향했다. 이른 시간이라 이맘때면 아무도 거기에 없었다. 선외활동 장비와 강도질을 위한 장비가 든 큰 가방을 지나가는 사람들이 볼 수 없도록 모두 대기실에 넣어두었다.

이제 짐을 모두 내린 트리거는 항구에 있는 원래 자리로 되돌려 놓았다. 여기서 조언 하나. 큰 죄를 저지르려 한다면 그 짓을 하는 동안 절대 당신 차량을 범죄 현장에 놓아두지 마라.

걸어서 콘래드 에어로크로 되돌아간 다음 대기실로 들어갔다. 누군가 들어와서 상황을 설명해야 하는 일이 없기만을 바랐다.

선외활동 장비에서 식별 가능한 표시를 모두 덕트테이프로 붙여 가렸다. 일련번호, 허가번호, J. 바샤라라고 앞면에 붙은 커다란 이름표… 뭐 그런 것들. 그러고 나서 히비를 다시 깨웠다. 녀석은 바로 활기를 되찾았다.

히비는 내 지시에 따라 콘래드 외벽의 곡면을 따라 에어로크로 내려왔다. 그리고 바깥 출입문의 손잡이를 돌렸다. 그러고 나서 땅바닥으로 뛰어내려 안쪽으로 조심스럽게 들어와 출입문을 닫았다. 녀석은 다시 손잡이를 돌려서 문을 밀폐한 다음 안쪽 출입문으로 다가왔다.

내 작은 친구가 아르테미스의 공기가 에어로크로 들어갈 수 있도록 수동 밸브를 붙잡는 모습을 둥근 선창으로 지켜보았다. 짧게 쉭 소리가 나더니 에어로크는 도시와 기압을 맞췄다. 히비가 손잡이를 돌려 안쪽 출입문을 열었다.

에어로크로 들어선 나는 히비의 머리를 두드렸다. "잘했어." 나는 녀석의 전원을 꺼서 리모컨과 함께 준비실에 있는 로커에 넣어두었다.

자, 드디어 성공이다. 에어로크는 사용할 준비를 마쳤고, 조작반은 이를 눈치채지 못했다. 나는 조작반을 향해 가운뎃손가락을 들어 보였다. 내가 이겼다고. 물론 상대는 별 신경을 쓰지 않았다.

우주복을 입었다. 그러면서 시간을 쟀다. 선외활동 마스터라면 해야 할 일이니까. 11분 걸렸다. 젠장. 밥은 어떻게 이걸 3분 만에 입지? 빌어먹을 괴물 같은 놈.

우주복의 시스템 전원을 켰다. 모든 것이 정상적으로 가동되었다. 압력 테스트를 했다. 지시에 따라 우주복은 기압을 조금 높인 다음 상황을 확인했다. 새는 곳이 있는지 확인하기 위한 최고의 방법이었다. 아무 문제 없었다.

에어로크로 들어가서 안쪽 출입문을 봉한 다음 일련의 과정을 수행했다. 과정이 끝나자 바깥 출입문을 열었다.

안녕, 달!

단독 선외활동은 그 자체로는 위험하지 않다. 선외활동 마스터들은 항상 단독 선외활동을 한다. 하지만 나는 비밀리에 하고 있다. 내가 밖에 나갔다는 사실을 아무도 모른다. 만약 문제가 생긴다면, 아무도 날 찾을 생각을 하지 않을 것이다. 시간이 얼마나 걸리든 누군가 알아차릴 때쯤 나는 달 표면의 아주 매력적인 시체 한 구가 되어 있을 것이다.

나는 마이크가 꺼졌는지 확인했다. 하지만 선외활동용 개방 채널 수신기는 켜두었다. 만일 누군가가 밖으로 나온다면 꼭 알고 싶었으니까.

두 개의 산소 탱크에는 모두 16시간 분량의 산소가 들어 있었다. 그리고 각각 8시간분의 산소가 든 탱크 여섯 개를 더 가져왔다. (바라건대) 필요한 것보단 많지만 안전 대책은 있어야 하니까.

글쎄… 선외활동을 나가 움직이는 암석 수확기에 용접 토치를 쏘려고 하는 마당에 '안전 대책이 있어야' 한다고 말할 수 있을까? 무슨 말인지 알 것이다.

이산화탄소 제거 시스템의 상태는 녹색이었는데 그건 마음에 들었다. 죽고 싶지 않았기 때문이다. 옛날 우주비행사들은 이산화탄소를 회수하기 위해 일회용 필터를 사용했다. 현대식 우주복은 뭔가 복잡한 차단막과 외부의 진공 상태를 이용해 이산화탄소 분자를 가려낸다. 자세한 건 모르겠지만, 이 시스템은 우주복에 전력이 공급되는 한 계속 작동한다.

우주복의 모든 데이터를 다시 점검하며 모든 값이 안전 범위에 있는지 확인했다. 우주복이 경고 알람을 울릴 거라고 믿어서는 절대로 안 된다. 훌륭하게 설계된 장비임은 틀림없지만, 그건 최후의 수단이다. 안전은 조작하는 사람에게서 시작된다.

나는 숨을 크게 들이마시고 한쪽 어깨에 더플백을 둘러멘 다음 걷기 시작했다.

우선 도시 전체를 돌아서 걸어야 했다. 콘래드의 에어로크는 북쪽을 향하고 있고, 샌체즈 알루미늄의 용광로는 남쪽에 있었다. 도시를 빙 도는 데만 20분이 걸렸다.

그런 다음 1킬로미터 떨어진 용광로와 원자로 단지까지 가는 데 두 시간이 걸렸다. 저 멀리 아르테미스가 사라지는 모습을 보니 불안한 마음이 들었다. 와, 저기 좀 봐. 이 바윗덩어리 위에서 유일하게 인간이 살아남을 수 있는 곳이네. 손이라도 흔들어 작별인사를 하라고!

마침내 우리가 '모래언덕'이라고 부르는 곳의 기슭에 도착했다.

아르테미스를 설계할 때 누군가 이렇게 말했다. "혹시라도 원자로가 폭발하면 어쩌지? 그러니까, 도시에서 한 1킬로미터 정도 떨어져 있잖아? 끔찍할 거야, 그렇지?" 샌님들 여러 명은 이마에 주름이 가도록 이 문제를 두고 심사숙고했다. 그러다 그들 중 한 명이 말했다. "저… 중간에 흙을 잔뜩 쌓아둘 수도 있지 않나요?" 사람들은 그를 승진시키고 가두 행진을 했다.

뭐 100퍼센트 진실만을 말한 것은 아니지만, 무슨 말인지 알 것이다. 모래언덕은 원자로의 폭발로부터 도시를 지켜준다. 어쩌면 도시의 외벽만으로도 충분할 수 있지만, 안전 문제인데 지나쳐서 나쁠 것은 없지 않은가. 흥미롭게도 우리는 방사능으로부터의 보호 따윈 필요 없다. 만약 원자로에서 노심 용융이 일어난다 해도 문제 될 것은 없다. 도시는 완벽하게 보호되고 있다.

나는 모래언덕 기슭에 앉아 잠시 쉬었다. 먼 길을 걸어왔기에 휴식이 필요했다.

헬멧 안에서 고개를 돌려 '젖꼭지'를 물고(흥분하지 마시길) 물을 조금 빨아 마셨다. 우주복의 온도 조절 시스템은 물을 시원하게 해주기도 한다. 나도 나름대로 우주복에 돈 좀 들였다. 고장 나는 바람에 길드 시험을 망쳐서 그렇지 훌륭한 장비다.

나는 끙 소리를 내며 힘껏 일어나 언덕을 기어오르기 시작했다. 각도 45도에 높이 5미터였다. 별것 아닌 것처럼 생각될 수도 있었다. 특히 달의 중력에서는. 하지만 100킬로그램이나 되는 선외활동 우주복을 입고 추가로 50킬로그램의 장비를 끌고 언덕을 오르는 것은 정말이지 힘들었다.

나는 쌕쌕거리고 헐떡거리고 욕지거리를 해가며 모래언덕을 올랐다. 확실하지는 않지만 뭔가 새로운 욕설을 만들어 낸 것 같기도 했다. '좆나빌어미친젠장'이라는 말이 있던가? 마침내 정상에 올라 둔덕 너머의 땅을 내려다보았다.

원자로들은 불규칙적인 모양의 건물 안에 있었다. 수십 개의 파이프들이 땅바닥에 놓인 수백 개의 빛나는 방열판들로 이어졌다.

지구의 원자로는 열을 호수나 강으로 내보낸다. 우리는 이곳 달이 조금 건조하기 때문에 적외선을 통해 열을 우주로 방출한다. 백 년 전 기술이지만 아직 더 좋은 방식을 찾아내지 못했다.

용광로 시설은 원자로에서 200미터 떨어진 곳에 있다. 직경 30미터짜리 미니 버블인데 한쪽에 호퍼(석탄, 모래, 자갈 따위를 저장하는 큰 통으로 아래쪽 깔때기 모양 출구로 내용물을 내보낸다-옮긴이)가 달렸다. 호퍼는 돌멩이를 갈아서 거친 모래로 만들어 원통형 용기에 담아 밀폐한다. 용기들은 밀폐된 상태의 파이프로 들어가고, 파이프는 압축 공기를 이용해 용기를 용광로 안에 밀어 넣는다. 1950년대에 쓰던 옛날 공기수송관 시스템과 비슷하다. 공기 펌프 여러 개와 진공을 관리할 수 있는 시스템만 있다면 여러분도 사용할 수 있다.

열차 에어로크는 버블 반대편에 있다. 그곳으로 이어진 선로는 두 개가 있다. 하나는 에어로크로, 다른 하나는 로켓 연료를 항구로 운반하는 저장용 무인 열차로 연결된다.

모래언덕을 몇 미터 내려가 드러누워서 주변 모습을 지켜볼 수 있는 곳을 찾아냈다. 수확기들이 어떤 스케줄로 움직이는지 몰랐기에 하염

없이 기다리는 수밖에 없었다.

그리고 기다렸다.

빌어먹을 만큼 오랫동안 기다렸다.

혹여 궁금해할까 봐 하는 얘긴데, 내 손이 닿는 범위 내에는 정확히 57개의 돌멩이들이 있었다. 나는 그 돌멩이들을 가장 작은 것부터 큰 것까지 늘어놓았다가 마음이 바뀌어 가장 구형에 가까운 것부터 가장 못난 것까지 늘어놓았다. 그런 다음에는 돌가루로 성을 만들어 보려 했지만, 끝나고 보니 그냥 덩어리였다. 이곳 돌가루는 가시 돋친 입자로 되어 있어서 서로 잘 뭉쳤다. 하지만 장갑을 낀 상태라면 한계가 있는 법. 겨우 작은 반구형 덩어리를 만들었을 뿐이다. 그걸로 아르테미스의 작은 모형을 만들었다.

총 네 시간을 기다렸다.

빌어먹을, 네- 시간이나.

마침내 지평선에서 햇빛이 반짝 빛나는 걸 포착했다. 수확기 한 대가 하역장으로 돌아오고 있었다! 하느님, 감사합니다. 나는 일어서서 움직이기 위해 더플백을 다시 꾸렸다(너무 지루한 나머지 장비를 다 꺼내 알파벳 순서로 늘어놓고 있었다. 처음에는 로마자 알파벳순으로, 그다음에는 아랍어 알파벳순으로).

나는 풀쩍풀쩍 모래언덕을 내려갔다. 수확기와 나는 각기 다른 방향에서 용광로를 향하고 있었다. 내가 먼저 도착했다.

수확기의 카메라에 찍히지 않도록 나는 버블 주위를 기어서 움직였다. 딱히 그럴 이유는 없었다. 누군가 카메라 영상을 확인하고 있을 것 같지는 않았다. 수확기가 시야에 들어올 때까지 나는 계속 버블의 외벽을 따라 움직였다. 수확기는 거대하고 영광스럽게 빛나는 모습으로

서 있었다.

수확기는 호퍼를 향해 뒤로 움직여 필요한 위치에 자신을 연결하더니 짐칸의 앞부분을 천천히 들어 올렸다.

수천 킬로그램의 광석이 호퍼 속으로 굴러 들어갔다. 쏟아져 내리는 광석 주변으로 순간적으로 먼지구름이 일었지만 재빨리 사라졌다. 먼지가 떠다닐 수 있도록 해주는 공기가 없어서다.

시원하게 짐을 부리고 나서 짐칸은 다시 평평하게 내려왔고 수확기는 가만히 있었다. 충전 케이블과 냉각수 관을 연결하기 위해 기계 팔이 뻗어 나왔다. 재충전에 시간이 얼마나 걸리는지 알 수 없었지만 나는 조금도 지체하지 않았다.

"자그마치 100만 g라고." 나는 말했다.

수확기의 측면을 기어올라 장비를 짐칸에 던져 넣었다. 그러고 나서 나도 짐칸으로 내려섰다. 너무 쉬웠다.

재충전하는 데 오래 걸릴 거라 생각했지만 겨우 5분 걸렸다. 급속충전 배터리를 제대로 만들 줄 아는 도요타를 칭찬해야 할 일이다. 수확기는 앞으로 휘청 움직였고 그렇게 간단하게 우리는 길을 나섰다.

계획대로 되어가고 있어! 나는 어린 여자애처럼 킬킬거렸다. 뭐, 그래도 되잖아. 게다가 보는 사람도 전혀 없는데. 더플백에서 알루미늄 용접봉을 꺼내 들고 수확기 꼭대기로 기어 올라가 칼처럼 들어 올렸다. "거대한 말이여, 전진하라!"

우리는 전진했다. 수확기는 남서쪽 '몰트케 언덕'을 향해 시속 5킬로미터의 맹렬한 속도로 달렸다.

용광로 버블과 원자로가 저 멀리 사라지는 모습을 보고는 다시금 불안해졌다. 오해는 마시길. 지금이 내가 고향 마을에서 가장 멀리 나온 것은 아니니까. 열차를 타고 관광안내소까지만 가도 40킬로미터가 넘었다. 다만 안전하지 않은 상태로는 지금이 가장 멀리 나온 것이었다.

언덕 가까이 도착하자 바위투성이에 삐쭉빼쭉한 모습의 풍경이 더 많아졌다. 수확기는 속도를 늦추지 않았다. 빠르지 않을지는 몰라도 회전력은 빌어먹을 정도로 좋았다.

맨 처음 만난 돌 더미에 부딪혔을 때 나는 짐칸에서 거의 튕겨나가다시피 했다. 간신히 장비가 튀어나가지 않도록 붙잡을 수 있었다. 수확기는 고급 차량이 아니다. 그런데 어떻게 돌아갈 때 광석들이 얌전히 실려 있을 수 있는 걸까? 아마도 돌아갈 때는 좀 더 조심하는 것이 틀림없었다. 이리 휘청 저리 휘청 해도 타고 가는 게 걷는 것보다는 나았다. 이 정도 경사라면 거의 죽을 고생을 했을 것이다.

마침내 우리는 안정을 되찾았고 상황은 차분해졌다. 나는 몸을 내리누르는 더플백을 치우고 다시 꼭대기로 기어 올라갔다. 광석 채취 구역에 도착했다.

여러 해 동안 이어진 채취로 바위가 사라진 넓고 고른 평지였다. 좋아. 이제 좀 편안하게 가겠군. 바위가 없어진 구역은 대충 원 모양이었다. 빈 공간의 가장자리에서 돌을 퍼서 짐칸에 싣고 있는 다른 수확기 세 대를 발견했다. 내가 탄 수확기도 채취장 끝으로 덜커덩거리며 가더니 버킷을 내렸다.

장비를 짐칸 밖으로 던지고 뒤따라 뛰어내렸다. 이 시점에서는 주행용 카메라를 피할 도리가 없었다. 그저 샌체즈의 직원 아무개가 여자친구에게 자랑하려고 카메라 화면을 마구잡이로 불러내지 않기만을 바랄 뿐.

장비를 챙겨 수확기 아래로 끌고 들어갔다.

처음 해야 할 일은 내 몸과 장비를 차체 밑에 고정시키는 거였다. 수확기는 한 자리에 가만히 있는 기계가 아니었다. 그 뒤를 허둥지둥 따라다니기는 싫었다. 더플백을 뒤집어서 장비를 꺼냈다.

맨 처음은 방수포였다. 무거운 강화 섬유 비닐로 모서리마다 쇠고리가 달려 있어 끈으로 매달 수 있었다. 쇠고리에 나일론 밧줄을 끼워 차체 아래 고리에 묶었다. 이제 해먹이 생겼다. 나는 새로운 비밀 은신처로 기어들어가서 용접 장비를 끌어올렸다.

수확기가 앞으로 움직였다. 바위를 짐칸에 싣고는 또다시 삽질하기 위해 전진하겠다고 결심한 모양이었다. 소리가 나지 않으니 미리 예측할 수가 없었다. 조금 걱정되는 상황이었다. 미처 예비 산소 탱크를 해먹 위로 끌어올리지 못했기 때문이다.

나는 예비 산소 탱크를 바라보았다. 좋아. 세상이 끝난 건 아니니까. 나중에 돌아와서….

커다란 바위가 아래쪽에 새로 파낸 구덩이 때문에 잠깐 흔들리더니 산소 탱크 위로 떨어졌다. 애처로운 방귀처럼 바위 아래쪽에서 공기가 빠져나가더니 잠시 먼지가 피어올랐다. 그러고는 아무 움직임이 없었다. 그것이 내 예비 산소 탱크의 최후였다.

"어라, 이건 아니지!" 나는 소리쳤다.

잠깐 시간을 내서 내가 얼마나 망한 건지 계산해 봤다.

소매 계기판을 확인했다. 메인 탱크에 6시간 분량의 산소가 남아 있었다. 비상용으로 2시간 더 사용할 수 있었다. 용접을 위해 준비한 또다른 탱크에도 산소는 있었다. 그걸 내 우주복의 범용 밸브에 연결할 수도 있지만 그러면 여기까지 온 목적이 무산되고 만다. 그 산소는 내 범죄 계획을 위해 필요했다.

그러니까 숨 쉴 공기는 8시간 분량이 남아 있었다. 이걸로 해낼 수 있을까?

아르테미스는 3킬로미터 떨어진 곳에 있다. 상당히 거친 지형이지만 또한 내리막길이기도 하다. 두 시간으로 잡자.

원래 계획은 밤이(실제 달의 밤이 아니라 시간상으로 밤) 될 때까지 기다렸다가 모두가 잠에 빠졌을 때 슬쩍 들어가는 거였다. 하지만 이제 그렇게 오래 기다릴 수 있는 공기가 없었다. 낮에 들어가야 할 수도 있었다.

새로운 계획. ISRO 에어로크로 가자. 그곳은 암스트롱 버블의 '항공우주국 거리'로 이어진다. 그곳에서 일하는 샌님들 몇 명이 무슨 일인가 궁금해할 테고, 누군가 "저기…"라고 말을 걸 수도 있지만 그냥 계속 걷기만 하면 된다. 햇빛 가리개를 내리면 아무도 내 얼굴을 보지 못할 것이다. 그리고 콘래드 에어로크와 달리 그곳에는 선외활동 마스터들이 우글거리지 않을 것이다.

좋아, 문제는 대충 해결된 것 같군. 그렇다면 채취장을 떠날 때까지 6시간이 남았다는 뜻이다. 수확기 한 대당 90분. 서둘러야 할 시간이었다.

해먹에서 최대한 편안한 자세를 취한 채 용접 장비를 조립했다. 아세틸렌 탱크와 산소 탱크가 흔들리지 않도록 다리 사이에 끼웠다. 수확기 차체 아래쪽 냉각 밸브로부터 10센티미터 떨어진 곳에 드라이버로 3센티미터짜리 원을 그렸다. 잘라내야 할 곳이었다.

헬멧의 햇빛 가리개를 내렸다. 미리 한가운데에 덕트테이프로 용접용 차광 렌즈를 붙여두었다. 아세틸렌 밸브 손잡이를 돌린 다음 토치의 혼합 가스를 점화 모드로 맞추고는 불을 댕겼더니….

… 불이 붙지 않았다.

흠냐.

다시 시도해 봤다. 아무 일도 일어나지 않았다. 불꽃조차 일어나지 않았다.

아세틸렌 탱크를 점검했다. 가스는 문제없이 흘러나왔다. 도대체 왜?

햇빛 가리개를 올리고 점화기를 검사했다. 아빠는 부싯돌 점화기를 사용하라고 가르쳤다. 전기 점화기는 '고장 날 수도 있는 장비 중 하나'이다. 점화기는 용수철 손잡이가 달린 부싯돌 조각과 강철 받침대에 불과했다. 복잡할 게 없었다. 내가 지금 말하는 장비는 1,000년이나 사용되어온 기술이다. 왜 작동을 안 하는 거지?

아.

맞다.

부싯돌이 철에 부딪히면 미세한 금속 부스러기가 공중에 날린다. 표면적과 산화율과 관련된 뭔가 복잡한 헛소리 때문에 금속에 불이 붙는다. 기본적으로 엄청나게 빨리 녹이 슬면서 발생하는 반응열이 불을 만들어 내는 것이다.

여기서 재미난 사실. 산화에는 산소가 필요하다. 부싯돌과 철은 진공 상태에서는 작동하지 않는다. 좋아, 당황할 것 없다. 용접용 불꽃은 불이 붙은 아세틸렌과 산소에 불과하다. 밸브를 조절해서 산소가 쏟아져 나오는 가운데 아세틸렌이 살짝 섞여 나오도록 했다. 그런 다음 노즐 바로 앞에서 부싯돌을 긁었다.

불똥이 튄다! 세상에나, 이렇게나 불똥이 날리다니! 금속 부스러기들이 산소 때문에 미쳐 날뛰었다. 하지만 너무 심했던 모양이다. 불꽃을 만들어 낼 정도로 아세틸렌이 충분하지 않았다. 아세틸렌의 양을 조금 늘리고 다시 시도해 봤다.

이번에는 쏟아져 내리는 불똥이 간헐적으로 내뱉는 듯한 모양의 불꽃을 만들어 냈다. 정상인 조합이 되도록 밸브를 조절하자 불꽃은 익숙하고 안정적인 모양으로 자리 잡았다.

안도의 한숨을 내쉬고는 햇빛 가리개를 내렸다. 투박한 선외활동 우주복을 입은 채로 토치를 안정적으로 들었다. 아주 짜증스러웠다. 그나마 다행인 것은 녹아내리는 금속을 다루지 않아도 된다는 것. 용접이 아닌 절단 작업이다. 절단할 때는 금속을 녹이지 않는다. 실제로는 금속을 산화가스로 변화시키는 것이다. 그렇다, 그 정도로 뜨겁다.

실제로 절단 작업은 생각했던 것보다 쉬웠다. 채 1분도 안 걸렸다. 직경 3센티미터의 작은 원형 철판이 가슴팍으로 툭 떨어지더니 왁스 녹은 게 한 방울 떨어졌다. 왁스는 거품이 일더니 거의 동시에 다시 딱딱해졌다.

내가 잡은 위치는 완벽했다. 바로 옆에 있는 냉각 파이프를 건드리지 않고 왁스 저장용기를 절단할 수 있었다. 냉각 시스템이 망가지든 말든 상관없지만 냉각수가 샌다는 이유로 수확기가 본부에 연락하는 상황은 원하지 않았다. 내 몸에 떨어진 적은 양의 왁스 방울들은 수확기가 걱정할 정도의 양이 아니었다. 적어도 내 생각이 옳기를 바랐다.

더플백에서 압력 밸브 하나를 꺼냈다. 전날 '고요의 만 철물점'에서 사둔 여섯 개 가운데 하나였다(수확기 한 대에 하나씩 그리고 두 개는 예비였다). 한쪽에는 표준 압력 커넥터가 달려 있고 반대편에는 직경 3센티미터짜리 파이프가 달려 있었다. 커넥터를 구멍에 밀어 넣었다. 절단을 제대로 해냈는지 아주 꼭 맞았다. 다시 토치에 불을 붙이고(아까처럼 산소를 미친 듯이 쏟아내며 불을 붙였다) 알루미늄 용접봉을 손에 쥐었다. 밸브 주변을 튼튼하게 밀폐시켜야 했다.

어릴 적에 아빠와 함께 밸브 설치 작업을 백만 번은 해보았다. 하지만 선외활동 우주복을 입고는 처음이었다. 그리고 그냥 절단하는 게 아니라 이번에는 용접봉을 녹여가며 용접해서 밀폐시켜야 했다.

실수라도 하면 뜨거운 금속 방울이 내게 떨어져서 우주복에 구멍이 날 것이다. 선외활동 우주복에 구멍이 나는 것은 좋지 않다.

몸을 최대한 옆으로 움직였다. 실수를 하더라도 혹여 '죽음의 알루미늄 방울'을 피할 수 있을까 싶어서였다. 작업을 시작했고 알루미늄이 점점 크게 녹아내리는 모습을 보았다. 용접 부위를 따라 알루미늄 방울이 매달려서 몸을 떨다가 결국엔 위쪽 틈새로 스며들었다. 심장 박동이 정상과 비슷한 상태로 돌아왔다. 하느님, 표면 장력과 모세관 현상에 감사드립니다.

나는 천천히 조심스럽게 작업했다. 밸브 주위를 천천히 돌면서 혹여 바로 아래 내 몸이 있지 않도록 계속 주의를 기울였다. 마침내 작업을 마쳤다.

왁스 저장용기에 압력 밸브를 설치한 것이다. 이제 내 계획에서 악랄한 부분을 실행할 때였다.

압력 밸브에 용접용 산소 탱크를 연결하고 산소를 최대치로 틀었다.

저장용기는 당연히 왁스로 가득 차 있지만 그래도 틈은 있다. 그리고 50기압의 기체를 압력 밸브로 밀어 넣으면 없던 틈도 생기게 마련이다. 저장용기의 기압이 산소 탱크와 똑같아지자 나는 아주 조심스럽게 밸브를 잠그고 산소 탱크 호스를 떼어냈다.

수확기 아래에서 빠져나왔다. 나는 수확기를 잠시 바라보며 빌어먹을 녀석이 이동하려는 건 아닌지 확인했다. 같은 실수를 두 번 하는 것은 좋아하지 않는다.

수확기는 버킷을 앞으로 밀고 나가더니 수백 개의 돌멩이를 짐칸에 퍼 담았다. 버킷은 다시 땅을 팠다가 고개를 들었다. 좋아, 기어 올라갈 시간은 있겠군.

나는 가까운 바퀴에 뛰어올라 차체로 기어 올라갔다. 안전개폐기에 접근해 작은 문을 열었다. 안쪽에는 트론이 갖고 있는 수확기의 안전개폐기와 똑같이 네 개의 전선이 연결되어 있었다. 놀랄 일은 아니었다. 같은 모델 제품이니까. 그래도 문을 조금 더 열고 살펴보았다.

수확기는 전기적인 문제를 피하기 위해서 여기저기에 개폐기가 달렸지만 마지막 방어선은 주 개폐기였다. 모든 전력선이 그곳을 지났다. 배터리를 보호하는 '퓨즈'였다.

더플백에서 자체 제작한 기계 장치를 꺼냈다. 고압 계전기 스위치에 연결된 두꺼운 케이블 두 개 끝에 집게가 달린 장치였다. 계전기는 배터리로 작동하는 알람시계와 연결되어 있었다. 아주 간단했다. 시계 알람이 울리면 계전기가 작동한다. 고차원적 과학이라 말할 수 없고 전혀 깔끔하지도 않지만 작동은 할 것이다.

주 전력선의 양극과 음극에 내가 만든 장치를 물렸다. 당연히 아무 일도 벌어지지 않았다. 계전기는 연결되지 않은 상태였다. 하지만 일단 알람이 울리면(그날 밤 자정으로 설정됨) 계전기는 연결될 것이고 배터리는 합선을 일으킬 것이다. 그리고 합선이 전체 개폐기를 우회한 상태로 이루어질 것이기 때문에 일반적인 안전장치는 작동하지 않을 것이다.

2.4메가와트시 배터리가 합선을 일으키면 아주아주 뜨거워진다. 말하자면 극단적으로 뜨거워진다. 그리고 그 배터리는 왁스와 압축산소

가 가득차고 밀봉된 저장용기에 들어 있다. 그리고 저장용기에는 기체가 빠져나갈 구멍이 없다. 이걸 계산해 보자.

왁스 + 산소 + 열 = 불.

불 + 밀폐 공간 = 폭탄.

(폭탄 + 수확기) × 4 = 1,000,000ǧ가 재즈에게!

그리고 일은 내가 안전하게 도시로 돌아간 뒤에나 벌어질 것이다. 아무리 자세히 비디오 화면을 조사한다 해도 내가 누군지 알아보지 못할 것이다. 게다가 나는 또다른 속임수도 써두었다.

소매 계기판을 점검했다. 스보보다가 만든 장치가 그가 광고한 대로 작동하기를 바랐다. 적어도 지금까지 그는 내 기대를 저버린 적이 없었다.

도시에 있는 내 관에서는 스보보다가 나를 위해 만든 장치에 전원이 들어올 것이다. 애정을 담아서 '알리바이 자동 생성기'라고 이름 붙였다. 이 작은 모험을 떠나기 전에 내 기즈모를 그 장치에 밀어 넣어두었다.

알리바이 생성기는 인간의 손가락과 같은 전기 용량을 가진 작은 봉으로 내 기즈모의 화면을 눌러댔다.

생성기는 내 암호를 누르고 인터넷을 서핑하기 시작했다. 내가 좋아하는 사우디 가십 웹사이트에 들어가고 웃기는 비디오도 몇 개 보고 몇몇 인터넷 게시판에도 들렀다. 심지어 미리 작성해 둔 이메일도 몇 개 발송했다.

완벽한 알리바이는 못 되지만 꽤 유용했다. 누군가 나더러 어디 있었느냐고 묻는다면 집에서 인터넷 서핑을 하고 있었다고 대답하면 되니까. 이상한 일이 전혀 아니다. 그리고 내 기즈모와 도시 통신망의 로그 데이터가 내 말을 뒷받침해 줄 것이다.

시간을 확인했다. 해먹을 장착하는 것부터 수확기 파괴 장치의 설치까지 전체 과정이 41분 걸렸다. 해낼 수 있어! 시간이 남아도는 상태로 돌아갈 수도 있다고! 수확기 하나는 끝냈고, 세 개가 남았다.

이제 불행한 운명을 맞게 될 수확기 밑으로 다시 기어들어가 장비를 챙겨서 나왔다. 그러는 동안 거대한 바퀴에 몸이 으스러지지 않도록 조심했다. 달의 중력이라 해도 수확기는 내 몸을 포도처럼 으깨놓기에 충분할 만큼 무거웠으니까.

다음번 수확기는 채취 구역 내 100미터쯤 떨어진 다른 쪽 끝에 있을 거라 추측했다. 하지만 수확기는 300미터나 떨어진 곳에 있었다. 대체 거기서 뭘 하고 있는 거지?

수확기는 땅을 파고 있지 않았다. 돌을 싣는 중도 아니었다. 수확기는 나를 '바라보고' 있었고 내가 일어서자 고해상도 카메라가 살짝 움직이며 다시 초점을 맞추었다. 그 모습이 의미하는 바는 하나였다. 샌체즈 알루미늄의 누군가가 수확기를 수동으로 조종하고 있었다.

그들은 날 포착했다.

재즈에게,

네가 무척 걱정돼. 벌써 한 달 넘게 소식을 못 들었어. 이메일도 여러 번 보냈지만 답신이 없구나. 너희 아빠 용접 작업장 웹사이트에서 이메일을 알아내서 너희 아빠와 연락했어. 네 아빠도 네가 어디 있는지 모른다며 엄청 걱정하시더라.

아르테미스의 일반 전화번호부에는 숀이라는 이름이 7개 있어. 그 사람들 전부 연락해 봤는데 널 안다는 숀은 없었어. 아마 네가 사귀던 숀은 개인정보를 등록해 두지 않나 보지? 어쨌든 그쪽으로도 알아낸 게 없어.

● ● ●

켈빈에게,

걱정시켜서 미안. 아빠랑은 연락하지 말지 그랬니.

최근 상황이 좋지 않았어. 지난달에 사람들이 떼로 몰려와서 화를 내며 숀을 찾았어. 숀을 흠씬 두들겨 팼지. 숀은 무슨 일인지 말하지 않았지만 난 어떻게 된 일인지 알아. 이곳 사람들은 그런 짓을 해. '양심 지킴이 부대'라고 불러.

사람들을 진짜 열 받게 하는 일이 있어. 단체로 몰려가서 혼을 내줘야 할 만큼 말이야. 법은 결코 어기지 않았어도 말이지. 숀은 발정 난 남자였어. 난 알아. 그리고 그에게 다른 여성이 많았다는 것도 알고.

하지만 열네 살짜리를 상대하고 있는지는 몰랐어.

이곳에는 지구 곳곳에서 온 사람들이 살아. 문화가 다르고 성도덕도 아주 많이 달라서 아르테미스에는 성관계 가능 연령에 관한 규범이 전혀 없어. 강제로 하지만 않으면 강간은 아니야. 그리고 여자애도 동의했어.

하지만 이곳 사람들은 야만인이 아니야. 지구로 추방당하지 않을지는 몰라도 엉덩이를 걷어차일 일임에 분명해. 내 생각에 몰려온 사람들 일부는 여자애 친척일 거야. 모르긴 해도.

난 바보야, 켈빈. 완전 바보 멍청이야. 숀이 어떤 물건인지 어떻게 몰랐을 수 있지? 난 겨우 열일곱이었고 숀은 처음 만난 날부터 내 마음에 쏙 들었어. 알고 보니 난 그놈이 좋아하는 나이대의 가장 늙은 쪽에 속했던 거였어.

살 곳이 없어. 아빠한테 돌아갈 수는 없어. 그냥 갈 수 없어. 불이 나서 아빠가 구입한 장비가 몽땅 타버렸거든. 작업장 자체 피해도 아빠가 다 물어줬고. 이제 아빠의 사업 확장은 끝이야. 젠장, 아빠는 간신히 빚을 지지 않을 정도야. 그런 짓을 저질러놓고 어떻게 기어들어갈 수 있겠니?

내가 멍청해서 아빠를 망쳤어.

나 자신도 망쳤고. 숀과 헤어질 때 내 계좌에는 200g밖에 없었어. 그 돈으로는 방을 빌릴 수가 없어. 제대로 된 음식도 먹을 수 없지.

경크를 먹으면서 살아. 매일. 양념은 돈이 없어서 못 사니까 그냥 양념도 없이 먹어. 그리고… 오, 맙소사, 켈빈… 잘 곳이 하나도 없어. 그래서 어디든 잘 수 있으면 자. 사람들이 별로 없는 곳. 지독하게 더운 높은 층이나 얼어붙을 것 같은 아래층. 깔고 잘 것도 하나 없어서 호텔 세탁실에서 담요를 한 장 훔쳤어. 루디보다 한 걸음 앞서 달아나야 해서 매일 밤 장소를 바꿔야 해. 노숙 행위는 불법이거든. 그리고 루디는 불이 난 뒤로 나를 노리고 있어. 날 쫓아내려고 무슨 이유라도 갖다 붙일 거야.

만일 루디에게 붙잡히면 사우디아라비아로 추방당하겠지. 그럼 나는 돈도 없고 집도 없고 게다가 중력 때문에 병이 날 거야. 난 여기서 살아야만 해.

너한테 이런 걸 전부 얘기해서 미안해. 너 말고는 아무도 얘기할 사람이 없어.

절대로 돈 보내겠다는 소리는 마. 그런 생각부터 들겠지만, 그러지 마. 넌 돌봐야 할 사람이 누이 넷에 부모까지 있잖아.

155

...

재즈에게,

뭐라고 말해야 할지 모르겠다. 엄청 놀랐어. 널 위해서 뭐라도 해줄 수 있었으면 좋겠다. 여기 상황도 그렇게 좋진 않아. 누나 할리마가 임신했거든. 아이 아빠는 무슨 군인인가 그런데, 누나는 그 사람 성도 몰라. 얼마 안 있으면 돌봐야 할 아이가 생길 텐데, 그게 우리 계획을 몽땅 망쳐놓고 있어. 원래는 내가 할리마 학비를 대면 할리마가 쿠키의 학비를 대고 내가 돈을 모아서 엄마 아빠가 은퇴생활을 할 수 있게 하려고 했거든. 그런 다음 쿠키가 페이스의 학비를 대고 말이야. 그런데 이제 할리마는 아무것도 못 하고 아기를 돌봐야 하고, 우리가 그 돈을 대야 해. 엄마는 KSC 단지에 있는 식료품점에서 점원 자리를 구했어. 평생 처음으로 직장을 다니게 된 거지. 엄마는 좋아하는 것 같은데 난 엄마가 일을 아예 하지 않았으면 좋겠어.

아빠는 아주 오랫동안 일해야 할 거야. 쿠키는 어디든 가서 단순 노동일이라도 해서 돈을 벌겠대. 하지만 그건 미래를 팔아먹는 짓이야!

우린 가진 것에 감사해야만 해. 할리마는 좋은 엄마가 될 거야. 그리고 우리 가족에게는 소중히 길러야 할 새 아기가 생겨. 우리에게는 서로가 있고 모두 건강해.

넌 노숙자 신세일지라도 적어도 지구 어딘가에 있는 도시가 아니라 상대적으로 깨끗하고 안전한 아르테미스의 길거리에 있지. 넌 일자리가 있고 조금이라도 돈을 벌고 있어. 부디 쓰는 돈보다는 많이 벌고 있기를.

힘든 시절이야, 친구. 하지만 길은 있어. 반드시 있을 거야. 우린 길을 찾아낼 거야. 내가 도움을 줄 게 있다면 뭐든 연락해 줘.

06

"이런, 나 좆된 거지?!" 나는 수확기를 바라보며 말했다.

다른 두 대의 수확기도 나를 향해 굴러오고 있었다. 아마도 내가 바위 뒤로 숨었다가 도망치지 못하게 하려는 것 같았다. 수확기 조종사들은 이제 다양한 각도에서 카메라로 나를 주시하고 있었다. 우와!

나중에야 어떻게 된 일인지 알았다. 내가 가져간 예비 공기 탱크를 끝장냈던 바위가 땅에 떨어졌을 때 충격이 꽤나 컸던 모양이다. 수확기는 그 진동을 느꼈다. 수확기는 바퀴 속에 지면의 진동을 포착할 수 있는 매우 민감한 장비를 가지고 있으니까. 왜냐고? 수확기는 산허리를 파기 때문이다. 만약 산사태라도 일어난다면 조종사들이 그 사실을 즉각 알아차리고 싶어하지 않겠는가.

그래서 수확기는 본부를 호출해 진동에 대해 보고했다. 샌체즈 관리 센터에 있던 근무자들은 보고 이전 몇 분간의 비디오 화면을 확인했다. 혹여 죽음의 돌 더미들이 무너져 내려 수백만 슬러그짜리 수확기를 집어삼키려는 것은 아닌지 알고 싶었던 것이다. 그래서 그들이 뭘 봤을까? 차체 밑으로 사라지는 나였다! 그들은 다른 수확기를 보내 대체 내가 무슨 짓을 하려는 건지 확인했다.

그다음에 선외활동 마스터들에게 연락했다. 무슨 대화가 오갔는지 정확히 알 수는 없지만 아마도 이런 내용이 아니었을까 싶다.

> 샌체즈 관리자들: 이봐! 자네들 수확기에다가 무슨 수작을 부리는 거야?!
>
> 선외활동 마스터들: 아무 수작도 안 부리는데.
>
> 샌체즈: 누군가 수작을 부리고 있다고!
>
> 선외활동 마스터들: 그럼, 우리가 가서 혼내주지 뭐. 당신들 걱정해서 그런 건 절대 아니고, 우리가 꽉 잡고 있는 선외활동에 대한 독점권을 놓치고 싶지 않거든. 우린 전부 개자식들이니까.

그래서 지금 이 순간 선외활동 마스터들은 나를 아르테미스로 끌고 갈 추격 부대를 꾸리고 있었다. 끌려가면 구타와 추방, 리야드(사우디아라비아의 수도-옮긴이)에서의 중력으로 인한 고통이 이어질 테고, 그 뒤로는 내리막길을 걷게 될 것이다.

나는 새로운 상황에 관해 생각하기를 멈췄다. 열 받은 선외활동 마스터 떼거리가 날 찾으러 나서기 전에 도시로 돌아갈 방법은 없었다. 그러니, 하던 작업을 중단하는 건 의미가 없었다. 오히려 달에서의 숨바꼭질이라는 엄청난 놀이를 시작하기 전에 일을 모두 끝내는 편이 나았다.

추격 부대는 빠른 이동을 위해 화물용 로버를 사용할 것이다. 로버는 시속 10킬로미터로 이동이 가능하다. 오르막길에선 속도가 조금 떨어질 것이다. 그러니 시속 6킬로미터로 잡자. 그들이 도착할 때까지 30분 남았다.

정교한 작업을 할 때는 지났다. 내가 집으로 돌아간 뒤에 일이 터지도록 하는 계획도 무산됐다. 샌체즈는 수확기들을 몽땅 불러들여 검사할 테니까. 기술자들이 수확기들을 촘촘한 빗으로 쓸어내린 다음 내가 고생해서 설치한 걸 해제할 것이다.

앞으로 30분 안에 네 대의 수확기를 모두 완벽하게 파괴해야 했다. 긍정적으로 생각하면, 샌체즈 관리자들은 친절하게도 수확기 넉 대를 모두 내 곁으로 모아준 셈이었다.

좋아, 차근차근 해보자고. 나는 더플백에서 절단기를 꺼내 들고 나를 포착한 수확기로 뛰어올라 꼭대기로 기어올랐다. 기본 및 예비 통신 장치는 송신 거리를 극대화하기 위해 조종석의 가장 높은 곳에 설치되어 있었다. 수확기는(지금은 인간이 조종하는 것이 분명하다) 앞뒤로 춤추듯 움직였다. 아마도 나를 떼어내려는 것 같았다. 그러나 수확기는 그 정도로 빠르지 않았다. 나는 손쉽게 균형을 유지하며 빠른 속도로 안테나 네 개를 모두 해치웠다. 절단기가 자를 수 있는 철사보다 조금 더 굵었지만 잘라낼 수는 있었다. 네 번째 안테나를 잘라내자 수확기가 즉각 동작을 멈췄다. 수확기는 통신이 끊어지면 작동을 멈추도록 프로그래밍되어 있다. 설마 수확기가 자기 맘대로 나돌아다니기를 원하지는 않겠지?

나는 곧바로 옆에 있는 수확기 꼭대기로 건너뛰었다. 조금 전에 아주 신중하게 시한폭탄으로 바꿔놓았던 바로 그 수확기였다. 내가 했던 모든 작업은 물거품이 되었다. 후유.

싹둑, 싹둑, 싹둑, 싹둑!

다른 수확기 두 대가 뒤로 물러섰다.

"오, 제발 그러지 마!" 나는 말했다. 그리고 지붕에서 뛰어내리는 동시에 달렸다. 쉽게 따라잡을 수 있었다.

세 번째 제물의 꼭대기로 기어올라 안테나를 잘랐다. 다른 형제들과 마찬가지로 녀석은 마지막 안테나가 사라지자마자 죽은 듯이 멈췄다.

마지막 녀석을 따라잡기 위해서는 좀 더 뛰어야 했지만 금세 따라잡을 수 있었다. 안테나 세 개를 잘라내고 막 네 번째를 자르려는데 왼쪽에서 극심한 고통이 느껴지더니 내 몸이 공기를 가르며 날았다. 아니, '공기'가 아니지. 진공을 가르며 날았다. 무슨 뜻인지 알 것이다.

나는 털썩 땅에 떨어지고는 굴렀다.

"뭐지?" 시간이 좀 걸렸지만 무슨 일이 벌어진 건지 곧 깨달았다. 샌체즈의 똥닭개 같은 놈들이 수확기 앞쪽에 달린 버킷으로 나를 후려쳤던 것이다.

개자식들! 우주복 찢어질 뻔했잖아! 물론 내가 너희들 재산을 부수고 있긴 하지만, 그렇다고 사람을 죽여서야 되겠어?!

어이쿠, 저게 또 움직이네.

수확기는 버킷을 아래로 절반쯤 내리고는 날 향해 굴러왔다.

나는 일어서서 주 카메라 앞으로 뛰어간 다음 가운뎃손가락을 뻗어 보였다. 그런 다음 다른 손에 든 절단기로 카메라를 후려쳤다. 이제 카메라 화면 전송은 끝이다, 개자식들.

"누군지 모르지만 우린 네가 거기 있다는 걸 알고 있다." 주 통신 채널에서 목소리가 흘러나왔다. 밥 루이스였다! 제기랄! 길드가 추격 부대장으로 가장 경험 많은 마스터를 내보내는 것은 당연한 일이었다. "상황을 어렵게 만들지 마라. 만약 우리가 안전을 위협받는 상태로 강제 제압을 하게 한다면 반드시 대가를 치르게 해주겠다."

일리 있는 말이다. 우주 영화와 달리 선외활동 우주복을 입고 싸우는 건 엄청나게 위험하다. 그런 짓을 벌일 생각은 없다. 저들이 날 붙잡는다면 순순히 항복할 것이다. 그러니까 술래잡기 놀이인 셈이다.

한 번에 하나씩 해결하자고. 아직 살인 수확기도 처리하지 못했잖아. 전방 카메라를 잃은 녀석은 날 찾아 마구잡이로 움직였다. 바퀴는 빠르게 움직이지 못해도 버킷 뒤에 숨은 원초적 힘은 버킷을 앞뒤로 제대로 휘두를 수 있었다.

버킷이 내 왼쪽으로 1미터 떨어진 땅을 쾅 내려쳤다. 꽤 괜찮은 추측이었지만 충분치는 못했다. 나는 버킷 속으로 뛰어들어 몸을 숙였다. 도박을 한 셈이다. 버킷에는 매우 정밀한 무게 센서가 달려 있으므로 수확기는 분명히 내 몸무게를 알아차릴 것이다. 조종하는 사람이 눈치를 못 채기만을 바랐다.

버킷이 뒤쪽으로 다시 움직일 때 나는 펄쩍 뛰어올랐다. 뛰어오르는 힘에 위쪽으로 움직이던 버킷 힘까지 더해져 의도했던 것보다 훨씬 더 높이 몸이 솟아올랐다.

"젠장, 죽이는군." 나는 공중으로 가장 높이 올라갔을 때 말했다. 땅에서 10미터는 솟아오른 듯 싶었지만 확실히 알 수는 없었다. 확실하게 아는 것은 수확기 꼭대기에 내려앉으면서 다리가 거의 부러질 뻔했다는 사실이다.

내 계획이 정말 현명한 건지 잠깐 생각한 다음 나는 남은 안테나를 잘라냈다. 수확기는 즉각 몸부림을 멈췄다.

"후유." 나는 임시방편으로 수확기 네 대를 모두 무력화시켰다. 이제 영구적으로 못 쓰게 만들어야 했다.

이미 폭발을 예약해 둔 수확기부터 시작하기로 했다. 아까처럼 옆으로 기어 올라가 개폐기를 열었다. 계전기로 손을 뻗어 준비해 둔 알람 시계를 더듬었다. 물론 버튼을 누를 수는 없었다. 둔한 장갑이 아닌 사람 손가락으로 사용하게 만들어졌기 때문이다.

좋아, 알람 시간을 맞출 수 없다면 보다 덜 섬세한 방법을 써야겠군. 나는 양쪽에 물린 악어 집게를 떼어내고, 그 사이에 붙어 있는 계전기도 뜯어내 버렸다. 그리고 케이블의 절연 피복을 벗겨냈다. 양쪽 케이블을 서로 대충 묶은 다음 악어 집게로 배터리의 양극에 연결했다.

그런 다음 도망쳤다.

계전기를 제거함으로써 '그냥 전선'이라는 새로운 장치를 만들어 낸 것이다. 배터리는 곧 합선을 일으켰고 엄청난 열을 쏟아냈다.

나는 최대한 빠른 속도로 가장 가까운 바위를 향해 뛰어가 그 뒤에 몸을 숨겼다. 당장은 아무 일도 일어나지 않았다. 나는 바위 가장자리로 살짝 내다보았다. 여전히 아무 일도 없었다.

"으흠. 아무래도 더…."

그 순간 수확기가 폭발했다. 말 그대로… 펑 터졌다. 생각했던 것보다 어마어마한 규모의 폭발이었다. 파편이 사방으로 튀었다. 폭발로 인해 차체가 얼마나 세게 땅바닥에 떨어졌는지 다시 튀어 오르면서 반 바퀴를 돌아 꼭대기가 아래로 향하게 떨어졌다.

나는 그 폭발로부터 충분히 멀리 떨어졌다고 생각했지만, 전혀 그렇지 않았다. 찌그러진 금속 덩어리들이 내가 숨어 있던 바위를 강타했고, 보다 작은 잔해들이 위에서 쏟아져 내렸다.

"이런 제장."

수확기 내부에 있는 다른 폭발성 물질을 계산에 넣지 못했던 것이다. 바로 수소연료전지 배터리였다. 다량의 수소가 고온에서 산소와 만났고, 순간적으로 불꽃을 일으켰던 것이다.

내 몸을 최초의 폭발로부터 지켜준 바위는 위에서 쏟아지는 파편들에는 아무 쓸모가 없었다. 주변에서 먼지가 잔뜩 피어오르는 가운데 나는 다른 수확기를 향해 엎드려 기었다. 여기서 기억해 둘 점. 이곳에는 공기가 없다. 뭔가가 하늘로 솟구치면, 그 뭔가는 솟구칠 때와 같은 속도로 다시 떨어진다. 총탄이 쏟아지는 것과 같다.

나는 순전히 운이 좋아 다른 수확기까지 이동할 수 있었고, 그곳에서 잠시 몸을 웅크렸다. 폭풍이 누그러질 때까지 기다렸다가 기어나가 내 작품을 확인했다.

희생된 수확기는 완전히 망가져 있었다. 세상에, 전에 차량이었다는 것조차 알아볼 수가 없었다. 차대는 찌그러진 금속 난파선이 되었고, 수확기의 50퍼센트 정도가 채취장 전체에 고르게 퍼져 있었다. 시간을 확인했다. 전체 과정을 수행하는 데 10분 걸렸다. 나쁘지 않았다. 하지만 다른 세 대를 마저 처리하려면 속도를 높여야 했다.

먼저 나는 잔해 속에서 가로세로 2미터 정도 되는 금속판을 하나 찾아내 '보호용 바위' 뒤로 끌고 갔다. 그리고 금속판을 바위 위에 기대어놓아 기본 피신처를 만들었다.

그렇다. 엄밀하게 말해 나는 달 기지를 만든 거였다. 잠시 '재스민 요새'에 앉아 다른 계전기 케이블을 모두 '그냥 전선'으로 개조했다.

그런 다음 두 번째 수확기를 사냥하러 갔다. 이번에는 해먹을 매달지 않아도 되었다. 수확기는 움직이지 않을 테니까.

진공 상태에서 토치에 불을 붙이는 것도 요령이 생겨서 한결 일의 속도가 빨라졌다. 게다가 뚫을 곳을 미리 그릴 필요도 없었다. 그냥 기억을 되살리면 됐으니까. 손놀림이 빨라지는 데엔 경험만 한 것이 없다. 구멍을 뚫고 밸브를 설치한 다음 저장용기를 산소로 채웠다.

그런 다음 배터리를 합선시키고 금속판까지 뛰어가 그 아래로 기어들어간 다음 기다렸다. 이번에는 멍텅구리처럼 밖을 내다보지 않았다.

땅의 진동으로 폭발을 느낀 다음 '무시무시한 비'에 대비했다. 이 정도 두께의 금속판으로 견뎌낼 수 있을까?

금속판이 찌그러지기 시작했다. 엄청나게 두려웠지만, 금속판은 우박으로부터 나를 보호해 주었다. 금속판이 찌그러지기를 멈출 때까지 기다렸다가 근처 바닥으로 밀려오던 먼지가 가라앉았는지 확인했다. 소리를 들을 수 있다면 훨씬 좋을 텐데. 소리를 전달하지 않는 진공 상태는 정말 골칫거리였다.

다시 밖으로 기어 나왔다. 죽지 않은 걸 보니 모든 일이 잘 돌아가는 것 같았다. 바위 뒤에서 돌아 나와 수확기가 추가로 파괴된 모습을 확인했다.

소매 계기판의 시간을 확인했다. 추가로 10분이 지나 있었다.

"빌어먹을!"

제대로 된 추격 부대라면 10분만 더 있으면 이곳에 나타날 것이다. 그리고 해치워야 할 수확기는 아직 두 대 있었다. 두 대 모두 작동 가능한 상태로 남겨둔다면 샌체즈 알루미늄은 계속해서 광석을 채취할 것이고, 계속해서 산소를 만들어 낼 것이고, 트론은 그놈의 100만 ħ를 내놓지 않을 것이다.

시간을 가장 많이 잡아먹는 건 파편에 맞지 않게 뛰어가서 숨는 일이었다. 어떻게 해야 할지 알고 있었다. 다만 마음에 들지 않을 뿐. 남은 수확기 두 대에 동시에 작업을 거는 것이었다.

혹시라도 마지막 문장을 두고 오해하는 일이 없기를.

남은 수확기 두 대도 우르릉 쾅- 할 준비를 마쳤다. 이제 두 대 모두 산소가 가득 찼고 개폐기는 열린 상태였으며 내가 만든 합선용 케이블은 배터리 양극에 고정된 채 매달려 있었다.

용접 장비는 수확기들 중 하나 아래로 모두 밀어 넣었다. 이제 바쁜 몸이 되었으니 망할 놈의 모든 장비들을 챙겨서 집으로 돌아갈 수는 없었다. 그렇다고 '바샤라 용접회사'라고 여기저기 쓰여 있는 물건들을 사람들이 찾아내도록 남겨둘 수도 없었다.

그래. 이제 내겐 100만 ģ가 있지. 아빠에게는 새로 사주면 되겠네. 더 좋은 것들로.

한쪽 수확기 옆에 서서 20미터 떨어져 있는 또 다른 수확기를 바라보았다. 아슬아슬할 것 같았다. 오랫동안 잊고 있던 뇌의 합리적 사고 영역이 지껄여 대기 시작했다. 이게 진짜 좋은 생각일까(100만 ģ라고)? 그럼! 괜찮고말고!

배터리 합선이 일어나게 한 뒤 다른 쪽 수확기로 뛰어가 그쪽도 합선시켰다. 첫 번째 수확기가 폭발하기 직전에 피난처 뒤쪽에 도착할 뻔했다.

거의.

폭발과 함께 앞에 보이는 풍경이 번쩍하고 환하게 빛났다. 먼지구름이 내 주변을 휩쓸었고, 수확기의 파편들이 물리학 법칙에 성실하게 복종했다. 바위 뒤까지 돌아갈 여유가 없었다. 바위를 절반은 기어오르고 절반은 뛰어넘었다. 웅크린 자세로 우아하게 앞구르기를 시도했지만, 결과는 팔다리를 흔들며 나가떨어지는 모습에 가까웠다.

"저거 봤어?" 무전기에서 누군가 말했다.

"지금 주 채널로 말하고 있어." 밥이 말했다.

"빌어먹을."

추격 부대는 내가 듣지 못하게 자기들만의 채널을 통해 이야기하고 있었다. 그런데 한 사람이 실수를 한 것이다. 그로 인해 이제 나는 추격 부대가 폭발을 목격했다는 사실을 알게 되었다. 그들은 거의 가까이 접근한 상태였다.

조금 더 기다렸지만 두 번째 폭발은 일어나지 않았다. 마음을 단단히 먹은 후에 바위 뒤에서 나와 보니 두 번째 수확기는 아무런 피해도 입지 않은 상태였다.

"뭐 이런 엿 같은…" 나는 입을 열었다. 그 순간 알 수 있었다. 살아남은 녀석은 다른 수확기의 폭발로 인해 구멍이 숭숭 뚫리는 손상을 입은 상태였다. 연결해 둔 합선용 케이블이 파편에 맞아 깔끔하게 가운데가 잘려 있었다. 양쪽 끝은 각각 양극과 음극에 따로 매달려 있었다. 배터리는 이제 합선되지 않았고, 폭발을 일으킬 정도로 온도를 높일 수도 없었다.

채취장 너머로 번뜩이는 빛이 보였다. 선외활동 마스터들이 도착한 것이다. 나는 남은 수확기를 돌아보았다. 접근하려면 15미터를 가로질러야 하고, 합선용 케이블을 고치는 데 시간이 얼마나 걸릴지도 알 수 없었다. 다시 번뜩이는 빛을 보았다. 이제 로버의 모습을 알아볼 수 있었다. 겨우 100미터 떨어진 곳에서 빠르게 나를 향해 다가오고 있었다.

성공은 커녕 작업 도중에 붙잡힐 것 같아. 수확기 한 대는 남겨둘 수밖에 없었다.

"제기랄!" 옳은 결정이라는 건 알았지만 그렇다고 마음이 내키지는 않았다. 나는 범죄현장을 빠져나갔다.

달에서 사람들을 피해 도망칠 때 사소한 문제가 있다면, 그건 바로 발자국이 확연하게 남는다는 것이다. 나는 최단거리로 채취장을 빠져나가면서 아무리 바보라도 추적할 수 있는 확연한 흔적을 남겼다. 달리 방법이 없었다. 채취장은 오래전에 돌은 전부 사라지고 먼지만 남은 상태니까.

　일단 자연적인 지형에 들어서자 선택권이 생겼다. 산악 지대에는 바위와 돌멩이 같은 것들이 널려 있었다.

　일단 바위 위에 올라선 뒤에 다음번 바위로 건너뛰었다. 그런 식으로 계속해서 새로운 바위를 찾아 뛰어다녔다. 20분 동안 죽기 살기로 '용암 밟지 않기' 놀이를 했다. 먼지 쌓인 바닥에는 절대 발을 디디지 않았다. 이제 내 뒤를 따라와 보시지, 밥.

　다음으로도 지루하고 짜증나는 일들이 이어졌다. 나는 몇 킬로미터를 가는 동안 계속 뒤를 돌아보며 확인했다. 머지않아 내가 집으로 향한다는 사실을 추격 부대도 알아차릴 것이다. 그러면 그들은 로버에 올라타서 나를 따라잡을 것이다.

　추격 부대는 (바라건대) 집으로 향하는 최단거리를 따라 달릴 것이므로, 나는 돌아가는 길을 선택했다. 일직선과는 거리가 있는 경로였다. 아르테미스는 채취장에서 겨우 3킬로미터 떨어진 곳에 있었지만, 나는 5킬로미터를 미친 듯이 빙글빙글 돌았다. 험난한 산기슭에 놓인 수많은 바위들과 둔덕들이 내 모습이 눈에 띄지 않게 가려주었다.

　방법이 통했나 보다. 추격 부대가 어느 길로 갔는지는 알 수 없지만, 그들은 나를 전혀 알아채지 못했다.

　마침내 몰트케 언덕 기슭에 다다랐다. 고요의 바다가 지평선 끝까지 펼쳐져 있었다. 그 지평선 끝에서 빛나고 있는 아르테미스는 아마도

2킬로미터는 족히 떨어져 있는 것 같았다. 내가 얼마나 고립되어 있는 지 깨닫자 메스꺼운 감정이 나를 억눌렀다. 하지만 당장은 감정 따위 에 소비할 시간이 없었다.

새 전략이 필요했다. 더는 이리저리 뛰어다니고 있을 수만은 없었 다. 잿빛의 고운 가루로 된 광활한 벌판이 나와 집 사이에 놓여 있었 다. 흔적을 남기는 것이 문제가 아니라 수 킬로미터에 걸쳐 내 모습이 눈에 띌 터였다.

휴식을 취할 때였다. 잠깐이지만 적어도 트여 있지 않은 곳에서. 적 당한 바위를 찾아내 그늘진 곳에 앉았다. LED 불빛을 모두 끄고 헬멧 조명까지 끈 다음 소매 계기판을 테이프로 덮었다.

달에서의 그늘은 순수하고 까맸다. 공기가 없다는 건 빛의 확산이 없다는 뜻이기도 하다. 하지만 나는 완벽한 어둠 속에 있지는 않았다. 햇빛은 주변 바위와 먼지, 언덕 같은 것들에 반사되었고, 그중 일부는 슬그머니 내 몸을 비췄다. 그럼에도 나는 반짝이는 풍경과 비교하면 사실상 보이지 않는 것에 가까웠다.

물꼭지로 고개를 돌려 족히 500밀리리터는 되는 물을 후루룩 마셨 다. 선외활동을 하면 땀이 많이 난다.

휴식을 취하기로 한 건 탁월한 선택이었다. 쉬기 시작한 지 5분쯤 지났을 때 도시로 돌아가는 추격 부대를 발견했다. 상당히 멀리 떨어 진 곳에서 도시로 향하는 직선로를 달리고 있었다.

네 명을 태우도록 설계된 로버에 일곱 명의 선외활동 마스터들이 마 치 탑을 쌓은 것처럼 올라타 있었다. 서커스 광대들이 올라탄 차가 평 지를 빠른 속도로 달려가는 것처럼 보였다. 흙먼지를 높이 일으키는 걸로 봐서 최대한 빠른 속도로 달리는 듯했다. 울퉁불퉁한 지형에서 저렇게 속력을 내고 있으니 나를 발견할 리가 없었다. 도대체 무슨 생각을 하는 거지?

"아차, 이런 망할."

추격 부대는 날 찾을 필요가 없었다. 그냥 나보다 빨리 도시로 돌아가면 되었다. 그런 다음 모든 에어로크를 지키는 것이다. 결국 나는 공기가 떨어져서 항복할 수밖에 없을 것이다.

"젠장! 빌어먹을! 바보! 똥개! 멍청이!" 자고로 욕설은 다양하게 구사하는 것이 중요하다. 너무 같은 것만 자주 사용하면 좀 없어 보이잖아?! 나는 우주복 안에서 한참을 씨근덕거리다가 마음을 진정시키고 계획을 짜기 시작했다.

좋아, 상황은 안 좋지만 장점도 있었다. 저들은 나보다 먼저 도시에 도착할 것이다. 나쁘지 않다. 그렇다면 더 이상 나를 찾아 고요의 바다를 정찰하지 않는다는 뜻이니까. 평지를 어떻게 몰래 가로질러야 할지 고심하고 있었는데 이젠 문제가 되지 않았다.

나는 일어서서 다시 LED 등을 켜고 소매 계기판에서 테이프를 떼어냈다.

모든 에어로크에서 선외활동 마스터가 감시를 설 것이다. 그리고 내부에서만 어슬렁거리고 있지는 않을 것이다. 내가 접근하는 걸 보고 경보를 울리기 위해 밖에도 나와 있을 것이다.

계획은 섰지만 우선은 도시 가까이 접근해야 했다. 그것이 첫 번째 단계였다.

콘래드의 에어로크는 북쪽을 향하고 있고 빈의 '트란퀼리티 베이' 화물 에어로크는 북서쪽을 보고 있고 올드린의 통관항은 동쪽 그리고 암스트롱의 ISRO 에어로크는 남동쪽을 향하고 있다. 그러니까 마스터들이 지키는 범위 내에서 가장 큰 '사각지대'는 남서쪽일 것이다.

제대로 된 방향으로 접근하기 위해 멀리 돌아가며 아무것도 없는 잿빛 지역을 한 시간 동안 풀쩍풀쩍 뛰어서 이동했다. 내 고향 돔들이 지평선에서 점점 커져갔고, 나는 별문제가 없는지 계속 주변을 살폈다. 마지막 100미터를 움직일 때는 긴장감이 극에 달했다. 일단 셰퍼드 버블의 그림자 속에 들어가자 훨씬 안전한 기분이 들었다. 어둠 속에서는 날 찾아내기가 어려울 것이다.

마침내 셰퍼드의 외벽에 몸을 기대고 안도의 한숨을 내쉬었다.

좋아. 도시까지는 다 왔어. 이제 들어가기만 하면 된다고!

들어갈 곳을 찾느라 도시 주위를 돌아다닐 수는 없었다. 분명 눈에 띌 것이다. 히비 흉내를 내며 유지와 보수를 위한 손잡이를 사용할 때였다.

손잡이는 선외활동 우주복을 고려하여 설계되었다. 거대한 장갑을 끼고 잡기에 완벽한 폭이었다. 구체의 둥근 지붕을 타고 오르는 데는 10분밖에 걸리지 않았다. 나는 돔의 정상에 올라 일단 쪼그리고 앉았다. 선외활동 마스터들이 걱정돼서 그런 건 아니었다. 그들은 모두 날 찾기 위해 다른 버블들 가까이에서 눈을 치켜뜨고 있을 것이다. 내 문제는 그게 아니라 기본적인 지형이었다. 셰퍼드와 올드린 사이에는 암스트롱만 있고, 암스트롱은 높이가 두 버블의 절반밖에 안 됐다. 그러니까 지금 이 순간 올드린 공원에 있는 사람이라면 누구라도 나를 볼수 있을 터였다.

꽤 이른 아침 시간이니 바라건대 공원을 찾는 사람이 많지는 않을 것이다. 게다가 누구든 날 본다고 해도 아마 보수를 맡은 사람이 작업 중이라고 생각할 수도 있었다. 그래도… 나는 나쁜 짓을 저지르고 있었고, 사람들 눈에 띄고 싶지 않았다.

셰퍼드 반대편으로 내려가 암스트롱과의 연결 터널 위로 올라갔다. 곡예를 부릴 정도는 아니었다. 터널 폭은 3미터나 되었기 때문이다.

암스트롱 버블에 도착하자 다시 꼭대기로 기어 올라갔다. 암스트롱은 크기가 작아서인지 셰퍼드를 기어 올라갈 때보다는 상당히 시간이 단축되었다. 그다음에는 암스트롱과 올드린 사이의 좁은 연결 터널 위를 지났다.

올드린은 좀 더 어려웠다. 어느 정도까지는 기어오를 수 있었지만 꼭대기까지는 갈 수 없었다. 아, 갈 수는 있지만 그러면 안 되었다. 버블의 외벽 위를 이리저리 돌아다닐 수는 있지만, 사람들 눈이 있는 올드린 공원의 유리 위로 기어오른다면 몇몇은 의아하게 쳐다볼 것이다. "엄마, 스파이더맨이 왜 달에 있어?" 고맙지만 그런 상황은 사양하겠다.

나는 유리 위로 기어오르지 않고 중간쯤 ― 유리 패널 바로 아래 ―에서 멈춘 다음, 춤추듯 상반신을 흔들면서 손잡이를 바꿔 잡아가며 버블 외벽을 따라 옆으로 이동했다. 금세 통관항이 시야에 들어왔다. 내게서 가장 가까운 곳은 레일이 깔린 준비실로, 그곳에서 열차가 항구와 도킹했다. 하지만 지금은 열차가 없었다. 그다음으로는 화물 에어로크로 통하는 거대한 원형 출입문이었다.

밥 루이스가 열차 대기소에서 바깥으로 나왔다.

"이런 젠장!" 내가 얼마나 조심해서 올드린의 곡면 외벽을 타고 왔는데! 혹여나 선외활동 마스터가 나를 먼저 발견할까 봐 얼마나 천천히 움직였는데! 하지만 밥이 빌어먹을 열차 대기소 안에 있는지 내가 어떻게 알았겠는가? 이건 사기잖아, 밥!

밥은 순찰을 돌고 있었다. 한번 해병은 영원한 해병이군. 아직 위쪽을 확인하진 않았지만 곧 확인할 것이다. 대응할 시간은 1, 2초밖에 없었다.

나는 손잡이를 놓고 미끄럼을 타서 돔 아래로 내려갔다. 다리는 아래를 향하려고 애썼다. 똑바로 떨어지기만 하면 충격을 제어할 수 있을지도 몰랐다. 하지만 그렇지 않았다. 전혀. 우아하지 않았다. 최악의 것 두 가지가 한꺼번에 몰려왔다. 땅바닥에 호되게 부딪히고 균형을 완전히 잃은 것이다.

나는 허깨비처럼 땅에 떨어졌다. 하지만 열차 대기소 반대편으로 떨어졌고 어디가 부러지거나 하지는 않았다. 진공에서는 소리가 전달되지 않아 다행이었다. 만약 소리가 났다면 밥이 그 소리를 분명히 들었을 것이다. 뭐 상관없었다. 어설프고 보기 흉해도 성공은 성공이니까.

올드린의 벽을 감싸고서 밥이 더 이상 보이지 않을 때까지 살금살금 움직여 항구에서 멀어졌다. 밥이 어떤 '순찰 경로'를 택할지는 확실치 않지만 항구의 에어로크를 완전히 떠나지는 않을 것 같았다. 나는 항구에서 확실히 멀어질 때까지 움직인 후 버블에 등을 기대고 앉았다 .

그때부터 기다렸다. 새로 옮겨온 곳에서는 열차 대기소를 볼 수 없지만, 도시에서 뻗어 나온 선로는 보였다.

30분 뒤 지평선 너머에서 열차가 나타났다. 달의 크기가 작은 탓에 이곳 지평선은 겨우 2.5킬로미터 떨어져 있었고, 머지않아 열차가 역에 도착할 것이었다.

열차가 대기소 안쪽으로 들어가 항구와 도킹할 때까지 기다렸다. 그런 다음 대기소로 접근했다.

오늘의 첫 열차였다. 승객들 대부분은 아마 관광안내소에서 일하는 직원들일 것이다. 승객들이 재빨리 올라탔고 열차는 돌아갈 준비를 마쳤다.

열차가 대기소를 빠져나왔다. 큰 물체가 속도를 높이려면 시간이 좀 걸린다. 그래서 열차는 아직까지 그렇게 빠르게 달리지 않았다.

나는 앞으로 뛰어올라 앞바퀴 덮개를 움켜쥐었다. 제대로 붙잡지는 못했지만, 온 힘을 다해 매달렸다. 내 몸은 열차에 끌려갔고, 다리가 땅에 끌리며 튀어 올랐다. 그래, 어쩌면 지금까지 생각해 낸 최고의 계획은 아닐 수도 있지만, 적어도 열차가 나와 밥 사이를 막아줄 테고, 내가 원하는 건 그게 전부였다.

열차가 속도를 높이며 점점 더 빨라지자 나는 죽을힘을 다해 열차에 매달렸다. 이런 속도에 날카로운 바위라도 날아들면 우주복엔 금방 구멍이 뚫릴 것이다. 가는 내내 이렇게 매달려 있을 수는 없었다. 어딘가에 다리라도 올려놔야 했다. 나는 손을 위로 뻗어 창문 귀퉁이를 붙잡았다. 부디 이쪽 자리에 아무도 앉아 있지 않기를. 몸을 끌어 올리고는 두 발을 바퀴 덮개 위에 디뎠다. 혹시라도 들켰을까 봐 창문 안을 살펴보고 싶었지만 참았다. 사람들은 창문 밖으로 손가락 몇 개가 있는 건 알아차리지 못할지도 모르지만 선외활동 우주복 헬멧은 알아챌 것이다.

나는 움직이지 않으려고 애썼다. 열차를 탄 승객들이 벽 밖에서 이상한 소리를 듣는다면 꽤나 으스스할 테니까. '인생 최악의 결정을 내린 달 여인의 습격'이랄까.

우리는 관광안내소로 가는 여유 넘치는 길을 따라 느긋하게 달렸다. 지금쯤이면 내 계획을 눈치챘을 것이다. 추격 부대는 아르테미스의 모든 에어로크를 막고 있다. 하지만 관광안내소에 있는 에어로크도 막아야 한다는 생각을 했을까?

혹시 생각했다고 해도 나보다 먼저 도착하지는 못할 것이다. 이 열차가 첫차였다.

여느 때처럼 도착까지는 40분이 걸렸다. 나름 편안하게 바퀴 덮개에 앉아서 올 수 있었다. 그리 나쁘지 않았다.

열차가 달리는 동안 내게 닥친 상황을 곱씹어 보았다. 혹시 잡히지 않고 도시로 돌아간다 해도 나는 제대로 엿 먹은 신세였다. 트론은 수확기 네 대를 모두 파괴하기 위해 나를 고용했다. 하지만 세 대밖에 쳐부수지 못했다. 샌체즈의 기술진은 내가 설치한 장치를 떼어낸 후 다시 살아난 수확기를 현장에 투입시킬 것이다. 생산량은 줄겠지만 여전히 필요한 양의 산소를 만들어 낼 수 있었다.

이번 일의 실패로 트론은 내게 돈을 줄 리 만무했고, 그걸 비난할 생각은 없었다. 실패했을 뿐만 아니라 나는 트론의 상황을 더 어렵게 만들었으니까. 이제 샌체즈 알루미늄은 누군가 그들을 노리고 있다는 걸 알게 되었다. "빌어먹을…." 속이 울렁거렸다.

관광안내소에 가까워지면서 열차는 속도를 늦췄다. 나는 뛰어내려서 옆으로 구르다가 멈췄고, 그 사이 열차는 계속 움직여 대기소로 들어섰다.

풀쩍 뛰면서 관광안내소로 다가가 돔의 곡면을 따라 기어올랐다. 외벽을 타고 오르는데, 이글 호가 보였다. 못마땅해하는 것처럼 보였다. 쯧쯧. 우리 우주선 조종사들은 이런 형편없는 짓을 절대 저지르지 않아.

바로 그 순간, 눈부시게 아름다운 광경이 보였다. 에어로크가 완전히 무방비상태였던 것이다.

야호, 좋았어!

나는 에어로크로 달려가 바깥 출입문을 열고 안으로 뛰어든 다음 문을 닫았다. 가압 밸브를 돌리자 사방에서 기분 좋은 공기가 쉭쉭 뿜어져 나오는 소리가 들렸다.

서둘러야 하는 상황이었지만, 공기 세척이 모두 끝날 때까지 기다렸다. 어이, 내가 밀수꾼에 장비나 부수는 전천후 골칫거리이긴 해도 선외활동 우주복을 지저분하게 놔둘 사람은 절대 아니라고.

세척이 끝나자 나는 먼지 하나 없이 깨끗해졌다.

도시로 돌아왔어! 관광안내소 어딘가에 선외활동 장비를 숨겨두어야 했지만, 문제 될 건 없었다. 일단 관광객 로커에 몇 개가 됐든 대충 집어넣은 다음 나중에 큰 가방을 가지고 오면 되니까. 나는 포터다. 물건을 픽업하러 왔다고 말하면 된다. 이상할 건 없었다.

나는 에어로크의 안쪽 출입문을 열고 구원의 손길을 향해 걸어갔다.

아니, 구원의 손길이 아니었다. 재앙의 구렁텅이였다. 나는 재앙의 구렁텅이에 빠져든 것이다. 내 얼굴의 미소도 이제 '막 잡힌 물고기'의 표정으로 바뀌었다.

준비실에는 팔짱을 낀 채 얼굴에 능글맞은 웃음을 반쯤 띤 데일이 서 있었다.

재즈에게,

괜찮니? 걱정돼 죽겠어. 소식 못 들은 지 몇 주는 된 것 같아.

...

켈빈에게,

미안, 돈을 아끼느라 잠시 기즈모를 꺼놨었어. 지금은 다시 켰어. 힘들었어. 하지만 이제 조금씩 나아지기 시작했어.

새 친구가 생겼어. 가끔 돈이 생기면 콘래드에 있는 작은 술집에서 맥주 한 잔씩 하거든. 노숙자 주제에 술 마시는 데 돈을 쓰다니 멍청한 짓이라는 건 알지만, 술은 노숙을 견딜 수 있게 해주니까.

어쨌든 그 술집에 항상 오는 사람이 있어. 데일이라고. 선외활동 마스터인데, 대개 아폴로 11호 관광안내소에서 일해. 관광객 상대로 선외활동 체험 같은 일을 하지.

그와 얘기를 나누다가 왜 그랬는지 내 문제를 결국 털어놓고 말았어. 진흙탕에 빠진 내 처지에 놀라더니 돈을 좀 빌려주겠다고 하더라. 내 바지를 벗기려는 수작인 것 같아 거절했지. 매춘이 잘못된 직업은 아니지만 그런 일을 하긴 싫었거든.

하지만 데일은 그저 친구로서 날 도와주고 싶다고 아주 완고하게 말했어. 켈빈, 그 돈을 받는 게 지금까지 내가 했던 일들 중 가장 힘들었어. 하지만 대안이 없었지.

어쨌거나 캡슐 주택 보증금하고 한 달 월세 정도의 돈이 생겼어. 너무 좁아서 생각 바꾸는 일도 밖에 나가서 해야 할 지경이지만(두둥 쿵!) 그래도 집은 집이야. 그리고 약속한 대로 데일은 정말 아무 대가도 바라지 않았어. 완벽한 신사야.

그리고 믿기진 않겠지만 남자친구가 생겼어. 이름이 타일러야. 얼마 되진 않았지만 아주 다정한 사람이야. 소심한 스타일인데 사람들에게 늘 예의 바르고 규칙에 관해서는 보이스카우트 같아. 그러니까 모든 면에서 나랑은 반대지. 하지만 우린 정말 잘 맞아. 앞으로는 어떨지 몰라도.

그런데 말이야, 내가 요즘 너무 이기적이었지? 내 얘기만 하느라 너에 대해서는 묻지도 않았잖아. 넌 요새 어떻게 지내니?

...

재즈에게,

잘됐구나! 손하고의 기억이 안 좋아서 남자는 아예 안 만나면 어쩌나 걱정했거든. 봤지? 남자라고 다 나쁜 건 아니야.

난 KSC에서 일하게 됐고 아주 감사하고 있어. 승진도 했어. 지금은 탑재물 관리자 수련생이야. 두 달 지나면 탑재물 관리자가 되고 월급도 오를 거야.

할리마는 이제 임신 6개월이고 우린 모두 아기가 태어난 후를 준비하고 있어. 할리마가 학교에 간 사이 다른 누이들이 교대로 아기를 돌봐주기로 했어. 엄마 아빠랑 나는 계속 일을 할 거야. 아빠는 은퇴할 준비를 거의 했었지만 이제 적어도 5년은 더 일해야 해. 우리에게 달리 무슨 선택권이 있겠어? 그렇게 하지 않고는 돈이 부족한걸.

・・・

켈빈에게,

너 탑재물 관리자 수련생이야? 그럼 언젠가 혼자서 화물 용기에 짐을 싣게 되는 거야? 그러니까 아르테미스에는 담배 피우는 사람들이 되게 많거든.

・・・

재즈에게,

계속 얘기해 봐….

07

나는 데일의 이마에서 남성 거시기가 자라기라도 하는 것처럼 그를 바라보았다. "어떻게…?"

"네가 달리 어쩌겠어?" 데일은 내 손에서 헬멧을 가져갔고, 나는 저항조차 못 했다. "추격 부대가 아르테미스의 모든 출입구를 지키고 있다는 걸 네가 모를 리가 없잖아. 그렇다면 남는 곳은 관광안내소뿐이지."

"넌 왜 추격 부대와 같이 있지 않는 건데!"

"나도 추격 부대의 일원이야. 관광안내소를 지키겠다고 자원한 거지. 더 일찍 이곳으로 와야 했지만, 이번 열차가 첫차니까. 시간을 재보니 우린 같은 열차로 여기 온 모양이네."

아, 짜증. 내가 천재 범죄자인줄 알았네!

데일은 내 헬멧을 벤치 위에 내려놓더니 내 손을 잡고 장갑 고정 부위의 죔쇠를 풀었다. 그리고 장갑의 손목을 돌려 빼냈다. "이번에는 너무 심한 짓을 저질렀어, 재즈. 너무 지나쳤지."

"네가 나한테 도덕 강의라도 하겠다는 거야?"

데일은 고개를 저었다. "그 얘기 좀 그만할 수 없어?"

"왜 그래야 하는데?"

데일은 눈을 굴렸다. "타일러는 게이야, 재즈. 공주 왕관을 쓰고 스팽글 달린 옷을 입고 분홍색 푸들 강아지를 끌고 다니는 오스카 와일드만큼이나 게이라고."

"푸들이 공주 왕관을 썼다고?"

"아니, 오스카 와일드가…"

"그래, 그렇네. 그쪽이 더 말이 되겠네. 어쨌든, 개소리 좀 집어치우라고."

데일은 끙 소리를 냈다. "너희 둘은 결코 잘될 수가 없었어. 절대로."

"그럼 네가 내 남자친구랑 자는 건 괜찮다는 거야?"

"아니." 데일은 부드럽게 말했다. 데일은 반대편 장갑을 벗겨서 벤치 위에 내려놓았다. "너희 둘이 사귀고 있을 때 관계를 가지면 안 되는 거였어. 난 사랑했지만 타일러는 혼란스러워했으니까 괜찮은 건 아니었어. 잘못된 일이었지."

나는 고개를 돌렸다. "어쨌든 그랬잖아."

"그래, 그랬지. 가장 친한 친구를 배신한 거야. 그래 놓고 내가 속상해하지 않았을 거라 생각한다면 넌 진짜 날 잘 모르는 거야."

"참 불쌍하기도 해라."

데일은 나를 쏘아보았다. "너도 알지만 내가 타일러를 '설득'한 게 아니야. 내가 없었더라도 타일러는 스스로 널 떠났을 거야. 그 친구는 여성과 행복해질 수 없거든. 너랑 아무 관계도 없는 일이야. 너도 알잖아?”

난 대답하지 않았다. 옳은 말이지만 듣고 싶은 기분이 아니었다. 데일은 돌아서라는 손짓을 해보였다. 시키는 대로 하자 데일이 생존 지원 배낭을 떼어냈다.

“선외활동 친구들한테 날 잡았다는 말은 안 할 참이야?”

데일은 조심스럽게 배낭을 벤치 위에 내려놓았다. “이건 무척 큰일이야, 재즈. 그냥 얼어터지고 말 일이 아니라고. 추방당할 수도 있어. 넌 샌체즈 알루미늄의 수확기들을 날려버렸어. 대체 왜 그런 짓을 한 거야?”

“알아서 뭐 하게?”

“난 여전히 널 걱정하고 있어, 재즈. 넌 오랫동안 내 가장 친한 친구였잖아. 타일러와 사랑에 빠진 걸 후회하진 않지만, 내가 잘못했다는 건 알아.”

“참 고맙네.” 내가 말했다. “내가 유일하게 사랑했던 남성과 네가 그 짓을 했다는 생각에 잠이 오지 않을 때마다 네가 가책을 느끼고 있다는 사실을 떠올릴게. 훨씬 나아질 거야.”

“벌써 일 년이나 지난 일이야. 희생자 행세는 언제까지 할 건데.”

“엿이나 먹으라구.”

데일은 벽에 기대어 천장을 바라보았다. “재즈, 내가 선외활동 추격 부대에 연락하지 말아야 할 이유를 딱 하나만 말해봐. 뭐가 됐든.”

나는 머릿속에서 빙그르르 도는 분노의 소용돌이 속에서 뭔가 논리를 짜내려고 애썼다. 어른답게 굴어야 할 때였다. 잠시만이라도. 좋아할 필요는 없지만 해야만 했다.

“10만 ǧ 줄게.” 나는 100,000ǧ를 갖고 있지 않았다. 하지만 마지막으로 남은 수확기를 없앤다면 갖게 될 것이다.

데일은 눈썹을 추켜세웠다. "좋아, 아주 좋은 이유네. 도대체 무슨 일이 벌어지고 있는 건데?"

나는 고개를 흔들었다. "질문은 안 돼."

"문제라도 생긴 거야?"

"그거 질문이잖아."

"알았어, 알았다고." 데일은 팔짱을 끼고 말했다. "추격 부대는 어쩔 건데?"

"그들이 내가 그랬다는 걸 알아?"

"아니."

"그럼 아무것도 안 하면 되겠네. 여기서 나를 봤다는 걸 그냥 잊어."

"재즈, 아르테미스를 통틀어 선외활동 우주복을 가진 사람은 40명 뿐이야. 조사하기에는 아주 적은 숫자라고. 그리고 선외활동 마스터들은 반드시 조사를 할 거야. 루디는 말할 것도 없고."

"거기에 대한 대비책은 있어. 네가 해야 할 일은 그냥 입 다물고 있는 거야."

데일은 곰곰이 생각했다. 그러더니 활짝 웃었다. "10만 ğ는 넣어둬. 난 다른 걸 원하니까. 다시 친구가 되고 싶어."

"15만." 나는 되받아쳤다.

"일주일에 저녁 한 번. 우리 둘이 하트넬스에서. 옛날과 똑같이."

"안 돼." 내가 말했다. "돈을 받든지 아니면 선외활동 무리에게 날 넘기라구."

"재즈, 난 지금 기꺼이 협조하려 하고 있어. 그러니 날 곤란하게 만들지 마. 돈은 필요 없어. 다시 친구가 되고 싶어. 싫으면 어쩔 수 없고."

"조-"라는 말이 저절로 나와 버렸지만 '-옷 같은 소리'라는 말은 간신히 목구멍에서 막아냈다. 그쯤에서 자존심의 한계를 발견한 것이다. 데일은 기즈모로 연락만 하면 내 인생을 망가뜨릴 수 있었다. 달리 방법이 없었다.

"-옳아." 나는 말을 맺었다. "일주일에 한 번. 그렇지만 다시 친구라는 뜻은 아니야."

데일은 안도의 한숨을 내쉬었다. "후유, 다행이다. 난 널 망치고 싶지 않았거든."

"이미 날 망쳤잖아."

가시 돋친 말에 데일은 움찔 놀랐다. 좋았어.

데일은 기즈모를 꺼내 전화를 걸었다. "밥? 아직 밖에 있어요? …네, 그냥 확인한 거예요. 관광안내소에 도착해서 이제 막 우주복을 입고 있거든요. …네, 첫 열차 타고 들어왔어요. 안내소를 전부 수색했어요. 나랑 업무를 시작하는 이곳 직원 두어 명뿐이네요."

데일은 한참 동안 기즈모에 귀를 대고 있더니 말했다. "좋아요. 15분이면 밖에 나갈 거예요. …네, 밖에 나가면 무전할게요."

데일은 전화를 끊었다. "자, 난 수수께끼의 파괴 공작원을 찾으러 가야 해."

"즐거운 시간 보내라고."

"화요일 저녁 8시, 하트넬스에서 봐."

"알았어." 나는 중얼거렸다.

나는 데일의 도움을 받아 우주복을 모두 벗었다. 그러고 나서 데일이 우주복 입는 걸 도와주었다.

집에 돌아와서는 그대로 털썩 드러누웠다. 세상에, 정말 진이 다 빠졌다. 거지 같은 관 속인데도 편안한 것 같았다. 알리바이 생성기에서 기즈모를 꺼냈다. 그리고 웹 서핑과 이메일 사용 기록을 확인했다. 장치는 해야 할 일을 제대로 해냈다.

안도의 한숨이 나왔다. 무사히 해냈다. 그런 것 같았다. 루디와 길드로부터 질문이야 좀 받겠지만 확실한 변명거리가 있으니까.

기즈모에 트론에게서 메시지가 와 있었다.

마지막 배달에 빠진 물품이 있더군.

나는 메시지에 회신했다.

늦어져서 미안해요. 마지막 물품을 어떻게 전달할지 지금 생각 중이에요. 알았음.

트론과 다시 얘기를 나누기 전에 마지막 수확기에 대한 계획을 세워야 했다. 그런데 대체 어떻게 해야 하지? 다른 작전이 필요한 때였다. 어떤 식이 될지는 떠오르지 않았지만 뭔가 생각해 내야만 했다.

다음으로 알게 된 것은 내가 의도하지도 않았던 낮잠에서 깨어났다는 사실이었다. 신발도 벗지 않고 기즈모를 손에 든 채 말이다. 전날 밤잠을 제대로 자지 못한 데다 오늘 하루를 기진맥진 보냈던 탓이었다. 시간을 확인하고 나서야 네 시간이나 잤다는 걸 깨달았다.

좋아, 어쨌든 휴식은 취했단 말이지.

거의 한 시간째 콘래드 버블 지상층을 걸어 다녔다. 건강을 위해서가 아니었다. 눈에 띄지 않고 콘래드 에어로크 준비실에 들어가기 위해서였다.

HIB는 여전히 준비실 로커에 있었다. 조커에게 이틀 안으로 돌려준다고 약속했는데 기한이 빠르게 다가오고 있었다. 하지만 빌어먹을 에어로크 앞을 지날 때마다 누군가 근처에 있었다. 그래서 그냥 계속 걷고 있었다.

당분간 선외활동 길드 주변에는 얼씬거리고 싶지 않았다. 그들은 다섯 시간이 지나자 수색을 포기했다. 지금쯤이면 선외활동 우주복을 입었던 사람들을 모조리 조사하고 있을 터였다. 기즈모를 통해 알리바이를 확보해두긴 했지만 어떤 식으로든 질문에 대답하는 건 피하고 싶었다. 에어로크 주변의 사람들과 말을 섞지 않는 것이 최선이었다.

지상층 전체를 네 번이나 돌고 나서야 마침내 주위에 아무도 없는 기회를 포착했다. 잽싸게 뛰어들어가 기즈모를 흔들어 로커를 열고 HIB와 리모컨을 꺼낸 다음 황급히 빠져나왔다.

준비실 밖으로 나오자 얼굴에 우쭐해하는 웃음까지 살짝 떠올랐다. 완전범죄라고! 바로 그 순간 루디와 정면으로 마주쳤다.

벽돌 담장을 향해 곧장 걸어가는 것 같았다. 아니, 꼭 그렇진 않을 수도. 아주 빠르게만 움직인다면 실제로 담장을 뚫을 수 있을지도 모르지. 하지만 어설프기 짝이 없는 나는 그만 HIB 상자를 떨어뜨리고 말았다.

루디는 떨어지는 상자를 잠시 바라보다가 바닥에 떨어지기 직전에 손으로 받아냈다.

"잘 지냈어, 재즈? 널 찾고 있었어."

"산 채로 날 데려갈 수는 없을 거예요, 경관." 나는 영화 대사를 읊으며 대답했다.

루디는 상자를 살펴보았다. "이거 외벽 검사 로봇이야? 이런 걸 왜 들고 다니지?"

"여성 위생용품이에요. 당신은 몰라도 돼요."

루디는 상자를 내게 돌려주었다. "얘기 좀 하지."

나는 히비를 옆구리에 끼우고 말했다. "혹시 기즈모라고 들어봤어요? 어디서든 사람들과 얘기할 수 있는 장치인데."

"연락해도 네가 받지 않았을 것 같은데."

"아, 내가 어떤지 잘 알잖아요." 내가 말했다. "잘생긴 남자가 전화하면 엄청 당황하거든요. 어쨌든 만나서 반가웠어요."

나는 계속 가던 길을 갔다. 루디가 팔을 붙잡거나 할 줄 알았는데 그냥 옆에서 따라 걸었다.

"내가 왜 왔는지 알지?"

"모르겠는데요." 내가 말했다. "캐나다 사람들이 원래 그런가요? 당신 잘못도 아닌 일 때문에 사과하려고요? 아니면 20미터는 떨어져 있는 사람을 위해 열린 문이라도 잡아줄 생각이에요?"

"샌체즈 수확기에 대해서는 들었지?"

"지역 웹사이트에 온통 톱뉴스로 도배된 얘기요? 그럼요, 당연히 들었죠."

루디는 양손으로 뒷짐을 졌다. "네가 그랬어?"

나는 최대한 놀란 표정을 지어 보였다. "내가 왜 그런 짓을 하겠어요?"

"다음 질문이 바로 그거였어."

"누가 날 고발했나요?"

루디는 고개를 저었다. "아니, 하지만 난 이 도시에서 어떤 일이 벌어지는지 늘 관심을 가지거든. 넌 선외활동 우주복을 가졌고 범죄자야. 그 정도면 수사를 시작하기에 충분한 것 같군."

"난 밤새 내 관에 있었어요. 믿을 수 없다면 기즈모 기록을 확인해봐요. 확인할 수 있도록 동의해 줄 테니. 그러면 행정관 응구기로부터 허가를 받아야 하는 수고를 덜 수 있잖아요."

"네 제안을 받아들이기로 하지." 그가 말했다. "어차피 선외활동 길드의 밥 루이스가 같은 요청을 해왔거든. 그 친구, 선외활동 우주복을 가진 사람들 모두 지난밤에 어디 있었는지 위치 정보를 달라고 하더군. 그 친구에게 네 정보를 주는 것도 동의하겠지?"

"네. 그러시든가요. 그러면 진실이 밝혀지겠죠."

"밥은 그냥 넘어갈 수도 있어." 루디가 말했다. "하지만 난 의심의 화신이라서 말이야. 네 기즈모가 밤새 네 관 속에 있었다고 해서 네가 그곳에 있었다는 뜻은 아니야. 증인이라도 있나?"

"아뇨. 많은 사람들의 생각과 달리 난 대개 혼자 자거든요."

루디는 눈썹을 추켜세웠다. "샌체즈 알루미늄이 잔뜩 화가 났어. 선외활동 길드도 열 받았고."

"나랑 상관없는 일이에요." 나는 루디를 떨쳐내기 위해 예고 없이 모퉁이를 돌았지만 그가 따라붙었다. 내 움직임을 예상한 것이 틀림없었다.

성가신 녀석.

"이렇게 하자고." 루디는 기즈모를 꺼냈다. "진실을 말해주는 대가로 100g를 지불하지."

"에… 네?" 나는 걸음을 멈췄다.

루디는 기즈모를 두드렸다. "100훙야. 내 개인계좌에서 직접 보내주지."

내 기즈모가 울렸다. 주머니에서 기즈모를 꺼냈다.

루디 드보이스로부터 계좌 이체: 100훙. 수락하시겠습니까?

"대체 무슨 짓이에요?"

"진실에 대한 값을 치르는 거야. 진실을 확인해 보자고."

나는 이체를 거절했다. "말도 안 되는 소리! 루디, 난 이미 진실을 말했어요."

"100훙를 안 받겠다는 거야? 이미 진실을 말했다면 그냥 돈 받고 다시 한 번 말하라고."

"꺼져요, 루디."

루디는 알겠다는 표정으로 바라보았다. "그래. 그럴 줄 알았지."

"뭐가요?"

"난 널 비행 청소년일 때부터 알아왔어. 너야 인정하고 싶지 않겠지만 넌 네 아버지랑 똑같아. 아버지와 같은 직업윤리를 가졌지."

"그래서요?" 나는 입을 삐쭉거리며 고개를 돌렸다.

"넌 그냥 말할 때엔 온종일 거짓말을 해대지. 하지만 만약 내가 진실을 요구하면서 돈을 지불하면 그땐 사업상의 계약이 되거든. 그리고 바샤라 가문 사람들은 절대로 계약을 어기는 법이 없어."

건방지게 둘러댈 말이 떨어졌다. 그런 일은 거의 없지만 가끔 일어나곤 했다.

루디는 히비를 가리켰다. "그 HIB라면 허가를 받지 않고도 에어로크를 열 수 있는 아주 좋은 방법이 되겠군."

"그렇겠네요."

"먼저 그놈을 밖으로 내보내야겠지."

"아마도요."

"관광객 체험 선외활동을 하면서 몰래 내보낼 수도 있겠지."

"뭔가 알아냈다는 건가요, 루디?"

루디는 기즈모를 두드렸다. "에어로크에는 감시카메라가 없어. 우리는 경찰국가가 아니니까. 하지만 관광안내소 기념품 상점에는 감시카메라가 있지."

루디는 화면을 돌려서 내게 보여주었다. 화면 속에서 내가 변장을 한 채 기념품 상점을 걸어가고 있었다. 루디는 화면을 멈추었다. "열차에 올라타면서 이 여성이 요금 낸 걸 확인하니 이름이 누하 네젬이야. 이상한 건 이 여성의 기즈모가 지금은 꺼져 있다는 거야. 키와 체구, 피부색이 너랑 비슷하다고 생각하지 않아?"

몸을 기울여서 화면을 들여다보았다. "달에 키 작은 아랍 여성이 여럿 되는 건 아세요? 그리고 이 여성은 니캅을 입었어요. 내가 전통 의상 입는 걸 한 번이라도 본 적 있어요? 나는 독실한 무슬림이 아니라고요."

"이 여성도 마찬가지야." 루디는 화면을 옆으로 몇 번 밀었다. "열차에도 감시카메라가 설치되어 있어."

루디의 기즈모 화면에 열차 내부를 찍은 동영상이 나타났다. 멋진 프랑스 남성이 일어서더니 내게 자리를 양보했다. 나는 고개를 숙여 보이고는 자리에 앉았다.

"기사도 정신이 죽지 않았군요. 다행이네요."

"무슬림은 사람들에게 고개 숙여 인사하지 않아." 루디가 말했다. "무함마드조차 사람들에게 절을 받지 않았지. 무슬림은 알라에게만 절하지 다른 사람에게는 하지 않거든. 절대로."

젠장. 알고 있었어야 했는데. 어렸을 때 좀 더 주의를 기울였어야 했다. 아빠가 날 믿음 속에서 키우길 포기하기 전에.

"그렇군요. 뭐라 말해야 할지 모르겠네요."

루디는 벽에 몸을 기댔다. "이번엔 내가 제대로 잡았어, 재즈. 이건 시시한 밀수 건이 아니야. 100만 ğ 상당의 재산 피해가 났어. 넌 끝장난 거야."

조금 흔들렸다. 두려움 때문이 아니었다. 분노 때문이었다. 저놈의 개자식은 내 인생을 세세히 들여다보는 것 외엔 달리 할 일이 없는 거야? 빌어먹을, 제발 날 좀 내버려둬!

내 생각을 아주 잘 숨기지는 못한 것 같았다.

"왜 그래? 대꾸가 없네?" 루디가 말했다. "재미로 이런 짓을 하지는 않았을 거야. 이번 건은 '청부를 받고 저지른 짓'이라는 게 너무나 빤히 보여. 누가 널 고용했는지 말하면 행정관에게 잘 말해줄게. 그러면 추방은 면할 수 있을 거야."

나는 입을 꾹 다물고 있었다.

"이러지 마, 재즈. 그냥 트론 란비크라고 털어놓으면 우리 모두 다시 예전으로 돌아갈 수 있잖아."

아무 반응을 보이지 않으려 했지만 성공하지 못했다. 도대체 어떻게 아는 거지?

루디는 내 표정을 읽어냈다. "트론은 지구에 가지고 있던 주식을 팔

190

아서 슬러그를 엄청나게 모아들이고 있었어. 아르테미스에서 뭔가 큰 걸 구매하려는 계획임이 분명하지. 내 생각에는 샌체즈 알루미늄 같아."

루디는 어떻게든 트론을 잡고 싶은 것이 분명했다. 나를 완전히 무너뜨릴 수 있는 기회마저 포기하려 했으니까. 하지만 그래도… 트론을 밀고하라고? 그건 내 방식이 아니지. "무슨 얘기를 하는 건지 모르겠어요."

루디는 기즈모를 다시 주머니에 넣었다. "왜 HIB를 갖고 있지?"

"배달 중이에요. 난 포터니까요. 내가 하는 일이 이것저것 여기저기 배달하는 거죠."

"누가 보내는 건데? 그리고 누가 받는 건데?"

"말할 수 없어요." 내가 말했다. "배달에 관한 한 내 재량권은 보장되잖아요. 나도 평판을 유지해야 하니까요."

루디는 잠시 나를 내려다보았지만 나는 표정을 바꾸지 않았다.

루디는 얼굴을 찌푸리더니 뒤로 물러섰다.

"좋아. 하지만 이걸로 끝나진 않을 거야. 힘 있는 사람들이 엄청 화났다고."

"내가 아닌 다른 사람한테 화난 거죠. 난 아무 짓도 안 했으니까."

그 순간 너무나 놀랍게도 루디는 돌아서서 가버렸다. "곧 감당하지 못할 상황이 될 거야. 그러면 연락하라고."

"무슨…." 나는 입을 열었다. 하지만 그 순간 다시 입을 꾹 다물었다. 루디가 나를 체포하지 않았으니, 그 마법을 절대로 풀고 싶지 않았다.

뭔가 앞뒤가 안 맞았다. 루디는 오랫동안 내 뒤를 쫓아왔다. 이번 건은 너무나도 확실한 증거였다. 내가 봐도 행정관을 충분히 설득할 수 있다는 확신이 들었다. 행정관은 두 번 생각할 것도 없이 타락한 내 엉덩이를 걷어차 지구로 내던질 것이다.

만약 루디가 진짜로 트론을 원한다면 왜 나를 체포하지 않는 거지? 추방될 위기에 처한다면 난 분명히 트론을 밀고할 텐데, 그렇잖아?

뭐 아무려면 어때.

술이 필요했다. 하트넬스에 들러 늘 앉던 자리에 앉아 빌리에게 신호를 보냈다. 내 모든 고뇌를 알코올과 테스토스테론에 적셔야 할 때였다. 싸구려 맥주를 몇 잔 걸치고 뭔가 관능적인 걸 입고 올드린 나이트클럽에 가서 잘생긴 남성과 함께 집으로 가는 거야. 뭐 어때, 스보보다의 콘돔을 시험해 볼 수도 있잖아? 안 될 것 없지.

"괜찮아, 자기?" 빌리가 말했다. "이거 마셔봐. 새로운 제조법으로 만들었어."

빌리는 작은 유리잔을 내밀더니 입이 귀에 걸리게 웃었다.

나는 의심스러운 눈길로 술잔을 바라보았다. "빌리, 사실은 맥주만 마셨으면 좋겠어."

"한번 마셔보라고. 한 모금 맛보면 첫 맥주는 공짜로 줄게."

나는 잠시 고민했지만 공짜 맥주는 공짜 맥주였다. 술을 한 모금 마셔봤다.

인정하지 않을 수 없었다. 놀라웠다. 지난번처럼 소름 끼치는 맛일 거라고 생각했다. 그러나 지난번과 달리, 완전히 새로운 방식으로 소름 끼치는 맛이었다. 예전의 불타오르듯 뜨거웠던 고통이 사라지고, 대신 그 자리를 뭔가 향긋하고 역겨운 맛이 차지하고 있었다. 나는 마셨던 술을 뱉어냈다.

말을 할 수가 없어서 손으로 맥주 따르는 꼭지를 가리켰다.

"흐음." 빌리가 말하고는 맥주를 한 잔 따라서 내밀었다. 나는 사막에서 길을 잃고 헤매다 오아시스를 발견한 여행자처럼 맥주를 벌컥벌컥 들이켰다.

"알았어." 나는 입을 닦으며 말했다. "알았다고. 고추냉이야? 분명 고추냉이를 넣었을 거야."

"아니, 럼주야. 그러니까 럼주 추출물과 에탄올을 넣었지."

"럼주를 가지고 대체 무슨 짓을 했기에 이런 게 나온 거야?"

"나중에 다른 식으로 만들어 볼게." 빌리가 말했다.

"에탄올 제거 과정에서 뭔가 문제가 있었던 게 분명해. 보드카로도 만든 게 있는데 혹시 생각 있으면 맛보게 해줄게."

"생각해 보고. 지금 당장은 맥주를 한 잔 더 마셔야겠어."

기즈모가 울렸다. 트론으로부터의 메시지였다.

마지막 물품은 어떻게 되어가나.

"젠장." 나는 중얼거렸다.

마지막 수확기를 어떻게 해치울지는 아직 아무런 대책이 없었다.

현재 배달 계획의 마지막 상세 내용을 검토 중.

현재 고객으로서 매우 불만족스러운 상태임. 긴급 배달을 요함.

알았음.

배달을 위해 다른 포터를 알아봐야 할까? 그쪽이 너무 바쁘다면.

나는 기즈모를 보며 얼굴을 찌푸렸다.

까칠하게 굴지 맙시다.

직접 만나서 얘기하지. 온종일 시간 괜찮으니.

금방 갈게요.

나는 기즈모를 다시 주머니에 집어넣었다.

"얼굴이 벌겋게 달아올랐네." 빌리가 말했다. "취했다는 뜻은 아니고."

"고객 서비스 문제야. 만나서 좀 달래줘야 할 것 같아."

"두 번째 맥주는 취소야, 그럼?"

한숨이 나왔다. "그래. 그러는 편이 좋겠어."

나는 란비크 저택의 주 출입문으로 다가가 초인종을 눌렀다.

대답이 없었다. 흠. 이상하네. 항상 찌푸린 얼굴로 나오던 이리나는 어디 갔지? 그 여성이 좋아할 재수 없는 말들을 좀 준비해두었는데 말이야.

다시 초인종을 눌렀다. 여전히 아무 대답이 없었다.

그 순간 대문이 부서져 있는 모습이 보였다. 대문 가장자리에 살짝 흠집이 나 있었다. 강제로 침입할 때 쇠지레를 찔러 넣을 바로 그 위치에. 나는 움찔했다.

"아, 좀 이러지 마…"

문을 열고 고개를 넣어 로비를 살펴봤다. 이리나나 트론의 흔적이 없었다. 장식용 꽃병이 원래 놓였던 받침대 옆 바닥에 떨어져 있었다.

벽에는 선홍색 피가 뿌려진 흔적이….

　"안 돼!" 내가 말했다.

　몸을 돌려 통로로 내달렸다.

　"안 돼, 아니야, 안 돼!"

켈빈에게,

다음에 짐을 보낼 때는 살담배 3킬로그램, 궐련용 종이 50상자, 라이터 20개, 라이터 기름 10캔을 챙겨줘.

새로운 수입원을 찾아냈어. 스프레이식 거품 단열재야. 알고 보니까 단열재인데 소음 방지에도 아주 좋더라고. 정말이지 이곳에서는 소음이 큰 문제야. 특히 내가 사는 이런 후진 동네에서는 말이야. 스프레이 거품은 마르면 불이 잘 붙어서 금지 품목이야. 하지만 집세가 싼 지역 사람들에게 조용함을 팔 수 있다면 사람들은 돈을 얼마든지 낼 거야.

특별 주문이 있는데, 내가 거물을 낚았어. 그 거물께서 도미니카의 '라 아우로라' 브랜드 시가를 원해. 네가 따로 특별히 주문해야 할 것 같아. 케냐까지 긴급 배송을 하고 돈은 얼마든지 내라고. 우린 이 손님 덕분에 큰돈을 벌게 될 거야. 어쩌면 매달 새 물건을 주문할 수도 있으니까 잔뜩 준비해 둬.

지난달 수익은 21,628훙야. 절반인 네 몫은 10,814훙. 어떻게 보내줄까?

누이들은 좀 어때? 할리마의 전남편인 그 개자식하고는 전부 정리된 거야?

. . .

재즈에게,

알았어, 얘기한 물건들은 모두 다음번 보급선으로 보내줄게. 9일 후에 발사될 거야. 스프레이 단열재는 정말 대단한 아이디어어! 좀 알아보고 부피 대비 소음 감소율이 가장 좋은 놈으로 한 상자 보내줄게. 판매가 잘 되는지 보자고.

내 몫은 유로로 바꿔서 내 독일 계좌로 보내줘.

그래, 할리마의 남편은 처리했어. 그 개자식은 더 이상 에드워드의 양육권을 건드리지 않아. 그저 내게서 돈을 뜯어내고 싶었을 뿐이야. 그래서 돈을 줬지. 우리 사업은 정말 신의 축복이야, 재즈. 이 돈이 없었으면 우리 가족은 어떻게 살았을지 정말 알 수가 없어. 쿠키는 얼마 전에 오스트레일리아에 있는 대학에 진학했어. 공부를 해서 토목기사가 될 거야. 우리 모두 자랑스러워하고 있어. 페이스는 고등학교에서 좋은 성적을 받았어. 공부보다 남자에 더 관심이 많아서 걱정이지만. 그리고 마고는 운동에 상당히 소질이 있어. 지금은 축구팀에서 주전 포워드야.

어떻게 지내니? 타일러는 좀 어때?

· · ·

켈빈에게,

타일러는 끝내줘. 지금까지 사귀어 본 남자들 중 제일 다정하고 친절해. 난 감상적인 사람이 아니라서 이런 말을 하게 되리라고는 한 번도 생각해 보지 않았는데, 솔직히 결혼 상대로도 괜찮다는 생각이야. 일 년을 함께 지냈는데 여전히 타일러를 사랑해. 나로서는 아주 유별난 일이지.

모든 면에서 숀하고는 정반대야. 타일러는 사려가 깊고 충실하고 나밖에 모르는, 완벽한 애인이야. 거기다가 소아성애자도 아니니까 숀에게는 없는 큰 보너스라고 할 수 있지. 맙소사, 그런 개자식하고 사귀었다니 믿을 수가 없네.

이건 다른 소식인데, 데일한테서 선외활동을 배우고 있어. 데일은 대단한 선생님이야. 선외활동은 해야 할 일도 많고 제대로 배우기엔 좀 위험한 기술이야. 그리고 선외활동 길드는 사이비종교 집단보다 더 배타적이야. 하지만 요즘은 내가 그들 무리에 들어가려고 훈련 중이라는 걸 알고 조금씩 살갑게 대해주기 시작했어.

야, 일단 자격증만 따면 돈다발이 굴러 들어올 거야. 관광 안내로 벌 수 있는 돈이 엄청나거든! 그리고 나만 돈을 왕창 버는 게 아니라 너도 이득을 볼 거야. 포터 일을 그만두고 화물 로켓 관리자 일을 할 거니까. 그러면 나코시에게 뇌물을 안 줘도 돼. 켈빈, 내 친구. 미래는 밝아.

...

재즈에게,

아주 좋은 소식이구나.

이곳 KSC에도 새로운 소식이 있어. 방금 발표했는데, 로켓 발사 일정을 앞당기겠다는 거야. 그러기 위해서 화물 적재 부서를 확대하겠대. 그러면 나와 동시에 다른 적재팀이 일하게 되는 거지. 내가 양쪽에 동시에 있을 수는 없으니까 발사하는 로켓의 절반은 우리가 손댈 수가 없게 돼.

하지만 내게 생각이 있어. 우리 쪽에 다른 사람을 하나 넣는 것은 어떻겠니? 누구든 확실히 우리가 믿을 수 있는 사람으로. 부수입이 필요한 적재물 관리자는 많이 알거든. 우리랑 동등하게 수익을 나눌 필요는 없고 10퍼센트 정도 주면 어떨까?

...

켈빈에게,

솔직히 말하면 별로 좋은 생각이 아닌 것 같아. 넌 내 목숨을 걸 만큼 믿을 수 있어. 하지만 다른 적재물 관리자들은 전혀 모르잖아. 누구든 후보자가 생기면 아주 철저하게 의견을 나눠봐야 해. 관여하는 사람이 많을수록 모든 것이 무너져 내릴 가능성이 높아지니까. 하지만 발사되는 로켓의 절반이 사라진다는 네 지적은 아주 적절해. 내 탐욕 본능을 정확히 건드렸어.

...

재즈에게,

네가 선외활동 길드에 들어간 다음에 그렇게 하는 건 어떨까? 그때는 나코시에게 돌아갈 몫을 더는 생각 안 해도 되잖아. 그러면 서로 상쇄가 될 테고 우리 수익도 더 늘어날 수 있어. 로켓 발사 횟수가 늘어나면 물건을 더 보낼 수 있으니까. 결국엔 우리 이득이 커지는 거야.

...

켈빈에게,

네 생각이 마음에 들어. 좋아, 누가 있는지 한번 찾아봐. 하지만 제발 은밀히 움직여야 해.

...

재즈에게,

은밀하게? 그런 생각은 못 했네. 난 그냥 회사 게시판에 전단으로 붙이려고 했지.

...

켈빈에게,

건방 떨고 있네.

08

나는 란비크 저택에서 멀어지기 위해 뛰었다. 발을 멈추지 않은 채 기즈모를 휙 꺼내 루디에게 메시지를 보냈다.

란비크 저택에 문제 발생. 현장에 피가 있음. 즉시 가볼 것.

루디에게서 답장이 왔다.

가는 중. 내가 갈 때까지 꼼짝 말고 있어.
싫어요.

나는 대답했다. 루디가 기즈모로 전화를 걸어왔다. 나는 무시한 채 전력으로 뛰었다.
"빌어먹을. 되는 일이 하나도 없네."

7, 8미터에 한 번씩 땅바닥을 디뎠다. 모퉁이를 돌 때는 속도를 늦추지 않기 위해 벽을 차며 돌았다.

'앨런스 식료품점'은 정크푸드와 싸구려 기념품을 파는 곳치고는 고급스러운 가게였다. 편의점이라기보다는 호텔 기념품점에 가까웠다. 그에 어울리게 가격도 높았다. 까다롭게 굴 시간이 없었다.

"뭘 찾으십니까, 손님?" 점원이 물었다. 스리피스 차림이었다. 도대체 누가 편의점에서 정장을 차려입는 거야? 그런 생각은 떨쳐버렸다. 남의 일에 이러쿵저러쿵할 때가 아니었다.

눈에 보이는 가장 큰 가방을 집었다. 천으로 된 자루 모양에 달 그림이 그려져 있었다. 까무러칠 정도로 독창적이군. 뭔지 신경도 쓰지 않고 선반에 있는 정크푸드 봉지들을 가방에다 밀어 넣었다. 초콜릿 바 여러 개와 스무 가지 맛의 말린 겅크를 언뜻 본 것 같았다. 뭐 목록은 나중에 만들면 되니까.

"손님?" 점원이 말했다.

나는 냉장고에서 큰 물병을 꺼내 들고 계산대로 뛰어가 가방을 뒤집었다. "전부요, 빨리."

점원은 고개를 끄덕였다. 칭찬하지 않을 수 없었다. 점원은 최대한 서둘렀고 질문도 하지 않았으며 내게 아무런 신경도 쓰지 않았다. 고객님께서 바쁘시다고? 좋아, 그럼 점원도 바쁘게 움직여야지. 앨런스 식료품점에 평점을 준다면 별 다섯 개였다.

점원은 물건들을 전부 서로 겹치지 않게 계산대 위에 펼친 다음 금전 등록기의 버튼을 눌렀다. 컴퓨터가 물건들을 확인하고는 총금액을 합산했다.

"1,451ğ입니다."

"세상에나."

하지만 이러쿵저러쿵하고 있을 시간이 없었다. 돈은 이제 내게 아무 쓸모도 없어질 것이다. 지불용 패드 위로 기즈모를 흔들어 거래를 승인했다.

물건들을 죄다 가방에 밀어 넣고 밖으로 뛰쳐나갔다. 통로를 따라 달리며 기즈모로 전화를 걸었다. 연결되기 전에 확인 화면이 떴다.

당신은 지구로 전화를 걸고 있습니다. 요금은 1분에 31ğ입니다.

계속하시겠습니까?

확인 버튼을 누르자 벨 소리가 들렸다.

"여보세요?" 상대편에서 악센트 섞인 목소리가 말했다.

"켈빈, 나 재즈야."

나는 모퉁이를 돌아서 빈 연결 터널 쪽으로 향했다.

4초의 시간이 지난 뒤 켈빈의 대답이 들렸다. "재즈? 직접 전화한 거야? 무슨 일인데?"

"나 큰일 났어, 켈빈. 나중에 설명할 테니, 지금 당장 가짜 신분부터 만들어줘. 네 도움이 필요해." 나는 빌어먹을 통신 지연을 저주하면서 터널 안을 뛰어서 통과했다.

"좋아. 또 뭐가 필요해?"

"누가 내 뒤를 쫓는지 모르겠어. 그러니까 내 은행 정보도 안전하지 않아. 가명으로 내가 쓸 KSC 계좌도 하나 만들어 줘. 물론 나중에 다 갚을게."

짜증 나는 4초 후. "좋아, 알았어. 미국 달러로 1,000달러면 어때? 대충 6,000ℏ쯤 될 거야. 그리고 계좌 예금주 이름은 뭘로 할까?"

"6,000ℏ면 괜찮을 거야. 고마워. 이름은… 글쎄… 이번엔 인도 이름으로 할까? 하프리트 싱 어때?"

나는 빈 버블을 뛰어 지나갔다. 빈은 대부분 조용한 주택 지역으로 이루어졌다. 통로는 길고 곧게 뻗어 있다. 미친 듯이 뛰어다니는 여성에겐 완벽한 곳이다. 나는 엄청나게 탄력을 받으며 달렸다.

"알았어, 그렇게 처리할게." 켈빈이 말했다. "15분쯤 걸려. 시간 되면 간단하게라도 무슨 일인지 설명해 줘. 적어도 안전하게 있는지는 알려줘."

"정말 고마워, 켈빈. 그렇게. 통신 끝."

전화를 끊고 기즈모의 전원을 껐다. 일이 어떻게 돌아가는지는 알 수 없지만, 추적 가능한 신호기를 엉덩이에 넣고 돌아다녀서는 안 된다는 건 확실했다.

빈 버블 지상층의 중앙 홀로 달려갔다. 가장 가까운 호텔은 '문라이즈 인'이었다. 생각해 보면 참 멍청하기 짝이 없는 이름이었다. 아르테미스는 문라이즈, 즉 월출을 볼 수 없는 유일한 도시니까. 하지만 무슨 상관이람?! 어디든 호텔이면 됐지.

누하 네젬일 때 그랬던 것처럼, 하프리트 싱이라는 이름으로 호텔 기즈모를 구했다. 멍청한 호텔 직원들 눈에는 아랍인이나 인도인이나 똑같아 보여 별문제는 없었다.

좋아. 가명 문제는 처리됐어. 당분간은 하프리트 싱으로 지내야 했다. 바로 호텔에 체크인하고 싶었지만 뻔히 보이는 곳에 숨을 생각은 없었다. 문자 그대로 아무도 날 보지 못할 곳으로 가야 했다.

어디로 가야 할지 알 수 있었다.

아르테미스에서 두 사람이 살해당하다

재계 거물 트론 란비크와 경호원인 이리나 베트로프가 오늘 셰퍼드 버블에 있는 란비크 자택에서 사망한 채 발견되었다. 아르테미스 역사상 지금까지 다섯 건의 살인사건이 있었는데, 달의 도시에서 두 사람이 동시에 살해된 것은 이번이 처음이다.

제보를 받고 출동한 루디 드보이스 경관은 오전 10시 14분에 시체를 발견했다. 문은 강제로 연 흔적이 있는 상태였고, 두 희생자들은 칼에 찔려 사망했다. 증거에 따르면, 베트로프는 고용주를 보호하려 하다가 사망했고 공격한 자에게 중상을 입혔을 가능성이 있는 것으로 보인다.

란비크의 딸인 레네는 사건이 벌어진 시각에 학교에 있었던 것으로 파악됐다. 시신은 병리학적 검사를 위해 멜라니 루셀 박사의 사무실로 이송되었다.

레네 란비크는 열여덟 살이 되면 아버지의 엄청난 재산을 물려받게 된다. 그때까지 란비크 가의 재산은 오슬로에 있는 '예르겐센, 이삭센 앤드 베르그 로펌'이 관리하게 된다. 상속인이 된 딸에 대해서는 취재할 수 없었다. (…)

기사는 이어졌지만 더 읽고 싶지 않았다. 기즈모를 차가운 금속 바닥 위에 내려놓았다. 구석에 웅크리고 앉아 무릎을 감싸 안고 얼굴을 묻었다.

눈물을 참으려고 애썼다. 정말로 꾹 참았다. 정신없이 달아나던 중에는 목적의식이 있어서 그런지 계속 흥분 상태로 있었다. 하지만 일단 안전해지자 아드레날린이 사라져 버렸다.

트론은 좋은 사람이었다. 조금 음흉한 구석이 있고 아무 데서나 우스꽝스러운 목욕가운을 입고 돌아다니기는 했지만 그래도 좋은 사람이었다. 그리고 좋은 아버지였다. 맙소사, 이제 레네는 누가 돌보라는 거야? 어릴 때 자동차 사고로 불구가 되더니 열여섯 살에 천애 고아가 되다니. 세상에나, 뭐 이런 지랄 맞은 운수가 다 있나. 물론 돈이야 있지만, 그래도… 빌어먹을….

범죄학 박사가 아니라 해도 수확기를 망가뜨린 일에 대한 복수라는 걸 알 수 있었다. 누군지는 몰라도 살인을 저지른 자는 나도 죽이려 할 것이다. 수확기를 망가뜨린 사람이 나라는 걸 모를 수도 있겠지만, 그런 가능성에 내 목숨을 걸고 싶지는 않았다.

그러니 이제 나는 살인자를 피해 도망 다녀야 하는 신세였다. 그리고 여담이지만, 마지막 남은 수확기를 해치운다 해도 100만 홍는 절대로 받지 못할 것이다. 트론과 내가 계약서를 작성한 것도 아니고. 아무 대가도 없이 그런 짓을 저지른 셈이었다.

나는 얼어붙을 것처럼 추운 통로 끄트머리에 있는 정비용 공간에서 와들와들 몸을 떨었다. 아주 오래전 노숙자 신세였을 때 와봤던 곳이었다. 10년 동안 혼자 어떻게든 살아보겠다고 애썼지만 지금은 다시 처음 그 자리에 돌아와 있었다.

나는 무릎을 껴안고는 흐느껴 울었다. 조용하게. 옛날에 익힌 또 다른 기술이었다. 너무 시끄러운 소리를 내지 않으면서 우는 법. 통로에 누군가 있다 해도 내가 우는 소리를 듣지 않았으면 했다.

정비용 공간은 작은 삼각형 모양으로, 떼어낼 수 있는 패널이 달려 있어 정비공이 안쪽 외벽에 접근할 수 있게 되어 있었다. 하지만 한 사람 누울 공간도 없었다. 이곳에 비하면 내 관은 궁전이었다. 얼음처럼 차가워진 눈물에 얼굴이 얼얼했다. 빈 다운 27은 숨기에는 더할 나위 없이 좋지만 너무 추웠다. 달의 중력에서도 열이 위로 올라가는 것은

205

똑같다. 그러니 낮은 곳으로 갈수록 추워진다. 그리고 누구도 구석에 있는 정비용 공간에 난방기를 설치하진 않는다.

나는 얼굴 위로 눈물을 훔쳐 닦고 내 기즈모를 다시 들었다. 아, 하프리트의 기즈모라고 해야겠군. 무슨 말인지 알 것이다. 내 진짜 기즈모는 내가 숨은 곳 한구석에 배터리를 빼놓은 채 있었으니까. 행정관 응구기는 타당한 이유가 있는 경우에만 기즈모의 위치 정보를 공개하지만, '두 사람이 살해된 살인사건 조사를 위해 수배 중인 인물'이라면 아주 타당한 이유가 된다.

지금 결정을 내려야 했다. 남은 내 인생이 걸려 있는 결정을. 루디에게 가야 할까?

당연히 루디는 내가 해오던 밀수 행위보다 살인사건에 더 신경을 쓸 것이다. 그리고 사실대로 털어놓기만 한다면 나는 훨씬 더 안전해질 것이다. 루디는 나쁜 놈일지는 몰라도 훌륭한 경찰이니까. 날 보호하기 위해서라면 뭐든 할 것이다.

그러나 루디는 내가 열일곱 살이었을 때부터 나를 추방할 이유를 찾고 있었다. 루디는 트론이 샌체즈 알루미늄의 수확기를 파괴했다는 사실을 이미 알았다. 그러니 유용한 정보를 제공하는 것도 아닌 셈이었다. 그리고 '트론을 밀고하는 대신 사면을 받는다는' 제안은 더 이상 논의의 대상이 아닐 것이라 추정되었다. 트론은 죽었다. 그러니 만약 루디를 찾아간다면 나는,

   a) 루디에게 날 추방하는 데 필요한 모든 증거를 넘겨주게 되고, 게다가
   b) 그가 살인사건을 해결하는 데 아무 도움도 되지 못할 것이다.

안 돼, 엿이나 먹으라고. 아무래도 고개 처박고 입 다물고 있는 것만이 달에서 살 수 있는 유일한 길인 듯했다.

나는 혼자다.

가진 것들을 살펴보았다. 며칠은 견딜 수 있을 정도의 음식과 물. 화장실은 아무도 없을 때 통로에 있는 공중화장실을 이용하면 될 것이다. 그냥 한구석에 숨어만 있을 것은 아니지만, 지금 당장은 눈에 띄고 싶지 않았다. 결코. 누구에게도.

나는 훌쩍거리며 마지막 눈물을 삼키고는 목을 가다듬었다. 그러고는 지역 프락시 서비스를 이용해 아빠 번호로 전화를 걸었다. 하프리트 싱이 아마르 바샤라에게 전화한 사실을 아무도 알 수 없도록.

"여보세요?" 아빠가 대답했다.

"아빠, 재즈예요."

"아, 그래. 이상하구나, 내 기즈모가 네 번호를 인식 못 하네. 작업은 어떻게 되어 가니? 장비는 다 썼냐?"

"아빠, 내 말 잘 들으세요. 정말로요."

"그래…. 좋은 얘기를 하려는 건 아닌 것 같구나."

"안 좋아요." 나는 다시 얼굴을 훔쳤다. "집에서 나와 작업장에서 멀리 떨어져 있으세요. 친구네 집에 가 계세요. 며칠 만요."

"뭐라고? 왜?"

"내가 일을 저질렀어요. 끔찍해요."

"이리 와라. 같이 해결하자."

"아뇨, 아빠가 집에서 나와야 해요. 살인사건 기사 읽었어요? 트론하고 이리나요."

"그래, 봤지. 아주 불행한…."

"그 살인범이 지금 날 뒤쫓고 있어요. 아빠 내가 걱정하는 유일한 사람이니까, 어쩌면 놈들이 나를 잡기 위해 아빠를 찾아갈 수도 있어요. 그러니까 당장 거기서 피하세요."

아빠는 잠시 말이 없었다. "알았다. 작업장에서 만나 함께 이맘인 파힘한테 가자꾸나. 그분과 그분 가족이 우릴 보살펴줄 거야."

"숨어 있을 수가 없어요. 어떻게 된 일인지 알아내야 해요. 그러니 이맘의 집으로 가세요. 안전해지면 연락할게요."

"재즈." 아빠의 목소리가 떨렸다. "루디에게 맡기렴. 그 사람 일이잖아."

"그 사람을 믿을 수가 없어요. 지금은. 나중엔 믿을 수도 있겠지만요."

"지금 당장 집으로 와라, 재스민!" 아빠의 목소리가 최고조로 높아졌다. "알라의 가호가 있을지니 살인자들의 싸움에 휘말리지 마라!"

"미안해요, 아빠. 정말 미안해요. 집에서 몸을 피하세요. 일 끝나면 연락할 테니."

"재즈…." 아빠가 이름을 불렀지만 나는 전화를 끊었다.

프락시 서비스의 또 다른 장점. 아빠는 내게 다시 전화를 걸 수 없다.

저녁 내내 구석진 곳에 몸을 웅크리고 있었다. 화장실에 잽싸게 두 번 다녀오기는 했지만 그게 전부였다. 나머지 시간에는 내 목숨을 걱정하면서 어쩔 수 없이 뉴스를 읽으며 보냈다.

다음 날 아침, 잠에서 깨어났더니 다리에 쥐가 나고 등이 아팠다. 혼자 울다가 잠들면 그런 법이다. 잠에서 깨어났지만 문제는 그대로 남아 있었다.

공간을 막았던 패널을 밀어서 치우고, 통로로 굴러 나왔다. 잔뜩 뭉친 근육도 펴줬다. 빈 다운 27은 오가는 사람들이 많지 않은 곳이고, 특히 이렇게 이른 아침 시간에는 더더욱 그랬다. 바닥에 앉아 아무 맛도 첨가하지 않은 겅크와 물로 푸짐하게 아침 식사를 했다. 구석진 곳에 숨어 있어야 했지만 더는 그 비좁은 공간에서 견딜 수 없을 것 같았다.

물론 숨어 있으면서 루디가 살인자를 체포하기만 바랄 수도 있겠지만 그런다고 나아질 건 없었다. 살인자가 붙잡힌다 해도 배후에 있는 사람들이 다른 살인자를 보낼 것이다.

겅크를 한 입 더 베어 물었다.

모든 게 샌체즈 알루미늄과 관련된 일이었다.

너무 당연하잖아?!

하지만 왜일까? 돈도 많이 못 벌고 시대에 뒤떨어진 기업을 두고 왜 사람들은 서로를 죽이려는 걸까?

돈이었다. 늘 문제는 돈이니까. 그렇다면 돈은 어디에 있지? 트론 란비크는 마음 내키는 대로 아무렇게나 해서 억만장자가 되지는 않았을 것이다. 만약 트론이 알루미늄 회사를 원했다면 구체적이고 확고한 이유가 있었을 것이다. 그리고 그 이유가 뭐든 그것 때문에 살해당했다.

그것이 열쇠였다. 누구인지 밝혀내기 전에 먼저 그 이유부터 알아내야 했다. 그리고 나는 어디서 시작해야 할지 알았다. 바로 진 추였다.

트론의 집에 시가를 배달하러 갔던 날 그곳에 있던 사람. 홍콩에서 왔고 'ZAFO'라는 라벨이 붙은 상자를 갖고 있었는데 내가 보지 못하도록 숨기려고 했다. 그게 내가 아는 전부였다.

인터넷으로 조사해봤지만 진 추에 관해서는 아무것도 찾아낼 수 없었다. 누군지 몰라도 사람들 관심을 피하며 살고 있었다. 아니면 가짜 신분으로 아르테미스에 왔거나.

시가를 배달한 일이 어마어마하게 오래된 일처럼 느껴졌지만, 사실상 불과 나흘 전의 일이었다. 여객선은 일주일에 한 번씩 오는데 그 뒤로 출발한 여객선은 아직 없었다. 진 추는 아직 이곳에 있었다. 죽었을지도 모르지만 아직 이곳에 있었다.

'아침 식사'를 마치고 남은 음식들을 정비용 공간에 다시 넣어두었다. 그러고는 패널로 그곳을 막고 구겨진 작업복을 정리한 다음 길을 나섰다.

콘래드에 있는 중고 가게에 들러 끝내주는 옷을 장만했다. 벨트라고 해도 좋을 짧고 밝은 빨간색 미니스커트에, 배가 다 드러나 보이는 스팽글 붙은 상의, 그리고 가게에서 제일 높은 하이힐. 거기에다 빨간색 에나멜 가죽으로 만든 커다란 핸드백까지.

그런 다음 미용실로 가서 급하게 머리를 매만져 올렸더니, 짜잔! 이제는 거리의 탕녀 되시겠지! 내가 거울을 보며 겉모습을 확인하는 동안 미용실에 있던 사람들이 나를 곁눈질했다.

변신은 터무니없을 정도로 쉬웠다. 물론 내 몸매가 어디 내놔도 손색없기 때문이긴 하지만, 이런 난잡한 모습으로 변하는 데 뭔가 더 필요했더라면 하는 아쉬움은 들었다.

여행은 못 할 짓이다. 평생 단 한 번의 휴가라 해도 마찬가지다.

돈이 체로 받친 것처럼 흘러나간다. 시차 때문에 피곤하다. 그리고 늘 지친다. 휴가를 와 있음에도 향수병에 걸린다. 하지만 그 모든 번거로움도 음식에 비하면 아무것도 아니다.

이곳에서 흔히 볼 수 있는 일이다. 관광객들은 기꺼이 이곳 음식을 시도해 본다. 문제는 음식이 형편없다는 것. 해조류와 인공 양념으로 만든 음식이니 뭘 더 바라겠나. 며칠만 지나면 미국인은 피자를, 프랑스인은 와인을, 일본인은 쌀밥을 찾는다. 음식은 사람을 편안하게 한다. 다시 집중할 수 있게 해준다.

진 추는 홍콩에서 왔다. 언젠가는 제대로 된 광둥 음식을 원하게 될 것이다.

트론과 일대일로 만나는 사람이라면 재계의 거물이거나 적어도 매우 중요한 사람일 것이다. 그런 사람들은 자주 여행을 한다. 그래서 음식이 훌륭한 곳에 묵어야 한다는 걸 알고 있다.

그러니까 진 추는 홍콩에서 온 중요 인물이면서도 여행에 대해 잘 알고 고향 음식을 원하게 될 사람인 것이다. 그런 요구를 완벽하게 만족시킬 호텔이 딱 한 군데 있다. 바로 '광둥 아르테미스'이다.

올드린 버블에 있는 5성급 호텔인 광둥은 중국인 엘리트들이 좋아하는 곳이다. 홍콩 사업체가 소유하고 운영하고 있어, 최고급 여행객들에게 고향에 있는 것 같은 편안함을 제공한다. 그리고 가장 중요한 건, 제대로 된 광둥식 조식 뷔페를 먹을 수 있다. 홍콩에서 왔고 돈을 무한정 쓸 수 있다면 반드시 광둥 아르테미스에 묵어야만 한다.

나는 호화롭게 잘 꾸며진 로비 안으로 걸어 들어갔다. 이 도시에서 진짜 로비를 가진 몇 안 되는 호텔 가운데 한 곳이다. 방 하나를 하룻밤 빌리는 데 50,000g를 받는 곳이라면 겉모습을 꾸미는 데 약간의 공간을 낭비할 수도 있는 법.

창녀의 예복을 차려입은 나는 못 봐줄 정도로 눈에 띄었다. 나를 보던 몇몇 사람들이 멸시하는 태도로 고개를 휙 돌렸다(그래도 남성들

고개는 조금 늦게 돌아갔다). 나이 든 아시아계 여성이 콘시어지 데스크를 지키고 있었다. 나는 조금도 부끄러워하지 않으면서 곧장 그리로 걸어갔다. 속으로는 미칠 것처럼 창피했다. 그걸 감추려고 최대한 노력했다.

콘시어지의 여성은 내가 그 여성과 위대한 조상들을 불쾌하게 만들기라도 한 것 같은 표정을 지어 보였다. "도와드릴까요?" 여성은 약간의 중국식 악센트를 섞어 물었다.

"네, 여기서 만나기로 했는데. 손님 말이에요."

"그렇군요. 손님 방 번호는 알고 계세요?"

"아뇨."

"손님의 기즈모 아이디는 알고 있겠죠?"

"그럴 리가요." 나는 핸드백에서 콤팩트를 꺼내 루비처럼 빨간색으로 바른 입술을 확인했다.

"죄송합니다, 손님." 여성은 나를 위아래로 훑어보며 말했다. "투숙객의 방 번호나 초대를 받았다는 증명 없이는 도와드릴 수 없겠군요."

나는 여성에게 성질 고약한 표정을 지어 보였다(내 특기다). "그 사람이 나 여기 오랬어요. 한 시간 끊었다고요." 나는 콤팩트를 콘시어지 데스크 위에 내려놓고 핸드백 속을 뒤졌다. 여성은 병이라도 옮을 것처럼 콤팩트 반대편으로 몸을 기울였다.

나는 종잇조각을 꺼내 읽었다. "진 추. 광둥 아르테미스. 아케이드 구역. 올드린 버블." 그러고 나서 종잇조각을 치웠다. "그냥 그 빌어먹을 손님을 불러와요, 네? 여기 끝나면 다른 손님이 있다고요."

콘시어지 여성은 입술을 오므렸다. 광둥 같은 호텔에서는 누가 찾아와서 만나고 싶다고 해서 투숙객에게 연락하지는 않는다. 하지만 섹스가 관련된 일이라면 그 규칙은 완화될 수도 있다. 여성은 컴퓨터를 몇 번 두드리더니 전화기를 들었다.

그리고 잠시 귀에 대고 있다가 수화기를 내려놓았다. "죄송합니다. 하지만 전화를 안 받으시네요."

나는 눈을 부라리며 말했다. "그래도 돈은 내야 한다고 전해줘요!"

"그런 일은 해드리지 않아요."

"어쨌든!" 나는 콤팩트를 잡아채서 다시 핸드백에 던져 넣었다. "그 개자식이 나타나면 바에서 기다린다고 해요!"

나는 발을 쿵쿵 구르며 자리를 떠났다.

진 추는 방에 없었다. 로비에서 잠복해 있을 수도 있겠지만 ― 바에서는 입구가 아주 잘 보였다 ― 그러면 하루가 꼬박 걸릴 수도 있었다. 내겐 다른 계획이 있었다.

아까 립스틱을 확인했던 것은 그냥 보여주기 위한 행동만은 아니었다. 콤팩트를 올려놓아 거울로 콘시어지의 컴퓨터 화면을 확인해야 했다. 콘시어지 여성이 진 추를 검색할 때 그가 묵고 있는 방 번호가 거울로 보였다. 124호.

바에 가서 구석 자리 두 번째 스툴에 올라앉았다. 아마 버릇이 된 것 같았다. 로비에서 엘리베이터까지 한번 훑어보았다. 우람한 경비원 한 명이 근처에 서 있었다. 양복과 멋진 구두 차림이었지만 근육질 몸이라는 건 보기만 해도 알 수 있었다.

한 손님이 걸어가 기즈모를 흔들자 엘리베이터가 열렸다. 경비원은 지켜보고 있었지만 별 관심을 보이지 않았다.

몇 초 뒤 한 커플이 다가갔다. 여성이 기즈모를 흔들자 문이 열렸다. 경비원은 앞으로 나서더니 두 사람에게 잠시 이야기를 했다. 여성이 뭐라고 말하자 경비원은 자리로 돌아갔다.

엘리베이터를 타고 숨어들 수는 없었다. 투숙객이거나 투숙객과 동행해야 했다.

"뭘 드릴까요?" 뒤쪽에서 목소리가 들렸다.

고개를 돌려 보니 바텐더였다. "보모어 15년산 싱글몰트 있나요?"

"그럼요, 손님. 하지만 2온스짜리 한 잔에 750홍라는 점을 미리 말씀드려야겠군요."

"괜찮아요. 1,000홍로 계산하고 잔돈은 가지세요. 우리 애인한테 달아놓으시고요. 진 추, 124호."

바텐더는 금전등록기를 두드려 이름과 방 번호가 맞는 걸 확인하고는 웃음을 지었다. "바로 드리죠, 손님. 감사합니다."

엘리베이터를 바라보며 경비원이 쉬지는 않는지 기다렸다. 바텐더가 술을 가지고 돌아왔다. 한 모금 마셔봤다. 오, 이런… 좋잖아.

트론을 위해서도 바닥에 약간의 술을 뿌렸다. 방해된다면 어떤 법이라도 무시할 수 있는 교활한 수전노였다. 그러나 살면서 사람들에게 착하게 대했고 죽을 짓은 하지 않았다.

좋아. 어떻게 하면 저 깡패 녀석을 지나쳐서 엘리베이터를 탈 수 있을까? 주의를 딴 데로 돌려? 통하지 않을 것이다. 사내는 훈련을 받은 경비원이었고, 맡은 일이 사람들 접근을 통제하는 것이었다. 수작을 걸어도 통하지 않을 것 같았다. 혹시 키가 크거나 뚱뚱한 사람을 찾아서 글자 그대로 몸 뒤에 숨을 수는 있을까? 흐음, 현실에서 통하기에는 좀 '버스터 키튼(미국 영화감독으로 몸을 사용하는 코미디 영화를 많이 만들었다-옮긴이)' 식인 것 같았다.

그때 누군가 내 어깨를 두드렸다. 50대 중반쯤 되는 아시아계 남성이 옆에 앉아 있었다. 스리피스 양복에 벗어진 머리를 빗어 올린 모습이 추하기 짝이 없었다.

"가겨?" 사내가 물었다.

"네?" 내가 말했다.

"에…." 사내는 기즈모를 꺼내서 가리켜 보였다. "가겨?"

"영어예요?" 내가 물었다.

사내는 기즈모에 타이핑을 해서 내게 보여주었다. '가격?'이라고 쓰여 있었다.

"아." 창녀처럼 옷을 입고 바에서 어슬렁거리다 보니 벌어진 일이었다. 밀수가 잘 안 되면 다른 진로를 모색해 볼 수도 있다는 걸 알게 되다니 좋은 일이다. 나는 엘리베이터와 그곳을 지키는 수호신을 흘긋 바라본 다음 다시 내 손님에게 고개를 돌렸다.

"2,000휸예요." 내가 말했다. 적당한 가격 같았다. 짧은 미니스커트를 멋지게 소화해 내고 있으니까.

사내는 고개를 끄덕이더니 기즈모를 두드려 계좌 이체 신청을 했다. 나는 사내의 손을 덮으며 제지했다.

"나중에." 내가 말했다. "돈은 나중에 주세요."

사내는 어리둥절해했지만 동의했다.

바에서 일어서서 보모어를 단번에 들이켰다. 스코틀랜드의 모든 사람들이 탄성을 내지르며 마음 아파할 것 같았다.

자그마한 내 친구는 신사처럼 내 팔을 잡았고, 우린 로비를 가로질러 걸었다. 엘리베이터에 도착하자 사내가 기즈모를 흔들었고, 우리는 팔짱을 끼고 안으로 들어갔다. 경비원이 눈길을 줬지만 아무 말도 하지 않았다. 경비원이 하루에도 백 번은 보는 광경이었다.

높이 솟아오른 지상 25층짜리 호텔을 상상할지도 모르지만, 이곳은 올드린 버블이다. 광둥 호텔은 겨우 3층짜리다. 내 고객은 1층 버튼을 눌렀다. 좋았어, 내가 가야 할 곳도 1층이라고.

우리는 엘리베이터를 타고 1층으로 올라갔고 호화로운 통로에 들어섰다. 젠장, 사방에 장식이 되어 있었다. 부드러운 카펫, 크라운 몰딩, 벽마다 그림이 걸려 있고 조각품들도 보였다. 모든 출입문에는 방 번호가 금박 돋을새김 숫자로 새겨져 있었다.

데이트 상대는 나를 데리고 통로를 걸어 124호를 지났다. 우리는 141호 앞에 멈춰 섰다. 사내가 잠긴 문에 대고 기즈모를 흔들자 문이 딸칵 열렸다.

나는 기즈모를 꺼내 들여다보는 시늉을 했다. 아무것도 없는 화면을 바라보며 마치 중요한 메시지라도 본 것처럼 얼굴을 찌푸렸다. 사내는 흥미로운 듯 지켜보았다.

"미안해요, 전화 좀 하고요." 내가 말했다. 기즈모를 가리키며 강조해보이기도 했다. 그러고는 사내더러 방으로 들어가라는 손짓을 해보였다. 사내는 고개를 끄덕이더니 들어갔다.

나는 기즈모를 귀에다 가져다 댔다. "로코? 그래, 캔디야. 손님하고 있어. 뭐? 그년이 그럴 리가!" 나는 포주와 조용히 이야기를 나누기 위해 아저씨가 들어간 방문을 닫았다. 내가 사라졌다는 걸 눈치채기까지 족히 15분은 기다릴 것이다.

물론 나는 발정 난 사업가를 따돌리고 있었다. 하지만 그의 돈을 취하지는 않았으니 양심상 거리낄 것은 없었다.

124호를 향해 살금살금 움직였다. 좌우를 둘러보았다. 통로에는 아무도 없었다. 야시시한 백에서 드라이버를 꺼내 자물쇠를 억지로 열었

216

다. 좋아, 진 추. 당신이 무슨 속셈인지 보자고.

문을 밀어서 열었다. 머리가 희끗희끗하고 오른팔을 붕대로 감싸 목에 건 라틴계 사내가 침대에 앉아 있었다. 왼손으로는 보위 나이프를 움켜쥐고 있었다.

사내가 벌떡 일어서서 소리쳤다. "투(너)!"

"어…." 나는 입을 열었다.

사내가 덤벼들었다.

재즈에게,

스프레이 단열재가 잘 팔린다니 기쁘다. 우린 한몫 잡았어! 다음번 화물에는 두 상자를 더 보낼게.

우리가 채용할 '직원' 후보를 한 명 골랐어. 그 친구 이름은 자타 마사이야. 최근에 적재물 관리자 조수로 들어왔어. 상냥한 친구지만 자기 얘기를 잘 안 해. 혼자서만 행동하고. 아내하고 딸이 둘 있다는데, 그게 내가 아는 전부야. 절대로 다른 작업자들과 함께 식당에서 점심을 먹지 않아. 대신 도시락을 싸 오지. 내가 보기엔 돈이 부족한 것 같아.

아내. 아이 둘. 돈이 필요하고 관리자 조수. 그 조합이 마음에 들어. 당연히 아직은 접근해 보지 않았어. 따로 조사할 사람을 고용해서 그에 관해 모든 걸 알아봐야겠어. 조사 결과를 받는 즉시 네게도 보내줄게. 자료를 보고 너도 마음에 든다면 그때 고용하겠어.

타일러하고는 좀 어때?

...

켈빈에게,

그래, 스프레이 단열재는 두 상자로 해. 그리고 자타에 관한 자료가 준비되면 보내.

타일러하고는 끝났어. 그 일은 이야기하고 싶지 않아.

09

머리가 팽팽 돌아갔다.

그러니까, 어떤 놈이 칼을 들고 내게 달려들고 있었다. 팔을 다쳤는데, 아마도 이리나를 살해할 때 얻은 상처인 듯했다. 그 말인즉슨, 놈은 나도 죽이길 원한다는 뜻이었다.

이리나는 강했고 훈련을 받았고 무장을 했지만 그럼에도 이놈과의 칼싸움에서 졌다. 그런데 내가 이길 확률이 있을까? 싸움엔 젬병인 내가? 달아날 수도 없었다. 힐을 신고 꼭 끼는 치마를 입었으니까.

한 번의 기회가 있긴 한데, 내가 놈이 어딜 찌를지 예측해 낼 수 있느냐에 달려 있었다. 나는 무기도 없이 공격을 속수무책으로 당하고 있는 여성일 뿐인데. 뭐하러 시간을 낭비하겠나? 바로 목을 베어버리겠지.

나는 얼른 핸드백을 목으로 들어 올려서 가까스로 사내의 공격을 막아냈다. 번개처럼 빠른 사내의 일격이 베고 지나가자 핸드백이 찢어지며 내용물이 쏟아졌다. 내 목이 그렇게 될 수도 있었다. 공격 이후 그 남성은 내가 절반쯤 죽어가고 있으리라 생각했는지 약간 방심한 상태였다.

한 손으로 남성의 다친 팔을 붙잡고 다른 손으로 내려쳤다. 그는 고통스러운지 비명을 질렀다. 남성이 칼을 휘둘렀지만 몸을 비틀어서 피했다. 손을 놓지 않은 채 문틀을 차면서 최대한 남성의 다친 팔을 비틀었다. 혹여 고통이 아주 심해지면 남성이 산만해진 틈을 타서 달아날 수 있을 것이다.

그는 분노로 비명을 내질렀고, 팔을 이용해 나를 공중으로 들어 올렸다. 그래, 그것이 내 계획의 일부였다. 사내는 내 몸을 통째로 머리 위로 들어 올려 호텔 방 바닥으로 내던졌다. 지금이 기회였다. 고통스럽겠지만 기회였다.

나는 바닥에 떨어지기 직전에 사내의 팔을 놓았다. 그렇다고 충격이 줄어들지는 않았다. 옆구리가 바닥에 부딪혔다. 갈비뼈가 부서질 듯 아팠다. 몸을 웅크리고 신음 소리라도 내고 싶었지만 시간이 없었다. 순간적이긴 해도 내 몸은 풀려난 상태였다.

사내가 휘청거렸다. 55킬로그램인 재즈의 몸이 팔에 매달려 있다가 갑자기 떨어져 나갔기 때문이다. 옆구리에서 고통이 느껴졌지만, 무릎을 짚고 몸을 일으켰다. 그리고 혼신의 힘을 다해 사내의 등을 어깨로 들이받았다. '왼손잡이'는 균형을 잃은 상태였고 공격을 예상하지 못하고 있었다. 사내는 통로로 굴러나갔다.

호텔 방 안에 벌러덩 쓰러진 나는 발로 차서 문을 닫았다. 방문은 자동으로 잠겼다. 채 1초도 지나지 않아 왼손잡이가 억지로 방 안에 들어오기 위해 문을 쿵쿵 울려대는 소리가 들렸다.

나는 재빨리 침대 옆 탁자로 가서 전화를 걸었다.

"프런트입니다." 곧바로 대답이 들렸다.

나는 겁에 질려 어쩔 줄 모르는 것처럼 말하려고 애썼다. 어렵지 않았다. "저기요! 124호인데 어떤 남성이 문을 두드려요! 술에 취하거나 한 것 같아요. 무서워요!"

"경비원이 바로 갈 겁니다."

"고마워요."

왼손잡이가 두 번째로 문에 몸을 던졌다.

전화를 끊고 절룩대며 문으로 향했다. 문에 난 구멍으로 내다보았다. 왼손잡이가 뒤로 갔다가 또다시 문에 달려들었다. 다시 쿵 소리가 울렸지만 문은 꼼짝도 하지 않았다.

"금속 문에 금속 자물쇠라고!" 나는 소리를 질렀다. "엿이나 먹어라!"

사내가 또 달려들기 위해 뒤로 움직였을 때 복도 끝 엘리베이터 문이 열렸다. 아래층에 있던 덩치 큰 경비원 사내가 나타났다. "무슨 일이시죠, 손님?"

다른 방 문이 몇 개 더 열렸다. 어리둥절한 투숙객들이 몰래 밖을 내다보았다. 왼손잡이가 워낙 시끄럽게 굴었으니 당연한 일이었다. 왼손잡이는 주변 상황과 어마어마한 덩치의 경비원을 보고 생각했다. 칼로 헤쳐 나갈 수 있는 상황이 아니다. 그는 애가 타는 듯 문을 바라보더니 바로 도망쳐 버렸다.

경비원은 넥타이를 바로하더니 걸어와서 내가 있는 방의 출입문을 두드렸다.

나는 문을 살짝 열고 말했다. "아, 안녕하세요?"

"괜찮으십니까, 손님?" 경비원이 물었다.

"네. 이상해서 불렀어요. 저 사람 쫓아갈 건가요?"

"칼을 가졌습니다. 달아나게 두는 편이 좋습니다."

"그렇군요."

"저 사람이 혹여 되돌아올 수도 있으니까 잠시 복도에 있겠습니다. 편히 쉬세요."

"네, 고마워요." 나는 문을 닫았다.

잠시 정신을 차리며 시간을 보냈다.

왼손잡이는 진 추의 방에 있었어…. 왜지? 내가 온다는 건 알 리 없었다. 날 기다린 게 아니었다. 진 추를 기다리던 게 틀림없었다.

라틴계 암살자. 그리고 잘은 모르겠지만 샌체즈 알루미늄 주인도 브라질 사람이다. 젠장, 장비를 박살냈으니 회사가 열 받은 건 알겠지만, 그렇다고 살인을 저질러? 살인을?

다시 문에 난 구멍으로 밖을 내다보았다. 경비원이 근처에 서 있었다. 오늘 하루 중 가장 안전한 순간이었다. 좋아. 방을 뒤져볼 시간이군.

세상에. 돈이 많으니 좋구나. 방에는 킹사이즈 침대가 있고 한쪽 구석에는 깔끔한 컴퓨터 단말기가 놓여 있고 중수도 재사용 샤워 시설을 갖춘 욕실이 딸려 있었다. 한숨이 나왔다. 멋진 집을 갖겠다는 내 꿈은 트론과 함께 죽어버렸는데.

방을 뒤졌다. 조심할 필요는 없었다. 사업차 출장을 온 사람이 가지고 있어야 할 당연한 물건들이 나왔다. 옷가지, 세면도구 등등. 기즈모는 찾을 수가 없었다. 그리고 방의 상태로 판단하건대(적어도 내가 어질러놓기 전의 상태) 싸움이 벌어졌던 것 같지는 않았다. 모두 진 추에게는 좋은 소식이었다. 죽지 않았을 수도 있다는 뜻이기 때문이다. 가장 그럴듯한 시나리오는 이렇다. 왼손잡이가 진 추를 죽이러 왔지만 진 추는 방에 없었다. 그래서 왼손잡이는 기다렸다. 그 순간 내가 나타났고 모든 걸 망쳐놓았다.

너무 고마워할 것 없어, 진 추.

나가려 하는데 옷장 속에 있는 금고가 눈에 들어왔다. 누구나 신경조차 쓰지 않는 물건들 가운데 하나였다. 벽에 박혀 있는 금고에는 전자식 자물쇠가 부착되어 있고 그 위에 사용법이 쓰여 있었다. 정말 간단했다. 처음에는 열린 채로 있다. 물건을 안에 넣은 다음 비밀번호를 설정한다. 체크아웃을 할 때까지 해당 비밀번호가 유지된다.

손잡이를 돌려봤지만 열리지 않았다. 흥미로웠다. 원래 금고는 사용하지 않는 동안에는 열려 있다.

금고털이가 되어야 할 때였다. 이런 금고는 엄청나게 중요한 물건을 넣어두기 위해 만든 것이 아니다.

엉망이 된 핸드백에 들어 있던 물건들이 바닥에 흩어져 있었다. 나는 화장용 콤팩트를 찾아내 손바닥에 대고 몇 번 쳤다. 그러고 나서 열어보니 전부 부서져서 가루가 되어 있었다.가루를 살살 손에 올려 금고의 문을 향해 입김을 후후 불었다.

먼지 같은 갈색 화장품 가루가 금고 주위에 자욱하게 흩날렸다. 나는 뒤로 물러서서 가루가 가라앉기를 기다렸다. 아르테미스에서는 먼지가 가라앉는 데 시간이 오래 걸린다. 대기가 다르고 중력까지 낮아서 티끌은 영원히 바닥에 떨어지지 않을 것처럼 보인다.

한참 만에 주위가 깨끗해졌다. 키패드를 자세히 살펴보았다. 모든 표면에 화장품 가루가 층을 이루어 앉았지만 버튼 가운데 세 개는 다른 곳보다 더 많은 가루가 묻어 있었다. 0과 1 그리고 7이었다. 세 버

튼에 손가락 유분이 묻어 있었던 것이다. 광둥 같은 호텔이라면 손님
이 바뀔 때 물건들을 전부 깨끗하게 닦아둘 것이다. 그러니 이 세 개의
번호는 진 추가 설정한 비밀번호일 터였다.

금고 밖에 쓰인 사용법에 따르면 비밀번호는 네 자리 숫자로 이루어
져야 했다.

흠. 세 개의 숫자로 이루어진 네 자릿수의 비밀번호라. 눈을 감고 약
간의 암산을 해봤다. 가능한 조합은… 전부 54가지였다. 금고 사용법
에 따르면 세 번 연속해서 틀린 번호를 입력하면 아예 열 수 없게 된
다고 했다. 그러면 호텔 직원이 마스터키를 가져와서 열어야만 했다.

머릿속으로 진 추와 잠깐 만났던 일을 되살려 보았다. 진 추는 트론
의 소파에 앉아서… 터키산 커피를 마셨고 나는 홍차를 마셨다. 그리
고 무슨 얘기를 나누었냐면….

그래! 진 추는《스타 트렉》의 팬이었지.

1, 7, 0, 1을 누르자 금고가 딸칵 열렸다. NCC-1701은 우주선 엔터
프라이즈 호의 등록번호다. 그런 걸 어떻게 아느냐고? 어디선가 들었
던 것 같다. 나는 기억력이 좋다.

금고문을 열었더니 뭔지 알 수 없는 하얀 상자가 나왔다. 진 추가 숨
기려고 하던 바로 그 상자였다. 겉에는 'ZAFO 샘플 – 무단 사용 금지'
라고 여전히 쓰여 있었다. 좋아, 이제야 뭔가를 찾아냈군!

상자를 열어봤더니… 웬 케이블?

안에 들어 있는 물건은 한 다발의 케이블이었다. 2미터쯤 되는 것
같았다. 누군가 비밀 장비를 가져가고 파워 케이블만 남겨둔 걸까? 왜
그랬을까? 왜 상자를 통째로 가져가지 않았을까?

케이블을 좀 더 자세히 살펴보았다. 사실 그 물건은 파워 케이블이

아니었다. 광케이블이었다. 좋아, 그러니까 데이터 전송용이로군. 하지만 무슨 데이터를?

"됐고. 이제 어쩌지?" 나는 나 자신에게 물었다.

문이 삐 소리를 내더니 스르륵 열렸다. 스보보다는 원룸으로 들어서더니 문가에 있는 선반에다 기즈모를 내려놓았다.

"안녕, 스보보다." 내가 말했다.

"젠장할!" 스보보다는 가슴에 손을 얹으며 숨을 헐떡였다.

나는 오랫동안 스보보다를 위해 아주 많은 화학약품들을 밀반입해 왔고, 그는 아파트 비밀번호를 내게 알려주었다. 그렇게 하는 편이 배달하기가 더 쉽기 때문이다.

나는 책상 의자에 앉아 몸을 뒤로 기대고 말했다. "일 좀 부탁하려고 왔어."

"맙소사, 재즈!" 스보보다는 여전히 숨을 가쁘게 몰아쉬고 있었다. "왜 내 집에 있는 거야?"

"숨어 있는 거야."

"머리는 어떻게 된 거야?"

옷은 평범하게 갈아입었지만 머리는 여전히 창녀 스타일이었다. "얘기가 길어."

"반짝이야? 반짝이를 머리에 뿌린 거야?"

"얘기가 길다니까!" 나는 주머니에서 포장한 네모난 초콜릿 상자를 꺼내 던졌다. "자. 어디서 읽었는데 우크라이나 사람 집을 방문하려면 늘 선물을 가져가야 한다기에."

"우와! 초콜릿이네!" 스보보다는 초콜릿 하나를 꺼내 포장을 풀었다. "오늘 루디가 연구소에 찾아와서 너에 관해 물었어. 이유는 말하지 않았지만 그 살인사건에 네가 관련 있다는 소문이 있던데."

"두 사람을 죽인 자가 나도 죽이려고 해."

"와우." 스보보다가 말했다. "심각한데. 너, 루디에게 가야 해."

나는 고개를 흔들었다. "그러다 추방당하라고? 됐어. 그 사람 못 믿어. 지금 당장은 아무도 못 믿어."

"그렇지만 여기 와 있잖아." 스보보다는 웃었다. "그러니까 나는 믿는 거야?"

흐음. 스보보다를 믿을 수 없다는 생각은 한 번도 안 해봤다. 그는 너무나 '스보보다'스럽기 때문에 악의를 품을 수 없는 존재였다. "그런 것 같네."

"끝내주는데!" 스보보다는 초콜릿을 반으로 쪼개서 한쪽을 내게 내밀었다. 그리고 나머지 한쪽을 자기 입에 넣더니 맛을 음미했다.

"아, 있잖아." 스보보다는 초콜릿이 가득 찬 입으로 말했다. "콘돔 시험해 볼 기회는 있었어?"

"아니, 네게서 콘돔을 받은 지 이틀이나 지났는데 아직 섹스를 못 해봤네."

"알았어, 알았다고."

나는 ZAFO 상자를 집어 들어 그에게 던졌다. "이게 뭔지 좀 말해줘."

스보보다는 공중에서 상자를 낚아챈 뒤 라벨을 읽었다. "음. ZAFO. 전에도 물어본 적이 있는 거네."

"맞아. 이제 샘플을 확보했지. 이게 뭔 것 같아?"

스보보다는 상자를 열고 케이블을 꺼냈다. "데이터용 광케이블이야."

"어디에 쓰는 건데?"

스보보다는 케이블 끝을 살펴보았다. "어디에도."

"뭐?"

스보보다는 케이블의 양쪽 끝을 들어 보였다. "연결 장치가 없잖아. 이건 그냥 덮개로 씌워놓은 거야. 어디에도 쓸 수 없다고. 연결 장치가 없다면 말이야."

"그래서 뭐야? 그냥 쓸모없는 케이블이야?"

"모르겠는데." 스보보다는 케이블을 말아서 다시 상자에 넣었다. "살인사건이랑 관련된 거야?"

"그럴지도 몰라. 모르겠어."

"알았어, 지금 실험실로 가져가야겠어. 오늘 밤에 뭐라도 답을 줄게."

나는 하프리트 이름으로 된 기즈모를 꺼냈다. "2,000훙?"

"뭐?" 스보보다는 내가 어머니 무덤에 오줌이라도 갈긴 것 같은 표정을 지었다. "아냐. 괜찮아. 돈 안 내도 돼. 맙소사."

"왜 그래?"

"너 곤경에 처했잖아. 우린 친구니까 도와야지."

뭔가 말하려고 입을 열었지만 뭐라고 말해야 할지 생각나지 않았다.

스보보다는 선반에 두었던 기즈모를 홱 집어 들었다. "가짜 이름을 쓰고 있겠지. 아이디 줘."

새로운 연락처 정보를 알려주었다. 스보보다는 기즈모에 정보가 들어오자 퉁명스럽게 고개를 끄덕였다. "좋아, '하프리트'. 뭔가 알아내면 연락할게."

스보보다가 그렇게 화내는 건 처음 보았다. "스보보다, 내가…."

"잊어버려. 됐어." 스보보다는 억지웃음을 지었다. "내가 그냥 그렇게 생각한다는 것뿐이야. 지낼 곳이 필요해?"

"어, 아냐. 은신처를 마련했어."

"물론 그랬겠지. 갈 때 문 잠가." 스보보다는 필요 이상으로 서둘러서 집을 나섰다.

아, 젠장. 남성의 자존심인지 뭔지를 걱정하고 있을 시간이 없었다. 서둘러 다음 계획을 수행해야 했다.

"좋아, 왼손잡이." 나는 중얼거렸다. "네놈 연줄이 얼마나 든든한지 보자고."

아케이드 구역은 저녁때가 가장 바쁘다. 부자놈들이 놀러 나오는 시간이라서다. 막 식사를 마치고 술을 마신 그들은 상점, 카지노, 사창가, 극장으로 몰려간다(혹시 달에서 공연하는 서커스를 본 적이 없다면 정말이지 꼭 봐야 한다. 끝내준다).

완벽했다. 온 거리에 사람들이 넘쳐났다. 딱 내가 원하던 상황이었다.

아케이드 광장이 올드린 지상층의 중앙, 모든 것들의 중심에 자리 잡고 있었다. 벤치 몇 개와 나무를 심은 화분 몇 개가 전부이긴 했지만. 지구에 있는 마을 광장이라면 어디서나 볼 수 있는 것들이지만 이곳에서는 믿을 수 없을 정도로 호화로운 광경이었다.

주변을 둘러봤지만 어디서도 왼손잡이는 보이지 않았다. 붕대로 팔을 목에 걸고 있다는 특징은 알아보는 데 큰 도움이 되었다. 알아보기가 아주 쉽다. 언젠가 내가 죽어서 지옥에 간다면 녀석을 가격했던 이리나에게 감사해야겠다.

술에 취해 흥청거리는 사람들이 광장을 오갔다. 관광객들이 벤치를 가득 채운 채 수다를 떨거나 서로 사진을 찍어댔다. 나는 내 기즈모를 꺼내 전원을 켰다.

'내 기즈모'라 함은 진짜 내 기즈모를 뜻한다. 전원이 켜진 기즈모 화면에 익숙한 바탕화면이 떴다. 카발리에 킹 찰스 스패니얼 강아지였다. 뭐가 어때서? 난 강아지를 좋아한다.

나는 아무도 모르게 기즈모를 바닥에 내려놓고는 발로 차서 근처 벤치 아래로 골인시켰다.

미끼 준비는 끝났다. 이제 누가 입질을 하는지 지켜봐야 했다.

'래시터 카지노'로 걸어 들어갔다. 그곳에는 아케이드 광장이 내려다보이는 넓은 유리창이 있어 안전한 거리에서 지켜볼 수 있었다. 게다가 3층에는 창문 바로 앞에 가격이 꽤 괜찮은 뷔페 식당도 있었다.

나는 하프리트의 기즈모를 이용해 돈을 내고 무한정 먹을 수 있는 정크 바에 입장했다.

정크를 먹을 때 요령이 있다면 뭔가 다른 맛을 내려는 놈을 피하라는 것이다. '탄두리 치킨' 맛을 선택하지 마라. 실망할 뿐이니까. '머틀 골드스타인 3번 공식'은 먹어볼 것. 맛이 괜찮다. 성분이 뭔지는 모르겠다. 흰개미 사체와 이탈리아산 겨드랑이털일 수도 있다는 것밖에. 아무려면 어때. 정크를 맛있게 만들 수 있다면 그만이지.

접시를 들고 창가 테이블로 가서 앉았다. 정크를 조금 먹고 물을 마셨지만 기즈모를 숨겨둔 벤치에서 눈을 떼지는 않았다. 시간이 지나자 좀 지겨웠지만 그래도 계속 지켜보았다. 잠복근무였다.

왼손잡이가 내 기즈모를 추적할 수 있을까? 만일 그렇다면 그가 얼마나 능력이 있는지 알 수 있게 될 것이다. 추적할 수 있다면 놈은 꼭대기에 있는 사람과 연줄이 닿는다는 뜻이니까.

"합석해도 되겠지?" 뒤에서 익숙한 목소리가 들렸다.

고개를 홱 돌려 뒤를 돌아보았다.

루디였다. 젠장. "음…." 무언의 감정이 드러나는 대답이었다.

"괜찮다는 대답으로 받아들이지." 루디는 자리에 앉더니 경크 접시를 테이블 위에 내려놓았다. "짐작하겠지만 몇 가지 질문을 해야겠어."

"날 어떻게 찾았어요?"

"네 기즈모를 추적했지."

"그랬겠죠, 하지만 그건 저 아래 있다고요!" 나는 창문을 가리켰다.

루디는 창문 아래 아케이드를 바라보았다. "그래, 네 기즈모가 아케이드 광장 한복판에서 전원이 들어왔을 때 내가 얼마나 놀랐을지 생각해 봐. 정말 조심성이 없는 거지. 전혀 너답지 않고."

루디는 경크를 한 입 깨물었다. "그래서 네가 안전한 거리만큼 떨어져서 지켜보고 있으리라 생각했어. 그리고 이곳은 싸고 괜찮은 뷔페인데다 완벽할 정도로 지켜보기 좋은 위치야. 알아내기에 어렵진 않았어."

"아, 그러시겠죠. 천재 씨." 나는 일어섰다. "저는 막 가보려던 참이라…."

"앉아."

"아뇨, 안 앉을래요."

"앉아, 재즈." 루디는 나를 쏘아보았다. "만일 내가 지금 여기서 널 제압하지 않으리라 생각한다면, 다시 생각해. 경크를 먹으면서 대화를 나누자고."

다시 자리에 앉았다. 루디와 싸워서 이길 도리는 없다. 예전에 열일곱 살밖에 안 돼 아주 멍청했을 때 한번 시도한 적이 있었다. 잘 풀리지 않았다. 그는 강철 같은 근육을 가지고 있었다. 거대하고 종마 같은 강철 근육. 운동을 했나? 분명히 했겠지? 운동할 때는 어떤 모습일지 궁금했다. 땀을 흘릴까? 물론 흘리겠지. 근육들 위로 온통 땀을 흘리면서….

"네가 살인자가 아니라는 거 알아." 루디가 말했다.

한순간에 현실로 돌아왔다. "와, 누구에게나 그렇게 말해요?"

루디는 숟가락으로 날 가리켰다. "하지만 샌체즈의 수확기들을 날려버렸다는 건 알지."

"난 그 일하고 아무 상관도 없어요."

"수확기 파괴와 살인사건 그리고 네가 도망 다니는 일이 서로 연관 없다는 걸 믿으라는 거야?" 루디는 접시에서 정크를 한 입 크기로 뜨더니 식사 예절을 완벽하게 지키면서 입 안에 집어넣었다. "이 모든 상황의 한가운데에 네가 있어. 그리고 난 네가 뭘 알고 있는지 알고 싶어."

"내가 아는 건 죄다 알고 있잖아요. 나한테 시시한 복수를 하는 대신에 살인사건을 해결해야죠."

"네 목숨을 살리려는 거야, 재즈." 루디는 냅킨을 테이블 위에 내려놓았다. "수확기를 부순 범인으로서 누구랑 적이 된 건지 알기나 하는 거야?"

"부쉈다는 건 추정이죠."

"샌체즈 알루미늄 주인이 누군지 알아?"

나는 어깨를 으쓱했다. "어떤 브라질 회사겠죠."

"오 팔라시오가 주인이야. 브라질에서 가장 규모가 크고 강력한 폭력조직이지."

나는 얼어붙었다.

젠장, 빌어먹을, 내 이럴 줄 알았어!

"그렇군요. 아주 악랄한 놈들이겠네요?"

"그렇지. 구시대적인 데다 '죽음으로써 뜻을 전하는' 마피아야."

"잠깐만… 아니… 그럴 리가 없잖아요. 그런 사람들 얘기는 한 번도 들어본 적이 없다고요."

"뭐 이 도시에서 너보단 내가 범죄조직에 관해 더 많이 알고 있을 가능성은 있지. 그냥 가능성이지만."

나는 양손으로 이마를 짚었다. "나한테 거짓말하는 거죠. 도대체 왜 브라질 마피아가 달에 알루미늄 회사를 갖고 있겠어요? 알루미늄 산업은 개판인데!"

"수익을 내려고 사업하는 게 아니야." 루디가 말했다. "놈들은 샌체즈 알루미늄을 이용해서 자금 세탁을 하거든. 아르테미스의 통화 슬러그는 규제도 안 받고 대체로 추적도 불가능한 유사 화폐인 데다, 최선을 다한다고 해도 이곳에서는 신분 확인이 확실치 않으니까. 이곳은 자금 세탁에 있어 완벽한 도피처인 셈이지."

"이런 맙소사…."

"너한테 다행인 점도 하나 있어. 그들은 이곳에 영향력이 많지 않거든. 이곳은 오 팔라시오의 '활동 지역'이 아니야. 그저 분식회계를 위한 수단일 뿐. 하지만 적어도 한 명 정도 현장 해결사를 두고 있을 것 같기는 해."

"하지만…." 나는 입을 열었다. "잠깐만요… 생각 좀 해봐야겠어요…."

루디는 테이블 위에 양손을 올리고 예의 바르게 기다렸다.

"좋아요. 뭔가 앞뒤가 안 맞네요. 트론은 오 팔라시오에 대해 알았나요?"

루디는 물을 조금 마셨다. "분명 알았을 거야. 그 사람은 행동에 들어가기 전에 모든 걸 조사하는 부류니까."

"그럼 알면서도 망해가는 사업을 접수하려고 거대 범죄 조직에 시비를 걸었다는 건데, 도대체 이유가 뭐죠?"

살면서 처음으로 혼란스러워하는 루디의 얼굴을 보았다.

"당황스럽죠, 그렇죠?" 내가 말했다.

그리고 무심코 아케이드를 내다봤다가 순간 얼어붙었다.

왼손잡이였다. 내가 기즈모를 숨겨둔 벤치 바로 옆이었다.

루디는 내 얼굴에서 핏기가 사라진 걸 곧 알아차렸다. "뭐야?" 그가 물었다. 루디는 창밖으로 향한 내 시선을 따라갔다.

나는 루디를 쏘아보았다. "팔에 붕대를 한 저 남성이 살인자예요! 저 자가 어떻게 내 기즈모 위치를 알았죠?"

"난 모르는…." 루디가 입을 열었다.

"범죄 조직이 또 무슨 짓을 하는지 알아요? 경찰에 뇌물을 먹여요! 도대체 저자가 어떻게 내 기즈모를 추적한 거죠, 루디?"

루디는 양손을 들어 보였다. "경솔한 짓 하지 마."

나는 경솔한 짓을 했다. 테이블을 뒤엎고 재빨리 움직였다. 날 뒤쫓기 전에 루디는 천천히 뒤집어지는 테이블부터 막아내야 할 것이다.

물론 어디로 도망갈지는 미리 계획을 세워두었다. 카지노 내부를 똑바로 가로질러 안쪽에 있는 '직원 전용' 출입문을 열고 들어섰다. 원래는 잠가두어야 하는 문이지만 그런 적이 없다. 출입문은 올드린의 모든 카지노와 연결된 물품 배달 주 통로로 이어진다. 그쪽 터널들은 내가 잘 안다. 수백 번 배달을 다녀봤다. 루디는 절대로 나를 붙잡지 못할 것이다.

그런데 한 가지 이상한 점은… 루디가 나를 뒤쫓지 않았다.

통로에서 달리다가 멈춰 선 나는 출입문을 지켜보았다. 이유는 몰랐다. 머리가 제대로 안 돌아갔던 것 같다. 만일 루디가 문을 밀치고 들어온다면 죽어라 뛰어야 할 소중한 시간을 잃은 것밖에 안 되는데. 하지만 루디는 들이닥치지 않았다.

"흐음."

속으로 '공포영화에서 이러다 꼭 죽는 멍청이' 생각을 하면서 출입문으로 되돌아갔다. 문을 살짝 열고 들여다보았다. 루디는 보이지 않았지만 뷔페 근처에 사람들이 우르르 모여 있었다.

살금살금 다시 카지노로 들어가 사람들 틈에 합류했다. 사람들이 멍하니 보고 있을 만한 이유가 있었다.

루디와 함께 앉았던 자리 근처 유리창이 부서져 있었다. 삐쭉빼쭉 날카로운 유리 몇 조각이 창문틀에 박혀 있었다. 아르테미스에는 안전유리가 없다. 폴리비닐 부티랄을 수입하는 건 너무 돈이 많이 든다. 그래서 이곳 유리창은 아주 구식이고 목이 잘려나갈 수 있는 죽음의 덫이다. 에이, 안전하게 살고 싶으면 달에 살면 안 되지.

내 앞에서 한 미국인 관광객이 겅크 바를 뜯어먹으면서 사람들 위로 고개를 내밀었다(달에서 하와이안 셔츠를 입는 건 미국인뿐이다).

"무슨 일이에요?" 내가 물었다.

"잘 모르겠어요." 사내가 말했다.

"어떤 남성이 창문을 걷어차고 그리로 뛰어내렸어요. 아래까지 3층 높이인데. 죽었을까요?"

"달은 중력이 달라요." 사내에게 상기시켜주었다.

"하지만 10미터는 될 것 같은데요!"

"달의 중력은… 아, 됐어요. 그 남성 혹시 기마 경찰관 제복 차림이었나요?"

"밝은 빨간색 옷에 이상한 모자요?"

"그건 예복이고요." 내가 말했다. "근무복 말이에요. 연한 색 셔츠에 노란 줄무늬가 있는 짙은 색 바지 아니었어요?"

"아, 한 솔로 바지죠. 맞아요, 그런 바지를 입었더라고요."

"네, 고마워요." 쳇. 한 솔로 바지는 빨간 줄무늬지. 그리고 그건 줄무늬도 아니야. 짧은 선이 반복되는 거지. 사람들 교육 수준이 정말 형편없다니까.

루디는 날 뒤쫓지 않았다. 왼손잡이를 뒤쫓았다. 아케이드로 가려면 3층 아래로 내려가 넓은 로비를 가로지른 다음 출구를 이용해야 했다. 루디가 평범한 방법으로 그곳까지 가려면 적어도 2분은 걸렸을 것이다. 루디는 더 빠른 길을 택한 것 같았다.

다른 구경꾼들과 함께 아케이드를 내려다보았다. 루디와 왼손잡이는 이미 오래전에 사라진 것 같았다. 안타깝네. 루디가 놈을 흠씬 두들겨 팬 다음 쇠고랑을 채우는 모습을 봤으면 정말 좋았을 텐데.

어쨌든 상황이 이렇다면 루디는 날 죽이려는 음모에 가담하지 않았다는 뜻이다. 그리고 이제 왼손잡이는 루디를 상대해야 했다. 전체적으로 나쁜 결과는 아니었다.

그렇다고 행복할 것까지도 없었다. 나는 여전히 왼손잡이가 어떻게 내 기즈모를 찾아냈는지 알지 못했으니까.

빈 다운 27의 은신처는 간신히 잠만 잘 수 있을 뿐, 뭐든 다른 행동을 하기에는 빌어먹을 정도로 좁았다.

그래서 통로 바닥에 앉아 있었다. 드물게 누군가 다가오는 소리가 들려오면 바퀴벌레처럼 잽싸게 상자 속으로 뛰어들어갔다. 하지만 대부분 통로에는 나밖에 없었다.

가장 먼저 알고 싶은 것. 루디가 왼손잡이를 잡았을까? 열심히 지역 뉴스 사이트를 뒤졌지만 대답은 아니오, 였다. 아르테미스에서 살인사건은 정말 드문 일이다. 만일 루디가 범인을 잡았다면 모든 신문에 머리기사로 떴을 터였다. 왼손잡이는 아직 자유로운 몸이었다.

좀 더 조사를 해야 했다. 주제는 샌체즈 알루미늄. 나는 하프리트의 기즈모를 두드리며 그 회사에 대한 공개 정보를 찾아보았다.

샌체즈의 총 종업원은 약 80명. 많지 않은 것 같지만 2,000명이 사는 도시에서 그 정도면 주목할 만했다. 회사의 CEO이자 창립자는 브라질 마나우스 출신의 로레타 샌체즈였다. 샌체즈는 화학 박사로 무기(無機) 공정을 전공했다. 그녀가 발명한 시스템은 'FCC 케임브리지 공정'을 저렴하게 수행하고 염화칼슘 염욕(鹽浴)에서의 손실을 최소화해 산화회장석을 환원시키는… 그쯤에서 읽기를 그만두었다. 중요한 것은 그 여성이 책임자고 (기사에서는 언급하지 않았지만) 폭력조직과 아주 깊은 관련이 있다는 거였다.

물론 수확기 파괴에 관한 뉴스가 가장 많았다. 대응책으로 샌체즈 사는 보안 정책을 강화했다. 암스트롱 버블에 있는 회사 사무실은 더 이상 방문객을 받지 않았다. 용광로 시설에 대한 접근도 핵심 인력만 허용했다. 용광로로 향하는 열차에서 사람들이(컴퓨터로만 하는 것이 아니라) 직접 회사 신분증을 확인하기도 했다.

가장 중요한 점은 마지막으로 남은 수확기를 최선을 다해 보호하고 있다는 거였다. 선외활동 길드와 계약을 맺어 수확기를 지키게 했는데, 선외활동 마스터들은 교대하며 항상 두 명씩 수확기를 지켰다.

회사 전체가 나 때문에 전전긍긍한다는 사실을 알게 되자 일종의 자

부심이 느껴졌다. 그들은 나를 죽이려고 했다. 여러 번. 오 팔라시오만 관련된 일이 아니었다. 내가 바깥에 있을 때 샌체즈 관제실의 누군가가 나를 뭉개버리라는 명령을 수확기에 내린 적도 있잖아? 그쪽 기업 문화에 뭔가 좀 결함이 있는 것 같군.

개자식들.

손에 쥔 기즈모가 울렸다. 이메일이 도착했다는 알림이었다.

목숨을 걸고 도망 다니고 있었지만 이메일을 포기할 생각은 없었다. 프락시 서버를 통해 확인하므로 내가 어떤 기즈모를 이용하는지는 아무도 알 수 없었다. 다만, 프락시 서버가 지구 어딘가(내 생각에는 네덜란드?)에 있어서 모든 것이 짜증날 정도로 느렸지만 한 시간에 한 번씩 업데이트가 되었다. 하긴, 없는 것보다는 나았다.

이메일이 15개 도착해 있었는데 그중 14개는 아빠가 간절하게 내게 연락하려고 보낸 것들이었다. "미안해요, 아빠." 나는 중얼거렸다. "아빠도 이런 일에 연루되고 싶지 않을 거고 나도 아빠가 이런 일에 조금이라도 엮이는 건 싫어요."

15번째 이메일은 진 추로부터 온 것이었다.

바샤라 양. 내 목숨을 구해줘서 고마워요. 당신이 호텔에서 벌인 짓이 날 안전하게 해주었어요. 내 방에 있었던 여성이 당신 맞죠? 내가 알기로 당신은 이번에 실패한 음모와 관련된 (생존해 있는) 유일한 사람입니다. 이제 나도 위협에 대해 알게 됐고, 안전에 대한 대비를 하고 숨어 있어요. 우리 만날 수 있을까요? 당신도 안전하게 해드리고 싶어요. 그 정도 빚은 진 셈이니까요.

-진 추.

재미있네. 나는 머릿속으로 몇 가지 시나리오를 돌려본 뒤 계획을 짰다.

좋아요. 아빠의 용접 작업장에서 내일 아침 8시에 만나죠. 주소는 CD6-3028. 8시 5분까지 안 오면 그냥 갈게요.

기즈모에 새벽 4시로 알람을 맞춰놓고 쥐구멍으로 기어들어갔다.

10

죽느냐 사느냐 하는 상황이 엿 같은 건 그런 시간조차 엄청나게 지루할 수 있기 때문이다.

나는 아빠의 작업장에서 세 시간째 기다리고 있다. 새벽 5시에 와야 할 필요는 없었지만, 진 추가 나보다 먼저 도착하는 것은 원하지 않았다.

작업장 안쪽 벽에 붙여놓은 의자에 몸을 기대고 앉았다. 내가 첫 담배를 몰래 피웠던 공기 대피소 바로 옆이었다. 담배가 잔뜩 뿜어내는 연기에 거의 토할 뻔했던 일이 기억났다. 뭐 어때? 한참 반항하던 10대 시절에는 뭔가 좀 보여주겠다며 그럴 수도 있잖아. "아빠가 뭐 어쩔 건데?"

맙소사, 난 정말 쓰레기였다.

오전 8시가 다가오자 10초마다 벽에 걸린 시계를 확인했다. 시간을 때우면서 소형 토치램프를 만지작거렸다. 아빠가 배관 이음매를 보강

할 때 사용하는 장비였다. '용접'이라고는 할 수 없지만 내화 공간에서만 쓸 수 있어서 주로 서비스로 제공하던 작업이었다.

점화 스위치에 손가락을 걸고 있었다. 총은 아니지만(아르테미스에는 총이 없다) 가까이에서 사용하면 사람을 다치게 할 수 있었다. 어떤 상황이든 준비해 두고 싶었다.

8시 정각에 저 멀리 떨어져 있는 출입문이 열렸다. 진 추가 조심조심 들어섰다. 어깨를 웅크린 채 겁먹은 가젤처럼 주위를 재빨리 훑어보았다. 그리고 구석에 있는 나를 발견하고는 어색하게 손을 흔들었다.

"아… 오랜만이에요."

"시간을 잘 지키네요."

진 추는 앞으로 걸어왔다. "그럼요, 나는…"

"거기 있어요." 내가 말했다. "오늘은 아무나 막 믿을 기분이 아니거든요."

"네, 알죠. 알아요." 진 추는 숨을 들이마시더니 불편한 듯 내뱉었다. "저기, 정말 미안해요. 일이 이렇게 돌아갈 줄은 몰랐거든요. 난 그냥 푼돈 좀 벌어보려 했을 뿐인데. 중개수수료라고나 할까요?"

토치램프를 다른 쪽 손으로 옮겨 잡았다. 상대방이 확실히 볼 수 있도록. "수수료라니요? 도대체 이 동네에서 무슨 일이 벌어지고 있는 거죠?"

"트론과 오 팔라시오에게 ZAFO에 대해 말해주는 대가였죠. 물론 양쪽 모두 서로 비밀로 했던 거래지만."

"그렇군요." 나는 빌어먹을 교활한 놈을 노려보았다. "그랬다가 수확기가 날아가자 돈을 좀 더 벌어보겠다고 트론을 오 팔라시오에 팔아넘긴 건가요?"

"에, 그렇죠. 하지만 그 비밀은 지켜질 수가 없었어요. 트론이 산소 공급 계약을 맺으면 그들이 알게 되었을 테니까."

"내가 수확기를 날려버린 건 그들이 어떻게 알았죠?"

진 추는 발을 내려다보았다.

나는 끙 소리를 냈다. "이런 야비한 개자식!"

"내 잘못이 아니에요! 그들이 엄청난 돈을 제안했다고요!"

"내가 했다는 건 어떻게 알았는데?"

"트론이 말했어요. 술에 취하면 말이 많아지거든요." 진 추는 얼굴을 찌푸렸다. "멋진 사람이었어요. 누가 다치게 될 거라고는 생각지 않았어요. 난 그저…"

"억만장자랑 폭력조직이랑 난리가 나도록 엮어놓고는 아무 일도 일어나지 않을 거라고 생각했다고? 개소리 좀 작작해."

진 추는 잠시 주저했다. "그래서… ZAFO 샘플을 가지고 있나요? 내호텔 방에서 가져간 상자?"

"그래. 여기 없지만 안전해."

"맙소사, 다행이네." 진 추는 조금 풀어졌다. "어디 있죠?"

"먼저 ZAFO가 뭔지 말해."

진 추는 움찔했다. "그거 비밀이에요."

"우리 이젠 비밀을 튼 사이잖아."

진 추는 정말로 괴로워하는 것 같았다. "저기 그러니까… 샘플 만드는 데 돈이 어마어마하게 들었거든요. 그걸 만들기 위해 지구 저궤도에 인공중력 회전 장치를 갖춘 전용 위성까지 쏘아 올려야 했답니다. 그거 없이 돌아가면 난 당연히 잘릴 거예요."

"잘리는 건 아무것도 아니야. 사람들이 살해당했다고! 이유를 말해봐!"

진 추는 무거운 한숨을 내쉬었다. "미안합니다. 그냥 정말 미안해요. 이런 일이 벌어지는 건 원치 않았어요."

"사과는 레네 란비크에게 해. 10대 때 다리를 못 쓰게 된 애가 이젠 고아가 됐어."

진 추의 눈에 눈물이 맺혔다.

"아뇨… 당신한테도 사과해야 하거든요."

출입문이 다시 열렸다. 왼손잡이가 들어섰다. 오른팔은 여전히 붕대로 목에 걸고 있었다. 하지만 왼손에는 나의 내장을 송어처럼 발라버릴 수 있는 칼을 쥐고 있었다.

온몸이 떨렸다. 두려움인지 분노인지 확실히 알 수가 없었다. "이 개자식!"

"정말 미안해요." 진 추는 흐느껴 울었다. "그들이 날 죽일 겁니다. 안 죽으려면 이 방법밖에 없어요."

스위치를 당기자 토치램프에서 불꽃이 일었다. 다가오는 왼손잡이를 향해 토치램프를 들고 팔을 뻗었다. "이 개만도 못한 자식아, 어느 쪽 얼굴을 크렘 브륄레(크림 커스터드 위에 설탕을 뿌리고 불로 그을려서 만드는 디저트-옮긴이)로 만들어 줄까?"

"상황을 어렵게 만들면 더 아프게 죽여주지." 왼손잡이가 말했다. 억센 악센트가 섞인 말투였다. "빨리 끝낼 수 있다고. 고통받을 필요 없잖아."

진 추는 얼굴을 덮고 울음을 터뜨렸다. "난 해고당할 거야!"

"빌어먹을!" 나는 진 추에게 소리 질렀다. "내가 살해당하게 생겼다구! 네 문제로는 그만 좀 징징댈 수 없어?"

나는 작업대에 있던 파이프를 움켜잡았다. 달에서 몽둥이와 불을 들고는 목숨 내놓고 싸워야 한다니 기묘했다.

왼손잡이는 자기가 돌진하면 내가 파이프로 막은 다음 얼굴에 토치램프를 들이댈 거라는 사실을 알았다. 그가 모르는 게 있다면 그건 내게 더 복잡한 계획이 있다는 사실이었다.

나는 파이프를 들고 온 힘을 다해 벽에 붙은 밸브 쪽으로 휘둘렀다. 금속끼리 챙하고 부딪히는 소리가 들렸고, 바로 비명 지르듯이 고압 공기가 빠져나왔다. 떨어져 나간 밸브는 반대편으로 날아가 맞은편 벽에 탁 부딪쳤다.

왼손잡이가 동작을 멈추고 내가 왜 그런 짓을 했는지 생각하는 사이, 나는 천장까지 뛰어올랐다(이곳에서는 별로 어렵지 않은 일이다. 평범한 사람도 위로 3미터는 뛰어오를 수 있다). 가장 높은 곳에 이르렀을 때 화재감지기를 향해 토치램프를 분사했다.

빨간 불빛이 반짝이더니 화재경보음이 실내에 울려 퍼졌다. 진 추의 뒤쪽에서 출입문이 쾅 닫혔다. 그는 놀라서 홱 뒤를 돌아보았다.

나는 바닥에 착지하자마자 공기 대피소로 뛰어들어가 문을 닫았다. 왼손잡이가 바로 날 뒤쫓았지만 아슬아슬하게 놓쳤다. 나는 손잡이를 빙그르르 돌려 대피소 문을 잠갔다. 그런 다음 파이프 끝을 구부러진 손잡이에 끼우고는 파이프 반대쪽을 꽉 잡았다.

왼손잡이가 반대편에서 손잡이를 돌리려고 했지만, 내가 지렛대로 누르는 힘을 이겨내지는 못했다.

왼손잡이는 공기 대피소의 작고 둥근 창문을 통해 나를 노려보았다. 나는 가운뎃손가락을 뻗어 보여주었다.

진 추가 출입문을 쥐어뜯으며 빠져나가려 애쓰는 모습이 보였다. 물론 소용없는 일이었다. 내화 공간의 출입문이었다. 단단한 금속 문은 기계 장치가 맞물려서 잠긴 상태였고 오직 밖에서만 열 수 있었다.

부서진 밸브에서 뿜어져 나오는 흐릿한 기체의 흐름이 느려지더니 점차 조용해졌다. 벽의 밸브는 가스 용기와 연결되어 있고 아빠는 용기를 매달 새롭게 채워두었다.

왼손잡이는 작업대로 뛰어가 긴 금속 막대를 움켜잡았다. 그리고 거친 숨을 몰아쉬며 대피소로 되돌아왔다. 나는 생사가 달린 줄다리기 한 판을 준비했다.

왼손잡이가 숨이 차서 헐떡거리며 막대기를 손잡이에 밀어 넣었다. 왼손잡이가 열심히 손잡이를 돌렸지만 나는 단단히 지켜낼 수 있었다. 정상적인 상황이라면 왼손잡이가 이겼을 것이다. 덩치가 더 크고 강하고 지렛대도 더 좋았다. 하지만 나는 그가 갖지 못한 것을 갖고 있었다. 바로 산소였다.

조금 전 작업장을 채운 가스가 뭐냐고? 네온이었다. 아빠는 알루미늄을 용접할 때마다 자주 사용하기 때문에 네온 밸브를 아예 벽에다 달아두었던 것이다.

소방 시스템은 환풍구를 막았고 그래서 작업장은 비활성기체로 가득 찼다. 네온가스는 흡입할 때는 알 수 없다. 그냥 평범한 공기처럼 느껴진다. 따라서 인간의 몸은 산소 부족을 감지할 수 없다. 잘 움직이다가 어느 순간 그냥 정신을 잃게 되는 것이다.

왼손잡이는 엎드린 자세로 무릎을 꿇었다. 몸을 좀 흔들더니 바닥에 엎어졌다.

진 추는 조금 더 견뎠다. 왼손잡이처럼 용을 쓰지 않았다. 그러나 몇 초 뒤에 곧 굴복하고 말았다.

우리 만날 수 있을까요? 당신도 안전하게 해드리고 싶어요. 저 개자식은 내가 정말로 그 말에 속을 거라 생각했던 걸까?

하프리트의 기즈모를 꺼내 루디의 번호로 전화를 걸었다. 원치 않았지만 달리 방법이 없었다. 그에게 전화를 걸지 않으면 소방대 자원봉사자들이 도착해서 루디에게 전화할 것이다. 아예 직행하는 편이 나을 수도 있었다.

아르테미스에는 경찰서가 없다. 그냥 암스트롱 버블에 있는 루디의 사무실이 전부였다. 그곳 유치장은 공기 대피소를 개조해 놓은 것에 불과했다. 사실 그 유치장은 아빠가 설치했는데, 공기 대피소였으니까 당연히 잠금장치가 없었다. 그래서 본래의 목적을 이룰 수가 없었다. 그러다 보니 루디의 '유치장' 손잡이는 자물쇠가 달린 쇠사슬로 묶여 있었다. 투박하지만 효과적이었다.

대개 유치장은 술에 취한 사람이나 주먹다짐 후에 진정이 필요한 사람들이 차지했다. 그러나 오늘은 왼손잡이가 갇혀 있었다.

사무실의 나머지 부분은 내가 자란 아파트보다 그리 넓지도 않았다. 만약 루디가 몇천 년 일찍 태어났더라면 의심의 여지 없이 훌륭한 스파르타인이 되었을 것이다.

진 추와 나는 철제 의자에 손이 수갑으로 묶인 상태로 앉아 있었다.

"이건 말이 안 되잖아요." 내가 말했다.

"이 순진하고 가련한 것 같으니." 루디는 컴퓨터에서 고개를 들지도 않은 채 말했다.

진이 수갑을 흔들었다. "이봐요, 진짜 아무 잘못이 없는 사람은 바로 나라고요! 난 여기 있을 이유가 없다고요."

"장난해?" 내가 말했다. "날 죽이려고 했잖아!"

"말도 안 되는 소리!" 진은 왼손잡이가 갇힌 유치장을 가리켰다. "널 죽이려던 건 저 사람이었지. 난 그냥 만남을 주선했을 뿐이야. 안 그러면 저자가 날 그 자리에서 죽였을 거라고!"

"겁쟁이 개자식!"

"내 목숨을 네 목숨보다 귀하게 여기는 것뿐이야. 고소하라고. 네가 대놓고 그렇게 떠들썩하게 수확기만 망가뜨리지 않았어도 이런 난리를 겪지는 않았을 거 아냐!"

"엿이나 먹어!"

루디가 책상에서 분무기를 집어 들더니 우리 둘에게 물을 뿌려댔다. "쉬잇—."

진은 움찔했다. "에이, 경찰이 이래도 되는 거야!"

"그만 좀 투덜대." 나는 얼굴을 흔들어서 물을 떨어내며 말했다.

"넌 얼굴에다 뭘 쏴대는 게 익숙할지 몰라도, 난 안 그렇다고." 진이 말했다.

말문이 막힐 농담이군. "나가 뒈져버려." 내가 말했다.

문이 열리더니 행정관 웅구기가 들어섰다. 왜 안 나타나겠어?

루디가 쳐다보았다. "흐음. 오셨군요."

"경관." 웅구기가 말했다. 그러고는 내게 얼굴을 돌렸다. "재스민. 어떻게 지냈니, 애야?"

나는 손에 찬 수갑을 보여주었다.

"저렇게 수갑을 꼭 채워야 하나요, 경관?"

"행정관님도 여기 꼭 오셔야 했나요?" 루디가 물었다.

맹세컨대 온도가 10도는 떨어진 것 같았다.

"경관이 저러는 걸 이해하렴." 옹구기가 내게 말했다. "모든 일마다 마음이 맞을 수는 없는 법이니까."

"재즈 같은 범죄자를 감싸고 돌지만 않으면 우린 좀 더 잘 지낼 수 있을 겁니다."

옹구기는 벌레를 쫓듯 손을 흔들었다. "도시라면 어디나 취약한 부분이 있기 마련이에요. 시시한 범죄자들은 그냥 두고 더 큰 문제에 초점을 맞추는 게 최선이지요."

나는 씩 웃었다. "저분 말씀 들었죠?! 난 최고로 시시한 사람이라고요. 그러니 풀어줘요."

루디는 고개를 흔들었다. "사실 나에 대한 행정관의 지휘권은 애매하거든. 난 KSC의 직접적인 지휘를 받고 일해. 그리고 널 풀어줄 수 없어."

옹구기는 공기 대피소로 걸어가더니 창문을 들여다보았다. "그럼 이분이 그 살인자인가요?"

"네." 루디가 말했다. "그리고 만약 행정관님께서 지난 10년 동안 조직범죄를 몰아내려는 내 시도를 방해하지 않았더라면 이번 살인은 벌어지지 않았을 겁니다."

"그 얘기는 이미 몇 차례 했잖아요, 경관. 조직의 돈이 없었다면 아르테미스는 존재하지 않았을 겁니다. 이상주의가 사람들 접시에 겅크를 올려주진 않거든요." 옹구기는 돌아서서 루디를 바라보았다. "용의자가 뭔가 진술을 했나요?"

"질문에 대답하기를 거부하고 있습니다. 이름조차 말하지 않아요. 기즈모 정보에 따르면 남성의 이름은 마르셀루 알바레스이고 '프리랜서 회계 자문역'이랍니다."

"그렇군요. 이 사람이 범인이라고 어떻게 확신하죠?"

루디는 컴퓨터를 돌려 웅구기가 볼 수 있게 해주었다. 화면에 의학 연구실에서 온 결과보고서가 떠 있었다. "루셀 박사가 일찌감치 들러서 저자의 혈액 샘플을 채취했습니다. 박사 말로는 범죄 현장에서 발견한 혈액과 일치한다고 하는군요. 그리고 팔의 상처는 이리나 베트로프가 손에 들고 있던 칼과 일치합니다."

"혈액 DNA는 일치하나요?" 웅구기가 물었다.

"루셀 박사가 과학수사 연구소를 운영하는 건 아니니까요. 혈액형과 효소 농도를 비교했는데 일치한 겁니다. DNA 대조를 하려면 지구로 샘플을 보내야죠. 그러면 최소 2주는 걸리고요."

"그럴 필요 없어요." 웅구기가 말했다. "유죄를 입증할 게 아니라 재판에 넘기기에 충분한 정도의 증거만 있으면 되니까."

"이봐요!" 진 추가 끼어들었다. "잠시만요! 날 풀어줘요!"

루디가 분무기로 물을 뿌렸다.

"이 사람은 누군가요?" 웅구기가 물었다.

"홍콩에서 온 진 추입니다." 루디가 말했다. "어디서 일했는지 정보를 찾을 수가 없는데 본인도 밝히지 않고 있습니다. 알바레스가 바샤라를 살해할 수 있도록 함정을 팠지만 강압에 의한 것이었다고 주장하고 있습니다. 그렇게 하지 않았다면 알바레스가 자신을 죽였을 거랍니다."

"이 사람을 비난하기는 어렵군요." 웅구기가 말했다.

"드디어! 상식이란 걸 가진 분이 오셨군요!" 진이 말했다.

"중국으로 추방하세요." 웅구기가 말했다.

"잠깐만요, 뭐라고요?" 진이 말했다. "그럴 수는 없어요!"

"없긴 왜 없어요." 응구기가 말했다. "당신은 누군가를 살해하려는 음모에 가담했어요. 강압이든 아니든 당신은 이곳에서 환영받지 못합니다."

진 추는 다시 대꾸하려고 입을 열었지만 루디가 분무기를 겨누었다. 진 추는 마음을 고쳐먹었다.

응구기가 한숨을 내쉬더니 고개를 흔들었다. "골치 아프군요. 아주 골치가 아파요. 당신하고 나는… 친구 사이라 할 수는 없죠. 하지만 우리 모두 이 도시에서 살인이 벌어지는 건 원치 않아요."

"적어도 그 점에는 동의합니다."

"게다가 이번 사건은 달라요." 응구기는 뒷짐을 졌다. "전에도 살인 사건은 있었지만 모두 연인의 질투심이나 배우자의 분노, 혹은 술에 취해 벌어진 싸움 탓이었죠. 이번 사건은 전문가의 소행이에요. 내키지 않는 상황이죠."

"사소한 범죄를 관대하게 다뤘던 게 가치가 있었습니까?" 루디가 물었다.

"그런 식으로 말할 수는 없죠." 응구기는 침울한 감정을 털어냈다. "한 번에 한 가지씩 처리합시다. 오늘 고든 순환 궤도로 발사되는 여객선이 있어요. 진 씨는 그 여객선에 태워 보내요. 법적인 제재 없이 홍콩으로 추방하는 겁니다. 지금은 알바레스 씨에게 집중하자고요. 재판을 위한 증거를 수집할 필요가 있어요. 그런데 재판은 어디서 열리죠?"

"란비크는 노르웨이인이고 베트로프는 러시아인입니다."

"그렇군요." 응구기가 말했다.

심각한 범죄를 저지르면 아르테미스는 범인을 피해자의 국가로 추방한다. 피해자의 고국에서 범인에게 적절한 복수를 가하는 것이다.

당연한 일이었다. 하지만 왼손잡이 — 알바레스라고 불러야 할 것 같다 — 는 각기 다른 두 나라에서 온 사람을 죽였다. 어찌해야 할까?

"이번 건은 제가 선택해도 될까요?" 루디가 말했다.

"왜죠?"

루디는 유치장을 바라보았다. "만약 저자가 협조하면 노르웨이로 보내고, 협조하지 않으면 러시아로 보내려고요. 두 나라 중 어느 곳에서 살인죄 재판을 받고 싶을까요?"

"훌륭한 전략이군요. 이제 보니 경관은 마키아벨리 같은 사람이로군요."

"그게 아니라…" 루디가 입을 열었다.

"그래도 재스민은 석방해야 해요, 그렇지 않나요?" 웅구기가 말했다.

루디는 깜짝 놀랐다. "절대 안 됩니다. 재즈는 밀수꾼에다 장비를 부쉈어요."

"그렇게 추정하는 거죠." 내가 말했다.

"왜 그렇게 재즈에 대해 신경을 많이 쓰는 거죠?" 루디가 물었다.

"샌체즈 알루미늄은 브라질 회사입니다. 재즈를 브라질로 추방하고 싶어요? 오 팔라시오에게 살해당하기까지 하루라도 버티면 행운이겠죠. 이 아이가 그렇게 죽을죄를 지었나요?"

"물론 그렇진 않습니다." 루디가 말했다. "법적인 제재 없이 사우디아라비아로 추방할 것을 권고합니다."

"거절하겠어요." 웅구기가 말했다.

"말도 안 됩니다." 루디가 말했다. "재즈는 분명히 유죄예요. 왜 이 여자애한테 그렇게 관심을 갖는 겁니까?"

"여자애라고요?" 내가 말했다. "난 스물여섯 살이라고요!"

"재즈는 우리 사람이에요." 웅구기가 말했다. "여기서 자란 아이죠. 그 말인즉슨 재량권이 좀 더 있다는 겁니다."

"말도 안 되는 소리." 루디가 쏘아붙였다. 루디가 그런 식으로 말하는 걸 단 한 번도 들어본 적이 없었다. "뭔가 내게 말하지 않은 것이 있군요. 그게 뭡니까?"

웅구기는 웃었다. "재즈는 추방하지 않을 겁니다, 경관. 저 아이를 이곳에 얼마나 오랫동안 수갑으로 묶어둘 생각입니까?"

루디는 생각을 좀 해보더니 주머니에서 열쇠를 꺼내 내게 채운 수갑을 풀어주었다.

나는 손목을 문질렀다. "고맙습니다, 행정관님."

"몸 안전하게 챙기렴." 웅구기는 사무소에서 걸어 나갔다.

루디는 떠나는 웅구기를 노려보더니 다시 나를 쏘아보았다. "넌 안전할 수 없어. 이번 사건에서 무슨 짓을 저질렀는지 털어놓고 사우디아라비아로 추방당하는 편이 좋아. 여기보다는 그곳에서 숨기가 훨씬 쉬울 테니까."

"말 같지도 않은 소리는 그만 좀 지껄이시죠." 내가 말했다.

"오 팔라시오는 해결사 한 명 잡혔다고 포기하지 않을 거야. 분명히 다음 여객선에 다른 놈을 보낼 거라고."

"우선 이 말을 하고 싶네요. 흥!" 내가 말했다. "두 번째 하고 싶은 말은, 저자를 잡은 건 나지 당신이 아니에요. 그리고 마지막으로… 저자가 내 기즈모는 어떻게 추적한 거죠?"

루디는 얼굴을 찌푸렸다. "나도 그게 마음에 걸려."

"난 갈게요. 연락하고 싶으면, 내가 사용하는 번호로 해요." 루디는 날 체포했을 때 하프리트라는 이름으로 등록된 기즈모를 빼앗았다. 나는 그 하프리트의 기즈모를 책상 위에서 집어 들었다. "당신은 날 죽일 기회가 많았지만 그러지 않았어요."

"믿어줘서 고맙군. 하지만 넌 안전하려면 내 곁에 있어야 해."

솔깃한 제안이었다. 하지만 그럴 수 없었다. 이제 어떻게 해야 할까? 지금은 알 수 없지만, 뭐가 됐든 루디가 지켜보는 가운데 할 수 있는 행동은 분명히 아닐 터였다.

"고맙지만 혼자인 편이 더 좋아요." 나는 진 추에게 고개를 돌렸다. "ZAFO가 뭐야?"

"꺼져버려!"

"나가." 루디가 내게 말했다. "보호가 필요하면 언제든 돌아와."

"네, 네. 그러죠." 내가 말했다.

하트넬스에는 조용하고 알코올중독이 다 된 단골들이 많이 와 있었다. 이름은 몰라도 얼굴은 모두 아는 사람들이었다. 모두 본 적이 있는 사람들이지만 단골들은 아무도 내 쪽을 바라보지 않았다. 내 단골 술집은 여느 때와 다름이 없었다.

빌리가 내가 늘 마시는 술을 한 잔 따라주었다. "도망 다니는 거 아니었어?"

나는 손을 흔들어서 인사했다. "비슷해."

오 팔라시오에서 파견한 해결사가 알바레스 하나뿐일까? 그럴 수도 있다. 아닐 수도 있고. 내 말은 달에서 마피아의 돈을 세탁하는 데 몇 명이나 배치할 수 있느냐 하는 거였다. 적어도 한 가지는 알 수 있었다. 놈들은 새로운 인물을 보냈을 리가 없다. 아직까지는. 지구에서 이곳까지 오는 데는 몇 주가 걸린다.

"그럼 단골 술집에 오는 게 똑똑한 짓일까?"

"물론 아니지. 내가 하는 일 중에 가장 멍청한 짓이라고 할 수 있지. 그리고 멍청이 짓은 아주 경쟁이 치열한 분야거든."

빌리는 자기 어깨 위에 수건을 걸쳤다. "그럼 왜 왔어?"

나는 맥주를 꿀꺽 마셨다. "약속이 있거든."

빌리는 내 뒤쪽 입구를 바라보더니 눈이 커졌다. "와! 엄청 오랜만에 보는 얼굴이 나타났네!"

데일은 내 옆, 옛날부터 자기가 앉던 의자로 걸어와 앉았다. 입이 양쪽 귀에 걸리도록 활짝 웃으면서. "제일 후진 술로 한 잔 부탁해, 빌리."

"내가 한 잔 쏘지!" 빌리가 말했다. 그러고는 데일을 위해 술 한 잔을 따라줬다. "내가 가장 좋아하는 동성애자께서는 어떻게 지내셨나?"

"별 불만 없이 지냈지. 그래도 불평은 하지만."

"하하!" 빌리는 데일에게 술잔을 건넸다. "원수지간 친구끼리 얘기 나누라고."

데일은 맥주를 마시더니 날 보고 능글맞게 웃었다. "나올 거라고는 생각지 못했어."

"약속은 약속이니까." 내가 말했다. "하지만 누군가 날 죽이러 오면 먼저 일어나야 할지도 몰라."

"어, 그래야지. 대체 어떻게 된 거야? 소문에는 살인사건에 엮였다던데."

"소문이 맞아." 나는 술잔을 끝까지 비운 다음 바를 두 번 두드렸다. 빌리가 새로 채운 잔을 밀어주었다. 미리 따라두었던 술이었다. "내가 다음번 희생자가 될 뻔했어."

"루디가 살인범을 잡았다면서? 뉴스에서 보니까 어떤 포르투갈 남성이라던데?"

"브라질 사람이야." 내가 말했다. "상관없어. 놈들이 날 잡으려고 곧다른 사람을 보낼 거니까. 기껏해야 짧은 휴식을 취할 수 있을 뿐이야."

"젠장, 재즈. 내가 뭐 도와줄 일이 있을까?"

나는 데일의 눈을 바라보았다. "우린 친구가 아니야, 데일. 내 걱정은 마."

데일은 한숨을 내쉬었다. "친구가 될 수도 있지. 혹시 나중에라도?"

"그럴 것 같진 않아."

"그래, 일주일에 하루 저녁이면 네 마음을 바꿀 시간은 충분하니까." 데일은 나를 보고 웃었다. 잘난 체하는 녀석 같으니라고. "그럼 수확기 건은 왜 한 거야?"

"트론이 어마어마한 돈을 주기로 했거든."

"그래, 하지만…." 데일은 생각에 잠긴 듯했다. "내 말은 네가 벌일 만한 일이 아니잖아. 위험했어. 그리고 넌 정말 똑똑하고. 꼭 그래야 하는 것 아니면 넌 위험을 무릅쓰지 않잖아. 돈이 간절한 것도 아니고. 적어도 내가 알기론 말이야. 그래, 넌 가난해. 하지만 안정된 생활을 하지. 혹시 사채라도 빌려 쓴 거야?"

"아니야."

"도박 빚이 있어?" 데일이 물었다.

"아니야. 그만해."

"말해봐, 재즈." 데일이 몸을 기울였다. "이유가 뭐야? 내가 보기엔 앞뒤가 안 맞아."

"네가 이해할 필요 없어." 나는 기즈모를 확인했다. "그건 그렇고 자정이 될 때까지 3시간 52분이 남았네. 그때가 되면 더는 '저녁'이 아닌 거야.”

“그럼 3시간 52분 동안 똑같은 질문을 하며 시간을 보내지 뭐.”

이 골칫덩어리 같으니라고… 한숨이 나왔다. “416,922홀가 필요해.”

“그건… 아주 특정한 숫자네. 왜 그 돈이 필요한데?”

“엿이나 먹어, 그게 이유야.”

“재즈….”

“몰라!” 나는 쏘아붙였다. “그것 말고는 대답 안 해.”

어색한 침묵.

“타일러는 좀 어때?” 내가 물었다. “그러니까… 뭐라 해야 하나. 행복하게 지내?”

“그래, 행복하게 지내지.” 데일이 말했다. “다른 커플들처럼 좋을 때도 나쁠 때도 있지만 우린 노력하고 있어. 타일러는 최근 전기공 길드 일로 좌절하고 있어.”

나는 킬킬대며 웃었다. “타일러는 항상 그 녀석들 아주 싫어했잖아. 아직도 길드에 안 들어간 거야?”

“아, 그럼. 절대 못 들어갈걸. 타일러는 절대로 안 들어갈 거야. 아주 훌륭한 전기공이잖아. 뭐하러 일부러 돈을 적게 받으려고 하겠어?”

“아직도 길드 녀석들이 타일러를 괴롭혀?” 내가 물었다. 법이 거의 존재하지 않는 곳의 단점 중 하나는 독점 그리고 압박 작전이다.

데일은 손을 위아래로 흔들어 보였다. “약간. 소문을 내기도 하고 교묘하게 가격으로 치고 들어오기도 하고. 대응 못 할 것은 없지만.”

“놈들이 지나치게 굴면 알려줘.” 내가 말했다.

“어쩌려고?”

“몰라. 하지만 누구든 타일러를 건드리는 건 원치 않아.”

데일은 술잔을 들어 올렸다. "그럼 난 누구든 타일러를 건드리는 사람을 불쌍하게 여겨야겠군."

데일과 술잔을 마주쳤고 우리는 술을 마셨다.

"타일러를 행복하게 해줘." 내가 말했다.

"반드시 그러도록 할게."

하프리트 이름으로 된 기즈모가 울렸다. 꺼내서 내용을 확인했다. 스보보다에게서 온 메시지였다.

ZAFO라는 놈 정말 굉장해. 연구실에서 만나자고.

"잠시만." 데일에게 말했다. 답신을 타이핑했다.

뭘 알아냈는데?

타이핑하기엔 너무 길어. 그리고 이걸로 뭘 할 수 있는지 보여주고 싶어.

"흐음." 내가 말했다.

"문제라도 있어?" 데일이 물었다.

"친구가 만나자고 하네. 그런데 지난번에 누굴 만날 때 뒤를 밟혔거든."

"지원이 필요해?"

나는 고개를 흔들고 기즈모를 두드렸다.

자기야, 뭘 원하는지 알겠어. 하지만 지금은 너무 피곤해서 섹스는 힘들어.

무슨 소리야?

스보보다가 대답했다.

아, 알겠다. 혹시 내가 협박이라도 당하고 있나 싶어서 이상하게 구는 거로군. 아
니야, 재즈. 난 널 함정에 빠뜨리려는 게 아니야.

그냥 조심하는 거야. 지금은 해야 할 일이 있어. 내일 아침에 연구실에서 볼까?

좋아. 아, 그리고 만약 내가 나중에 협박을 당하게 되면 '돌고래'라는 말을 대화에
넣도록 할게. 알았지?

알았어.

나는 대답하고 기즈모를 다시 주머니에 넣었다.

데일은 입술을 오므렸다. "재즈… 얼마나 심각한 거야?"

"글쎄, 사람들이 날 죽이고 싶어해. 그러니까… 아주 안 좋지."

"그 사람들이 누군데? 왜 널 죽이려는 건데?"

나는 맥주잔에 맺힌 물방울을 닦아냈다. "오 팔라시오라는 브라질의
범죄 조직이야. 샌체즈 알루미늄의 주인이고, 내가 샌체즈의 수확기들
을 부쉈다는 걸 알고 있어."

"빌어먹을." 데일이 말했다. "숨을 곳이 필요해?"

"괜찮아." 나는 그렇게 말하고는 잠시 후 덧붙였다. "하지만 도움이
필요하면 지금 제안을 기억해 두지."

데일은 웃음을 지었다. "자, 뭐 이렇게 시작하는 거지."

"닥치고 맥주나 마셔." 나는 맥주잔을 비웠다.

"너 두 잔 뒤지고 있어."

"아, 뭔지 알겠군." 데일은 빌리에게 손짓했다. "주인장! 이 쪼그만
여성이 날 술로 이길 수 있다고 생각한다는군. 여섯 잔 더 줘. 동성애

자에게 석 잔 그리고 이교도에게 석 잔."

여기저기 쑤셔서 몸을 가누기 힘든 데다 숙취까지 겹친 채 은신처에서 일어났다. 어쩌면 이렇게 정신 나간 상황에서 잔뜩 취해버리는 건 좋은 생각이 아닐 수도 있었다. 하지만 이미 시인한 바 있듯이, 나는 이제껏 살아오며 종종 나쁜 선택을 하곤 했다.

차라리 죽음을 맞게 해달라고 잠시 기도하며 시간을 보낸 뒤 최대한 많은 양의 물을 마시고 구석진 공간에서 달팽이처럼 기어 나왔다.

마른 경크를 아침으로 좀 먹고(이렇게 먹으면 더 맛이 없다) 어슬렁거리며 빈 업 16에 있는 공중목욕탕으로 갔다. 아침의 나머지 시간은 그곳 욕조에 몸을 담근 채 보냈다.

그리고 빈 업 18에 있는 중산층 옷가게로 향했다. 사흘 내내 작업복을 입고 있었더니, 이젠 벗어두어도 작업복 혼자 서 있을 정도였다.

마침내 나는 다시 사람 모습으로 돌아왔다.

암스트롱의 좁은 통로를 지나 ESA 연구실의 중앙출입문에 도착했다. 출근하는 과학자 몇 명이 로비를 지나고 있었다.

미처 노크도 하기 전에 스보보다가 문을 열었다.

"재즈! 내가 뭘 찾아냈냐면… 이런, 꼴이 완전 엉망이잖아."

"고마워."

스보보다는 박하사탕을 한 봉지 꺼내 내 손에 조금 덜어주었다. "네 알코올중독을 놀려댈 시간이 없어. 이놈의 ZAFO라는 걸 보여줘야 하니까. 이리 와!"

스보보다는 입구를 지나 자신의 연구실로 날 데리고 들어갔다. 연구실 전체가 달라 보였다. 가장 큰 테이블은 ZAFO의 분석을 위해 사용

됐고, 나머지 것들을 모두 공간을 내기 위해 벽 쪽으로 밀려난 상태였다. 여러 가지 장비(나는 대부분 뭔지 알 수 없는)들이 테이블을 뒤덮고 있었다.

스보보다는 깡충거리며 뛰었다. "이거 진짜 끝내줘!"

"알았어, 알았다고. 뭔데 그렇게 난리를 피우는 거야?"

스보보다는 스툴에 앉아서 손가락을 꺾었다. "맨 먼저 외관 검사를 해봤어."

"그냥 본 거잖아." 내가 말했다. "그냥 '봤다'고 말하면 안 돼?"

"그래, 이건 모든 면에서 평범한 싱글 모드 광통신 케이블이야. 재킷, 버퍼, 클래딩까지 전부 평범해. 광섬유 직경은 8미크론으로 이것도 완전 평범하지. 하지만 광섬유가 뭔가 특별하다는 걸 내가 알아냈어. 그래서 샘플을 조금 잘라내서…"

"잘라냈다고? 잘라도 된다고 말하진 않았잖아!"

"그래, 할 수 없지." 스보보다는 연구실 테이블 위 장비들 가운데 하나를 두드렸다. "이놈을 사용해서 광섬유의 굴절률을 확인해 봤어. 광섬유에 있어서는 상당히 중요한 자료거든."

나는 테이블에서 5센티미터 길이로 자른 ZAFO 도막을 집었다. "그래서 뭔가 이상한 거라도 발견했어?"

"아니. 1.458이었어. 보통 광섬유보다 조금 높긴 한데, 아주 살짝 높은 거야."

한숨이 나왔다. "스보보다, 평범한 부분은 건너뛰고 그냥 뭘 알아냈는지 말해주면 안 돼?"

"알았어, 알았다고." 스보보다는 휴대용 장비로 손을 뻗더니 그걸 들어 올렸다. "이놈으로 비밀을 찾아냈지."

"그게 뭔지 물어봤으면 하겠지만, 솔직히 나는…."

"이건 광손실 시험기야! 짧게는 OLTS(Optical Loss Test Set)라고 불러. 광섬유 케이블의 감쇠 정도를 알아내는 장치야. 감쇠는 전송 과정에서 빛이 얼마나 사라지는지를 가리키는 말이고."

"감쇠가 뭔지는 알아." 나는 말했지만 별 상관은 없었다. 스보보다가 흥분하면 아무도 막지 못하니까. 자기 일을 스보보다처럼 사랑하는 사람은 한 번도 보지 못했다.

스보보다는 시험기를 테이블에 다시 내려놓았다. "자, 고급 케이블의 경우 일반적인 감쇠율은 킬로미터당 0.4데시벨이야. 그렇다면 ZAFO의 감쇠율은 얼마일까? 한번 맞혀봐!"

"싫어."

"맞혀봐. 짐작이라도 해봐."

"그냥 말해."

"빵이야. 맙소사. 빵이라고!" 스보보다는 양팔로 동그라미를 그려 보였다. "빠아아아아아앙!"

나는 스보보다 옆에 있는 의자에 앉았다. "그러니까… 전송 중에 빛이 사라지지 않는다는 거야? 전혀?"

"그래! 아, 적어도 내가 아는 한은 그래. 내 시험기에 나타난 정확한 값은 킬로미터당 0.001데시벨이었어."

나는 손에 놓인 ZAFO 도막을 들여다보았다. "그래도 일부는 감쇠가 일어나야 하는 거지? 그러니까 실제로 0이 될 수는 없으니까."

스보보다는 어깨를 으쓱했다. "초전도체는 전류가 흐를 때 저항도가 0이야. 빛을 보낼 때 저항도가 0인 물질이 왜 없겠어?"

"ZAFO라…." 나는 그 이름을 입속에서 굴려보았다. "무(無)감쇠 광섬유(Zero Attenuation Fiber Optic)의 줄임말인가?"

"아!" 스보보다는 자기 이마를 찰싹 때렸다. "그렇겠네!"

"뭘로 만든 거야?"

스보보다는 벽에 붙은 기계로 몸을 돌렸다. "나의 분광계가 출동할 시간이군!" 그는 분광계를 부드럽게 매만졌다. "난 얘를 노라라고 불러."

"그래서 노라가 뭐래?"

"코어는 대부분 유리야. 별로 놀랍지 않은 게 광섬유 코어는 대부분 그렇거든. 하지만 탄탈룸, 리튬 게르마늄도 미량 섞여 있어."

"왜 그런 게 있어?"

"모르지."

나는 눈을 문질렀다. "좋아, 그럼 뭐에 그렇게 흥분한 거야? 데이터를 보내는 데 에너지를 덜 사용할 수 있는 거야?"

"아, 그것보다 훨씬 멋지지. 일반 광섬유 케이블은 최대 길이가 15킬로미터밖에 안 돼. 더 길면 신호가 약해져서 보낼 수가 없거든. 그래서 중계기가 필요하지. 중계기가 신호를 읽고 다시 전송하는 거야. 하지만 중계기를 설치하려면 돈이 들고 전력도 공급해야 하고 복잡해. 아, 게다가 중계기 때문에 전달 속도도 떨어져."

"그러니까 ZAFO가 있으면 중계기가 필요 없다는 거네."

"바로 그거야! 지구에는 어마어마한 양의 데이터 케이블이 있어. 케이블이 대륙 전체와 바다 밑으로 전 세계를 휘감고 있지. 엉망진창인 그 많은 중계기들이 없다면 얼마나 간단할지 한번 생각해 봐. 아! 그리고 전송 에러도 거의 없어질 거야. 그 말은 대역폭이 더 커진다는 거지. 환상적인 물건이야!"

"멋지군. 하지만 그렇다고 사람을 죽일 정도로 중요한 거야?"

"글쎄… 모든 통신회사들이 업그레이드하고 싶어할 거야. 지구 전체에 깔려 있는 통신망의 가치가 얼마나 된다고 생각해? ZAFO를 가진 주인이 벌 수 있는 돈이 대략 그 정도 될 테니까…. 그래. 아마도 사람을 죽일 정도의 금액일 거야."

나는 손가락으로 턱을 괴었다. 생각하면 할수록 상황이 마음에 들지 않았다. 그러다 모든 조각이 딱 맞아떨어졌다. "아! 빌어먹을!"

"워- 워-." 스보보다가 말했다. "누가 네 시리얼 그릇에 쉬라도 한 거야?"

"이건 알루미늄하고 전혀 상관없는 일이었어!" 나는 의자에서 일어섰다. "고마워, 스보보다. 이 빚은 나중에 갚을게."

"뭐? 알루미늄하고 상관없다니 그게 무슨 말이야? 그럼 뭐랑 상관 있다는 거야?"

하지만 내 생각은 이미 한참을 앞서 움직이고 있었다. "몰라도 돼, 스보보다. 연락할게."

예전에 행정관 사무실은 암스트롱 버블에 있었다. 그곳이 유일한 버블이었기 때문이다. 하지만 암스트롱이 온갖 소음과 기계음으로 시끄러워지자 행정관은 자리를 옮겼다. 오늘날 행정관은 콘래드 업 19에 있는 작은 원룸 사무실에서 일했다.

잘못 들은 것이 아니다. 달에서 가장 중요하고 권력이 있고 문자 그대로 어떤 공간이든 공짜로 사용할 수 있는 아르테미스의 행정관이 육체 노동자들이 일하는 공간 중에서도 가장 거친 구역에서 일하기로 선택했다는 말이다. 내가 웅구기였다면 올드린 아케이드가 내려다보이는 널따란 사무실에서 일했을 텐데. 사무실에는 전용 바를 차려놓고 가죽 의자와 권력자들이 쓰는 멋진 물건들로 채우는 거야.

그리고 비서도 있어야지. 우람하지만 점잖은 남성이 항상 날 '보스'라고 부르는 거지. 오, 예!

하지만 응구기는 전혀 달랐다. 비서도 따로 두지 않았다. 그냥 사무실 출입문에 '행정관 피델리스 응구기'라는 명패만 붙어 있을 뿐이었다.

말은 바로 해야지, 응구기는 미국 대통령의 위치가 아니었다. 현실적으로 작은 도시의 시장 정도 위치였다.

초인종을 누르자 방 안에서 단순한 벨 소리가 흘러나왔다.

"들어와요." 응구기의 목소리였다.

문을 열었다. 사무실은 생각했던 것보다 더 초라했다. 스파르타인을 능가하는 검소함이었다. 꾸밈없는 알루미늄 벽에 가족사진들이 놓인 책장이 몇 개 튀어나와 있었다. 금속판으로 만든 책상은 1950년대 물건처럼 보였다. 그래도 제대로 된 사무용 의자는 갖추고 있었다. 개인적인 안락함을 위해서 그것 하나는 양보한 것 같았다. 나도 일흔 살이 되면 아마 좋은 의자를 원하게 될 것이다.

응구기는 노트북에 타이핑하고 있었다. 나이 든 세대는 기즈모나 음성인식 장치보다 노트북을 여전히 선호했다. 어찌 된 일인지 응구기는 책상 앞에 앉아 있는 모습도 우아하고 침착하게 보였다. 편안한 옷차림에 늘 그렇듯 전통적인 머릿수건인 두쿠를 쓰고 있었다. 응구기는 문장을 마저 타이핑하더니 나를 보며 웃었다.

"재스민! 애야, 정말 반갑구나. 자, 앉으렴."

"예, 고맙습니다. 네. 그럼 좀… 앉을게요." 책상 앞에 놓인 두 의자 가운데 하나에 나는 자리를 잡고 앉았다.

응구기는 양손을 깍지 끼고 몸을 앞으로 숙였다. "네 걱정을 정말 많이 했단다. 뭘 도와주면 될까?"

"경제에 관한 질문이 하나 있어요."

응구기는 눈썹을 추켜세웠다. "경제? 내가 그쪽 분야는 그래도 좀 알지."

희대의 겸손이었다. 이 여성은 케냐를 국제 우주 산업의 중심지로 변화시켰다. 노벨상을 받을 만했다. 실제로 두 개를 받기도 했고. 하나는 경제학상이고 다른 하나는 평화상이었다.

"지구의 통신 산업에 대해 좀 아시나요?" 내가 물었다.

"범위가 넓은 주제로구나. 좀 더 구체적으로 얘기하면 안 될까?"

"가치가 얼마나 된다고 생각하세요? 이를테면 수익이 얼마나 나고 있죠?"

응구기는 웃었다. "추측할 수밖에 없겠구나. 하지만 지구 전체의 산업이라면…? 일 년에 5조에서 6조 달러쯤 되지 않을까?"

"와, 좆나 말도 안 돼! 앗… 이런 말 써서 죄송합니다."

"괜찮다, 재스민. 넌 늘 다채로운 성격이었지."

"어떻게 그렇게 많이 벌죠?"

"워낙 고객이 많으니까. 전화선, 인터넷 연결, 케이블 TV 가입자 등등 모든 것들이 통신 산업의 수익을 만들어 내지. 직접 고객으로부터 수익을 내거나 간접적으로 광고를 통하거나."

나는 바닥을 내려다보았다. 잠시 시간을 두어야 했다.

"재스민?"

"죄송해요. 좀 피곤해서요. 아니, 솔직히 숙취가 좀 있어서요."

응구기가 웃었다. "젊구나. 금세 괜찮아질 거야, 틀림없어."

"누군가 더 좋은 신제품을 발명했다고 치죠. 진짜 끝내주는 광섬유 케이블요. 비용도 줄일 수 있고 대역폭도 늘릴 수 있고 더 믿을 수 있는."

웅구기는 의자에 몸을 기댔다. "현재 사용하는 케이블과 가격이 비슷하다면 엄청난 이익이 있겠지. 물론 그 물건을 만든 생산자는 돈 속에서 헤엄을 치게 될 테고."

"그렇군요. 그럼 이런 새로운 광섬유의 시제품이 지구 저궤도를 도는 특별 제작 위성 안에서 만들어졌다고 해보죠. 인공중력 회전 장치가 있는 위성 말이에요. 그럼 뭘 알 수 있죠?"

웅구기는 어리둥절한 것 같았다. "이건 아주 이상한 토론이로구나, 재스민. 대체 무슨 일이야?"

나는 손가락으로 다리를 두드렸다. "제가 보기에 그 물건은 지구의 중력에서 만들 수 없다는 뜻이에요. 전용 위성을 만들 이유는 그것밖에 없죠."

웅구기는 고개를 끄덕였다. "타당성 있는 말이네. 그렇다면 그런 비슷한 일이 벌어지고 있다는 거니?"

나는 더 밀고 나아갔다. "그렇지만 위성에는 인공중력 회전 장치가 갖춰져 있어요. 그러니까 약간의 중력은 필요하다는 뜻이죠. 그냥 지구 중력이 너무 세서 문제인 거예요. 하지만 만일 그들이 사용하는 뭔지 모를 공정에 알맞을 정도로 달의 중력이 충분히 낮다면요?"

"얘야, 이건 이상할 정도로 세부적인 가설이구나."

"그냥 생각해 보세요."

웅구기는 한 손으로 턱을 만졌다. "그렇다면 당연히 이곳에서 생산할 수 있겠지."

"그러니까 전문가적 입장에서 볼 때 이 가상의 제품을 생산하기에 더 좋은 장소는 어디일까요? 지구 저궤도일까요 아니면 아르테미스일까요?"

"아르테미스지. 물어볼 것도 없어. 이곳에는 숙련된 노동자와 산업 기반, 교통 기반 시설이 있고 지구와 오가는 운송로도 있지."

"그래요." 나는 고개를 끄덕였다. "저도 그렇게 생각했어요."

"이건 아주 유망해 보이는구나, 재스민. 투자 기회라도 제안받은 거니? 그래서 나한테 온 거야? 이 발명이 진짜라면 당연히 돈을 투자할 가치가 있어."

나는 이마를 훔쳤다. 콘래드 업 19는 늘 섭씨 22도를 유지하고 있어 쾌적하지만 그럼에도 나는 땀을 흘리고 있었다.

응구기의 눈을 바라보았다. "이상한 점이 뭔지 알아요? 행정관님은 무선이나 위성은 언급하지 않았어요."

응구기는 머리를 뒤로 젖혔다. "미안하구나, 얘야. 뭐라고?"

"통신 산업에 대해서 말했을 때 말이에요. 행정관님은 인터넷과 전화, TV만 언급했어요. 하지만 무선과 위성에 대해서는 말하지 않았죠."

"그런 분야도 분명히 산업의 일부이긴 하지."

"그래요. 하지만 언급하지 않았어요. 사실 행정관님은 오직 광섬유에 의존하는 산업 분야만 얘기한 거예요."

응구기는 어깨를 으쓱했다. "글쎄, 우리는 광섬유에 관해 이야기하고 있으니까 당연한 일이겠지."

"제가 아직 광섬유 이야기를 꺼내지 않았을 때 그랬으니까 문제겠죠."

"네가 얘기했을 거야."

나는 고개를 흔들었다. "저는 아주 기억력이 좋아요."

응구기는 살짝 눈을 가늘게 떴다.

나는 부츠에 꽂아둔 칼을 꺼내 공격 자세를 취했다. "오 팔라시오가 어떻게 내 기즈모 위치를 찾아낸 거죠?"

응구기는 책상 밑에서 권총을 꺼냈다. "내가 어디 있는지 말해줬기 때문이지."

11

"권총이에요?" 나는 말했다. "어떻게 권총을 가지고 있죠? 난 무기를 한 번도 밀수한 적이 없는데!"

"늘 그 점이 고마웠어." 응구기가 말했다. "손을 들 필요는 없어. 하지만 그 칼은 내려놔라."

나는 시키는 대로 했다. 칼이 천천히 바닥으로 떨어졌다.

응구기는 계속 권총으로 날 겨누었다. "어떻게 날 의심하게 됐는지 물어봐도 될까?"

"지워 나가는 방식이죠. 루디가 날 팔아넘기지 않았다는 건 확인했어요. 내 기즈모 위치 정보에 접근할 수 있는 또 다른 유일한 사람은 행정관님이었죠."

"그럴듯하네. 하지만 난 네가 생각하는 것처럼 악한 사람이 아니야."

"아, 네." 나는 응구기를 향해 의심스러운 눈길을 보냈다. "하지만 ZAFO에 관해 모든 걸 알고 있었잖아요, 그렇죠?"

"맞아."

"그리고 그걸로 어마어마한 돈을 벌 거죠?"

웅구기는 얼굴을 찌푸렸다. "날 그렇게 하찮게 본 거니? 나는 그걸로 1g도 벌지 않을 거야."

"하지만… 그럼… 왜?"

웅구기는 의자에 몸을 뒤로 기대앉아 권총을 잡은 손에 힘을 풀었다. "중력에 관해서는 네가 옳아. ZAFO는 투명한 석영과 비슷한 구조여서 0.216g의 중력에서만 만들 수 있어. 지구에서는 만들 수 없지만 이곳에서는 인공중력 회전 장치만 있으면 만들 수 있지. 넌 아주 똑똑한 아이로구나, 재스민. 네가 좀 더 열심히 살았다면 좋았을 텐데."

"넌 가능성이 많다는 식의 설교를 할 생각이면 그냥 절 쏴버리세요, 아셨어요?"

웅구기는 웃었다. 그녀는 권총을 쥐고서도 차분할 수 있었다. 버터스카치 사탕을 주고 나서 머리에 구멍을 낼 수도 있었다. "아르테미스가 어떻게 돈을 버는지 아니?"

"관광이죠."

"아니야."

나는 눈을 껌벅였다. "네?"

"관광으로 버는 돈만으로는 안 돼. 우리 경제의 큰 부분을 차지하고 있긴 하지만 충분치는 않아."

"하지만 경제는 굴러가고 있어요. 관광객들이 이곳 회사의 물건을 사고 회사들이 종업원에게 봉급을 주고 종업원들은 먹을 것을 사고 집세를 내고, 그런 식이죠. 그리고 우리는 여전히 이곳에 살고 있어요. 그러니까 굴러가고 있는 거죠? 제가 빼먹은 게 있나요?"

"이민도 있지." 웅구기가 말했다. "사람들이 아르테미스로 이사를 오면 평생 모은 돈을 가지고 와. 그런 다음에 그 돈을 이곳에서 쓰지. 따라서 우리 인구가 계속 늘어난다면 괜찮지만 지금은 정체 상태야."

웅구기는 날 겨누고 있던 총구를 돌렸다. 여전히 권총을 손에 쥐고 있었지만 적어도 재채기하는 바람에 실수로 날 죽일 일은 없어졌다. "전체 시스템이 의도치 않은 폰지 사기(피라미드 방식의 금융사기-옮긴이)가 되어버렸어. 그리고 우린 지금 막 곡선의 최고점에 이른 거야."

나는 처음으로 권총에서 주의를 돌릴 수 있었다. "그러니까… 우리… 이 도시 전체가 망한다는 건가요?"

"그래, 행동에 나서지 않는다면 말이야." 웅구기가 말했다. "하지만 ZAFO가 우릴 구할 거야. 통신 산업은 업그레이드를 원할 테고, ZAFO는 이곳에서만 저렴하게 생산할 수 있어. 엄청난 생산 붐이 일 거야. 공장들이 생기고 사람들이 일자리를 찾으러 이곳으로 이사를 오고 모두가 잘살게 되겠지." 웅구기는 곰곰이 생각에 잠긴 눈빛으로 고개를 들었다. "마침내 수출 산업을 갖게 되는 거야."

"유리군요. 이건 처음부터 유리에 관한 일이었어요, 그렇죠?"

"그렇단다, 애야." 웅구기가 말했다. "ZAFO는 놀라운 물질이지만 다른 모든 광섬유와 마찬가지로 대부분 유리로 이루어졌어. 그리고 유리는 규소와 산소만 있으면 만들 수 있는데, 두 가지 모두 알루미늄을 제련할 때 만들 수 있지."

웅구기는 알루미늄판으로 만든 책상을 손으로 문질렀다. "경제가 작동하는 걸 보면 흥미롭지 않니? 일 년도 지나지 않아 알루미늄은 규소 산업의 부산물이 될 거야. 그리고 알루미늄이 흔해지겠지. 경제 성장이 이루어지면서 건설해야 할 것도 많아질 거야."

"와, 정말이지 경제밖에 모르는 분이군요."

"그게 내 일이란다. 그리고 결국 중요한 건 오직 경제뿐이야. 사람들의 행복, 건강, 안전, 안정은 모두 경제를 기반으로 하고 있어."

"젠장, 정말 경제에 밝으시네요. 케냐의 경제를 일궈내더니 이제 우리를 위해 같은 일을 하고 있어요. 진정한 영웅이에요. 진정으로 더욱더 감사를 드려야겠어요. 아, 깜박했네요. 빌어먹을, 그런데 당신이 날 놈들에게 넘겼죠!"

"그런 생각은 하지 마. 네가 무방비 상태에서 기즈모를 켤 정도로 멍청하지는 않다는 걸 나는 알고 있었어."

"그렇지만 오 팔라시오에게 내 기즈모가 어디 있는지 말해줬잖아요?"

"간접적으로는 그랬지." 웅구기는 권총을 책상 위에 내려놓았다. 달려들기에는 너무 멀었다. 웅구기는 전쟁이 일상인 곳에서 자랐다. 그녀의 반사신경을 시험해 볼 생각은 없었다. "며칠 전, IT 부서에서 기즈모 통신망에 해킹 시도가 있다는 보고를 받았어. 지구의 누군가가 네 위치 정보를 알아내려고 한다는 거였지. IT 부서에 일부러 보안을 약화시켜서 해커가 침입할 수 있게 하라고 했어. 실제로는 내가 말한 것보다 훨씬 더 복잡했어. 네트워크 드라이버 하나를 이미 알려진 보안상 결함이 있는 것으로 다운그레이드해야 했거든. 해커는 약간의 작업으로 침입할 수 있었어. 자세한 내용은 몰라. 난 기술자가 아니니까. 어쨌든 결과적으로 해커는 네가 기즈모를 켜면 위치 정보를 알 수 있는 프로그램을 설치했어."

"도대체 왜 그렇게 한 거죠?"

"살인자를 끌어내려고." 웅구기가 나를 가리켜 보였다. "네가 기즈모를 켜자마자 나는 루디에게 네가 나타났다고 알렸어. 오 팔라시오가 조직의 하수인인 알바레스에게 연락했으리라 생각했지. 난 루디가 그 자를 체포하기를 바랐어."

나는 얼굴을 찌푸렸다. "루디는 이번 일을 전혀 모르고 있는 것 같더군요."

응구기는 한숨을 내쉬었다. "루디와 나는… 관계가 좀 복잡해. 폭력 조직이나 내가 취하는 우회적인 업무 방식을 인정하지 않지. 그는 날 제거하고 싶어하는데 솔직히 말하면 나도 다르지 않아. 내가 살인자가 나타날 거라고 경고했다면 어떻게 알았느냐고 물어왔을 거야. 그러면 정보가 어떻게 빠져나갔는지 조사할 테고, 내게 문제가 생겼겠지."

"행정관님은 경고도 없이 살인범과 맞닥뜨리는 상황에 루디를 보냈어요."

응구기는 고개를 들었다. "그런 식으로 날 보지 마라. 슬퍼지는구나. 루디는 위험할지도 모르는 상황에 스스로 들어가는 걸 알았고, 더할 나위 없이 숙련된 경찰관이야. 그리고 바로 그 자리에서 알바레스를 체포할 뻔했어. 양심에 거리낄 것은 없다. 다시 같은 상황이 된다 해도 나는 그렇게 할 거야. 큰 그림을 봐야 해, 재스민."

나는 팔짱을 꼈다. "며칠 전 밤에 트론 집에 왔었잖아요. 처음부터 이번 일에 포함되어 있던 거였어요?"

"나는 어떤 일에도 '포함되어 있지' 않아." 응구기가 말했다. "트론은 ZAFO와 규소 사업에 뛰어들 계획에 관해서 말했어. 나랑 샌체즈의 산소 공급 계약에 대해 이야기하고 싶어했지. 그는 샌체즈가 곧 공급하지 못하게 될 거라고 말했고, 만일 그런 일이 발생하더라도 자신이 산소를 갖고 있다는 사실을 말하고 싶어했어."

"의심스럽지는 않았나요?"

"물론 의심스러웠지. 하지만 도시의 미래가 위험에 처해 있었어. 폭력조직이 달의 가장 중요한 자원을 차지할 판이었으니까. 트론은 해결책을 제시한 거였어. 그는 폭력조직을 대신해 계약을 맺고 싶어했지만, 6개월마다 재심사를 받는 조건이었어. 만일 트론이 억지로 가격을 올리거나 ZAFO 산업에 대해 지나친 영향력을 발휘하려고 한다면 재계약을 안 하면 그만이었지. 계속 재계약을 하려면 내게 의존해야 하고 나 역시 ZAFO 붐에 규소를 공급하려면 그에게 의존해야 했어. 균형을 이루는 거지."

"그럼 뭐가 잘못된 거죠?"

응구기는 입술을 오므렸다. "진 추야. 그자는 최대한 많은 돈을 벌겠다는 생각으로 이곳에 왔고, 맙소사, 성공했어. 그자가 몇 달 전 트론에게 ZAFO에 관해 이야기했고, 트론은 부하들이 시험해 볼 수 있도록 샘플을 가져오라고 한 거야. ZAFO가 그냥 동화 속 이야기가 아니라 진짜로 존재하는 물건이라는 증거로 말이지."

"그러니까 진 추는 트론에게 ZAFO를 보여줬고 트론은 돈을 줬군요." 내가 말했다. "그런 다음 진 추는 돌아서자마자 오 팔라시오에게 정보를 팔았고요."

"비밀이란 그런 거야. 계속해서 팔아먹을 수가 있지."

"야비한 개자식."

응구기는 한숨을 내쉬었다. "오 팔라시오에게 그 제보가 얼마나 놀라웠을지 상상해봐. 갑자기 별로 중요하지도 않던 자금 세탁용 회사가 새롭게 떠오르는 어마어마한 규모의 산업을 장악하게 생겼으니 말이야. 그때부터 그들은 전력을 다했어. 하지만 아르테미스는 브라질에서 너무 멀리 떨어져 있었고 현지에는 해결사가 한 명밖에 없었지. 오, 주

273

여, 감사합니다."

"그래서 지금은 어떻게 돌아가는 거예요?"

"지금 당장으로서는 오 팔라시오가 달로 향하는 티켓을 최대한 많이 확보하려 하고 있겠지. 한 달도 지나지 않아 아르테미스는 그들이 보낸 사람들로 득실거릴 거야. 그들은 규소 제조업을 갖게 될 테고, 빌어먹을 산소 및 전력 계약은 아무도 그들과의 경쟁에 뛰어들 수 없도록 해주겠지. 게다가 그들은 이미 다음 단계를 시작했어. 유리 제조 산업을 장악하는 거." 응구기는 다 안다는 듯한 표정을 지어 보였다.

"오, 젠장." 내가 말했다. "퀸즐랜드 유리 공장 화재 말이군요."

응구기는 고개를 끄덕였다. "알바레스가 불을 낸 것이 틀림없어. 그 자는 아주 바쁜 나날을 보냈던 것 같지 않니? 일단 오 팔라시오가 유리 공장을 세우면, 그들은 광섬유의 생산과 원재료 공급을 모조리 차지할 수 있어. 물론 방해가 되는 사람은 전부 죽여야겠지. 이제부터는 그런 유형의 '자본주의'밖에는 기대할 수가 없게 되는 거야."

"당신은 행정관이에요. 어떻게든 손을 써야죠!"

응구기는 천장을 쳐다보았다. "그들은 재정적 기반과 해결사들의 힘을 이용해 도시를 접수할 거야. 1920년대 시카고를 생각하면 되지만 100배는 더 나쁘겠지. 난 무력해질 거고."

"어떤 식으로든 상황에 도움을 주실 수 있었으면 좋겠어요."

"이미 도움을 줬어. 수확기가 파괴되자마자 루디는 널 범인으로 지목했어. 네가 관광안내소로 갈 때 입었던 웃기는 변장 모습이 담긴 비디오 화면도 보여줬지."

나는 고개를 숙였다.

"루디는 바로 널 체포하고 싶어했어. 나는 확신이 서지 않으니 증거를 더 가져오라고 했지. 그러면 네게 시간을 좀 벌어줄 수 있을 테니까.”

“알겠어요, 그런데 왜 내 수호천사가 되신 거죠?”

“네가 피뢰침이기 때문이야. 이곳에 최소한 한 명의 오 팔라시오 해결사가 있다는 걸 알고 있었어. 네가 그자를 밖으로 끌어냈지. 이제 그자는 잡혔어. 고맙구나.”

“난 미끼였던 거예요?”

“물론이지. 그리고 지금도 여전히 미끼고. 그래서 어제 내가 끼어들어서 루디에게 널 풀어주라고 한 거야. 오 팔라시오가 이제 어떻게 나올지 알 수는 없지만 무슨 짓을 하든 널 목표로 삼겠지.”

“당신… 당신은 진짜 비열해요, 알아요?”

옹구기는 고개를 끄덕였다. “뭐 어쩔 수 없으니까. 문명을 건설하는 일은 원래 추하단다, 재스민. 하지만 다른 길로 간다면 아예 문명이 사라지겠지.”

나는 순전히 경멸만을 담아 옹구기를 노려보았다. 그녀는 별로 개의치 않는 것 같았다.

“그럼 난 이제 뭘 어떻게 해야 하죠?”

“내 알 바 아니지.” 옹구기는 문을 가리켜 보였다. “하지만 얼른 시작하는 게 좋겠구나.”

은신처로 다시 기어들어간 다음 패널로 입구를 막았다. 어둠 속에서 몸을 공처럼 둥그렇게 웅크렸다. 미칠 듯이 피곤해서 곧바로 잠들 것 같았는데, 잠이 오지 않았다.

모든 게 한꺼번에 날 덮쳤다. 계속되는 위험, 가난, 분노 그리고 그중 최악은 절대적이고도 완전한 피로였다. 아빠가 ‘지쳐서 나가떨어졌다’

고 표현하던 것보다 훨씬 더 졸린 상태였다. 아빠는 내가 여덟 살 때 내 몸을 침대로 내던져 억지로 낮잠을 자게 하며 그런 표현을 사용하곤 했다.

비좁은 공간에서 할 수 있는 한 최대로 뒤척이며 돌아누웠다. 어떻게 해도 편하지 않았다. 정신을 잃고 싶었고 동시에 누군가를 때리고도 싶었다. 논리적으로 생각할 수가 없었다. 이곳에서 벗어나야 했다.

패널을 발로 차서 열었다. 누가 날 보든 말든 무슨 상관이야? 아무 상관없다.

"어디로 가지?" 나는 중얼거렸다.

축축한 물방울이 팔 위에 떨어졌다. 천장을 쳐다보았다. 빈 다운 27의 차가운 공기는 가끔 응축 현상을 일으키기도 한다. 물의 표면 장력과 달의 중력이 어우러져 물방울이 잔뜩 모였다가 한꺼번에 떨어지는 것이다. 하지만 위쪽에는 아무것도 보이지 않았다.

그 순간 나는 손으로 얼굴을 만졌다. "이런, 빌어먹을."

물이 떨어진 곳은 내 몸이었다. 내가 울고 있었던 것이다.

잘 곳이 필요했다. 진짜로 잘 수 있는 곳. 제대로 생각할 기력이 남아 있었다면 호텔로 갔을 것이다. 응구기는 오 팔라시오가 또다시 나를 찾아낼 수 있도록 돕지 않을 것이다.

바로 그 순간 전자 제품은 어떤 것도 믿을 수 없었다. 아빠가 피신해 있는 이맘의 집으로 갈까도 생각했다. 이맘은 나를 받아줄 테고, 원초적인 수준의 감정으로 아빠가 보고 싶기도 했다.

나는 고개를 흔들며 스스로를 꾸짖었다. 어떤 상황에 처하더라도 이 모든 엿 같은 상황에 아빠를 끌어들일 수는 없었다.

15분 뒤 나는 목적지로 향하는 통로를 힘겹게 걷고 있었다. 문에 달린 초인종을 눌렀다. 새벽 3시가 지난 시각이었지만 예의 따위는 차릴 수 없었다.

잠시 후 스보보다가 문을 열었다. 한 벌로 된 잠옷을 입고 있어서 마치 조금 전 1954년에서 달로 여행 온 사람처럼 보였다. 그는 게슴츠레한 눈으로 나를 바라보았다. "재즈?"

"나 말이야…" 목이 잠겼다. 발작적으로 울음이 터질 것 같은 두려움마저 느껴졌다. 제발 정신 좀 차려! "나 잠을 좀 자야 해. 스보보다, 맙소사. 난 잠을 자야…"

스보보다는 문을 더 열었다. "어서 와, 이리 들어와."

스보보다를 지나 터덜터덜 걸어 들어갔다. "그래. 자야 해. 너무 피곤해, 스보보다. 난 그냥 너무 피곤해."

"그래, 그래. 괜찮아." 스보보다는 눈을 문질렀다. "침대에서 자. 난 바닥에 담요를 깔든지 할 테니까."

"아니, 아니야." 내 눈은 이미 저절로 감긴 상태였다. "바닥에서 자도 돼."

그 순간 무릎이 꺾이면서 무너져 내렸다. 달은 정신을 잃기에 좋은 곳이다. 쓰러지면 아주 부드럽게 바닥에 부딪치니까.

스보보다가 양팔로 날 안아 올리는 것이 느껴졌다. 그다음에는 여전히 그의 체온이 남아 있는 침대가 느껴졌다. 담요가 내 몸을 덮었고 나는 안전한 누에고치 속으로 코를 들이밀며 파고들었다. 곧바로 잠에 빠졌다.

잠에서 깨어나 누구나 아침이면 겪는 유쾌한 기억상실증을 몇 초간 경험했다. 안타깝게도 오래 지속되지는 않았다.

전날 밤 있었던 어이없는 상황을 생각하니 몸이 오그라들었다. 맙소사. 애처로워 보일 정도로 약해지는 건 상관없지만 다른 사람 앞에서 그랬다는 건 이야기가 달랐다.

스보보다의 침대 위에서 기지개를 켜며 하품을 했다. 어떤 남성의 집에서 잔뜩 지치고 후회하는 마음으로 잠을 깬 적은 전에도 많았다. 하지만 실은 오랜만에 맛보는 최고의 단잠이었다.

스보보다는 보이지 않았다. 바닥에 베개와 담요가 있는 것을 보니 스보보다는 확실히 신사인 모양이었다. 자기 침대인데. 바닥에서 자야 할 사람은 나였다. 아니면 침대를 나누어 쓸 수도 있었다.

내가 신었던 부츠가 탁자 옆에 가지런히 놓여 있었다. 내가 잘 때 스보보다가 벗겨준 것 같았다. 그것 말고는 옷을 전부 다 입은 상태였다. 잠자기에 최고의 복장은 아니지만 누군가 밤에 정신 나간 내 몸에서 옷을 벗겨주는 것보다는 나았다.

주머니에서 기즈모를 꺼내 시간을 확인했다.

"이런 젠장!" 오후가 된 지 한참이나 지난 시각이었다. 14시간이나 잤다니.

침대 옆 탁자에는 겅크 바 세 개가 가지런히 쌓여 있고 그 위에 메모가 놓여 있었다.

재즈, 아침으로 먹어. 주스는 냉장고에 있어.

－스보보다.

겅크 바를 먹으면서 작은 냉장고를 열었다. 무슨 주스인지 모른 채 먼저 마시기부터 했다. 알고 보니 환원식 당근 사과 주스였다. 구역질

나는 맛이었다. 대체 어떤 놈이 이 두 가지를 섞은 거야? 우크라이나 놈이겠지.

고마움을 어떻게 갚을지 곰곰이 생각했다. 진짜로 멋진 식사 대접? 멋진 연구실 장비? 하룻밤 섹스? 물론 마지막은 농담이다. 그런 생각을 하니 킥킥 웃음이 나왔다. 그러다가 웃음을 멈추고 한참 더 생각을 했다.

이런. 잠이 덜 깬 모양이군.

기분 좋은 긴 샤워를 하고 내가 이렇게 애쓰는 게 무엇을 위해서였는지 다시금 떠올렸다. 내 개인 샤워실. 3미터만 걸으면 내 샤워실에 갈 수 있다는 건 정말이지 끝내줬다. 어마어마하게 좋았다.

지저분한 데다 밤에 입고 잤던 옷을 다시 입고 싶지 않아서 스보보다의 옷장을 뒤졌다. 적당한 셔츠를 찾아내 속옷 위에 걸쳤다(애석하게도 스보보다의 옷장에는 여자 속옷이 보이지 않았다. 만일 있었더라면 그에게 질문을 좀 해야 했겠지만). 셔츠는 내 몸에 짧은 원피스처럼 보였다. 스보보다는 나보다 키가 꽤 컸다.

좋아. 휴식을 취했고 깨끗하게 몸을 씻었고 머리가 맑았다. 마음이 진정되었으니 진지하게 생각해야 할 시간이었다. 어떻게 이 상황에서 빠져나가지? 책상에 앉아 내 기즈모를 연결했다. 책상 속 좁은 공간에 들어 있던 내장 모니터가 올라왔고 화면에 내 바탕화면 아이콘들이 나타났다. 손가락 관절을 꺾고 키보드 서랍을 빼냈다.

그 뒤로 몇 시간 동안 당근 사과 주스를 홀짝거리며(맛이 점점 좋아졌다) 샌체즈 알루미늄에 대해 조사했다. 회사의 활동과 임원들, 예상 수익, 무엇이든. 비공개 기업이었기 때문에(대주주는 '산티아고 홀딩스'라는 회사였는데 브라질에서는 그것이 '오 팔라시오'라는 말인 것 같았다) 공개되어 있는 정보가 많지는 않았다.

로레타 샌체즈에 대해 검색하다가 그녀가 쓴 고온 제련의 개선에 관한 논문을 찾아냈다. 기본적인 화학 공부를 하느라 조금 시간이 걸렸지만 인터넷으로 모든 걸 쉽게 찾아낼 수 있었다. 일단 이해하고 나자 인정하지 않을 수 없었다. 로레타 샌체즈는 정말 천재였다. 그녀는 전체 시스템을 개혁해 달에서 실제로 사용할 수 있게 만들었다.

그렇지만 만나게 되면 여전히 엉덩이를 걷어차 줄 생각이었다. 오해는 마시길.

인터넷 검색을 몇 시간은 한 것 같았다. 스보보다가 마침내 퇴근해서 돌아왔다.

"어, 안녕." 스보보다가 말했다. "기분은 좀 어때? 어… 에…."

억지로 모니터에서 시선을 돌려 왜 스보보다가 정신을 못 차리는지 확인했다. 나를 멍하니 보고 있는 것 같았다. 고개를 숙여 보았다. 나는 여전히 그의 옷장에서 훔친 셔츠만 입고 있었다. 상당히 섹시하다는 걸 인정하지 않을 수 없었다.

"이거 입어도 괜찮은지 모르겠네." 나는 셔츠를 가리켜 보였다.

"그… 그럼. 괜찮아. 보기 좋네. 아니, 잘 맞는다고. 아니, 어떻게 가슴이 맞지? 아니…."

스보보다가 더듬대는 모습을 잠시 지켜보았다. "모든 일이 다 끝나고 내가 여전히 살아 있으면 여성에 대해 교육 좀 시켜줄게."

"뭐, 뭐라고?" 스보보다가 말했다.

"그러니까… 넌 진짜로 이성과 대화하는 법을 배워야만 해, 알겠어?"

"아. 그러면 정말 도움이 될 거야, 그래."

스보보다는 실험실 가운을 벗어 벽에 걸었다. 가운을 연구실에 두지 않고 왜 집까지 입고 왔을까? 왜냐하면 남성들 역시 장신구를 좋아하기 때문이다. 스스로 인정하지 않을 뿐.

"잘 잔 것 같네." 스보보다가 말했다. "뭐 하고 있었어?"

"샌체즈 알루미늄에 대해 알아보고 있었어. 알루미늄 공장을 멈추게 할 방법을 찾아야만 해. 지금으로서는 그게 살아남을 수 있는 유일한 희망이야."

스보보다는 내 뒤쪽 침대에 앉았다. "정말 그들을 화나게 할 생각이야?"

"놈들이 뭘 더 어쩌겠어? 더 괴롭게 죽이기라도 해? 이미 날 노리고 있는데."

스보보다는 화면을 바라보았다. "오. 이게 제련 과정이야?"

"그래. FFC 케임브리지 공정이라고 부른대."

스보보다는 생기가 돌았다. "오, 멋진 이름인데!"

당연했다. 스보보다는 바로 그런 유형의 남성이었다. 그는 화면을 좀 더 잘 보기 위해 몸을 숙였다. 화면은 제련 공정의 각 단계마다의 화학 현상을 보여주고 있었다.

"놈들은 이제 수확기 주변에서 경비를 서고 있어." 내가 말했다. "그러니까 이젠 용광로 자체를 노려야 해."

"계획은 있고?" 스보보다가 물었다.

"그래. 이제 시작이지만. 하지만 뭔가 정말 싫어하는 걸 해야 한다는 뜻이야."

"그래?"

"도움을 구해야 해."

스보보다는 양팔을 벌렸다. "자, 내가 있잖아. 뭐든 말만 해."

"고마워, 친구. 제안을 받아들일게."

"친구라고 부르지 마." 스보보다는 툴툴거렸다.

나는 망설였다. "알았어. 그럼… 친구라고 부르지 않을게. 그런데 왜?"

"넌 교육이 필요해." 스보보다가 말했다. "나중에 남성에 관해 교육을 시켜줄게."

벌써 초인종을 네 번째 눌렀다. 안에 있었다. 그저 대답하고 싶지 않을 뿐이었다.

란비크 저택의 주 출입문 주위는 지지자들과 조문객들이 보낸 꽃들로 뒤덮여 있었다. 대부분 조화였지만 일부는 생화로 시들어 가고 있어서 트론의 친구들 가운데 일부가 얼마나 대단한 부자인지를 여실히 드러내 보였다.

늘 얼굴을 찌푸리던 이리나의 모습이 그리울 거란 생각은 한 번도 해보지 않았지만, 문을 열어줄 사람이 그녀가 아니라는 사실을 깨닫는 순간 슬픔이 온몸을 휘감았다.

그러다 어쩌면 아무도 안 나올 것 같다는 생각마저 들었다.

손가락을 구부려 문을 두드렸다. "레네! 재즈야! 지금이 좋은 때가 아니란 건 알아. 하지만 얘기 좀 해."

나는 조금 더 기다렸다. 포기하려 했을 때쯤 문이 딸칵 열렸다. 그 정도면 들어오라는 초대나 마찬가지였다.

조문의 꽃다발들을 넘어 문 안으로 들어섰다.

한때 환하게 밝혀 있던 현관 안쪽은 어두컴컴했다. 아무런 조명도 없는 곳에 그나마 거실에서 희미한 불빛이 새어 나와 있었다.

누군가 벽에 10여 개의 동그라미를 그려놓았다. 피가 튄 곳이었다. 실제 피는 지워지고 없었는데, 아마도 루디와 루셀 박사가 현장 검증을 마친 뒤에 전문 업체가 와서 청소했을 것이다.

불빛을 따라 거실로 들어섰다. 나쁜 쪽으로 너무 많이 변한 모습이었다. 모든 가구가 벽으로 밀려나 있었다. 전에 바닥을 장식했던 커다란 페르시아 깔개는 어디에도 보이지 않았다. 도저히 깨끗하게 만들 수 없는 것들도 있는 법이다.

레네는 조명이 거의 비치지 않는 소파 구석 자리에 앉아 있었다. 부잣집 10대인 레네는 여러 시간을 외모에 투자하곤 했다. 오늘은 운동복에 티셔츠 차림이었다. 화장도 하지 않은 얼굴 위로 마른 눈물 자국이 길게 나 있었다. 대충 뒤로 묶은 머리는 누가 봐도 아무런 신경을 쓰지 않은 것 같았다. 목발은 바닥에 아무렇게나 놓여 있었다.

레네는 두 손으로 손목시계를 들고 멍하니 바라보고 있었다.

"있잖아…." 사람들이 가족을 잃은 사람에게 말할 때 사용하는 머뭇거리는 말투로 말을 걸었다. "어떻게 지내고 있어?"

"파텍 필립이야." 레네가 조용히 말했다. "지구에서 최고의 시계지. 태엽도 자동으로 감기고 스톱워치, 시간대 표시, 뭐든 다 가능해. 아빠한테 잘 어울리는 것만 빼고."

나는 소파 위 레네 옆에 앉았다.

"제네바에서 제일가는 시계공이 개조한 거야." 레네가 말을 이었다. "자동 태엽 장치의 추를 텅스텐으로 다시 만들었어. 달 중력에서는 너무 무게가 많이 나가서 말이야."

레네는 내게 몸을 기울이더니 시계 앞면을 보여주었다. "그리고 달 주기 상태 표시기를 지구 주기 상태 표시기로 바꿨어. 지구의 주기 상태는 거꾸로 움직이기 때문에 까다로웠어. 심지어 시간대 다이얼에 있는 '나이로비'를 '아르테미스'라고 바꾸기도 했어."

레네는 가는 손목에 시계를 두르고 채웠다. "내겐 너무 커. 절대로 찰 수 없을 거야."

레네는 팔을 아래로 내렸다. 시계가 미끄러지며 소파에 떨어졌다. 레네는 코를 훌쩍였다.

시계를 집어 들었다. 시계에 관해서는 잘 몰랐지만 확실히 좋아 보였다. 12시를 제외하고 앞면의 각 시간이 다이아몬드로 장식되어 있었다. 12시에는 에메랄드가 박혀 있었다.

"루디가 범인을 잡았어." 내가 말했다.

"들었어."

"놈은 노르웨이 감옥에서 평생을 썩을 거야. 아니면 러시아에서 처형당하든지."

"그런다고 아빠와 이리나가 돌아오지는 않아." 레네가 말했다.

레네의 어깨에 팔을 둘렀다. "두 분 일은 정말 유감이야."

레네는 고개를 끄덕였다.

그저 어색한 침묵을 채우려고 한숨을 내쉬었다. "봐, 레네. 아빠가 너한테 사업 이야기를 얼마나 많이 했는지 모르겠는데…."

"아빠는 사기꾼이었어. 나도 알아. 상관없어. 그래도 내게는 아빠였으니까."

"아빠를 죽인 사람들은 샌체즈 알루미늄의 주인이야."

"오 팔라시오지." 레네가 말했다. "루디가 말해줬어. 어제까지만 해도 한 번도 들어본 적 없는 이름이야."

레네는 얼굴을 양손에 묻었다. 한바탕 울음을 터뜨릴 것 같았다. 충분히 그럴 만도 했다. 하지만 레네는 울지 않았다. 우는 대신 내게 고개를 돌리고 눈가를 훔쳤다. "샌체즈의 수확기를 망가뜨렸다며? 아빠가 그러라고 시켰어?"

"응."

"왜?" 레네가 물었다.

"네 아빠는 알루미늄 사업을 차지하고 싶어했어. 사실은 규소 사업이라고 해야겠지. 샌체즈의 생산을 방해하면 시와 계약을 맺을 수 있고 그래야 사업을 시작할 수 있거든."

레네는 멍하니 앞을 바라보다가 천천히 고개를 끄덕였다. "아빠답네. 항상 음모를 꾸몄지."

"저기, 내게 생각이 하나 있는데, 네 도움이 필요해."

"절름발이 고아가 필요해?"

"다리를 저는 억만장자 고아가 필요하지." 나는 다리를 소파 위로 끌어 올리고 앉았다. 그렇게 하니 레네와 여성 대 여성으로 마주 볼 수 있었다. "네 아빠가 하려던 계획대로 할 거야. 샌체즈의 산소 생산을 막는 거지. 네가 준비하고 있다가 산소 공급 계약을 대신 맡아줬으면 좋겠어. 일단 그렇게 되면 오 팔라시오는 네게 샌체즈 알루미늄을 넘기려고 할 거야."

"왜 나한테 회사를 팔아?"

"만약 회사를 팔지 않으면 네가 별도로 회사를 차려서 공짜 전력을 무기로 가격을 후려쳐서 그들을 망하게 할 테니까. 놈들은 폭력조직이지만 동시에 사업가이기도 해. 너는 그들에게 회사가 무너지는 걸 지켜보는 대신에 사업에서 철수하면서 큰 수익을 얻을 기회를 제안하는 거야. 그들은 받아들일 거야. 네가 아빠 재산을 모두 보유하고 있는

285

거지?"

"아직은 아니야. 수십억 대의 재산이 유로와 달러, 엔을 비롯한 세상의 온갖 화폐로 있어. 거기에다 모든 회사와 주식들까지…. 또 뭐가 있는지 누가 알겠어. 내가 열여덟 살이 될 때까지는 신탁회사에서 관리할 거야. 유언장 확인만 해도 몇 달, 어쩌면 몇 년이 걸릴 거야."

"아빠가 갖고 있던 아르테미스 슬러그는 다르지. 이곳 규제가 부족한 게 너한테는 도움이 될 거야. 네 아빠 계좌는 루셀 박사가 아빠의 사망을 확인하는 순간 네 것이 되었어. 그리고 내가 듣기로는 네 아빠가 어마어마하게 많은 돈을 슬러그로 바꿔두었다고 했거든. 샌체즈를 인수하기 위한 준비 자금으로 말이지. 계획을 성사시킬 수 있는 돈이 네게 있는 거야."

레네는 먼 곳을 멍하니 바라보았다.

"레네?"

"돈 때문이 아니야. 내가 문제지. 할 수가 없어. 난 아빠가 아니야. 아빠는 이런 일에 달인이었지. 하지만 나는 내가 뭘 하는지도 잘 모른다고."

손목시계를 뒤집어보았다. 백금으로 만든 뒤판에 노르웨이어로 글자가 새겨져 있었다. 레네에게 보이도록 들어 보였다. "이거… 뭐라고 쓴 거야?"

레네는 흘깃 바라보았다. "하늘이 끝은 아니다라는 뜻이야."

"아빠는 자신감 넘치는 분이었어." 내가 말했다.

"그래서 살해당했지."

주머니에 손을 넣어 스위스 군용 나이프를 꺼냈다. 나이프에 딸린 핀셋으로 금속 시곗줄의 고정핀을 빼냈다. 시곗줄의 연결 부위를 세

칸 빼내고 고정핀을 다시 박았다.

레네의 손을 잡고 손목에다 시곗줄을 넣었다. 레네는 어리둥절해했지만 내게 손을 맡겨두고 있었다. 시계를 딸칵 채웠다. "됐어. 이제 맞아."

레네는 팔을 흔들어봤지만 시계는 그대로 손목에 남아 있었다. "무겁네."

"익숙해질 거야."

레네는 시계 앞면을 한참 들여다보았다. 유리에 묻은 한 점의 먼지를 닦아냈다. "해야 할 것 같아."

"그럼…?" 다시 물었다.

"좋아, 그렇게 하겠어." 레네는 똑바로 앞을 바라보았다. "나쁜 놈들을 잡아야지."

전에는 한 번도 눈치챈 적 없지만 레네의 눈은 트론의 눈을 아주 많이 닮아 있었다.

켈빈에게,

일전에 도와줘서 고마워. 아주 똥물에 빠졌었거든. 지금은 약간 얕은 똥물이 됐지만. 간단히 말해서 샌체즈 알루미늄이라는 회사와 전쟁 중이야. 나중에 전부 자세히 얘기해줄게. 당장은 또 도움이 필요해.

샌체즈 알루미늄의 용광로 설비는 원자로 근처의 작은 버블 안에 있어. 원자로 및 용광로 단지는 도시에서 1킬로미터 떨어진 곳에 있고.

조사를 좀 하다가 샌체즈와 KSC 사이의 '협약'에 대한 20년 전 문서를 찾아냈어. KSC가 용광로 디자인 공정에 직접 손을 댔는데 샌체즈의 마음에 들지 않았나 봐. 양측은 케냐의 법원에서 거의 소송까지 갈 뻔했어.

샌체즈의 주장은 "우리 용광로다. 누구에게든 승인을 받을 필요는 없다. 꺼져라." 라는 거였어.

KSC의 반론은 "우리 원자로에서 200미터밖에 안 떨어져 있다. 폭발하지 않으리라는 걸 확인할 필요가 있다. 승인 권리를 주지 않으면 해당 부지를 빌려주지 않겠다, 이 개자식들아."였고.

결국 작은 버블의 소유권을 가진 KSC가 이겼어. KSC는 절대로 재산을 매각하지 않아. 건물주가 최고니까.

어쨌든 결론적으로 KSC는 분명히 어딘가에 샌체즈 용광로의 상세 도면을 가지고 있을 거야. 이를테면… 모든 잠재적인 고장 상황을 엄청나게 자세히 분석하고 대비해 둔 그런 것. 네가 그런 서류를 찾아줬으면 해. 네가 KSC의 전혀 상관없는 부서에서 일한다는 건 알지만, 그래도 대부분의 사람들이 접근하지 못하는 곳에 접근할 수 있잖아. 일하면서 돈이 필요하면 좀 풀어도 좋아. 나중에 갚을게.

...

재즈에게,

도면 첨부했어. 깜짝 놀랄 정도로 찾아내기가 쉬웠어. 회사의 기밀이나 산업공정으로 지정되어 있는 부분도 전혀 없었어. 샌체즈는 용광로 내부의 화학 반응 자체를 비밀로 하고 있지만 다른 모든 건 설계도면에 그대로 들어 있었어.

27번 건물에 금속공학 연구소에서 일하는 술친구가 있어. 안전 문제를 개괄적으로 확인하는 과정 일부에 그 친구네 부서가 참여했었나 봐. 그 친구가 상사의 컴퓨터(비밀번호도 설정되어 있지 않더라)에서 도면을 뽑아냈어. 그 친구에게 맥주 한 잔 사는 것으로 끝냈어.

그러니까 비용은 맥주 두 잔이야(물론 나도 한 잔 마셔야 했으니까). 50g로 잡자고.

...

켈빈에게,

고마워, 친구. 75g로 하고 내가 살 테니 맥주 한 잔 더 해.

12

'사적인 행사로 문을 닫습니다'라는 안내문이 걸려 있었다.

"이럴 필요까지는 없는데, 빌리." 내가 말했다.

"말도 안 돼, 자기. 모임 장소가 필요하다며, 그럼 당연히 이렇게 해야지."

하트넬스에 들어서서 문을 닫고 늘 앉던 자리에 앉았다. "하지만 이러면 수입이 줄잖아."

빌리는 웃었다. "진짜야, 자기. 아침에 한 시간 문을 닫아서 주는 매상보다 지금까지 자기가 올려준 매상이 더 많다니까."

"아, 고마워." 나는 카운터를 두드렸다. "일단 왔으니까…"

빌리는 술을 한 잔 따라서 내게 내밀었다.

"야." 문가에서 데일이 말했다. "날 만나고 싶다고?"

"그래." 나는 대답하고 맥주를 한 모금 들이켰다. "하지만 같은 이야기를 계속 반복하고 싶지는 않아. 그러니까 전부 여기 모일 때까지 앉아서 기다려."

"진심이야?" 데일은 투덜거렸다. "이러고 있는 시간에 다른 할 일이 많은데."

"맥주 살게."

"제일 좋은 맥주로 한 잔 줘, 빌리!" 데일은 자기 자리에 올라앉았다.

"그래 봐야 환원식 쓰레기지." 빌리가 말했다.

레네 란비크가 목발을 짚고 절뚝거리며 들어섰다. 그렇다. 레네는 열여섯 살이고 하트넬스는 술집이지만 아르테미스에는 음주 가능 연령이 규정되어 있지 않다. 주먹구구식으로 집행하는 모호한 규정들 가운데 또 다른 하나였다. 만일 빌리가 10대 아이들에게 가끔 맥주를 팔면 별일이 아니다. 하지만 만일 옆길로 벗어나 연령대를 지나치게 내리면 화난 부모들의 방문을 받게 될 것이다.

레네는 가까운 테이블에 앉아서 목발을 의자에 기대놓았다.

"어이, 어떻게 지내고 있어?" 내가 물었다.

"나아졌어." 레네가 말했다. "신나거나 하지는 않아. 하지만 나아졌지."

"서두르지 마." 나는 레네를 향해 술잔을 들어 보였다. "계속 견디는 거야."

"고마워." 레네가 말했다. "이 얘기를 어떻게 해야 할지 모르겠는데, 아빠가 돈을 지불했어? 아니면… 그럴 기회가 없었어?"

오, 세상에. 이러지 마. 이 문제는 나중에 천천히 레네에게 말하려고 했다. 하지만 레네가 애도할 시간을 충분히 주어야 했다. "글쎄… 아니야. 못 받았어. 하지만 걱정하지 마."

"아빠가 얼마 주기로 했어?"

"레네, 이 건은 나중에 얘기…."

"얼마야?"

빌어먹을. 이런 대화는 언제든 벌어질 수밖에 없었다. "100만 흥."

"이런 젠장!" 데일이 말했다. "100만 흥라고?"

데일의 말은 무시하고 말했다. "하지만 그게 진짜라는 증거도 없고, 네가 내 말을 믿어야 할 이유도 없어."

"언니 말로 충분해." 레네가 말했다. "아빠는 늘 재즈는 지금까지 같이 일했던 사람들 가운데 가장 정직한 사업가라고 말했었어. 오늘 돈 보내줄게."

"아니야." 내가 말했다. "계약을 이행하지 못했어. 샌체즈의 산소 생산을 멈추는 것이 조건이었어. 돈을 내고 싶으면 내가 일을 마친 후에 줘. 하지만 너도 알다시피 이제 이번 일은 돈 문제가 아니야, 알지?"

"알아. 하지만 계약은 계약이지."

"빌리!" 데일이 말했다. "지금부터 내가 마시는 술은 전부 재즈에게 돈 받아! 재즈는 백만장자니까!"

"지금 당장은 끽해야 일만장자야." 내가 말했다. "자기 술값은 자기가 내라고."

데일과 나는 맥주를 두 잔씩 더 마셨고 레네는 기즈모를 만지작거렸다. 레네의 삶이 정상으로 돌아올 때까지는 오랜 시간이 걸리겠지만 적어도 지금 당장은 전화기에 붙어사는 10대 아이였다.

정확히 10시에 밥 루이스가 나타났다.

"밥, 안녕하세요." 나는 인사를 건넸다.

"재즈구나."

"맥주 마실래요?"

"괜찮아."

밥은 레네의 테이블 맞은편에 앉아 더는 아무 말도 하지 않았다. 해병대는 기다리는 법을 알았다.

다음으로 스보보다가 전자기기가 든 상자를 들고 나타났다. 그는 손을 흔들어 보이고는 전자기기를 설치하기 시작했다. 빌어먹을 바보 멍텅구리는 디지털 프로젝터와 두루마리 스크린을 가져왔다. 자신의 기즈모를 연결했지만 장비라는 것이 늘 그렇듯 작동하지 않았다. 스보보다는 당황하지 않고 기기를 만지작거렸다. 그는 똥구덩이 속 돼지처럼 행복해 보였다.

아직 한 사람이 오지 않았다. 나는 문을 바라보면서 시간이 흐를수록 점점 더 긴장했다. "몇 시지?" 실내에 있는 모두에게 말하듯이 물었다.

레네가 손목시계를 확인했다. "오전 10시 13분이야…. 그런데 지금은 지구가 반만 보일 때야. 점점 보름지구가 되고 있어."

"좋은 정보네." 내가 말했다.

마침내 문이 열리더니 마지막 손님이 들어섰다. 손님은 바의 사람들을 훑어보다가 내게 눈길을 보냈다.

맥주잔을 옆으로 치웠다. 아빠 앞에서는 한 번도 술을 마셔본 적이 없었다.

"안녕하세요, 바샤라 씨." 레네가 말했다.

아빠는 레네에게 걸어가 아이의 손을 꼬옥 붙잡았다. "란비크 양, 아버지 일은 정말 유감이에요. 소식 듣고 나도 눈물이 났어요."

"고맙습니다." 레네가 말했다. "힘들었어요. 하지만 나아지고 있어요."

밥이 일어섰다. "아마르 씨, 만나서 반갑습니다."

"나도 반갑네. 로버 출입문은 아무 이상 없나?"

"완벽해요. 아직까진 전혀 새는 곳이 없습니다."

"그렇다니 기쁘군."

빌리는 어깨 위에 수건을 둘렀다. "안녕하세요, 아마르 씨. 주스 좀 드릴까요? 여기 주스 가루가 몇 가지 있거든요. 사람들은 포도 맛을 제일 좋아하죠."

"크랜베리 있나?" 아빠가 물었다.

"아, 있죠!" 빌리는 술잔을 꺼내서 크랜베리 주스를 환원했다.

데일이 술잔을 들어 올렸다. "바샤라 씨."

아빠는 차가운 눈길을 보냈다. "데일."

"제가 잊어서 그러는데요…." 데일이 말했다. "제가 게이라서 미워하시는 건가요? 아니면 유대인이라서 미워하시는 건가요?"

"내 딸의 마음을 아프게 해서 미워하는 거네."

"그렇군요." 데일은 남은 맥주를 비웠다.

아빠는 내 옆에 앉았다.

"무슬림이 술집에 왕림하셨네요…." 내가 말했다.

아빠는 웃지 않았다. "아빠가 필요하다고 해서 왔다. 그냥 술자리나 가지는 거라면 이맘의 집으로 돌아가는 편이 낫겠구나."

"그게 아니라…."

"바샤라 씨?" 스보보다가 우리 사이에 머리를 들이밀었다. "안녕하세요, 처음 뵙네요. 전 마르틴 스보보다입니다. 재즈의 친구죠."

아빠는 악수를 하며 말했다. "'잠도 같이 자는 친구들' 중 한 명인가?"

"우웩." 나는 눈을 굴렸다. "난 그런 짓 안 해요, 아빠. 놀라실 수도 있겠지만 이 가게에 있는 그 누구와도 섹스해 본 적이 없어요."

"뭐, 여긴 좁은 곳이니까."

"심하시네요!" 스보보다가 말했다. "어쨌거나 재즈를 멋지게 키우셨다는 말씀을 드리고 싶었어요."

"그렇게 생각하나?" 아빠가 말했다.

"자. 그만." 내가 말했다. "이제 시작하죠."

하얀 스크린으로 걸어갔다. 물론 스보보다가 준비를 끝낸 상태였다. 그는 언제나 빌어먹을 엿 같은 물건들을 잘 다룬다.

심호흡을 한 번 했다. "워낙 여러 가지 일들이 벌어지다 보니, 여러분 중 몇몇은 의문을 가지고 있을 거예요. 이를테면 밥은 어떤 놈이 허가도 없이 선외활동을 나가서 기계를 날려버렸는지 알고 싶겠죠. 그리고 아빠는 도대체 내가 무슨 짓을 했기에 지난주 내내 아빠가 이맘의 집에 숨어 있어야 했는지 알고 싶을 거고요. 제가 아는 모든 걸 말씀드릴 테니 잘 들어주세요."

나는 사람들에게 있을 법하지 않은 모든 이야기를 들려주었다. 퀸즐랜드 유리의 화재와 트론이 어떻게 날 고용했는지, 일이 어떻게 잘못 돌아갔는지, 그리고 어떻게 살인사건으로 이어졌는지를. 이야기는 오팔라시오, 왼손잡이, 진 추로 이어졌다. 샌체즈 알루미늄의 산소 공급 계약과, 트론이 그 계약을 차지하려 했다는 이야기도 했다. 무대를 스보보다에게 넘겨서 ZAFO와, 그것이 어떻게 작동하는지를 설명했다. 그런 다음 충격에 잠긴 사람들 얼굴을 향해 수십 명의 조직폭력배들이 아르테미스로 오고 있다는 이야기로 마무리했다.

나는 이야기를 마쳤지만, 실내에 있는 모두가 침묵을 지켰다.

데일이 가장 먼저 입을 열었다. "여기 있는 모두가 상황이 엿 같다는 데엔 동의할 거라고 생각합니다. 하지만 폭력배 수십 명으로 아르테미스를 점령할 수 있을 것 같진 않아요. 그러니까, 이 동네 술집에서는 그것보다 규모가 큰 싸움도 벌어지곤 했잖아요."

"이건 갱스터 영화가 아니에요." 내가 말했다. "놈들이 건들거리며 다가와 머리를 날려버린다거나 하는 게 아니라고요. 놈들은 그냥 산소를 공급하고 전력을 받아가는 계약만 충실히 이행할 수 있도록 지키면 되는 거예요. 우리에겐 놈들이 여기 도착하기 전까지 짧은 시간밖에 기회가 없어요."

"네가 무슨 짓을 꾸미는지는 몰라도 불법일 것 같구나." 아빠가 말했다.

"엄청난 불법이죠."

아빠는 의자에서 일어섰다. "그럼 난 끼지 않겠다."

"아빠, 제가 살아남을 수 있는 유일한 방법이에요."

"어림없는 소리! 우린 지구로 돌아가면 돼. 타부크에 사는 내 동생이 우릴 받아줄…."

"아뇨, 아빠." 나는 고개를 저었다. "도망칠 수는 없어요. 사우디아라비아는 아빠가 살던 고향이지 제 고향이 아니에요. 그리고 그곳에서 절 기다리는 건 중력병 말고는 아무것도 없다고요. 제 고향은 아르테미스예요. 저는 안 떠날 거고 절대로 놈들이 이곳을 차지하게 놔두지도 않을 거예요."

아빠는 다시 앉았다. 나를 사납게 노려봤지만 가버리지는 않았다. 그래도 그 정도면 의미가 있었다.

"모두에게 계획을 말해줘!" 스보보다가 말했다. "시각 자료는 전부 준비해 뒀어!"

"그래, 알았어. 도면 보여줘."

스보보다가 기즈모를 몇 번 두드리자 프로젝터가 건축 설계도면을 비췄다. 제목 위치에는 '샌체즈 알루미늄 용광로 버블: 금속공학적 분석'이라고 쓰여 있었다.

화면을 가리켰다. "용광로 버블은 이곳 버블보다 매우 작아요. 직경이 겨우 30미터밖에 안 돼요. 하지만 다른 버블들과 마찬가지로 이중 외벽 방식으로 건설됐어요. KSC는 어디든 인간이 출입하는 곳이라면 이중 외벽을 요구하고 있으니까요."

스크린 앞으로 걸어가 자료를 가리키면서 말했다. "여기가 관제실입니다. 시설을 내려다볼 수 있는 커다란 창문이 있으니까 몰래 움직여야겠죠."

"관제실 공기는 별도로 관리되나?" 아빠가 물었다.

"아니에요. 관제실도 나머지 시설 전체와 공기를 공유해요. 직원들이 지상층에 접근해야 하는 일이 아주 잦은데 중간에 공기 차단 출입문을 두고 싶어하지 않았어요. 어쨌든 제가 추측하기로는 그래요. 만일의 사태에 대비해서 관제실에 공기 대피소를 두고 있어요. 그리고 만일 열차가 와서 대기 중이라면 그냥 열차로 들어가도 괜찮죠."

"좋아." 아빠가 말했다.

설명을 계속했다. "분쇄기는 밖에 있고 분쇄된 암석은 여기 압축 에어로크를 통해 들어와요. 그런 다음 아래층으로 내려갑니다. 원심분리 선별기가 회장석을 다른 광물로부터 분리해 내죠. 그러면 분리된 회장석은 전극에 엉겨 붙고요. 그곳에서 다시 위층으로 이동해 용광로로 들어갑니다."

나는 도면 중앙에 있는 커다란 사각형을 두드렸다. "이곳이 바로 마법이 벌어지는 곳이에요. 용광로는 어마어마한 전력을 사용해서 회장석을 기본적인 성분들로 변형시켜요."

"FFC 케임브리지 공정이죠." 스보보다가 말했다. "놀라워요! 전극을 칼슘 염욕로에 담가 전기분해 요법을 통해 문자 그대로 원자들을 뽑아내 버리는 거예요! 아, 탄소 음극은 부식하니까 부산물인 이산화탄소에서 탄소를 회수해 지속적으로 다시 보충해 줘야 하죠. 그 결과 생산되는 알루미늄 분말 일부를 사용해 로켓 연료를 만들기도 하지만, 나머지…."

"스보보다 진정 좀 해." 내가 말했다. "어쨌든 저리로 침입해서 용광로가 스스로 녹아내려 끝장나게 해버릴 거예요."

"용광로의 '용'은 녹는다는 뜻이죠!" 스보보다가 덧붙였다.

"어떻게 할 건데?" 데일이 물었다.

"가열장치의 온도를 더 높일 거야. 전해조의 온도는 보통 섭씨 900도지만 내가 1,400도까지 높일 수만 있다면 강철 격납 용기가 녹을 거야. 그러면 과열된 용융염이 흘러나와 버블 내부의 모든 걸 파괴하겠지."

아빠가 얼굴을 찡그렸다. "이런 하찮은 기물 파괴가 무슨 소용이 있겠니?"

"아빠, 우선 이건 하찮은 기물 파괴가 아니에요. 심각한 기물 파괴죠. 두 번째로 놈들의 용광로가 파괴되면 샌체즈는 더 이상 산소를 생산하지 못하게 되고 시와 맺은 계약도 무효가 돼요. 그때 레네가 등장하는 거죠."

레네는 모두가 자신에게 고개를 돌리자 안절부절못했다. "어, 그래요. 아빠는, 그러니까 나는 아르테미스가 일 년 동안 사용할 수 있을 정도로 충분한 양의 산소를 갖고 있어요. 샌체즈가 계약을 이행하지 못하는 순간에 대신 계약을 제안할 거예요."

"그러면 응구기가 곧바로 도장을 찍을 거고요." 내가 말했다. "응구기는 우리만큼이나 아르테미스에서 오 팔라시오를 몰아내고 싶어해요."

밥은 코웃음을 쳤다. "나는 왜 이번 일에 발을 담가야 하지?"

"젠장, 밥." 내가 말했다. "날 도울지 말지에 관한 논란으로 시간을 보내고 싶지 않아요. 우리가 왜 이번 일을 해야 하는지 이해가 안 되면 이해될 때까지 저기 구석에 가 있어요."

"넌 아주 재수 없는 년이야." 밥이 말했다.

"말조심해!" 아빠가 밥을 쏘아보자 무뚝뚝한 해병대원도 뒤로 물러섰다.

"밥이 옳아요, 아빠. 난 재수 없는 년이에요. 하지만 지금 아르테미스에는 재수 없는 년이 필요하고, 그래서 내가 나선 거죠."

나는 술집 한가운데로 걸어 나갔다. "바로 지금 이 순간에 아르테미스가 어떤 도시가 될지 우리가 결정해야 해요. 지금 행동에 나설 수도 있고 우리 고향이 여러 세대 동안 폭력조직의 지배하에 망가지게 둘 수도 있어요. 이건 그저 이론적인 시나리오가 아니에요. 놈들은 회사에 불을 질러서 망하게 했어요. 두 사람을 살해했고요. 어마어마한 돈이 걸려 있어요. 놈들은 멈추지 않을 거예요.

전에 없던 상황이 아니에요. 뉴욕, 시카고, 도쿄, 모스크바, 로마, 멕시코시티. 모든 도시가 각자 만연한 폭력조직을 통제하느라 지옥 같은 시간을 겪었죠. 앞의 도시들은 그나마 성공한 경우예요. 남아메리카의 많은 나라들은 여전히 카르텔의 지배를 받고 있어요. 그렇게는 되지 말아야죠. 암이 퍼져나가기 전에 처단해 버리자고요."

나는 모든 사람과 각각 눈을 맞췄다. "날 위해서 해달라고 부탁하는 게 아니에요. 아르테미스를 위해서 해달라는 거예요. 우린 오 팔라시오가 이곳을 점령하게 놔둘 수 없어요. 지금이 유일한 기회예요. 놈들은 이곳으로 군대를 보내고 있어요. 일단 해결사들이 이곳에 오면 우리는 샌체즈의 산소 공급을 절대로 막아내지 못할 거예요. 용광로는 포트 녹스(미국의 연방 금괴 저장소가 있는 곳-옮긴이)보다 더 튼튼한 방어막을 갖게 될 거예요."

혹시 누구라도 내 논리에 반대 의견을 내고 싶을 경우를 대비해 잠시 말을 멈추었다. 아무도 나서지 않았다. "자, 세워야 할 계획이 엄청나게 많으니까 쓸데없는 소리는 다 잘라내 버리자고요. 밥, 당신은 해병이에요. 인생의 절반을 미국을 보호하는 데 썼어요. 이제 당신의 조국은 아르테미스고 위험에 처해 있어요. 조국을 보호하겠어요?"

내 말이 밥의 중요한 뭔가를 건드린 모양이었다. 밥의 표정을 보니 알 수 있었다.

아빠 쪽으로 걸어갔다. "아빠, 딸의 목숨을 건질 수 있는 유일한 방법이니까 같이 해주세요."

아빠는 입을 꾹 다물었다. "얄팍한 수로구나, 재스민."

데일에게 고개를 돌렸다. "네가 왜 이걸 해야 하는지 설명할 필요가 있을까?"

데일은 빌리에게 추가로 맥주를 주문하는 손짓을 하며 질문을 피했다. "넌 완전히 재수 없는 인간은 아니잖아, 재즈. 직원들이 다치지 않게 할 계획은 세워두었겠지?"

밥이 손을 들었다. "그렇다면 버블엔 어떻게 들어갈 거야? 깡패들이

택배로 왕창 배달되는 것 말고도 샌체즈는 경비가 삼엄해."

"게다가 안전장치는 어떻게 하려고?" 스보보다가 물었다. "지구에 있는 네 친구가 보낸 도면을 살펴봤어. 용광로에는 온도 조절 장치가 여분으로 세 개나 있고 녹는 구리를 이용한 안전 마개도 장착되어 있어."

"그리고 애초에 왜 내가 필요한 거야?" 아빠가 물었다.

"알았어요, 알았다고요." 양손을 들어 올렸다. "전부 대답할 수 있어요. 하지만 우선 알아야 할 것이 있어요. 우리 모두 납득하는 단계는 지난 거죠? 모두 하기로 한 거 맞죠?"

술집 내에는 정적만이 흘렀다. 심지어 빌리마저도 아침 장사 준비를 멈추고 일이 어떻게 돌아가는지 지켜보고 있었다.

"네 말이 옳은지 확신은 생기지 않아." 밥이 말했다. "하지만 네가 말한 아르테미스의 미래라는 위험을 감수할 수는 없어. 그리고 그들은 우리 쪽 사람을 둘이나 죽였어. 난 하겠어."

아빠가 고개를 끄덕였다. "나도."

"내가 참여하는 건 알잖아." 스보보다가 말했다. "화끈하게 나쁜 짓 하는 거 진짜 좋아!"

"저도 좋아요." 레네가 말했다. "나쁜 짓 말고… 참여하는 거요. 나쁜 짓을 할 건지는 아직 모르겠어요."

"이걸로 상쇄하는 거야." 데일이 말했다. "타일러에 대한 죄책감은 끝이야. 그런 소리는 이제 그만 두라고."

나는 얼굴을 찌푸렸다. "그냥 갑자기 화를 안 낼 수는 없어."

"그렇지, 하지만 그 얘기에만 빠져서 사는 건 그만둘 수 있잖아. 그리고 말할 때 날 평범한 인간으로 대해줄 수도 있고." 데일은 내게서 눈길을 돌리지 않은 채 남은 맥주를 마저 비웠다. "나는 그게 대가야."

"좋아." 내가 말했다. 어떻게 그럴 수 있을지 확신은 안 섰지만 아르테미스를 위해서라면 자존심을 굽혀야 했다.

밥은 건장한 체격과 군인다운 태도를 이용해 통관항으로 가는 길을 뚫고 나갔다. 아빠와 나는 용접 장비를 잔뜩 실은 수레를 밀고 밥의 뒤를 따랐다.

주차장 자기 자리에 서 있는 트리거가 보였다. 최근에 트리거를 사용할 기회가 없었는데. 삶이 온통 혼돈 속에 빠져 있어 배달할 시간이 미처 없었던 것이다. 작은 녀석이 그리웠다. 이 모든 상황이 끝나면 특별한 이유가 없더라도 녀석을 타고 주위를 돌아봐야 할 것 같았다.

밥은 우리를 데리고 커다란 방의 한쪽 구석으로 갔다. 그곳에는 그가 임시로 세워둔 벽이 있었다. 우리는 벽 뒤로 돌아서 임시로 마련한 작업실로 들어갔다.

"이것으로 가능하면 좋겠군." 밥이 말했다. 그는 작업실 중앙에 있는 분리형 공기 대피소를 가리켰다. "찾아낼 수 있는 것 중에서 가장 큰 거야."

기압 유지가 가능한 원통형 대피소는 수동식 출입문이 하나 달려 있고 공기 탱크가 네 개 설치되어 있었다. 안쪽에 내부 환풍기와 화학적으로 이산화탄소를 흡수하는 시스템에 전력을 공급하는 배터리 장치가 달려 있었다. 출입문 위쪽에 '최대 정원: 4인. 최대 사용 시간: 72시간'이라는 안내문이 붙어 있었다.

"어디서 구했나?" 아빠가 조심스럽게 물었다.

"집에서요. 저희 가족이 사용하는 비상용 대피소입니다."

"제기랄." 내가 말했다. "이렇게까지 할 필요는 없어요, 밥."

"네 아버지는 훔치는 걸 원치 않으실 거야. 그리고 네가 새로 하나 사주면 되잖아."

"그래야겠죠." 빌어먹을. 몇천 슬러그는 확실히 더 나가겠군.

아빠는 경험 많은 눈으로 대피소를 검사했다. 대피소 주위를 한 바퀴 돌면서 위아래로 샅샅이 살폈다. "이거면 돼."

"좋아요. 맡기겠습니다." 밥이 말했다. "뭐든 필요하면 말씀하시고요."

밥은 임시로 세운 벽 뒤로 돌아서 나갔다. 그러자 아빠와 나만 남아 서로를 바라보았다.

수레에서 용접 마스크를 집었다. "옛날로 돌아간 것 같네요. 같이 일해본 지 꽤 오래되었죠?"

"9년 됐지." 아빠는 내게 작업복을 던졌다. "안전 장비를 입어야지. 전부."

"아, 왜 이러세요. 이건 너무 덥고…"

아빠가 표정으로 내 말을 잘랐다. 다시 열여섯 살이 된 것 같았다. 마지못해 작업복을 입고 즉시 땀을 흘리기 시작했다. 우웩.

"이걸 어떻게 해야 하죠?" 내가 물었다.

아빠는 수레로 손을 뻗더니 여러 장의 알루미늄판을 들어 올렸다. "뒤쪽에 구멍을 뚫을 거야. 공기 탱크와 배터리를 옮겨야 하지만 어렵지는 않을 거다."

나는 용접 마스크를 썼다. "그런 다음엔요? 연결 부위는 어떻게 만들죠?"

아빠는 알루미늄판을 대피소에 기대어 세웠다. "새로 뚫은 구멍 주위에 이걸 용접해서 덮개를 만드는 거지."

알루미늄판을 한 장 집었다. 구석에 찍힌 제조사의 로고가 보였다. "야, 이거 역설적이네요. 샌체즈 알루미늄에서 만든 제품이잖아요."

"품질은 좋아." 아빠가 말했다.

"란비크 알루미늄도 품질 좋은 제품을 만들 거예요." 나는 판을 내려놓았다. "모서리 용접 부위가 진공 상태에서 견뎌낼까요?"

아빠는 펜을 꺼내 뚜껑을 열었다. "모서리 없이 할 거야. 알루미늄판을 전체적으로 달궈서 부드럽게 만든 뒤 대피소 곡면에 맞춰 구부리면 돼. 원통 모양으로 조립할 거야." 아빠는 나를 바라보았다. "그럼 알루미늄판 몇 개가 필요하지?"

나는 언제나 빌어먹을 퀴즈를 풀어야 했다.

"글쎄요. 5밀리미터 판은 반지름 50센티미터 이하로 구부리면 안 돼요. 완전한 원을 만들려면 여섯 장 정도 필요하겠네요."

"여섯 장이면 되겠지." 아빠가 말했다. "안전하게 여덟 장을 쓰자. 자, 줄자 좀 줘."

시키는 대로 했다. 아빠는 신중하게 치수를 재고 대피소 표면에 표시했다.

"잔소리는 언제 시작할 거예요?" 내가 물었다.

"넌 어른이야. 무슨 일이든 내가 잔소리할 시기는 지났지."

"하지만 계속 안 그런 척하면서 공격적으로 가시 돋친 말을 할 거잖아요? 혹시나 흘려듣게 될까 봐 그래요."

아빠는 일어섰다. "네 선택이 마음에 드는 것처럼 거짓 행동을 한 적은 물론 한 번도 없다, 재스민. 내게는 그럴 의무가 없으니까. 그렇다고 널 내 마음대로 통제할 생각도 없어. 네가 집을 나간 이후로는 쭉 그랬다. 넌 네가 알아서 살면 돼."

"와, 신나네요." 내가 말했다.

"넌 아주 끔찍한 상황에 처했어. 두 가지 악행 가운데 그나마 덜 나쁜 쪽을 선택해서 널 돕는 거야. 난 살아생전 법이라곤 어겨본 적이 없다."

나는 몸을 움츠리며 발을 내려다보았다. "이런 일에 끌어들여서 정말 죄송해요."

"지난 일은 어쩔 수 없지. 자, 마스크 쓰고 절단용 토치를 꺼내주렴."

나는 마스크를 쓰고 수레에서 아빠가 원하는 공구를 꺼내 건넸다. 아빠는 토치를 조립하고 두 번 확인했다. 그런 다음 꼼꼼하게 가스 혼합 밸브를 확인했다. 그런 뒤에도 절단용 토치인지 또다시 확인했다.

"왜 그래요, 아빠? 오늘 엄청나게 늑장을 부리시네."

"그냥 철저하게 하려는 거야."

"농담하세요? 예전에는 한 손으로 토치를 켜면서 동시에 다른 손으로는 혼합 밸브를 조절했잖아요. 왜…."

아. 나는 입을 닫았다.

이번 일은 그냥 평범한 작업이 아니었다. 차후 아빠 딸의 목숨은 지금 하는 용접의 품질에 달려 있을 것이다. 아빠에게는 이번 작업이 지금까지 해온 일들 중 가장 중요하다는 것이 하나씩 이해되기 시작했다. 아빠는 완벽하게 해내지 않고는 못 배길 것이다. 그리고 그러기 위해 꼬박 하루가 걸린다면 그렇게 할 것이다.

뒤로 물러서서 아빠가 일하게 두었다. 세심하게 확인에 확인을 거친 뒤 아빠는 작업을 시작했다. 나는 아빠를 보조하며 시키는 일을 했다. 불화가 있는 사이지만 용접 작업을 할 때는 아빠가 장인이고 나는 일을 배우는 도제였다.

아빠가 자신을 얼마나 사랑하는지 알 기회를 갖는 사람은 정말이지 얼마 되지 않는다. 하지만 나는 알 수 있었다. 45분이면 끝날 작업을 아빠는 3시간하고도 30분에 걸쳐 해냈다. 아빠는 다른 모든 것보다 나를 366퍼센트 더 사랑하는 것이다.

그 사실을 알게 되어 기뻤다.

나는 스보보다의 침대 끄트머리에 앉아 그가 준비하는 모습을 지켜보았다.

스보보다는 정말로 전력을 다했다. 책상에 달린 보통 모니터에 더해 벽에 모니터 네 개를 더 설치했다.

키보드를 두드리자 마법처럼 모든 모니터가 켜졌다.

"조금 지나치다고 생각하지 않아?" 내가 말했다.

스보보다는 계속 키보드를 두드렸다. "카메라가 네 선외활동 우주복에 두 개, 데일의 우주복에 두 개가 달렸고, 나도 상황 진단용 모니터가 필요해. 그러니까 다섯 개지."

"한 모니터에 화면을 여러 개 띄워도 되잖아, 안 그래?"

"왜 그래. 미개인처럼."

나는 침대 위에 벌러덩 누워 한숨을 내쉬었다. "1부터 '겨울철에 러시아 침공'까지를 점수로 매긴다면 이 계획은 얼마나 멍청한 걸까?"

"어마어마하게 위험하지만 네게 달리 방법이 있을까 싶어. 게다가…." 그는 씩 웃으며 나를 향해 고개를 돌렸다. "네겐 오직 너만 부릴 수 있는 스보보다가 있잖아. 어떻게 질 수가 있겠어?"

나는 킬킬대며 웃었다.

"하지만 내가 모든 가능성을 다 점검한 걸까?"

스보보다는 어깨를 으쓱했다. "그럴 수야 없겠지. 내 생각이지만 내가 생각해낼 수 있는 건 전부 점검한 것 같아."

"그건 의미가 크지. 넌 정말 꼼꼼하니까."

"그런데 한 가지 있긴 해." 스보보다가 말했다.

"젠장. 뭔데?"

"한 가지도 아니고 절반이야." 스보보다는 컴퓨터로 몸을 돌리더니 샌체즈 버블의 도면을 화면에다 띄웠다. "메탄 탱크가 이상하게 마음에 걸려."

"뭐가?" 나는 가까이 다가가 스보보다의 등 뒤에서 고개를 숙였다. 내 머리칼이 그의 얼굴에 살짝 스쳤지만 스보보다는 신경 쓰지 않는 것 같았다.

"여기 수천 리터의 액화 메탄가스가 있어."

"메탄이 무슨 필요가 있지?"

"샌체즈가 만드는 로켓 연료는 메탄을 1퍼센트 함유하고 있어. 연소 조절용으로 필요하거든. 회사는 지구에서 어마어마한 크기의 탱크로 수입하고 있지."

"좋아, 걱정거리는 뭔데?"

"그게 불이 잘 붙거든. 그러니까… 어마어마하게 잘 붙어." 스보보다는 도면의 다른 부분을 가리켰다. "게다가 여기에는 순수 산소를 보관하는 거대한 임시 저장 탱크도 있어."

"그런데 나는 그 안에다 녹은 쇳물을 잔뜩 들이붓겠다는 거지. 어차피 난장판이 될 거잖아?"

"그래, 그래서 걱정이야." 스보보다가 말했다. "하지만 문제 될 것은 없어. 용광로가 녹아내릴 때쯤엔 주변에 사람이 아무도 없을 테니까."

"그래. 그리고 만일 탱크가 새서 폭발한다면 멋진 일이잖아. 더 망가지게 되는 거니까!"

"그렇겠지." 스보보다는 확신이 서지 않는 게 분명했다. "그냥 걱정스럽다는 거야, 알지? 그건 계획의 일부가 아니니까. 계획과 들어맞지 않는 건 별로 마음에 안 들거든."

"상상할 수 있는 최악의 상황이 그거라면, 상태가 괜찮은 거네."

"그런 것 같아." 스보보다가 말했다.

나는 기지개를 켰다. "오늘 잠이 올까 모르겠어."

"여기서 잘 거야?"

"어…. 웅구기가 날 또 팔아넘기진 않겠지. 웅구기는 비열한 여성이라고 내가 말했었나?"

"했지."

"어쨌든 이제 아무도 기즈모를 통해 날 추적할 수 없어. 그러니까 돈 내고 호텔에 가도 돼. 어차피 조바심 내느라 늦게까지 잠을 못 이룰 거야. 너까지 못 자게 하고 싶지는 않아."

"그래." 스보보다가 말했다. 목소리에 약간 실망감이 묻어 있는 걸까?

나는 양팔로 그의 어깨를 안아주었다. 왜 그랬는지 모르지만 그냥 그랬다. "늘 내 곁을 지켜줘서 고마워. 정말이지 내겐 큰 의미야."

"그래." 스보보다는 목을 길게 빼서 나를 돌아보았다. "늘 네 곁에 있을 거야, 재즈."

우리는 잠시 서로를 바라보았다.

"야, 그 콘돔 아직 안 써봤어?" 스보보다가 물었다.

"빌어먹을, 스보보다!"

"왜? 난 사용 후기를 기다리고 있단 말이야."

나는 손을 위로 들어 올리고는 그에게서 떨어졌다.

화물 에어로크로 들어가는 거대한 출입문이 육중하게 움직이며 열렸고, 그 너머로 달의 황량한 풍경이 모습을 드러냈다.

데일은 로버의 계기판에 나타난 수치를 확인했다. "기압 좋고, 공기 혼합 양호, 이산화탄소 흡수는 자동."

나는 내 좌석 전방의 화면을 확인했다. "배터리 100퍼센트, 바퀴 모터 진단 양호, 교신 상태는 매우 양호."

데일이 조종간을 잡았다. "통관항 에어로크, 로버 운행 허가를 요청한다."

"허가한다." 인터콤에서 밥의 목소리가 들렸다. "내 로버 잘 다뤄라, 셔피로."

"그러죠."

"망치지 말고 좀 잘해봐, 바샤라." 밥이 말했다.

"웃기지 좀 마세요." 내가 말했다.

데일은 음성 소거 버튼을 탁 누르더니 나를 째려보았다. "알아, 재즈? 넌 길드의 모든 규칙을 어기고 있어. 만일 붙잡히면 밥과 난 둘 다 쫓겨나. 영원히. 우린 지금 생계를 걸고 있는 거라고. 조금이라도 더 배려하면서 말할 수는 없어?"

나는 음성 소거 버튼을 다시 눌러 원래 상태로 되돌렸다. "어… 고마워요, 밥. 그러니까… 이 모든 것 말이에요."

"알았다." 딱 부러지는 대답이 돌아왔다.

데일은 로버를 조종해 에어로크를 빠져나와 지표면 위로 올라섰다. 덜컹거릴 거라 생각했지만 서스펜션 장치가 아주 부드러웠다. 그런데다 에어로크 바로 바깥 지역은 오랜 기간 자주 밟고 다닌 탓에 평평하고 매끄러웠다.

밥의 로버는 간단히 말해 달에서 최고의 로버였다. 선외활동 우주복을 입은 탑승객을 위한 이상한 모양의 좌석 달린 모래언덕용 자동차가 아니었다. 기압이 유지되고 실내가 넓고 물품과 전력은 며칠이라도 견딜 수 있었다. 우리 두 사람의 선외활동 우주복은 벽의 선반에 가지런히 보관되어 있었다. 로버 뒤쪽에는 별도로 에어로크 공간까지 갖고 있었는데 누군가 밖으로 나가는 상황에서도 기압 손실이 없다는 뜻이었다.

데일은 똑바로 앞을 보며 운전했다. 곁눈질로 날 슬쩍 보는 것마저 거부했다.

"그거 알아?" 내가 말했다. "네 생계에 위협을 가하는 건 내가 아니라 선외활동 길드야. 어쩌면 보호무역주의자들의 짓거리는 가장 좋은 정책이 아닐 수도 있어."

"네 말이 옳을 수도 있어. 누구나 에어로크를 다룰 수 있게 해야지. 교육을 안 받은 사람들이 버튼 하나 잘못 눌러서 도시 전체를 전멸시키는 일은 절대 없을 거라고 믿으니까."

"아, 그런 말 마. 길드에서 회원을 배치해 에어로크 조작을 맡고 선외활동은 사람들이 자유롭게 하도록 두면 돼. 너희 길드는 그저 노동자끼리의 카르텔을 운영하는 탐욕스러운 놈들일 뿐이라고. 포주 짓은 오래전에 유행이 지났잖아."

데일은 자기도 모르게 웃었다. "우리의 정치 논쟁이 그리웠어."

"나도."

시간을 확인했다. 우리의 예정 시간표는 상당히 빡빡했다. 아직까지는 괜찮았다.

우리는 남동쪽으로 방향을 잡고 1킬로미터 떨어진 모래언덕으로 향했다. 차를 타고 가면 가깝지만 걸어갔다면 무척 먼 길이었을 것이다. 특히 개조한 공기 대피소까지 끌고 간다면 더더욱 그랬다.

지붕 위에 올려둔 대피소가 거친 지역에 들어서자 덜컹거렸다. 우리는 소리 나는 곳을 쳐다본 다음 서로를 바라보았다.

"단단히 묶었지?" 데일이 물었다.

"묶을 때 같이 있었잖아." 내가 말했다.

철커덩.

나는 몸을 움츠렸다. "혹시 떨어지면 다시 주워서 올려야지. 그나마 없는 시간을 잡아먹겠지만 서두르면 되겠지."

"그리고 부서지지 않기를 바라야지."

"부서질 리가 없어." 내가 말했다. "아빠가 용접했거든. 태양이 식을 때까지 끄떡하지 않을 거야."

"알았어, 그만해." 데일이 말했다. "앞으로 해야 할 용접은 해낼 수 있겠어?"

"응."

"만약 해내지 못하면?"

"내가 죽겠지. 그러니까 내겐 제대로 해내야만 할 충분한 동기가 있는 셈이라고."

데일은 살짝 왼쪽으로 방향을 바꾸었다. "잘 잡아. 파이프를 넘을 거야."

갓 만든 산소를 용광로에서 암스트롱 버블로 보내는 공기 파이프라인이 땅에 깔려 있었다.

지구에서라면 고압 산소를 파이프라인을 통해 보낼 정도로 정신 나간 사람은 없을 것이다. 하지만 달의 표면에서는 불에 탈 것이 없다. 게다가 지구라면 날씨나 동물 그리고 멍청한 인간들로부터 보호하기 위해 보통 파이프라인을 땅 속에 묻는다. 달에서는 그렇게 하지 않는다. 왜 그러겠는가? 이곳에는 날씨도 없고 동물도 없고 멍청한 인간들도 대부분 도시에만 틀어박혀 있다.

데일은 먼저 로버의 앞부분이, 그리고 이어서 뒷부분이 파이프를 타고 넘을 수 있도록 조심스럽게 조종했다.

"진짜 안전해?" 내가 물었다. "고압 파이프 위로 이렇게 넘어가는 거 말이야."

데일은 바퀴 모터 가운데 하나를 조절했다. "파이프 두께가 8센티미터나 돼. 부수려 해도 안 부서질 거야."

"난 용접 장비를 갖고 있어. 얼마든지 망가뜨릴 수 있다구."

"넌 아는 체하기 좋아하는 짜증스러운 여자야, 알아?"

"응."

천장의 둥근 창으로 밖을 바라보았다. 지구가 하늘에 걸려 있었다. 레네의 시계가 말한 것처럼 반지구였다.

우리는 도시에서 상당히 멀리 떨어진 곳까지 왔고, 지형은 전부가 자연스러운 모습이었다. 데일은 커다란 바위를 돌아 길을 찾았다. "타일러가 인사 전해달래."

"나도 안부 묻더라고 해줘."

"타일러는 진심으로 신경을…."

"그만해."

내 기즈모가 울렸다. 계기판의 홈에 집어넣자 기즈모는 로버의 오디

오 시스템에 연결되었다. 로버에는 당연히 오디오 시스템이 설치되어 있었다. 밥은 여행도 멋지게 하는 사람이었다. "어, 나야."

"여, 재즈." 스보보다의 목소리였다. "두 사람 지금 어디야? 카메라 화면이 안 들어오네."

"아직 이동 중이야. 우주복 카메라는 꺼두었어. 아빠 거기 계셔?"

"그럼, 바로 옆에. 인사하세요, 아마르 씨!"

"나다, 재스민." 아빠가 말했다. "네 친구… 재미있구나."

"익숙해지실 거예요. 데일에게 인사하세요."

"싫다."

데일은 코웃음을 쳤다.

"우주복 입으면 연락해." 스보보다가 말했다.

"그럴게. 그럼 나중에 봐." 전화를 끊었다.

데일이 고개를 흔들었다. "세상에, 네 아빠는 정말 날 미워하시는구나. 그리고 타일러 때문에 그러는 것도 아니야. 그분은 이 모든 일이 있기 전부터 날 미워하셨어."

"네가 생각하는 이유 때문은 아니야. 네가 게이라고 아빠에게 말했던 때가 아직도 기억나. 아빠가 화낼 거라고 생각했는데 다행이라고 하더라고. 실제로 웃기까지 했다니까."

"뭐?" 데일이 말했다.

"일단 네가 나랑 잠자는 사이가 아니라는 걸 아시고는 아빠는 널 좋아하셨어. 하지만 그러다가 네가 내 남자친구를 가로채는 상황이 발생한 거지."

"맞아."

우리는 작은 언덕 꼭대기에 올라 앞에 펼쳐진 평지를 바라보았다.

모래언덕은 100미터 떨어진 곳에 세워져 있었다. 바로 그 너머에 원자로 단지와 샌체즈 사의 버블이 있을 것이다.

"도착까지 15분 남았어." 내 생각을 읽기라도 하듯 데일이 말했다. "걱정돼?"

"엄청 무섭지."

"좋아." 데일이 말했다. "네가 선외활동에 자신감이 넘친다는 걸 알지만 지난번에 시험에서 떨어졌다는 걸 기억하라고."

"격려의 말 고마워."

"그냥 약간의 겸손함이 선외활동에 도움이 된다는 걸 말하는 거야."

옆에 난 창문 밖을 바라보았다. "지난 일주일은 정말이지 굴욕적이었어."

13

샌체즈 용광로 버블의 은색 돔이 보였다. 또다시.

겨우 엿새 전이었던 이전 방문이 어마어마하게 먼 과거처럼 느껴졌다. 물론 이번에는 상황이 좀 달랐다. 작업 중인 수확기는 한 대뿐일 것이다. 상관없었다. 어차피 내가 노리는 건 수확기가 아니니까. 그건 옛날 얘기다.

데일은 버블의 가장자리까지 간 다음 후진, 전진, 후진을 반복해 로버의 뒤쪽이 벽을 향하게 했다.

"거리는?" 데일이 물었다.

나는 화면을 확인했다. "2.4미터." 계기판 수치의 정밀함은 지구의 자동차에서는 별 소용이 없겠지만 달의 로버에게는 무척 중요하다. 기압을 유지해야 하는 차량이 뭔가를 들이받는 일은 생각만으로도 끔찍하니까. 계획에 없던 죽음을 맞을 수도 있었다.

만족한 데일은 수동 브레이크를 당겼다. "좋아. 우주복 입을 준비

됐어?"

"됐지."

우리는 좌석에서 벗어나 차량 뒤쪽으로 기어갔다.

그리고 속옷만 남기고 옷을 다 벗었다(뭐, 게이 남성 앞에서 정숙하게 굴기라도 해야 한다는 거야?). 그런 다음 냉각복을 입었다. 바깥의 햇볕은 물도 끓일 정도였다. 선외활동 우주복은 중앙 냉방 장치가 필요했다.

그다음은 기압을 유지시켜주는 우주복 차례였다. 나는 데일이 우주복을 입도록 도와주었고 데일은 내가 우주복을 입도록 도왔다. 마지막으로 기압 테스트와 탱크 테스트, 계기판 테스트 그리고 다른 여러 가지 짓들을 해야 했다.

모든 점검이 끝나자 우리는 밖으로 나갈 준비를 했다.

로버의 에어로크는 꼭 끼기는 했지만 두 사람용이었다. 우리는 꼭 붙어 서서 출입문을 닫았다.

"압력 뺄 준비 됐어?" 데일이 무전으로 물었다.

"그럼, 기운도 다 빠졌고." 내가 말했다.

"농담하지 마. 에어로크 절차 중에는 안 돼."

"쳇, 정말 에어로크의 김을 확 빼시는군, 너도 알지?"

"재즈!"

"알았어, 감압 준비 완료."

데일이 손잡이를 돌렸다. 실내 공기가 외부의 진공으로 빠져나갔다. 첨단 펌프 장치는 필요 없었다. 산소가 부족한 게 아니다. 제련 과정 덕분에 아르테미스에는 어떻게 해야 할지 모를 정도로 산소가 넘쳐났다.

어쨌든 현재는 그랬다(사악하고 냉소적인 웃음).

데일이 출입문의 손잡이를 돌리고 밀어 열어 밖으로 나섰다. 나도 그 뒤를 따랐다.

데일은 로버의 지붕으로 연결된 사다리를 기어올라 묶은 걸 풀었다. 나도 반대쪽으로 올라가 마찬가지로 움직였다. 그런 다음 둘이 힘을 합쳐 개조한 공기 대피소를 땅에 내려놓았다.

무게가 500킬로그램인 대피소를 제대로 천천히 내려놓기 위해서는 둘이서 힘을 쏟아내야 했다.

"덮개에 먼지가 묻지 않도록 해." 내가 말했다.

"알았어."

아빠는 대피소에 대단한 작업을 해냈다. 거의 알아차릴 수도 없었다. 대피소 뒤쪽에 커다란 구멍이 뚫렸고 50센티미터 폭의 알루미늄이 치마처럼 이어지며 그 주위를 감싸고 있었다. 분사구 같은 모습이었다. 기압 유지용 장비에 커다란 구멍을 낸 것은 안 좋은 생각이라고 말할 사람도 있을 수 있다. 나도 반박할 수는 없다.

다시 로버의 지붕으로 기어 올라가 용접 장비를 챙겼다. "받을 준비됐어?"

데일이 아래쪽에서 자리를 잡고 양팔을 들었다. "됐어."

데일에게 탱크와 토치, 장비 벨트 그리고 작업에 필요한 다른 용품을 건네주었다. 데일은 장비를 받는 대로 땅에 내려놓았다. 마지막으로 커다란 가방을 전용 상자에서 꺼냈다.

"공기 주입식 터널이야." 나는 가방을 지붕 아래로 내려주었다.

데일은 가방을 받아서 땅에 내려놓았다.

지붕에서 뛰어내려 데일 옆에 착지했다.

"그렇게 높은 곳에서 뛰어내리면 안 돼." 데일이 말했다.

"다른 사람 남자친구랑 놀아나면 안 돼."

"아, 그만 좀 해!"

"우리의 이 새로운 관계에 익숙해질 수 있을 것 같아." 내가 말했다. "이것들을 버블까지 가져갈 수 있게 도와줘."

"알았어, 알았다고."

둘이서 벽까지 모든 걸 지고 끌며 옮겼다.

한 변의 길이가 2미터인 삼각형으로 이루어진 돔의 곡면이 지표면에 수직으로 서 있었다. 그나마 깔끔한 삼각형 하나를 골라 와이어 브러시로 먼지를 떨어냈다. 달에는 날씨라는 게 존재하지 않지만 정전기는 존재했다. 고운 달 먼지는 어디에나 있고 조금이라도 정전기가 있는 물체에 달라붙었다.

"좋아, 이걸로 하자." 내가 말했다. "대피소 자리를 잡을 수 있게 도와줘."

"알았어."

우리 둘은 공기 대피소를 끌어와 돔에 가까이 붙였다. 알루미늄 덮개가 번쩍이는 벽면에 붙게 한 다음 대피소를 고정시켰다.

"젠장, 아빠 실력 끝내주네." 내가 말했다.

"맙소사." 데일이 말했다.

아빠는 정말이지 덮개 용접 작업을 완벽하게 해냈다. 물론 아빠가 한 작업은 평평한 벽에 맞닿는 물건을 제작하는 것에 불과했지만 결과물은 어마어마했다. 덮개와 벽 사이 간격이 1밀리미터도 채 되지 않았다.

소매 계기판을 들어 올렸다. 소매 계기판은 기본적으로 내 기즈모의 멋진 외부용 화면이었다. 기즈모 자체는 우주복 안에 안전하게 들어 있었다(기즈모는 외부의 혹독한 추위를 견뎌내도록 만들어지지 않았다). 버튼 몇 개를 눌러 전화를 걸었다.

"여, 재즈." 스보보다가 말했다. "상황은 좀 어때?"

"아직까지는 좋아. 카메라 화면은 괜찮아?"

"완벽하게 작동하고 있어. 모니터에 네 우주복 카메라가 찍는 영상이 보여."

"외부에서는 조심해." 아빠 목소리였다.

"그럴게요, 아빠. 걱정 마세요. 데일, 전화 소리 들리지?"

"당연하지." 데일이 말했다.

덮개가 있는 곳으로 되돌아가서 헬멧 카메라가 촬영할 수 있도록 그곳을 마주하고 섰다. "덮개는 잘 맞아요. 그러니까… 진짜 딱 맞아요."

"흐음." 아빠가 말했다. "약간 간격이 보이는데. 하지만 네가 작업할 용접선보다는 좁아. 괜찮을 거야."

"아빠, 이건 지금까지 본 것 중에서 최고로 정밀한…"

"작업을 시작하자." 아빠가 말을 끊었다.

산소와 아세틸렌이 든 탱크를 작업 위치로 가져온 다음 토치를 조립했다.

"좋아." 아빠가 말했다. "진공 상태에서 어떻게 불꽃을 만드는지 알지?"

"물론이죠." 내가 말했다. 며칠 전에 어렵사리 배워두지 않았더라면 그렇게 대답할 수 없었을 것이다. 산소 농도를 매우 높게 설정하고 불꽃을 튀긴 다음 불꽃을 안정적으로 만들었다.

전에 수확기 차체에 작업할 때는 아주 기초적인 용접만 하고, 수확기가 폭발할 때까지만 압력을 견뎌내면 됐다. 이번에 할 용접은 훨씬 더 복잡했다. 아빠에게는 하찮은 일이겠지만 아빠는 선외활동에 대해서는 아무것도 몰랐다. 그러니 우리 두 사람의 협력이 필요했다.

"불꽃은 좋아 보이는구나." 아빠가 말했다. "맨 위부터 시작해서 아래로 용접해 내려가도록 해. 표면 장력으로 용접선이 틈을 따라가며 메우게 될 거야."

"기류 압력은 어쩌죠?" 내가 말했다. "덮개 안쪽으로 알루미늄 녹은 방울이 날아들지 않을까요?"

"그럴 수도 있지만 많지는 않을 거야. 진공 상태에서는 불꽃 주위에 소용돌이가 발생하지 않아. 불꽃 자체의 압력만 있을 뿐이지."

덮개 가장 높은 곳에 알루미늄 용접봉을 대고 그 위에 불꽃을 가져다 댔다. 선외활동 우주복을 입고 작업하려니 서툴렀지만 나쁘지 않았다. 용접봉 끝에서 금속이 녹으면서 아래로 흘렀다. 아빠가 예측한 대로 흐르던 알루미늄 액체는 틈을 따라 흐르면서 사이를 메웠다.

녹아서 아래로 흐르는 알루미늄이 굳지 않도록 습관적으로 불꽃이 아래쪽을 향하게 했다.

"그럴 필요 없어." 아빠가 말했다. "네가 생각한 것보다 녹은 금속은 오래 흐를 거야. 열을 빼앗아 갈 공기가 없어서지. 일부 열은 금속을 통해 전달되어 사라질 테고 에너지의 대부분은 상태 변화로 인해 흡수되겠지. 지나칠 정도까지는 흐르지 않을 테고."

"그대로 믿을게요." 내가 말했다. 불꽃을 다시 알루미늄 용접봉으로 가져갔다.

데일은 내 목숨을 구할 준비를 하고 몇 미터 떨어진 곳에 서 있었다.

전과 같은 상황이었다. 진공 상태에서 금속을 녹이고 있었다. 만일 금속 방울이 튀어 선외활동 우주복을 녹인다면 내 목숨은 데일의 손에 달렸다. 우주복에 구멍이 나면 데일은 로버의 에어로크로 나를 끌고 들어갈 것이다. 나는 질식으로 죽어가느라 너무 바빠서 홀로 에어로크에 들어갈 수 없을 테니까.

덮개의 둘레를 따라 조금씩 작업을 해나갔다. 아빠는 내가 너무 빠르거나 느릴 때 말을 해주었다. 마침내 처음 용접을 시작한 곳으로 돌아왔다.

"휴. 기압 테스트를 할 시간이로군." 내가 말했다.

"아니야." 아빠가 말했다.

"용접을 한 번 더 해. 전체적으로 한 바퀴 더. 처음 용접한 부위를 완벽하게 덮도록 해."

"농담하세요?" 나는 항의했다. "아빠, 지금 한 용접도 튼튼해요."

"한 번 더 용접해, 재스민." 아빠는 단호했다. "급할 게 전혀 없어. 넌 그냥 참을성이 없는 것뿐이야."

"사실은 제가 좀 바쁜 몸이라서 그래요. 샌체즈의 근무자들이 교대하기 전에 다 끝내야 한다고요."

"한 번 더! 용접! 해!"

나는 10대 소녀처럼 투덜거렸다(아빠가 그런 내 모습을 불러내고 만 것이다). "데일, 용접봉 더 줘."

"안 돼." 데일이 말했다.

"뭐?"

"네가 손에 토치를 들고 있으면 네게서 눈을 떼지 않을 거고 네게서 3미터 이상 떨어지지 않을 테고 내 손으로 뭐든 들거나 잡지 않을 거야."

나는 더 큰 소리로 투덜거렸다.

20분 정도 더 걸렸지만 아빠가 지켜보는 가운데 덮개 주위로 용접을 한 바퀴 더 했다.

"잘했다." 아빠가 말했다.

"고마워요, 아빠."

아빠 말이 옳았다. 나는 잘 해냈다. 공기 대피소를 완벽하게 용광로 버블 외벽에 용접한 것이다. 이제 해야 할 일은 대피소 안쪽에서 버블 외벽에 구멍을 뚫는 것뿐이었다. 그 작업이 끝나면 나는 버블로 통하는 나만의 에어로크를 갖게 될 것이다.

토치를 근처 돌 위에 내려놓고 데일에게 양손을 펼쳐 보였다. 안전에 대한 그의 엄중한 요구사항을 만족시키자 데일은 공기 주입식 터널 쪽으로 느긋하게 걸어갔다.

공기 주입식 터널은 퀸즐랜드 유리 공장 화재 당시 내가 설치했던 것과 같은 종류였다. 아코디언처럼 펼쳐지는 터널 모양의 양쪽 끝에는 단단한 에어로크 연결 장치가 달려 있었다. 데일과 나는 각각 터널의 둥근 끄트머리를 잡고 서로 뒷걸음질 쳤다. 나는 새롭게 용접해 붙여둔 공기 대피소로 향했고 데일은 로버 쪽으로 이동했다.

모든 용접 장비와 탱크를 터널 안에 넣은 다음 내가 잡은 터널 끝을 공기 대피소에 연결했다. 그런 다음 데일에게 합류해 함께 로버의 에어로크로 기어들어갔다. 우리는 힘을 합쳐 터널의 반대편 끝을 로버에 연결했다.

나는 터널 안쪽을 통해 여전히 닫혀 있는 공기 대피소의 출입문을 바라보았다.

"테스트를 해야 할 것 같은데." 내가 말했다.

데일이 밸브로 손을 뻗었다. "정신 바짝 차리고 있어. 선외활동 우주복을 입었다고 해서 안전하진 않아. 혹시 터널을 제대로 연결하지 못했으면 감압이 폭발적으로 일어날 수도 있으니까."

"일러줘서 고마워." 내가 말했다. "압력파가 음속으로 내게 밀려오면 펄쩍 뛰어서 피할 준비를 하고 있을게."

"잘난 척 좀 그만할 수도 있잖아."

"그럴 수도 있지. 하지만 안 그럴 것 같아."

데일이 밸브를 돌리자 로버 운전석 공간으로부터 공기가 안개처럼 뭉게뭉게 쏟아져 들어왔다. 소매 계기판을 확인해 보니 기압이 2킬로파스칼(kPa)로 평상시 아르테미스 기압의 10퍼센트 정도였다.

로버 안쪽에서 시끄럽게 알람이 울렸다.

"젠장, 저건 또 뭐야?" 내가 말했다.

"누출 경고야." 데일이 말했다.

"로버는 에어로크를 채우는 데 공기가 얼마나 필요한지 알고 있는데 우리가 그것보다 훨씬 많은 양을 빼내고 있으니까. 터널도 전부 채워야 하잖아."

"괜찮아?"

"문제없어. 공기야 탱크에 필요 이상으로 많으니까. 밥이 미리 조치해 두었어."

"좋았어."

천천히 터널이 부풀어 올랐다. 물론 기압을 완벽하게 견뎌냈다. 이런 상황이야말로 터널을 만든 이유였다. 떨어진 출입문끼리 연결하는 일.

"괜찮은 것 같군." 데일이 말했다. 그는 출입문 손잡이를 돌려서 로버 에어로크의 안쪽 문을 열었다. 그리고 조종실로 기어들어가 운전석에 자리를 잡았다. 로버는 운전자가 선외활동 우주복을 입고 또는 벗고 조종할 수 있도록 만들어졌다.

데일은 계기판을 확인했다. "20.4킬로파스칼이야. 산소 100퍼센트. 준비 완료."

"자, 한번 해볼게." 내가 말했다. 나는 선외활동 우주복의 환기구를 열었다. 몇 번 호흡을 해보았다. "공기는 괜찮아."

데일이 연결 부위에 있는 내게 합류하여 내가 우주복 벗는 걸 도와주었다.

"마, 맙소사." 몸이 떨렸다. 고압의 가스를 방출하면 온도가 떨어진다. 로버의 고압 탱크를 통해 터널을 채우는 사이 실내는 정육점의 빌어먹을 냉동고가 되어 있었다.

"자." 데일이 작업복을 건네주었다. 살면서 가장 빠른 속도로 옷을 입었다. 아… 두 번째로 빠른 거였구나(고등학생 때 어느 날 남자친구 부모님이 예정보다 빨리 집에 돌아온 일이 있었다).

그때 데일이 자신의 작업복도 내밀었다. 덩치 큰 데일의 옷이라면 내 작업복 위에 입어도 맞을 것 같았다. 사양하겠다는 말조차 나오지 않았다. 바로 옷을 껴입었다. 잠시 후 견딜 수 있을 정도의 수준으로 체온이 올랐다.

"괜찮아?" 데일이 물었다. "입술이 파래."

"괜찮아." 나는 이를 부딪쳐가며 말했다. "일단 토치에 불을 붙이면 여기 온도가 많이 오를 거야."

선외활동 우주복 속 케이스에 넣어두었던 기즈모를 꺼낸 다음 이어폰을 귀에 꽂았다. "여러분, 들립니까?"

"우리 여기 있어!" 스보보다가 말했다.

갑자기 생각났다. "데일에게 달려 있는 카메라로 내가 옷 벗는 거

봤어?"

"그럼! 쇼 고맙게 잘 봤어!"

"흐흠." 아빠 목소리였다.

"아, 진정하세요, 미스터 B." 스보보다가 말했다. "그래도 속옷은 입고 있었잖아요."

"그래도…." 아빠는 그냥 끝내지 않았다.

"네, 네. 괜찮아요." 내가 말했다.

"스보보다, 요즘 내게 베푼 호의에 대한 보답이라고 생각해. 자 아빠, 이번 절단에 대해서 미리 할 충고라도 있어요?"

"자를 곳을 보고 얘기하자."

나는 터널 속을 걸어서 공기 대피소로 향했고 데일은 바짝 붙어서 따라왔다. 고개를 돌려 째려보았다. "계속 내 꽁무니에 그렇게 붙어서 다닐 거야?"

"그래야지." 데일이 말했다.

"어딘가 터지기라도 하면 우주복을 안 입은 네 몸을 터널을 통해서 로버까지 끌고 가야 하니까. 영구적인 뇌 손상을 입기 전까지 3분에서 4분밖에 시간이 없을 거야. 그러니까 맞아. 계속 근처에서 따라다닐 거야."

"그럼 너무 따라붙지 마. 작업하려면 팔꿈치를 돌릴 공간이 있어야 하고, 네 우주복 근처 어디든 불꽃이 닿으면 안 되니까."

"알았어."

공기 대피소의 밸브를 돌려 터널의 공기가 대피소로 들어가게 했다. 우리는 공기 빠지는 소리에 귀를 기울였다. 만일 쉭 소리가 멈추면 용접한 알루미늄 덮개에서 공기가 새지 않는다는 뜻이었다. 만일 새는 소리가 계속 들린다면 누출이 있다는 의미로 다시 밖에 나가서 새는 곳을 찾아내야 했다.

공기 새는 소리는 점점 잦아들더니 결국 멈췄다. 손잡이를 돌려 출입문을 완전히 열었지만 달라지는 건 없었다. "밀폐 상태는 좋군." 내가 말했다.

"잘했어!" 아빠가 무전기 너머에서 소리 질렀다.

"고마워요."

"아니, 진짜야." 아빠가 말했다. "선외활동 우주복을 입은 상태에서 3미터나 되는 길이를 밀폐되도록 용접해 낸 거야. 넌 정말 훌륭한 용접공이 될 수 있었어."

"아빠…." 내 목소리에는 경고의 의도가 묻어 있었다.

"그래, 알았다."

하지만 아빠는 내 얼굴의 미소를 보지 못했다. 내가 봐도 끝내주는 용접 실력이었다.

출입문을 열고 안으로 들어섰다. 알루미늄 덮개로 이루어진 관 속은 얼어붙을 것처럼 추웠다. 벽에는 물방울이 맺혀 있었다. 나는 데일에게 앞서라고 손짓했다. 데일은 헬멧에 붙은 조명을 켜고 용접 부위에 가까이 다가가서 아빠가 카메라를 통해 볼 수 있도록 했다.

"용접 부위의 안쪽도 괜찮아 보여요." 내가 말했다.

"그렇구나." 아빠가 말했다.

"그래도 셔피로 씨가 근처에 꼭 있도록 해."

"재즈 바로 뒤에 있겠습니다." 데일이 말했다. 그는 대피소와 터널의 연결부위로 한 발 물러섰다.

고개를 길게 빼고 뒤쪽 데일을 돌아보았다. "이쪽 기압이 확실히

20.4킬로파스칼 맞지?"

데일은 소매 계기판을 확인했다. "그래."

우리는 기압을 아르테미스 표준인 21킬로파스칼 대신 20.4킬로파스칼에 맞췄다. 왜냐고? 이중 외벽 시스템의 작동 방식 때문이었다.

두 겹의 외벽 사이에는 잘게 부순 암석이 잔뜩 들어 있다(이건 이미 알고 있을 것이다). 하지만 그 사이에는 공기도 들어 있다. 그 공기의 기압이 20.4킬로파스칼, 즉 아르테미스 내부 기압의 약 90퍼센트로 되어 있다. 또 두 외벽 사이는 하나의 거대한 텅 빈 공간이 아니다. 사이 공간은 한쪽 변의 길이가 2미터인 수백 개의 정삼각형으로 나누어져 있고, 각 삼각형 모양의 공간 내부에는 기압 감지기가 하나씩 들어 있다.

그러니까 외부는 진공 상태고 두 겹의 외벽 사이 공간은 아르테미스 기압의 약 90퍼센트, 버블의 내부는 제대로 된 아르테미스의 기압인 것이다.

만일 바깥쪽 외벽에 구멍이 나면 해당 부분 삼각형 공간의 공기가 외부 진공 상태로 빠져나가게 된다. 그러나 만일 안쪽 외벽에 구멍이 나면 해당 공간에는 버블 안쪽의 상대적으로 높은 기압인 공기가 흘러 들어가게 된다.

우아한 시스템이다. 만일 어떤 삼각형 부분의 기압이 떨어지면 바깥쪽 외벽에 구멍이 뚫렸다는 걸 알게 된다. 만일 기압이 높아지면 안쪽 외벽에 구멍이 났다는 걸 알게 된다.

하지만 나는 작업 도중에 외벽 파손 경고음이 울리지 않기를 바랐다. 그래서 우리는 실내 기압을 두 외벽 사이의 기압으로 반드시 맞춰야만 했다.

조금 전 온도 변화에 노출되면서 토치 분사구가 혹시나 뒤틀리진 않았는지 재빨리 점검했다. 아무런 문제점도 보이지 않았다.

"아빠, 도면을 보면 이곳 역시 아르테미스의 외벽과 기준이 같아요. 6센티미터의 알루미늄 다음에 분쇄 암석층이 1미터, 그다음에 다시 6센티미터의 알루미늄이죠."

"좋아." 아빠가 말했다.

"벽이 두꺼워서 처음에 뚫고 들어갈 때는 성가실 거야. 계속 작업하면 되니까 떨지 마. 손이 흔들리지 않을수록 구멍을 빨리 낼 수 있어."

산소와 아세틸렌 탱크를 대피소 안으로 가져온 다음 토치를 준비했다.

"호흡용 마스크 잊지 말고." 아빠가 말했다.

"알아요, 알아." 완전히 잊고 있었다. 산소와 아세틸렌이 섞이면 유독 가스가 생성된다. 보통은 문제 될 정도가 아니지만 기압을 유지하는 좁은 공간이라면 호흡용 보조 장비가 필요하다. 뭐, 걷잡을 수 없이 기침을 하기 시작하면 어차피 기억을 해냈겠지.

더플백으로 손을 뻗어 마스크를 꺼냈다. 마스크에 딸린 공기 탱크는 작업에 방해되지 않도록 등에 짊어질 수 있는 형태였다. 탱크를 등에 지고 몇 번 호흡해서 제대로 작동하는지 확인했다. "불붙일 준비 됐어요. 뭐 하실 조언이라도 있어요?"

"그래." 아빠가 말했다. "분쇄 암석은 철분 함량이 높아. 한 곳에만 너무 오래 쏘면 절단하려는 곳이 녹아서 뭉칠 수도 있어. 너무 많이 뭉치면 절단면을 빼낼 때 아주 고생하게 될 거다."

"알았어요." 내가 말했다.

용접용 헬멧을 쓰고 토치에 불을 붙였다. 데일은 한 걸음 물러났다. 아무리 겁 없는 선외활동 마스터라고 해도 인간이라면 불을 피하려는 기본적이고 깊은 본능이 있게 마련이다.

　나는 씩 웃었다. 드디어 복수를 할 수 있게 되었다. 샌체즈의 배 속에 구멍을 뚫을 시간이 온 것이다.

14

불꽃이 길어질 때까지 가스 혼합 비율을 조절했다. 벽에서 한 곳을 정해 불꽃을 쏘며 최대한 움직이지 않고 토치를 들고 있었다. 엄청난 열과 즉시 공급되는 산소가 금속을 파고들어 더 깊고 깊은 구멍을 뚫었다.

마침내 외벽이 뚫렸다. 어떻게 알았는지 정확히 말할 수는 없다. 그 냥 알 수 있었다. 소리 때문이었을까? 불꽃이 튀는 소리? 확실치 않았다. 어쨌든 절단 작업이 시작되었다.

"어느 쪽으로도 공기가 흐르지 않아." 내가 말했다. "기압이 맞았나 봐. 잘했어, 데일."

"고마워."

신중한 속도로 토치를 움직이면서 지름 1미터의 원을 따라 절단했다. 가장자리를 마개 모양으로 경사지게 잘라서 작업이 완료되었을 때 절단 부위가 조금이라도 쉽게 떨어져 나올 수 있게 했다.

"지금 시간이 조금 지연됐어." 데일이 말했다.

"알았어." 내가 말했다. 하지만 속도를 올리지는 않았다. 이미 최대한 빠른 속도로 움직이고 있었다. 더 빠르게 하려다가는 절단 작업을 망치고 결국 시간만 더 잡아먹게 될 것이다.

마침내 원형으로 절단을 마치자 마개 모양으로 잘린 부분이 앞으로 기울어졌다. 토치의 불을 끄고 펄쩍 뒤로 물러서자 잿빛 돌가루가 산사태처럼 대피소 안쪽으로 쏟아져 내렸다.

용접 헬멧을 내던지고 호흡용 마스크를 얼굴에 대고 꽉 눌렀다. 달 먼지를 들이마시고 싶은 생각은 추호도 없었다. 고맙지만 내 폐 속에 가시 돋친 죽음의 입자들이 들어오는 건 사양하고 싶거든.

눈이 따끔거리더니 찢어지는 것 같았다. 고통에 몸이 움츠러들었다.

"괜찮아?" 데일이 물었다.

마스크 때문에 내 목소리가 잘 들리지 않았다. "고글이 낡아서 그런가 봐." 내가 말했다.

눈을 문지르려고 손을 올렸지만 데일이 내 팔을 잡았다. "안 돼!"

"참, 그렇지."

가시 돋친 돌이 눈에 들어간 것보다 더 나쁜 게 뭐냐고? 가시 돋친 돌을 눈 속에다 문질러대는 것이다.

먼지가 자리 잡기를 기다렸다. 그런 다음 눈이 따끔거리고 앞이 흐릿한 가운데 구멍을 향해 앞으로 다가갔다. 그때 내 몸에서 전기 충격으로 불꽃이 튀었다.

아픈 것보다 놀라서 소리를 질렀다.

데일이 소매 계기판을 확인했다. "조심해. 습기가 거의 0이야."

"왜?"

"모르지."

한 걸음 더 내디디자 또 정전기가 타닥거리며 튀었다. "젠장!"

"왜 그런지 알아낼 수 없어?" 데일이 물었다.

"아, 빌어먹을." 나는 구멍 앞에서 천천히 흘러내리며 쌓이는 돌가루를 가리켰다. "벽 내부를 채우고 있던 돌가루 때문이야. 아르테미스 공기에는 습기가 있지만 외벽 사이의 공기엔 습기가 없거든."

"왜?"

"물은 부식을 일으키는 데다 비싸니까. 그런 걸 왜 외벽 사이에 넣겠어? 먼지가 건조제 역할을 해서 공기 중에 있는 습기를 죄다 빨아들인 거야."

데일은 우주복에서 물 저장 장치를 떼어내 용기를 열고 물이 4분의 1 정도 든 비닐 백을 꺼냈다. 비닐 백의 한 귀퉁이를 찢은 다음 손가락으로 집었다. 진짜 선외활동 마스터가 투박한 장갑을 끼고도 얼마나 대단한 손재주를 발휘하는지 실제로 보니 놀라웠다.

데일은 내 얼굴에 물을 뿌렸다.

"이게 뭐 하는 짓…."

"눈은 계속 뜨고 있어. 날아오는 물을 쳐다보면서."

시키는 대로 했다. 처음에는 힘들었지만 먼지가 씻겨나간다는 안도감에 참고 견딜 수 있었다. 그런 다음 데일은 내 옷과 팔다리에도 물을 뿌렸다.

"좀 나아?" 데일이 물었다.

얼굴에서 물기를 털어내느라 머리를 흔들며 말했다. "그래, 좀 낫네."

즉석에서 펼친 '젖은 티셔츠 경연대회'는 내가 더 이상 정전기로 고생하지 않도록 보호해 줄 것이다. 적어도 당분간은. 물론 먼지가 달라붙으면서 내 몸은 지저분한 잿빛 진흙 덩어리가 되었지만. 미인 대회에서 입상은 못 하겠지만 적어도 편안했다.

다음 단계. 기압 감지기와 더 중요한 안쪽 외벽을 드러내도록 하기 위해 내장재를 파내야 했다.

귀에 낀 이어폰을 손가락으로 눌렀다. "스보보다, 아빠. 잠시 흙을 파야 해요. 조금 있다 연락할게요."

"기다릴게." 스보보다가 말했다.

전화 연결을 끊었다. "흙 좀 파게 도와줘." 내가 말했다.

데일이 삽을 들어 올렸다. "세상에는 두 종류의 사람이 있어. 선외활동 우주복을 입은 사람과 땅 파는 사람."

나는 코웃음을 쳤다. "좋아. 우선 지금 우리가 '좋은 놈, 나쁜 놈, 추악한 놈' 놀이를 하는 거라면 클린트 이스트우드 역할을 맡을 사람은 나지 네가 아니야. 둘째, 네 게으른 엉덩이를 움직여서 날 좀 도우라고!"

"난 혹시라도 일이 잘못되면 네 불쌍한 엉덩이를 로버까지 끌고 갈 준비를 하고 있어야 해." 데일은 다시 내게 삽을 내밀었다. "내면의 일라이 월락(영화 〈석양의 무법자〉의 원제 '좋은 놈, 나쁜 놈, 추악한 놈'에서 추악한 놈 역할을 맡았던 배우. 영화 속 마지막 장면에서 그가 무덤을 파는 장면이 나옴-옮긴이)을 받아들이고 파기나 하셔."

나는 투덜대며 삽을 받아 들었다. 시간이 제법 걸릴 터였다.

"지금 시간이 지연되고 있어." 데일이 말했다.

"알아."

바로 그때쯤 밥은 언제나처럼 누군가를 귀찮게 하고 있었다. 하지만 이번에는 나를 귀찮게 하는 것이 아니라 나를 위해서 귀찮게 하고 있었다. 어떤 일이 있었는지는 전혀 보지 못했다. 나는 벽을 파고 들어가느라 바빴기 때문이다. 하지만 나중에 모든 것을 전해 들었다.

샌체즈 알루미늄은 올드린 버블의 통관항에서 용광로로 연결된 전용 열차를 갖고 있다. 열차는 하루에 세 번 스물네 명의 종업원을 태우고 용광로 시설로 향한다. 1킬로미터밖에 안 되는 짧은 운행에는 겨우 몇 분이 걸린다. 도착한 종업원들이 교대하면 일을 마친 사람들은 같은 열차를 타고 아르테미스로 돌아온다.

원래는 종업원들의 교대시간에 맞춰 강도질을 벌일 생각이었다. 하지만 나는 예정된 시간에 뒤처지고 있었다. 열차가 도착하기 전에 시설 내부로 들어가 있을 생각이었다. 하지만 나는 여전히 안쪽 벽을 절단조차 하지 못한 상태였다.

샌체즈의 종업원들은 기차역에 모여 있었다. 열차는 이미 출입문을 연 채 역에 서 있었다. 승무원이 승차 요금을 받기 위해 기즈모 스캐너를 내밀었다. 그렇다, 샌체즈 알루미늄은 샌체즈 알루미늄의 종업원들에게 샌체즈 알루미늄 용광로로 가는 열차를 타는 데 요금을 받았다. 1800년대에나 있었던 '회사 내 매점' 같은 수작질이었다.

밥은 승무원에게 걸어가 스캐너 위에 손을 얹었다. "잠깐만, 미르자."

"무슨 문제라도 있어요, 밥?" 미르자가 물었다.

"지금 화물 에어로크 누출 검사 중이야. 안전수칙에 따르면 누출 검사 중에는 항구의 다른 에어로크를 작동시키면 안 돼."

"농담해요?" 미르자가 말했다. "꼭 지금이어야 해요?"

"미안해. 이상 징후가 발견되어서 내일 착륙선이 오기 전까지 점검

해야 해."

"맙소사, 밥." 미르자는 모여 있는 사람들을 가리켜 보였다. "여기 일하러 가야 하는 스물네 명이 있어요. 그리고 용광로에는 추가로 스물네 명이 집에 오려고 기다리고 있고요."

"그래, 미안해. 점검이 생각보다 오래 걸리네. 지금쯤이면 끝날 줄 알았는데."

"얼마나 더 걸려요?"

"확실하지 않아. 10분에서 15분 정도? 약속은 할 수 없어."

미르자는 사람들을 향해 돌아섰다. "미안합니다, 여러분. 좀 늦어지 겠네요. 15분 정도 걸린다고 하니 편안하게 기다리세요."

모여 있던 사람들이 한꺼번에 투덜대는 소리가 들렸다.

"출근이 늦었다고 그 시간만큼 잔업해야 하는 건 설마 아니겠지." 한 사람이 다른 사람에게 불평해댔다.

"이렇게 돼서 미안해." 밥이 말했다. "대신 보상해 줄게. 플레이 하우스에서 하는 '아르테미스 아크로바트'의 서커스표 세 장이야. 남편 들 데려가서 좋은 시간 보내라고."

미르자의 얼굴이 환해졌다. "와! 그럼 좋죠. 모두 용서할게요!"

내가 보기에는 어리석을 정도로 지나친 보답이었다. 그런 표는 한 장에 3,000ğ씩이나 하는데! 뭐, 밥의 돈이지 내 돈은 아니니까.

영원처럼 오랜 시간 동안 엄청나게 욕을 해대며 땅을 파내고 나서야 마침내 이중 벽 사이의 모래를 치울 수 있었다. 나는 뒤로 털썩 드러누 워 숨을 헐떡였다.

"내 생각엔 네가 새로운 욕을 만들어낸 것 같아." 데일이 말했다.

"뭐랬더라… '빌어망할'이 무슨 말이야?"

"맥락을 생각하면 뻔한 뜻인 것 같은데." 내가 말했다.

데일은 나를 내려다보았다. "일어나. 일정보다 늦었고 밥도 열차를 많이 늦추지는 못할 거야."

나는 가운뎃손가락을 날렸다.

데일이 나를 걷어찼다. "일어나, 이 게으른 녀석아."

나는 투덜거리고는 다시 일어섰다.

나는 '중국까지 구멍을 파는' 단계에서 외벽 사이의 기압 감지기를 찾아두었다(지구 반대편까지 구멍을 판다는 표현은 달에서도 사용한다. 이제 막 384,000킬로미터 깊이의 구멍을 파고 난 것 같은 느낌이었다).

우리의 맹랑한 '기압 감지기 속이기' 작전은 아직까지 먹히고 있었다. 하지만 내가 안쪽 벽에 구멍을 내는 즉시 우리가 있는 쪽의 기압은 '아르테미스의 표준 기압'으로 상승할 것이다. 그러면 감지기는 '이런 젠장! 기압이 21킬로파스칼이야! 안쪽 벽에 구멍이 났다고!'라고 말할 것이다.

경보음이 울리고 사람들은 난리를 칠 테고, 선외활동 마스터들이 살펴보러 오면 우리는 붙잡힐 것이다. 데일과 밥은 길드에서 쫓겨날 테지만 나는 그걸 볼 수 있을 정도로 오래 살지도 못할 것이다. 충성스러운 샌체즈의 조직원이 내 얼굴에 칼을 꽂을 테니까.

뭐? 관제실에서 일하는 겁쟁이 샌님들이 그런 짓을 할 리가 있느냐고? 다시 생각해 보시길. 샌체즈의 누군가가 수확기로 날 죽이려고 했었잖아?!

감지기는 전선이 두 개 매달린 금속 원통 모양이었다. 전선 길이가 꽤 여유 있어서 편리했다. 더플백에서 비틀어 여는 뚜껑 달린 금속 캔을 꺼냈다. 이번 작업을 위해 미리 뚜껑 일부를 잘라내 만들어 둔 물건이었다.

감지기를 캔 속에 넣고 전선은 뚜껑의 잘라둔 홈으로 빼냈다. 그런 다음 뚜껑을 돌려서 닫았다. 그리고 전선이 들어간 뚜껑 부분에 덕트 테이프를 여섯 겹으로 붙였다. 물론 흡족하지는 않았다. 기압이 유지되는 밀폐 상태를 덕트테이프에 의지하는 건 멍청이나 하는 짓이니까. 하지만 달리 방법이 없었다. 그나마 바깥쪽 기압이 더 높으니까 테이프가 받는 압력은 캔의 내부를 향할 것이다.

"통할 것 같아?" 데일이 물었다.

"금방 알게 되겠지. 기압을 아르테미스 표준으로 올려."

데일이 소매 계기판을 두드렸다. 밥의 로버는 당연히 원격으로 조종이 가능했다. 밥의 로버는 고급 사양이라면 뭐든 갖추고 있었으니까.

신선한 공기가 공기 주입식 터널을 가득 채웠고 약간의 기압 변화로 귀에서 폭 소리가 났다.

캔을 유심히 들여다보았다. 구멍을 덮은 테이프가 안쪽으로 살짝 밀렸지만 그것 말고는 견디고 있었다. 버블의 안쪽 외벽에 귀를 대고 들어보았다.

"경보음 안 울려." 내가 말했다. 스보보다에게 다시 연락했다.

"여!" 스보보다가 말했다. "여기는 범죄 지원단. 준비 상태로 대기 중."

"그 이름 별로 마음에 안 드는데." 아빠가 말했다.

"안쪽 외벽을 절단하려고 해요. 마지막으로 충고할 거 없어요, 아빠?"

"잡히지 마라."

나는 다시 마스크를 썼다. "너도나도 코미디언이군."

절단을 시작했다. 안쪽 외벽은 바깥쪽 외벽과 똑같았다. 6센티미터 두께의 알루미늄이었다. 그리고 바깥쪽 외벽과 마찬가지로 절단에는 몇 분밖에 걸리지 않았다. 벽을 비스듬하게 잘라내 절단된 벽면이 버블의 안쪽으로 떨어지게 했다. 바깥쪽 외벽을 절단할 때는 달리 방법이 없었지만 대체적으로 살을 태울 정도로 뜨거운 금속이라면 내게서 먼 쪽으로 떨어지게 하는 편을 선호했다.

마개 모양으로 절단된 벽면이 천천히 바닥으로 떨어지기를 기다렸다가 안쪽을 들여다보았다.

커다란 반구 모양인 공장의 바닥에는 산업용 기계류가 가득했다. 용광로가 실내 중앙을 차지하고 있었다. 높이가 10미터는 족히 되어 보이는 용광로를 파이프와 전력선, 감시 시스템 들이 둘러싸고 있었다.

내가 있는 위치에서는 관제실이 보이지 않았다. 그 사이에 용광로가 있었다. 그런 상황은 우연이 아니었다. 내가 외벽에서 특별히 그곳을 선택한 이유는 그곳이 사각지대였기 때문이다. 아무리 직원이 일에 몰두하고 있다고 해도 벽에서 불꽃이 튀며 구멍이 뚫리는데 스물네 명 모두가 알아차리지 못할 것 같지는 않았다.

구멍으로 고개를 밀어 넣고 내부를 둘러보았다. 균형을 잡으려고 아무 생각 없이 구멍 가장자리를 짚었다.

"젠장!" 나는 얼른 손을 떼고 흔들어댔다.

"용접 토치는 물건을 뜨겁게 한다네." 데일이 말했다.

얼굴을 찡그리고 다친 부위를 확인했다. 손바닥이 약간 벌겠지만 괜찮을 것 같았다.

"괜찮아?"

"그래. 내가 이러는 걸 네가 안 봤으면 좋았을 텐데."

"우리도 봤어!" 스보보다의 목소리였다.

"끝내주네." 내가 말했다. "그런 의미에서 전화 끊을게. 할 일이 모두 끝나면 그때 알려줄게."

연결을 끊었다.

가장자리에 닿지 않도록 아주 조심하면서 구멍으로 몸을 밀어 넣었다. 데일이 더플백을 건네주었다. 하지만 더플백을 넘겨받으려 하자 데일이 손을 놓지 않았다.

"있잖아. 이 구멍은 내가 선외활동 우주복을 입은 채로 통과할 수 있을 정도로 크지 않아. 만일 뭔가 잘못되면 널 도울 수가 없을 거야." 데일이 말했다.

"알겠어."

"조심해."

나는 고개를 끄덕이고 더플백을 받았다. 데일은 용광로 쪽으로 살금살금 다가가는 나를 구멍 너머에서 지켜보았다.

용광로 자체는 별로 볼 게 없었다. 그냥 무거운 금속 파이프가 들어가고 나오는 커다란 사각형 모양이었다. 바닥의 구멍에서 버킷 컨베이어가 올라와 용광로 꼭대기에 있는 호퍼에 회장석 가루를 공급했다. 용광로 내부에서는 열기와 전력, 화학적 작용이 소용돌이를 이루면서 돌멩이를 금속으로 변화시켰다. 하지만 용광로 외부는 별 움직임이 없었고 직접 손을 대보면 약간 따뜻하면서 조용하게 윙윙거리는 소리가 났다.

바닥에 앉아서 모퉁이 너머를 살짝 엿봤다.

관제실은 시설 전체를 내려다보고 있었다. 커다란 유리창을 통해 직원들이 바쁘게 일하고 있는 모습이 보였다. 몇몇은 컴퓨터 앞에 앉아 있었고 몇몇은 태블릿을 들고 걸어 다녔다. 시설과 공정의 상세한 현황을 보여주는 여러 개의 모니터가 뒤쪽 벽 전체를 뒤덮고 있었다.

책임자인 것이 분명해 보이는 여성이 한 명 보였다. 사람들은 그녀에게 와서 간단하게 얘기를 했고 그러면 여성은 짧게 대답했다. 그건 책임자란 뜻이었다. 어림잡아 50세 전후로 보였고 피부는 라틴계 같았다. 여성이 누군가에게 이야기하느라 몸을 돌렸을 때 나는 마침내 그 얼굴을 볼 수 있었다. 로레타 샌체즈였다. 회사를 조사할 때 인터넷에서 봐두었던 사진들 덕분에 알아볼 수 있었다.

바로 용광로를 설계한 사람이었다. 샌체즈 알루미늄을 설립자. 철저하게 오 팔라시오에게 지배당하고 있고, 어쩌면 개목걸이를 차고 있을지도 모른다. 저런 여성이 올드린의 편안한 사무실에 있지 않고 종업원들과 함께 최전선에 나와 있다는 사실이 흥미로웠다.

다른 종업원들은 그냥… 사람들이었다. 뿔이 나거나 검은 망토를 걸치고 있진 않았다. 양손의 손가락 끝을 모은 채 음흉하게 웃지도 않았다. 그냥 멍청한 노동자 무리였다.

용광로의 반대편 모퉁이까지 기어갔지만 그 이상은 움직일 수 없었다. 관제실의 온도제어시스템이 보였다. 기즈모로 밥에게 전화했다.

"말해." 밥이 말했다.

"준비 끝. 열차 보내요."

"알았다." 밥은 전화를 끊었다.

용광로 뒤에서 기다렸다. 안달이 나서 몸을 꼼지락거리며 10분을 기다린 끝에 마침내 벽을 통해 쿵쿵거리는 울림이 들려왔다. 열차가 도착한 것이다. 이제 퇴근하는 근무조가 출근한 사람들에게 인수인계를 하고 있었다. 직원들이 열차에 올라타고 떠나려면 10분쯤 걸릴까, 아주 잠깐의 시간밖에 없었다.

나는 여전히 호흡용 마스크와 휴대용 산소통을 메고 있었다. 이제 거기에다 추가로 더플백에서 고글을 꺼내 썼다. 다음 단계에서는 고글이 중요했다. 덕트테이프로 마스크와 고글을 얼굴에 단단히 붙였다. 공기가 아예 통하지 않아야 했다.

그렇게 이제 나는 마구잡이로 얼굴에 뭔가를 붙이고 진흙을 뒤집어쓴 괴물이 되었다. 어쩌면 공포영화에서 튀어나온 존재로 보일지도 몰랐다.

더플백에서 가스가 들어 있는 원통형 용기를 꺼냈다. 밸브를 잡았다가 손을 멈추고 덕트테이프로 밀봉 상태를 한 번 더 확인했다. 좋아, 모든 게 제대로야. 다시 밸브를 잡았다. 밸브를 4분의 1만 돌렸다.

공기 중으로 순수한 염소가스가 흘러나왔다.

염소가스는 폐를 녹일 정도로 위험하다. 1차 세계대전에서도 무기로 사용했는데 효과가 아주 좋았다. 압축된 죽음의 신이 든 탱크를 어디서 손에 넣었느냐고? 내 친구 스보보다에게 감사할 뿐이다. 그는 ESA의 화학 연구실에서 가스를 훔쳐냈다.

FFC 케임브리지 공정에는 다량의 녹은 염화칼슘이 사용된다. 이론적으로는 내부는 완전히 밀폐되어 뜨거운 용광로 속에 들어 있다. 하지만 혹시나 용광로가 고장 나는 경우에 대비해 시설 전체에 염소가스 탐지기가 설치되어 있다. 아주 민감한 탐지기들이다. 탐지기는 유독 가스가 사람들에게 해를 끼치기 전에 경보를 울리도록 설계되어 있다.

잠깐 동안 밸브를 연 채로 두었다가 다시 꽉 밀봉했다. 몇 초 지나지 않아 염소가스 경보음이 울렸다. 그랬더니 세상에나, 뭐 이런 난리가

다 있나!

　각기 다른 스무 군데에서 노란빛이 번쩍거리기 시작했다. 믿을 수 없을 정도로 큰 경보음이 시설 전체에 울려 퍼졌다. 바람이 느껴졌다. 비상 환기 장치가 갑자기 작동하기 시작한 것이다. 환기 장치는 비상용 예비 산소로 시설 내 모든 공기를 새롭게 바꿀 것이다.

　관제실에서는 직원들이 허둥지둥 안전한 곳으로 대피하고 있었다. 보통은 실내 안쪽에 있는 공기 대피소로 들어가는 것이 원칙이었다. 하지만 바로 옆에 열차가 있는데 뭐하러 그러겠는가? 공기 대피소 안에 앉아 구조를 기다리는 것보다는 도시로 돌아가는 열차 속으로 들어가는 편이 훨씬 나았다. 판단을 내리는 데는 많은 시간이 걸리지 않았다. 사람들은 열차 안으로 밀려 들어가 출입문을 닫았다.

　어쩌면 비좁을 수도 있었다. 교대해야 할 두 근무조가 열차에 함께 타고 있었다. 전부 마흔여덟 명이었다.

　관제실을 훔쳐본 나는 내부가 비어 있는 것을 보고 움켜쥔 주먹을 들어 올렸다. 직원들은 정확히 내가 원하던 대로 행동했다.

　용광로가 녹아내리도록 만들기 전에 모든 사람들이 빠져나가게 해야 했다. 안쪽 외벽을 절단하면서 기압 경보음이 울리도록 둘 수도 있었다. 그랬다면 사람들은 허둥지둥 달아났을 것이다. 하지만 공기가 새는 상황이라면 비상 인력이 벽에 난 구멍을 찾으러 오게 된다. 그렇게 되면 로버와 임시로 만든 에어로크와 어색하게 얼굴을 붉히는 데일 등등을 발견한 몇몇 사람들이 이상하게 생각할 것이다. 유독 가스 누출이 훨씬 나았다. 그건 순수하게 버블 내부의 문제였으니까.

　염소 탱크의 밸브를 아주 살짝 다시 열었다. 그렇게 하면 환기 시스템이 가스를 제거할 수가 없다. 그리고 염소가스 경보음이 울리는 한 작업자들은 열차 안에서 나오지 않을 것이다.

더는 숨을 필요가 없었다. 용광로를 돌아 앞쪽으로 걸어갔다. 그리고 엉덩이춤을 추면서 용광로 아래에 있는 배수용 웅덩이 속으로 들어갔다.

녹아내릴 위험에 대한 마지막 방어 장치로, 용광로 아래쪽에는 구리 마개가 달려 있었다. 구리의 녹는점은 전해조 내부의 운전 온도보다는 높지만 강철보다는 낮았다. 그래서 용광로의 온도가 너무 높아지면(정확히 말하면 섭씨 1,085도) 구리가 먼저 녹게 된다. 과열된 용융염은 아래쪽에 마련된 시멘트 웅덩이로 흘러나갈 것이다. 청소해야 할 일이 지옥 같겠지만 용광로 자체는 구해낼 수 있었다.

그렇게 둘 수야 없지!

용접 장비와 더플백을 웅덩이 속으로 끌어당겼다. 이번에도 위를 보고 용접해야 했다. 어휴. 그리고 이번에는 강철 용접봉을 사용해 강철과 강철을 이어 붙여야 했다. 그러니까 제대로 알아들었는지 모르겠는데, 강철이란 말이다. 야호. 그래도 이번에는 선외활동 우주복을 입지 않았다. 혹시라도 녹은 쇳물이 몸에 튀면 평생 동안 흉하게 망가진 몸으로 살아야겠지만 적어도 죽지는 않는다. 그러니 전보다 유리했다.

작업을 시작했다. 용광로 아래쪽에 철판을 용접해 붙이는 동안 몸이 최대한 옆으로 비켜나게 했다. 솔직히 용접선이 몇 번 끊어지면서 불이 붙은 죽음의 쇳물 방울이 바닥에 떨어진 적도 있었다. 하지만 계속 작업을 해나갔다. 15분이 지나자 구리 마개를 철판으로 단단히 덮어서 붙일 수 있었다.

용광로 내벽이 어떤 품질의 강철로 이루어졌는지 확실하지는 않지만, 강철 대부분은 섭씨 1,450도 또는 그보다 낮은 온도에서 녹는다.

그래서 만약을 위해 구리 마개를 덮는 강철판과 용접봉은 녹는점이 섭씨 1,530도인 416규격으로 준비했다. 내가 붙인 덮개가 녹기 전에 용광로가 먼저 녹을 것이다.

덮개가 얇으니까 먼저 녹을 거라고 생각하겠지만 물리학은 그런 식으로 작용하지 않는다. 온도가 강철 덮개의 녹는점인 섭씨 1,530도에 도달하기 전에, 그보다 낮은 온도에서 녹을 수 있는 모든 것이 먼저 녹는다. 그리고 용광로 벽의 녹는점은 섭씨 1,450도이다. 그러니까 덮개가 얇고 용광로가 두껍다고 해도 덮개가 녹는점 근처에 이르기도 전에 용광로의 바닥이 먼저 녹아버릴 것이다.

못 믿겠다고? 얼음물을 냄비에 넣고 요리해 봐라. 물의 온도는 마지막으로 남은 얼음 덩어리가 녹을 때까지 계속해서 섭씨 0도를 유지할 것이다.

웅덩이에서 기어 나와 관제실을 살펴보았다. 여전히 비어 있었다. 하지만 오랫동안 그렇게 유지되지는 않을 것이다. 열차는 이미 도시로 출발했다.

공기 중에서 염소가 계속 검출되는 상황이라면 작업자들을 도시로 돌려보내는 것이 타당하다. 하지만 일단 그들이 도시에 도착하면 방호복을 입은 기술자 한 무리가 열차를 잡아타고 바로 돌아올 것이다. 열차가 도시에 도착할 때까지 10분, 바뀐 승객이 타는 걸 5분으로 생각하고 그 뒤에 추가로 10분이 지나면 적 기병대가 도착할 것이다. 25분 남았다.

서둘러 온도 조절기로 다가갔다. 볼트 네 개를 풀고 조절기 덮개를 떼어냈다. 열전쌍 제어 기판을 뜯어내고 더플백에서 대체용으로 만든 기판을 꺼냈다. 스보보다는 전날 저녁에 기판을 조립하면서 시간을 보냈다. 사실은 아주 간단했다. 정상적인 기판과 똑같이 움직이지만 용광로의 온도에 한해서는 컴퓨터에게 거짓말하면서 늘 낮게 보고하는 것이다. 기판을 슬롯에 밀어 넣었다.

스보보다가 대체품으로 만든 기판에는 확인을 위해 실제 온도와 보고 온도를 보여주는 LCD 계기판이 달려 있었다. 실제 온도는 섭씨 900도, 보고 온도는 섭씨 825도였다. 온도가 너무 낮다는 걸 믿은 컴퓨터는 주 가열기를 작동시켰다.

스위치도 없는데 '딸깍' 하는 소리가 들렸다. 전력이 공급되기 시작하는 순간 전력선이 실제로 꿈틀거렸다. 지금까지 살면서 봐왔던 가장 굵은 전력선이었다. 얼마나 많은 양의 전기가 흘러드는지 그로 인해 발생하는 자기장 때문에 전력이 증가하는 동안 이리저리 계속 튀어 올랐다. 그러다 일단 전력이 최대 세기에 이르자 잠잠해졌다.

스보보다가 만든 기판을 지켜보았다. 금세 실제 온도가 901도로 되었다. 그러더니 더 빠른 속도로 902도까지 올랐다. 그런 다음 곧바로 904도가 되었다. 그다음은 909도였다.

"제엔장." 생각했던 것보다 너무 빠른 속도로 온도가 치솟았다. 알고 보니 원자로 두 개의 출력을 전달하는 육중한 송전선은 대상물을 매우 빠른 속도로 가열할 수 있었다.

조절기 덮개는 바닥에 그냥 버려둔 채 뛰어서 나만의 출입구로 되돌아왔다.

데일은 공기 주입식 연결 장치에서 나를 기다리고 있었다. "어때?" 그가 물었다.

공기 대피소의 출입문을 닫으며 말했다. "임무는 완수했어. 용광로 온도가 아주 빠르게 올라가고 있어. 여기서 빠져나가자고."

"좋아!" 데일이 장갑 낀 손을 들어 올렸다.

나는 데일과 하이파이브를 했다(그가 손을 든 채로 기다리게 둘 수 없었기 때문이다). 데일은 통통 튀며 터널을 지나 로버로 향했다.

제대로 밀폐가 되었는지 확인하기 위해 공기 대피소의 출입문을 마지막으로 살펴보았다. 그런 다음 돌아서서 터널을 따라 달리기 시작했… 잠깐만.

다시 출입문 쪽으로 몸을 홱 돌렸다. 분명히 내 뒤에서 뭔가가 움직인 것 같았다.

대피소 출입문에는 작고 둥근 창이 있다. 그리로 가까이 다가가 안을 들여다보았다. 용광로 버블 내부의 안쪽 벽, 검사 장비가 늘어선 곳에 있는 사람은 로레타 샌체즈였다.

나는 두 손으로 머리를 움켜잡았다.

"데일, 문제가 생겼어."

15

샌체즈는 비상 환기 시스템을 들여다보았다. 고글과 마스크를 쓰고 있었다. 약간의 염소가스에는 겁을 먹지 않는 모양이었다.

터널 중간에 선 데일이 로버를 향해 손짓해 보였다. "빨리, 재즈! 가자고!"

"저 안에 로레타 샌체즈가 있어!"

"뭐야?"

나는 에어로크 창문을 가리켰다. "자기가 주인이라도 되는 것처럼 돌아다니고 있어."

"주인은 맞지." 데일이 말했다. "여기서 빠져나가자!"

"그냥 저기 둘 수는 없어."

"똑똑한 여자야. 용광로가 녹아내리기 시작하면 달아날 거야."

"어디로 달아나?" 내가 물었다.

"열차."

"열차는 떠났어."

"그럼 공기 대피소로 가겠지."

"녹은 쇳물은 막을 수 없는 곳이잖아!" 나는 출입구를 향해 돌아섰다. "데려와야겠어."

데일은 다시 나를 향해 뛰어왔다. "정신 나갔어? 저 사람들은 널 죽이려고 했어, 재즈!"

"어쨌든." 내 얼굴에 마스크와 고글을 붙인 테이프를 확인했다. "로버로 가. 잽싸게 빠져나갈 준비를 해."

"재즈…."

"가라고!" 나는 쏘아붙였다.

데일은 잠시 머뭇거렸다. 아마도 날 억지로 제압해서 로버로 데려갈 수 있을지 고민하는 모양이었다. 그는 현명하게도 그러지 않기로 결정하고 터널을 지나 로버로 향했다.

나는 대피소 출입문 손잡이를 돌려서 열고 서둘러 버블 내부로 다시 들어갔다. 샌체즈는 처음에는 내가 있다는 걸 알아차리지 못했다. 온 관심이 비상 환기 시스템에 쏠려 있었다. 아마도 왜 공기를 정화하지 못하는지 알아내려는 것 같았다.

이런 상황에서 자기소개는 어떻게 해야 할까? 에밀리 포스트가 에티켓 관련 저서를 쓸 때 '산업 시설 파괴 행위 도중 적의 목숨 구해주기'를 다뤘을 것 같지는 않다. 나는 믿을 수 있고 진실한 방법을 시도했다.

"저기요!" 소리를 질렀다.

샌체즈는 몸을 획 돌리더니 가슴을 부여잡았다. "맙소사!"

샌체즈는 몇 번 숨을 몰아쉬더니 평정을 되찾았다. 사진에서 본 것보다 좀 더 늙고 좀 더 고생한 얼굴이었다. 그럼에도 쉰 살치고는 원기 왕성하고 건강해 보였다. "세상에나, 도대체 누구시죠?"

"그건 중요하지 않아요." 내가 말했다. "여긴 안전하지 않아요. 나랑 가요."

샌체즈는 움직이지 않았다. "우리 직원이 아니군요. 여긴 어떻게 들어왔죠?"

"벽에 구멍을 냈어요."

"뭐라고요?" 샌체즈는 벽을 훑어봤지만 소득은 없었다. 구멍은 그녀로부터 용광로 반대편에 있었다.

"구멍을 내요? 내 공장에다?"

"왜 열차를 타지 않은 거예요!" 내가 물었다. "당신도 열차에 탔어야 했잖아요!"

"혹시 내가 문제를 해결할 수 있는지 보고 싶었어요. 다른 사람들은 안전한 곳으로 보냈고…" 샌체즈는 말을 멈추더니 손가락을 들어 올렸다. "잠시만요. 내가 당신에게 설명할 필요는 없죠. 오히려 당신이 내게 설명해야죠!"

나는 그녀에게 한 걸음 다가갔다. "잘 들어요, 한심한 인간 같으니. 이 공장 전체가 녹아버릴 거예요. 나랑 같이 가야 해요. 빌어먹을, 지금 당장!"

"말조심해요! 잠깐… 난 당신이 누군지 알아요. 재스민 바샤라군요." 샌체즈는 비난하듯 손가락질을 했다. "당신, 우리 수확기를 망가뜨린 깡패잖아!"

"그래요. 그리고 당신네 용광로도 망가뜨린 깡패예요. 지금 우리가 말하고 있는 동안에도 용광로는 언제 녹아버릴지 몰라요."

"말도 안 돼. 용광로는 내가 직접 설계했어요. 절대적으로 안전해요."

"가열장치가 최대로 돌아가고 있고 온도 시스템은 해킹당했어요. 그리고 녹아서 빠지는 마개에는 내가 강철판을 용접해서 붙여두었죠."

샌체즈의 입이 떡 벌어졌다.

"가야 해요! 빨리요!"

샌체즈는 용광로를 보더니 다시 나를 바라보았다. "아니… 내가 고쳐볼 수도 있죠."

"그렇게는 안 될 거예요." 내가 말했다.

"날 막을 생각이에요?"

나는 제대로 자세를 잡고 섰다. "나한테 이러지 않는 게 좋아요, 할머니. 난 당신 나이의 절반밖에 안 됐고 이곳 중력에서 자랐다고요. 필요하다면 당신을 끌고 나가겠어요."

"재미있군요." 샌체즈가 말했다. "나는 마나우스의 길거리에서 자랐어요. 당신 덩치의 두 배나 되는 남성에게 강도질을 해본 적도 있고."

좋아, 그런 생각은 못 해봤네.

샌체즈는 날 향해 돌진했다.

이런 상황 역시 생각도 못 해봤는데.

몸을 홱 굽혀 피하고는 샌체즈가 머리 위로 지나치는 걸 바라보았다. 지구인들은 점프를 하면 얼마나 멀리까지 뛰게 되는지 늘 잘 헤아리지 못한다. 그러니까 이렇게 쉽게….

샌체즈는 팔을 아래로 뻗어 내 머리칼을 움켜쥐었고, 착지하는 동시에 내 머리를 바닥에 내던졌다. 그러더니 내 가슴을 누르고 앉아 얼굴을 노리고 주먹을 들어 올렸다. 나는 발을 굴러 그녀의 몸을 튕겨낸 다음 일어섰다.

제대로 정신을 차리기도 전에 샌체즈가 다시 공격해 왔다. 이번에는 뒤에서 목조르기였다.

내게는 여러 가지 결점이 있었지만 남성다움은 그 가운데 하나가 아니었다. 나는 힘에서 밀리면 인정한다. 마나우스는 아르테미스보다 훨씬 더 험한 동네인 모양이었다. 정정당당하게 싸운다면 이 여성에게 두들겨 맞기만 할 것 같았다.

그래서 정정당당한 싸움은 피하기로 했다.

어깨 뒤로 손을 뻗어 샌체즈의 마스크를 벗겼다. 그녀는 즉시 날 놓고 물러섰다. 그러고는 숨을 참으면서 덜렁거리는 마스크를 더듬었다. 그 순간이 기회였다.

뒤돌아서서 몸을 숙인 다음 샌체즈의 양쪽 다리를 잡았다. 그리고 온 힘을 다해 그녀를 위로 들어 올렸다. 샌체즈는 위로 족히 4미터는 날아올랐다.

"마나우스에서는 이렇게 안 되지?" 나는 소리를 질렀다.

샌체즈는 공중에서 허우적거리며 떠오르다 최대 높이에 다다랐다. 그녀가 아래로 다시 내려오기 시작하는 순간 나는 바닥에 놓아두었던 아세틸렌 탱크를 집었다. 샌체즈는 다음에 닥칠 일을 피할 방법이 없었다.

나는 있는 힘껏 휘둘렀다. 샌체즈의 머리에는 맞지 않도록 조심했다. 그녀를 죽이고 싶지는 않았다. 결국 그녀의 왼쪽 정강이를 세게 때렸다. 샌체즈는 고통에 비명을 지르며 바닥에 쿵 쓰러져 움직이지 않았다. 하지만 곧바로 그녀답게 다시 일어섰다. 그리고 나를 향해 다가왔다.

"그만!" 나는 손을 내밀었다. "이건 어리석은 짓이에요. 당신네 용광로는 점점 더 뜨거워지고 있어요. 당신 화학자잖아요. 계산해 봐요. 그냥 나랑 같이 가면 안 돼요?"

"무작정 그런 식으로…." 샌체즈는 말을 멈췄다. 천천히 용광로를 향해 돌아섰다. 용광로의 아래쪽 절반이 어느새 검붉은 색으로 달아올라 있었다. "이런… 맙소사…."

샌체즈는 나를 향해 휙 돌아섰다. "빠져나가는 구멍이 어디라고 했죠?"

"이쪽이에요." 나는 손짓해 보였다.

우린 함께 구멍으로 달렸다. 샌체즈는 나보다 조금 느렸는데, 조금 전에 내가 정강이를 갈겼기 때문이었다.

샌체즈가 구멍으로 뛰어들었고 내가 그 뒤를 따랐다. 우리는 허둥지둥 공기 대피소를 통과해 연결 터널로 들어섰다. 내가 공기 대피소 출입문을 닫았다.

"터널은 어디로 연결되죠?" 샌체즈가 물었다.

"용광로가 아닌 곳이요." 내가 말했다.

우리는 연결 터널을 내달렸다.

데일이 로버의 에어로크에서 머리를 내밀고 보고 있었다. 선외활동 우주복은 벗은 상태였다.

샌체즈는 로버 안으로 뛰어들었고 바로 그 뒤를 내가 뒤따랐다. 나는 로버의 출입문을 쾅 닫았다.

"터널을 떼어내야 해!" 데일이 말했다.

"시간 없어." 내가 말했다. "그러려면 우주복을 입어야 하잖아. 토크를 최대로 올리고 움직여서 터널을 떼어내 버려."

"꽉 잡아." 데일이 속도 조절 레버를 당겼다.

로버가 덜컥 앞으로 움직였다. 샌체즈는 좌석에서 떨어졌다. 나는 뒤쪽 창문에서 자리를 지켰다.

로버의 회전력은 어마어마하지만 그건 달 표면 흙바닥에서 많은 마찰력을 확보했을 때나 가능한 일이다. 겨우 1미터 밖에 가지 못한 채 우리는 터널에서 멈춰야 했다. 막 일어서던 샌체즈는 데일을 향해 앞으로 엎어졌다. 샌체즈는 넘어지지 않으려고 데일의 양쪽 어깨를 붙잡았다.

"여기서 빠져나가야 해요." 샌체즈가 말했다. "저 안에 메탄과 산소 탱크가…"

"알아요!" 내가 말했다. 옆 유리창을 통해 밖을 내다보았다. 날카롭게 경사진 바위가 눈에 띄었다. 로버의 앞쪽으로 뛰어가 조수석으로 기어올랐다. "나한테 생각이 있어. 설명하기엔 너무 길어. 내가 운전할게."

데일은 중앙에 있는 스위치를 젖혀 조수석에서 운전이 가능하게 했다. 논쟁도 질문도 없이 데일은 그냥 그렇게 했다. 선외활동 마스터들은 위기 상황에서 합리적으로 행동하는 데 매우 뛰어났다.

로버를 후진 상태로 놓고 뒤로 4미터를 움직였다.

"반대잖아요." 샌체즈가 말했다.

"닥쳐요!" 나는 기울어진 바위 쪽으로 방향을 잡고 로버를 움직이게 했다. "뭐라도 꽉 잡아."

샌체즈와 데일은 서로를 꽉 붙잡았다. 나는 로버의 속도를 최대로 높여 달렸다.

우리는 바위로 달려들었다. 오른쪽 앞바퀴가 바위를 밟고 지나도록 방향을 잡자 로버 전체가 펄쩍 뛰어오르며 옆으로 기울었다. 로버는 왼쪽 면으로 지면을 때리며 굴렀다. 롤 케이지(경주용 자동차의 운전자 보호용 차체 뼈대-옮긴이)를 시험해 볼 수 있는 기회였다.

원래 내 생각에는 이렇게 될 것 같았다. 공기 주입식 터널이 완전히 뒤틀리면 터널은 그런 상황을 대비해 설계되지 않았으므로 찢어질 것이다. 그러면 로버를 앞뒤로 움직이면서 터널이 완전히 찢겨 나가도록 만든다. 그러면 탈출 성공.

실제로 벌어진 일은 이랬다. 공기 주입식 터널은 전사처럼 충격을 받아들였다. 터널은 인간이 들어가는 물건으로 제작되었기에 하느님께 맹세코 어떤 상황에서든 인간을 보호해야 했다. 터널은 찢어지지 않았다. 하지만 로버 에어로크와의 연결 부위는 그 정도로 튼튼하지 않았다. 터널이 회전하면서 비트는 힘에 볼트가 전부 떨어져 나갔다.

터널 안의 공기가 폭발이라도 하듯 앞쪽으로 터져 나오면서 로버를 더 멀리 앞쪽으로 날렸다(달 탐사용 로버는 공기역학적 설계되지 않았음). 우리는 옆으로 쓰러진 채 버블 반대편으로 1미터 정도 더 밀려 나다가 육중하게 똑바로 섰다.

로버는 자유롭게 풀려났다.

"빌어먹을!" 데일이 말했다. "천재적이야!"

"아, 그럼." 나는 로버를 운전해 전진했다.

쿵!

낮게 우르릉거리는 소리가 몇 분의 1초 동안 울렸다. 귀로 듣는 것이 아닌 느낌으로 알 수 있는 그런 소리였다.

"큰 소리군." 샌체즈가 말했다.

"아닙니다." 데일은 어깨에서 샌체즈의 팔을 떼어내며 말했다. "겨우 들리는 정도였는걸요."

"큰 소리가 맞아." 나는 운전하면서 전방의 지형에서 눈을 떼지 않은 채 말했다. "그 소리는 푸석푸석한 흙을 타고 전해져 바퀴를 타고 올라와 로버 내부에 전달된 거야. 뭐라도 우리 귀에 들렸다는 건 어마어마하게 큰 소리였다는 뜻이지."

뒤쪽을 비추는 카메라를 확인했다. 버블은 물론 멀쩡했다. 버블이 깨져버리려면 핵폭탄 같은 게 터져야 했다. 놀라운 건 내가 설치한 공기 대피소였다. 대피소는 내가 남겨둔 곳에 그대로 있었다.

브레이크를 콱 밟았다. "이런 세상에! 저것 좀 봐! 내가 용접한 게 폭발에도 그대로 붙어 있어!"

샌체즈가 도끼눈을 떴다. "등을 두드려 주진 않더라도 이해 좀 해 줘요."

"진짜야?" 데일이 말했다. "지금 이 순간에 그런 걸 자랑하겠다는 거야?"

"그냥 그렇다고. 끝내주는 용접이잖아."

"엿이나 먹어, 재즈." 데일은 조종석의 스위치를 젖혀 다시 직접 운전하기 시작했다.

데일은 도시를 향해 로버를 몰았다. "스보보다하고 아빠에게 연락해서 괜찮다는 걸 알려야지."

"그리고 변호사를 불러야 할 거예요." 샌체즈가 말했다. "반드시 당신을 브라질로 추방해 처벌받도록 하겠어요."

"그래요?" 나는 기즈모를 꺼내 스보보다에게 전화를 걸었다. 전화를 받지 않고 음성 메시지로 넘어갔다.

"이런." 내가 말했다.

"문제 있어?" 데일이 물었다.

"스보보다가 전화를 안 받네." 다시 전화를 했다. 이번에도 음성 메시지로 넘어갔다.

"혹시 누구한테 잡혔나?" 데일이 말했다.

샌체즈에게 고개를 돌렸다. "아르테미스에 당신네 깡패가 더 있어요?"

"당신에게 협조할 이유가 없어 보이는군요."

"이 건으로 나랑 장난칠 생각 마요. 만약 아빠나 내 친구가 다친다면 당신 몸뚱이를 한 번에 한 조각씩 브라질로 돌려보낼 테니까."

"내게 '깡패'는 단 한 명도 없어요. 그런 사람들은 내 지시를 받지 않아요."

"거짓말." 내가 말했다. "오 팔라시오의 엉덩이에 코를 너무 깊이 처박아서 얼굴도 안 보이는 주제에."

샌체즈는 나를 노려보았다. "그들은 소유주죠. 나는 그쪽 소속이 아니에요."

"당신들 동업자잖아!"

"아르테미스가 새로운 버블 건설을 중단하면서 알루미늄 시장은 바닥을 쳤어요. 회사를 계속 운영할 자금이 필요했죠. 그들이 구제 금융을 제안했어요. 난 받아들였고요. 그들은 그들 할 일을 했고 용광로를 운영하는 일에는 간섭하지 않았어요. 내가 삶과 영혼을 불어넣은 용광로를 당신이 방금 전에 파괴했다고요. 앞뒤 못 가리는 무모한 머저리 같으니!"

"방금 그거 무슨 말인지 내가 꼭 찾아볼 거예요!"

아빠의 번호를 누르고 기즈모를 귀에 갖다 댔다. 연결이 되지 않은 채 벨이 울릴 때마다 혈압이 올라갔다.

"아빠도 전화를 안 받아." 나는 조종 장치 위를 손가락으로 두드렸다.

데일이 한 손으로 조종하면서 자신의 기즈모를 꺼냈다. "레네에게 해봐, 난 밥에게 걸게."

레네의 번호로 연락했다. 벨만 계속 울렸다. 음성 메시지로 넘어가자 전화를 끊었다. "안 받아." 내가 말했다.

"밥도 안 받는군." 데일이 말했다.

우리는 불안한 눈빛을 주고받았다.

"혹시 루디가 눈치채고 모두 체포한 거라면…." 나는 곰곰이 생각하며 말했다. 엄지손가락이 기즈모 위에서 맴도는 사이 나는 입술을 꼭 다물었다. 강도질을 하는 도중에 경찰에게 연락하는 것은 매우 좋은 계획이 아니었다. 논리적으로는 우리가 도시에 돌아갈 때까지 기다려야 했다. 그들이 체포되었다면 상황을 바꿀 수는 없었다. 하지만 기다릴 수가 없었다.

나는 루디에게 전화를 걸었다. 네 번 신호가 갔지만 받지 않았다. 전화를 끊었다.

"맙소사." 내가 말했다.

"진짜야?" 데일이 말했다. "루디도 안 받는다고? 도대체 무슨 일이지?"

샌체즈가 자기 기즈모를 꺼내더니 화면을 두드렸다.

"이봐요!" 내가 샌체즈의 기즈모를 잡았지만 그녀가 뿌리치는 바람에 빼앗지는 못했다. "그거 이리 내요!"

"안 돼요." 샌체즈는 딱딱하게 말했다. "직원들이 안전하게 복귀했는지 알아야겠어요."

"거짓말! 도움을 요청하는 거잖아!" 나는 샌체즈를 향해 달려들었다. 그녀는 나를 끌어안고 바닥에 쓰러졌다.

"그만둬!" 데일이 말했다.

샌체즈는 주먹을 휘둘렀지만 한쪽 손밖에 없었다. 다른 손으로는 기즈모를 죽으라고 움켜쥐고 있었다. 주먹을 막고 샌체즈의 따귀를 날렸다. 오, 맙소사. 제대로 맞힌 이 기분.

"그만 좀 해!" 데일이 소리 질렀다. "당신들 두 멍청이가 엉뚱한 버튼이라도 누르면 우리 모두 죽는다고!"

"당신이 수확기에 날 죽이라고 명령했잖아! 인정해!" 나는 샌체즈에게 주먹을 휘둘렀다.

샌체즈는 옆으로 피하더니 내 팔을 등 뒤로 꺾었다. "당연히 내가 그랬지! 감히 내 평생을 바친 작품을 부수려고 들다니!"

"빌어먹을!" 데일은 로버를 급정지시켰다.

데일은 두 사람 사이로 비집고 들어와 샌체즈와 나를 떼어냈다. 액션 영화나 만화에서 보는 것과 달리, 실제로는 덩치 큰 게 제일이다. 더군다나 키가 180센티미터인 남성이라면 체구 작은 여성 둘보다 완력이 훨씬 우세하다.

"멍청이들, 들어봐." 데일이 말했다. "난 게이라서 여성끼리 아웅다웅하는 모습이 즐겁지 않아. 그만 좀 해. 아니면 박치기를 시켜버릴 테니까."

"말조심해요." 샌체즈는 다시 기즈모로 전화를 걸었다.

"저거 좀 막아줄래, 응?" 나는 데일에게 말했다.

"만일 이 전화를 누구든 받는다면 행복할 것 같아." 데일은 두 사람 모두를 놓아주었지만 날 감시의 눈으로 바라보고 있었다. 어떻게 된 일인지 데일은 내가 공격했다고 인식했다. 내가 망할 년의 두 눈을 파내서 오줌 구멍으로 처넣고 싶어 한다는 이유만으로 말이다.

샌체즈는 상대방이 전화 받기를 기다리며 기즈모에 귀를 기울였다. 순간 표정이 점점 더 어두워졌다. 그녀는 전화를 끊었다.

데일이 나를 바라보았다. "이제 어쩌지?"

"언제부터 내가 대장이 된 거야?"

"모든 작전이 네가 짜낸 거잖아. 이제 어떻게 해?"

"에…" 무전기 주파수를 주 채널로 바꾸었다. "여기는 재즈 바샤라, 누구든 선외활동 마스터를 찾고 있다. 들리나?"

"들린다!" 즉각 대답이 돌아왔다. "여기는 자라 고틀리프. 아룬 고샬과 함께 있다. 다른 사람은 아무도 연락이 안 된다. 무슨 일인가?"

둘 다 아는 사람이었다. 자라는 마스터였고 아룬은 수습생이었다. 우리는 며칠 전 퀸즐랜드 유리에서 발생한 화재를 함께 진압했다. "모르겠어요, 자라. 나는 외부에서 로버에 타고 있는데 도시로부터 어떤 응답도 받지 못하고 있어요. 어디 있어요?"

"몰트케 언덕의 광석 채취 현장이야." 자라가 말했다.

마이크를 껐다. "아, 그렇군. 저들은 나로부터 수확기를 지키고 있는 거야."

"이제 의미가 없는 일이죠." 샌체즈가 말했다. "어쨌든 선외활동 길드가 계약을 성실하게 지키고 있다니 다행이군요."

다시 마이크를 켰다. "다시 도시로 돌아갈 수 있어요?"

"수확기를 타고 용광로까지 간 다음 그곳에서 걸어가려던 중이야. 그런데 수확기를 불러들이라고 해야 하는데 샌체즈 알루미늄에 연락이 안 돼."

"어쩌면 걷기 시작하는 것이 최선일 수도 있어요." 내가 말했다. 샌체즈의 노려보는 눈빛을 보지 않으려고 애썼다.

"안 돼." 자라가 말했다. "우리의 주의를 다른 곳으로 끌려는 것일 수도 있어. 우린 이곳을 지킬 거야."

"알았어요."

"이봐… 넌 아직 훈련생이잖아." 자라가 말했다. "혼자서 외부에 나가면 안 될 텐데. 마스터가 함께 있는 거야? 누구랑 함께 있는 거야?"

"어… 잘 안 들리네요…." 나는 무전기를 우리만 사용하는 주파수로 바꾸었다.

"그러면 나중에 설명을 좀 해야 할 거야." 데일이 말했다.

"한 번에 하나씩 하자고." 내가 말했다. "통관항으로 가서 무슨 일인지 알아봐야겠어."

"그래요." 샌체즈가 말했다. "열차는 그곳에 있을 거예요. 우리 직원들도 그곳에 있고."

데일이 운전석에 앉아 다시 로버를 움직였다. 샌체즈와 나는 아무 말 없이 앉아 도착할 때까지 서로 눈길도 마주치지 않았다.

데일은 맹렬한 속도로 로버를 움직여 도시로 돌아왔다. 통관항에 가까이 다가가자 에어로크에 도킹해 있는 열차가 보였다.

샌체즈가 기운을 차리며 물었다. "어떻게 들어가죠?"

"보통은 화물 에어로크에서 근무를 서는 선외활동 마스터에게 무전으로 연락하죠." 데일이 말했다. "하지만 아무도 응답하지 않으니까 내가 우주복을 입고 외부에 노출된 수동 출입문을 사용해야겠죠."

"열차를 확인해 봐." 내가 말했다. "열차 창문을 통해서 항구 안쪽이 보일 거야."

데일은 고개를 끄덕이고는 통행량이 많았던 지형을 가로질러 이동했다. 화물 에어로크를 지나쳐 도킹해 서 있는 열차 옆에서 멈췄다. 열차의 창문은 로버의 창문보다 꽤 높았다. 우리 위치에서는 도시 내부의 천장밖에 보이지 않았다.

"잠시만, 좀 더 잘 볼 수 있게 해줄게." 데일이 조종 장치를 두드리자 로버 전체가 위로 올라가기 시작했다. 알고 보니 밥의 로버는 접이식 리프트 장치까지 갖추고 있었다. 당연하지. 왜 아니겠어? 밥의 로버는 원하는 기능을 모두 갖추고 있었다.

로버의 창문이 열차의 창문과 같은 높이가 되자 샌체즈가 헉 소리를 냈다. 나도 그럴 뻔했지만, 샌체즈에게 그러는 걸 보이고 싶지 않았다.

사람들이 아무렇게나 쓰러져 있었다. 일부는 열차 좌석에, 또 다른 일부는 통로에 겹겹이 쌓여 있었다. 어떤 사람은 입 주위에 토사물이 잔뜩 고여 있기도 했다.

"이런…" 데일이 간신히 말했다.

"우리 직원들이야!" 샌체즈는 다른 방향에서 보려고 미친 사람처럼 몸을 움직였다.

나는 좀 더 자세히 보려고 유리창에 코를 들이박았다. "저 사람들 아직 숨 쉬고 있어요."

"그래요?" 샌체즈가 물었다. "확실해요?"

"확실해요." 내가 말했다. "파란 셔츠 입은 남성 보세요. 배가 보여요?"

"마이클 멘데스예요." 샌체즈는 조금 긴장을 풀었다. "그래요. 움직이는 게 보이네요."

"저 사람들 앉은 자리에서 바로 쓰러졌어요." 내가 말했다. "에어로크나 뭐 그런 곳에 몰려들지 않았다고요."

데일이 열차와 항구를 연결하는 출입문을 가리켰다. "열차의 에어로크가 열려 있어. 역의 케냐 깃발이 보여?"

나는 얼굴을 찌푸리고 바라보았다. "공기야." 내가 말했다.

샌체즈와 데일이 나를 바라보았다.

"공기라고. 공기에 뭔가 문제가 생긴 거야. 승무원이 출입문을 열 때까지 열차에 탄 사람들은 모두 괜찮았어. 출입문을 여는 순간 정신을 잃은 거야."

데일이 양손을 서로 맞잡았다. "바로 우리가 용광로를 날려버린 순간이야. 우연일 리가 없어."

"당연히 우연이 아니죠!" 샌체즈가 말했다. "용광로는 암스트롱 버블의 생존 지원센터와 직접적으로 공기 수송관을 통해 연결되어 있어요. 공기가 어디서 나온다고 생각한 거죠?"

나는 샌체즈의 양 어깨를 붙잡았다. "하지만 공기를 공급하는 과정에 안전장치가 있겠죠? 밸브나 뭐 그런 거요?"

샌체즈는 내 손을 탁 쳐냈다. "안전장치는 누출을 막으려는 거지, 대규모 폭발에 견디기 위한 것이 아니에요!"

"젠장, 젠장, 젠장…" 데일이 말했다. "용광로 버블에서 폭발을 수용했어. 어디로도 공기가 빠져나가지 않았지. 네가 용접을 너무 잘했어. 유일하게 압력이 빠져나갈 곳은 공기 수송관뿐이었어. 이런, 젠장."

"잠깐만, 아니야." 내가 말했다. "아니, 아니, 아니라고. 그럴 리가 없어. 생존 지원센터는 유입되는 공기에 안전 감지기를 두고 있어. 그냥 곧장 도시에 공기를 쏟아내는 게 아니란 말이야, 그렇지?"

"그래요, 당신이 옳아요." 샌체즈는 조금 차분해져서 말했다. "이산화탄소와 일산화탄소를 확인하죠. 혹시 용광로에서 누출이 있을 경우에 대비해 염소와 메탄이 섞였는지도 검사해요."

"어떻게 검사하죠?" 내가 물었다.

샌체즈는 쓰러진 직원들을 좀 더 잘 보기 위해 다른 창문으로 걸어 갔다. "원치 않는 분자가 있으면 색이 변하는 액상 화합물을 사용해요. 그리고 컴퓨터가 반응을 즉시 확인하고 있죠."

"그러니까 화학 반응이군요." 내가 말했다. "그거 당신 전문이죠? 당신, 화학자잖아요, 안 그래요? 만일 용광로 폭발이 뭔가 다른 걸 만들어냈다면요? 뭔가 생존 지원센터에서 탐지하지 못하는 것을 만들어 냈다면요?"

"글쎄…." 샌체즈는 생각했다. "칼슘이 있을 수 있고, 염소, 알루미늄, 규소…."

"메탄도 있죠." 내가 보탰다.

"좋아요, 그걸 더하면 클로로메탄도 가능하고, 다이클로로메탄, 클로로… 오, 맙소사!"

"뭐죠? 뭔데요?"

샌체즈는 양손으로 머리를 움켜쥐었다. "메탄, 염소에 열이 가해지면 몇 가지 화합물을 만들 수 있어요. 대부분은 무해한 것들이죠. 하지만 클로로폼도 만들 수 있어요."

데일은 안도의 한숨을 내쉬었다. "오, 하느님. 감사합니다."

샌체즈는 양손으로 입을 틀어막고 흐느낌을 억눌렀다. "전부 죽게 될 거예요. 사람들이 전부 죽을 거라고!"

"무슨 말을 하는 거예요?" 내가 물었다. "그냥 클로로폼이잖아요. 기절시키는 가스요. 그렇죠?"

샌체즈는 고개를 흔들었다. "당신, 영화를 너무 많이 봤군요. 클로로폼은 무해한 마취제가 아니에요. 아주아주 치명적이죠."

"하지만 사람들이 아직 숨 쉬고 있잖아요."

샌체즈는 떨리는 손으로 눈물을 닦아냈다. "사람들이 즉시 정신을 잃었어요. 그 말은 농도가 적어도 15,000ppm은 된다는 말이에요. 그런 농도라면 모두 한 시간 내에 죽어요. 그것도 가능한 최선의 시나리오가 그렇다는 거예요."

샌체즈의 말이 해머처럼 날 때렸다. 몸이 굳었다. 그냥 완전히 꽁꽁 얼어붙고 말았다. 의자에 앉은 채 고개를 흔들며 솟구치는 욕지기를 참아내느라 애썼다. 세상이 흐릿해졌다. 깊이 숨을 들이마시려고 애썼다. 숨은 흐느낌이 되어 빠져나갔다.

머릿속이 과열 상태로 돌아가기 시작했다. "좋아요… 음… 좋아… 잠시만요…."

현재 상황: 나, 데일 그리고 내가 싫어하는 년 하나. 로버 한 대. 선외활동 우주복 두 벌. 도시 전체에 공급할 수는 없지만 다량으로 남은 여유 공기. 용접 장비. 그 밖에 추가로 선외활동 마스터 한 명과 수습생 한 명(자라와 아룬)이 있지만 너무 멀리 떨어진 곳에 있어서 도움이 되지 않는다. 문제를 한 시간 내에 해결해야 하는데 그 두 사람은 도저히 시간에 맞춰 돌아올 수가 없다.

데일과 샌체즈는 절망한 얼굴로 나를 바라보았다.

추가 자산: 내부에 있는 사람들 모두를 제외한 아르테미스 도시 전체.

"조, 좋아요…." 나는 더듬거렸다. "생존 지원센터는 암스트롱의 지상층에 있어요. 항공우주국 거리에서 통로만 지나면 돼요. 데일, 로버를 ISRO 에어로크에 도킹시켜."

"알았어." 데일은 속도 조절기를 최대로 올렸다. 우리는 올드린 버블의 곡면을 따라 흔들리며 이동했다.

　나는 로버 뒤쪽의 에어로크로 기어올랐다. "일단 들어가면 잽싸게 생존 지원센터로 갈 거야. 그쪽에 가면 비상용 탱크에 어마어마한 양의 예비 공기가 있으니까. 그걸 전부 열어버릴게."

　"클로로폼은 그냥 희석되지 않아요." 샌체즈가 말했다. "공기 중의 분자 농도는 달라지지 않을 거예요."

　"알아요." 내가 말했다. "하지만 버블에는 초과 압력 안전밸브가 있어요. 예비용 탱크를 모두 열어버리면 도시의 기압이 올라갈 테고 안전밸브가 공기를 배출하기 시작할 거예요. 좋은 공기가 나쁜 공기를 대신하겠죠."

　샌체즈는 생각해 보더니 고개를 끄덕였다. "그래요, 통할 수도 있어요."

　로버는 ISRO 에어로크 바로 밖에 스르륵 멈춰 섰다. 데일이 로버를 뒤로 운전하면서 내가 지금껏 본 것 가운데 가장 빠르고 가장 노련하게 도킹을 했다. 로버의 속도를 조금도 늦추지 않은 상태로 두 개의 에어로크가 맞닿게 했다.

　"맙소사, 정말 끝내주는 솜씨야." 내가 말했다.

　"가!" 데일은 애원하듯 말했다.

　호흡용 마스크를 썼다. "두 사람은 여기 있어요. 데일, 내가 일을 망치고 클로로폼에 쓰러지면 네가 나 대신 해내야 해."

　에어로크 손잡이를 돌렸다. 기압이 같아지면서 나는 쉭 소리가 실내를 채웠다. "샌체즈, 만일에 데일이 실패하면 당신이 그다음이에요. 그런 일은 없어야 하지만…."

　나는 고개를 기울였다. "저 소리 이상하지 않아?"

데일은 에어로크 출입문을 바라보았다. "젠장! 공기 주입식 터널이 떨어져 나갈 때 로버의 에어로크가 망가졌나 봐! 밸브를 잠가! 일단…"

쉭 소리가 점점 커지면서 데일의 목소리가 더는 들리지 않았다. 에어로크에서 공기가 빠져나가고 있었다.

머리가 핑핑 돌아갔다. 만일 밸브를 다시 잠근다면 그다음에는 어떻게 해야 할까? 데일과 나는 선외활동 우주복이 있으니까 ISRO 에어로크까지 걸어가서 평상시처럼 들어가면 된다. 하지만 그러려면 우리는 로버를 벗어나야 하고, 그 말인즉슨 로버의 에어로크를 통과해야 한다는 뜻인데, 그러면 샌체즈가 죽게 된다. 유일한 해결책은 통관항의 화물 에어로크를 통해 로버를 통째로 도시 안으로 옮기는 것뿐이었다. 하지만 도시 내부에서 정신을 차리고 우리가 들어갈 수 있게 해줄 사람이 없었다. 우리는 에어로크를 수동으로 열어야 하고, 그 말은 로버를 벗어나야 한다는 뜻이며, 그러면 샌체즈가 죽을 것이다.

즉석에서 결정을 내린 뒤 에어로크로 통하는 공기 밸브를 활짝 열었다.

"도대체 무슨 짓을…" 데일이 입을 열었다.

공기가 빠져나가는 힘에 로버가 흔들렸다. 귀에서 뻥 소리가 났다. 나쁜 징조였다. 에어로크에서 공기가 너무 빨리 빠져나가는 바람에 로버의 공기로는 그 자리를 채울 수가 없었다.

"내가 나가면 출입문을 다시 닫아!" 내가 소리쳤다.

문 네 개. 아르테미스에 들어가려면 빌어먹을 문짝 네 개를 통과해야만 했다. 로버의 에어로크에 문이 두 개였고, ISRO의 에어로크에 두 개가 더 있었다. 마지막 문을 통과할 때까지 나는 위험할 것이다. 데일과 샌체즈는 데일이 첫 번째 출입문을 닫는 순간 안전해질 것이다.

첫 번째 문을 열고 로버의 에어로크로 뛰어들었다. 두 번째 문이 바로 우리를 죽이려는 문이었다. 출입문 가장자리에 얼음이 엉겨 붙어 있었는데 그리로 계속 공기가 빠져나가고 있었다. 데일의 말처럼 공기 주입식 터널이 붙어 있던 자리에 틈이 벌어져 있었다.

손잡이를 돌리고 출입문을 잡아당겼다. 망가진 상태에서 문이 열리기나 할까? 알라와 여호와 그리고 예수께 문이 열리길 기도했다. 출입문이 살짝 열린 것으로 보아 세 분 가운데 한 명 이상이 내 기도를 들은 것이 틀림없었다. 온 힘을 다해 열린 틈을 벌렸고, 마침내 빠져나갈 수 있을 정도로 넓게 문이 열렸다. 가끔 느끼지만 몸이 작은 건 정말 굉장히 좋은 일이다. 두 개의 에어로크 사이 길이 1미터 정도의 금속 터널까지는 들어갈 수 있었다.

로버의 에어로크 바깥 출입문 그리고 출입문 외부에 달린 에어로크 연결 장치인 금속 원통이 심하게 휘어져 있었다. 두 군데 모두에서 체로 치듯 공기가 새고 있었다. 하지만 적어도 큰 구멍은 전혀 보이지 않았다. 로버의 공기 탱크가 당장은 기압을 유지하고 있었지만 이길 수 있는 싸움이 아니었다. 그리고 혹시 내가 쓴 호흡용 마스크가 궁금한 분들에게 알려드리겠다. 마스크는 진공 상태에서 별 도움이 되지 않는다. 그저 죽은 내 얼굴에 산소를 뿜어댈 뿐이다.

손잡이를 돌려 ISRO의 바깥쪽 출입문을 열어젖혔다. 비틀거리며 ISRO 에어로크 안으로 들어가 두 사람이 어떤지 확인하려고 뒤를 돌아보았다.

이미 데일이 로버의 안쪽 출입문을 닫고 있을 거라고 생각했다. 하지만 내 생각은 틀렸다. 만일 데일이 출입문을 닫았다면 아르테미스 안에 들어가기 전까지 나는 공기를 공급받을 수 없었을 것이다. 데일이 그런 생각을 한 걸까? 저 멍청이가 그렇게 멋진 생각을?

"빌어먹을, 출입문을 닫아!" 나는 바람 소리를 이겨내며 소리를 질렀다.

그 순간 두 사람이 보였다. 둘 다 얼굴이 창백하고 얼빠진 모습이었다. 데일이 바닥에 쓰러졌다. 젠장. ISRO 에어로크의 공기 속에도 클로로폼이 퍼져 있었다. 너무 흥분하고 해야 할 일을 깊이 생각하느라 사소한 내용을 깜박했던 것이다.

좋아. 한 번에 하나씩 하자고. 우선 마지막 문을 연다. 로버가 가진 공기의 양은 적지만 아르테미스에는 공기가 많다. 나는 마지막 출입문의 손잡이를 돌리고 밀어 열었다. 문은 움직이지 않았다.

당연했다. 계속해서 누출이 일어나고 있어서 로버의 기압이 도시 쪽보다 낮았다.

"빌어먹을!" 나는 도시 쪽의 공기가 에어로크로 들어올 수 있도록 출입문 중앙에 달린 밸브를 돌렸다. ISRO의 기압조절 밸브가 빠져나가는 공기와 싸우고 있었다. 어느 쪽이 더 송풍량이 많을까? 그걸 알게 될 때까지 가만히 앉아 있을 수는 없었다.

에어로크 벽에 등을 대고 양발로 출입문을 찼다. 처음 두 번의 발길질에 문이 덜컹대기는 했지만 열리지는 않았다. 세 번째에야 비로소 성공했다.

출입문이 철컹 열렸다. 쉭 소리와 함께 공기가 에어로크 그리고 내 뒤쪽의 로버까지 밀려들었다. 공기의 흐름에 밀려 다시 닫힐까 봐 열린 문틈에 발을 끼워 넣었다.

데일과 샌체즈의 목숨은 안전해졌다…. 뭐, 비슷했다. 만일 기압이 떨어지는 공간에서 독성 가스를 들이마시는 걸 '안전'이라고 생각할 수 있다면.

등이 너무 아팠다. 내일이면 온몸이 쑤실 것이다. 만일 내일이 오긴 한다면.

출입문이 닫히지 않도록 신발을 벗어 끼워두었다. 로버로 되돌아갔다. 데일과 샌체즈는 이제 정신을 완전히 잃은 상태였다. 빌어먹을. 잊지 말자. 마스크를 벗지 말 것.

두 사람 모두 차분하게 숨을 쉬고 있었다. 로버의 안쪽 에어로크 출입문을 닫아서 두 사람이 있는 공간을 밀폐시킨 다음 다시 ISRO 에어로크의 안쪽 출입문으로 돌아왔다. 문을 밀어서 다시 열고(신발 때문에 문이 완전히 닫히지 않아 훨씬 쉬웠다) 연구소 안쪽으로 쓰러졌다.

신발을 치우자 밀려오는 공기에 출입문이 자동으로 닫혔다.

들어왔다.

바닥에 앉아 신발을 다시 신었다. 그런 다음 공기 마스크가 밀착되었는지 확인했다. 괜찮은 것 같았다. 토하거나 정신을 잃지 않는다는 건 일단 긍정적이었다.

ISRO 연구소는 정신을 잃은 과학자들로 어지러웠다. 으스스한 광경이었다. 네 사람은 각자의 책상에서 정신을 잃었고 한 사람은 바닥에 누워 있었다. 바닥에 쓰러진 사람을 넘어 통로로 향했다.

기즈모를 확인했다. 클로로폼 누출이 시작된 후 20분이 지났다. 그러니까 만일 샌체즈의 예측이 정확하다면 내가 40분 이내에 도시의 공기 문제를 해결하지 못하면 모두가 죽게 될 것이다.

그리고 그것은 내 책임이 될 것이다.

16

루디가 필요했다. 아니, 더 정확하게 말하자면 루디의 기즈모가 필요했다.

여기서 기억할 점. 생존 지원센터는 보안 구역이다. 즉, 직원들만 그곳에 들어갈 수 있다. 출입자의 기즈모를 인식하지 못하면 출입문은 열리지 않는다. 하지만 루디의 기즈모는 도시의 어떤 문이든 열 수 있다. 보안 구역이든 일반 가정집이든 욕실이든 가리지 않는다. 즉, 루디가 가지 못할 곳은 없다.

루디의 사무실은 암스트롱 업 4로 ISRO의 연구소에서 몇 분만 뛰어가면 되었다. 그곳까지 뛰어가는 동안 꿈같은 장면이 펼쳐졌다. 통로와 문가마다 사람들이 쓰러져 있었다. 세상의 종말이라도 온 것 같은 모습이었다.

죽은 게 아니야. 죽은 게 아니야. 죽은 게 아니라고…. 나는 정신줄을 놓지 않기 위해 주문을 외듯 읊조렸다.

위층으로 올라가기 위해 오르막길을 택했다. 엘리베이터는 혹여 쓰러진 사람이 문을 막고 있을지도 몰랐다.

암스트롱 업 4 오르막길이 끝나는 곳에 '바위 공원'이라고 부르는 탁 트인 공간이 있다. 왜 그렇게 부르냐고? 모르겠다. 그곳을 지나다가 옆으로 누워 있는 사내 몸에 걸린 나는 정신을 잃은 아기를 안은 관광객 위로 넘어졌다. 여성은 웅크린 채 아기를 자기 몸으로 감싸고 있었다. 어머니의 마지막 방어선이었다. 다시 일어나서 뛰었다.

루디의 사무실 앞에서 미끄러지며 멈춰선 다음 안으로 뛰어들었다. 루디는 책상 위에 엎어져 있었다. 어떻게 된 일인지 정신을 잃었는데도 자신만만하게 보였다. 루디의 주머니를 뒤졌다. 기즈모는 주머니 어딘가에 있을 터였다.

뭔가가 눈에 보였는데 머릿속에서 지워지지 않았다. 뭔지 알 수가 없었다. 다른 무엇보다 '잘못되었다'는 느낌에 가까운, 그런 식의 경고. 하지만 젠장, 지금은 모든 것이 '잘못된' 상태잖아. 잠재의식이니 뭐니 하고 있을 시간이 없다고. 도시 전체를 구해야 하니까.

나는 루디의 기즈모를 찾아 내 주머니에 넣었다. 내면의 재즈가 또다시 내게 호소했다. 이번에는 좀 더 절박했다. 뭔가 이상하다고, 빌어먹을! 내 안의 나는 비명을 질렀다.

한순간 짬을 내서 내부를 둘러보았다. 잘못된 것은 없었다. 작고 검소한 사무실은 과거와 똑같았다. 내가 잘 아는 곳이었다. 멍청한 10대였을 때 수십 번 이곳에 왔고, 아주 좋은 기억을 갖고 있었으니까. 모든 것이 제자리에 있었다. 단 하나도 이상하지 않았다.

바로 그 순간 사무실을 나서는데 뭔가가 날 때렸다. 둔한 물체가 뒤통수로 날아든 것이다.

두피의 감각이 사라지고 시야가 흐려졌지만 정신을 잃지는 않았다. 타격은 살짝 빗나갔다. 몇 센티미터만 왼쪽으로 맞았더라면 머리통이 터졌을 것이다. 앞으로 쓰러지면서 공격한 사람을 향해 잽싸게 얼굴을 돌렸다.

알바레스가 한 손에는 긴 쇠파이프를, 다른 손에는 산소 탱크를 들고 있었다. 탱크의 호스는 곧장 입으로 향해 있었다.

"이런 빌어먹을, 지금 장난해?" 내가 말했다. "유일하게 한 사람 더 깨어 있는 게 바로 너라고?"

알바레스는 다시 파이프를 휘둘렀다. 나는 몸을 숙여 피했다.

물론 그것은 알바레스였다. 내 잠재의식이 내게 말하려고 했던 것. 루디의 사무실은 늘 내가 기억하던 것과 똑같았다. 하지만 알바레스가 사무실 안 공기 대피소에 갇혀 있어야 했다.

상황이 어떻게 돌아갔는지 모두 머릿속에서 그려졌다. 대피소는 클로로폼으로부터 알바레스를 보호했다. 루디가 잠에 빠지자 감시의 눈을 벗어난 살인자는 1미터 길이의 파이프를 비틀어 뽑아낸 다음 그걸로 출입문 손잡이를 강제로 열었다. 반대쪽을 자물쇠와 체인으로 묶어 놓았지만 파이프로 돌리는 힘을 당해내지는 못했다.

알바레스가 천재가 아니더라도 공기가 뭔가 이상하다는 건 눈치챌수 있었을 것이다. 아니면 거의 정신을 잃어가다가 깨달았을 수도 있다. 어쨌든 대피소에는 공기 탱크와 호스가 갖춰져 있다. 그래서 그가 생명 지원 장비를 갖게 된 것이다.

게다가 이런, 보너스로 얻은 부러진 파이프의 끝부분은 뾰족뾰족하고 날카로웠다. 멋지군. 알바레스의 무기는 단순한 몽둥이가 아니었다. 창이었다.

"가스가 새고 있다고." 내가 말했다. "내가 안 고치면 도시 사람들 모두가 죽어."

알바레스는 머뭇거리지 않고 돌진했다. 그는 목표를 눈앞에 둔 암살자였다. 직업의식은 존경할 만하군.

"이런, 개자식!" 내가 말했다.

알바레스는 나보다 덩치가 크고 힘이 세고 훨씬 싸움에 능하고 뾰족한 금속 막대로 무장까지 했다.

도망칠 것처럼 돌아선 다음 뒤쪽으로 발길질을 했다. 그러면 공격을 떨쳐낼 수 있을 것 같았는데, 내가 옳았다. 파이프로 내 머리를 후려치려던 알바레스는 헛손질을 하고 말았다. 이제 그의 손은 내 앞쪽에 있었고 나는 그의 가슴을 등지고 있었다. 그에게서 무기를 빼앗을 수 있는 더 좋은 기회는 앞으로 오지 않을 것 같았다.

알바레스의 손을 양손으로 붙잡고 바깥쪽으로 비틀었다. 전통적으로 무기를 빼앗는 동작이었고, 당연히 통해야 했지만 그렇지 않았다. 알바레스는 다른 손으로 나를 품에 안더니 파이프를 당겨 내 목을 짓눌렀다.

힘이 대단했다. 엄청날 정도였다. 팔에 부상을 입었음에도 쉽게 날 제압했다. 양손으로 파이프를 목에서 밀어내려고 해봤지만 파이프는 계속 파고들었다. 숨을 쉴 수가 없었다. 그런 일이 벌어지면 특별한 종류의 공포가 온몸을 압도한다. 잠시 헛되이 팔다리를 마구 흔들다가 남은 의지를 끌어모아 정신을 차렸다.

알바레스는 내 목을 부러뜨리든지 목을 조른 다음에 목을 부러뜨리든지 할 것이었다. 호흡 마스크는 쓸모가 없었다. 목이 졸린 상태에서는 공기를 들이마실 수 없다. 하지만 엉덩이에 매달린 공기 탱크는 도움이 될 수도 있었다. 단단한 금속으로 만든 무딘 물건이었다. 아무것도 없는 것보다는 나았다. 나는 엉덩이로 손을 뻗었다.

꽥!

파이프에서 손을 뗀 것은 끔찍한 선택이었다. 내가 저항하는 힘의 절반을 없앤 것이다. 알바레스의 파이프가 목을 더 깊이 파고들었다. 다리가 풀려 무릎을 꿇고 말았다. 알바레스는 나를 따라 몸을 숙이며 파이프를 완벽하게 목에 들이밀었다.

어둠이 주위로 몰려들었다. 손이 하나만 더 있다면.

다른 손….

점점 흐릿해지는 머릿속에서 그런 생각이 메아리쳤다.

다른 손.

다른 손.

손이 너무 많아.

알바레스는 손이 너무 많아.

뭐?

눈이 다시 번쩍 뜨였다. 알바레스는 왜 이리 손이 많은 거야!

조금 전 알바레스는 한 손에 파이프를, 다른 손에는 공기 탱크를 들고 있었다. 하지만 지금은 두 손으로 파이프를 잡고 있었다. 그 말은 곧 공기 탱크를 바닥에 내려놓았다는 뜻이었다!

조금밖에 남지 않은 힘을 긁어모아 다리를 포개고 몸을 앞으로 숙였다. 파이프가 목을 더 깊게 파고들었지만 괜찮았다. 고통이 정신을 잃지 않도록 도와주었으니까. 한 번 더 강하게 힘을 주었다. 마침내 알바레스가 균형을 잃었다. 우리 둘은 앞으로 쓰러졌다. 내 몸이 바닥에 깔렸고 알바레스는 내 위로 엎어졌다.

그 순간 지금까지 들어본 가운데 가장 달콤한 소리가 났다.

알바레스의 기침 소리였다.

날 움켜잡은 손아귀에서 살짝 힘이 빠지더니 알바레스가 또다시 기침을 했다. 턱을 파이프 아래로 밀어 넣었고 마침내 숨통이 자유로워졌다! 숨을 헐떡거리며 마스크에서 잔뜩 공기를 들이마셨다. 주위를 둘러싼 검은 안개가 걷혔다.

양손으로 파이프를 붙잡고 앞으로 밀면서 알바레스를 끌고 움직였다. 알바레스는 견뎠지만 시간이 지날 수록 파이프를 붙잡은 힘이 점점 약해졌다.

나는 밑에 깔린 채로 몸부림쳤고 마침내 얼굴을 돌려 알바레스를 보았다. 그는 바닥에 쓰러져 격렬하게 기침을 하고 있었다.

내가 바랐던 대로 알바레스는 내 목을 조르기 위해 공기 탱크를 내려놓고 있었다. 몸을 앞으로 끌고 나가자 공기 호스가 그의 입에서 빠져버린 것이다. 그는 파이프에 그대로 매달려 있거나 호스를 붙잡거나 둘 중 하나를 골라야 했다. 그는 파이프를 선택했다. 어쩌면 내 목을 조른 후에 정신을 잃고 쓰러지기 전에 다시 공기 호스를 붙잡을 수 있기를 바란 건지도 몰랐다.

알바레스가 한쪽 손을 뒤쪽 공기 호스를 향해 뻗었지만 나는 놈의 옷깃을 움켜잡고 바닥을 기었다. 그는 다시 헐떡이더니 얼굴에서 핏기가 가셨다. 손을 뻗어 알바레스의 손에서 파이프를 아예 빼앗아 버렸다.

알바레스는 바닥에 얼굴을 처박았다. 마침내 의식을 잃은 것이다. 나는 잠시 숨을 헐떡이다가 일어섰다.

속에서 분노가 끓어올랐다. 날카로운 파이프 끝을 앞세우고 발을 내

디뎠던. 알바레스는 속수무책으로 바닥에 누워 있었다. 살인범으로 밝혀졌고 나까지 죽이려고 했던 자였다. 4번과 5번 갈비뼈 사이로 한 방에… 심장 한가운데를… 찔러버릴까 생각했다. 진짜로 그럴까 생각했다. 자랑스러워할 일은 아니었다.

발뒤꿈치로 놈의 오른쪽 위팔을 짓밟았다. 발아래 쪽에서 뼈가 으드득 부러졌다.

그러는 편이 내 스타일에 더 맞았다.

낭비할 시간이 없지만 개자식이 또 탈출하도록 내버려 둘 수는 없었다. 의식을 잃은 몸을 끌고 루디의 사무실로 들어갔다. 루디를 옆으로 밀어내고 책상을 샅샅이 뒤져 수갑을 찾아냈다. 알바레스의 다치지 않은 팔을 공기 대피소의 손잡이와 수갑으로 연결한 다음, 열쇠를 통로로 던져버렸다. 고마워할 것 없어, 루디.

시간이 얼마나 남았는지 보려고 기즈모를 확인했다. 이제 35분 남아 있었다.

그렇다고 남은 시간을 0분 0초까지 사용할 수는 없었다. 그건 그저 예상치일 뿐이니까. 조금이라도 여유가 있는 예상치이기를 바랄 뿐. 그럼에도 불구하고 도시에는 2,000명이 넘는 사람들이 있으니 일부는 예상하는 것보다 앞서 목숨을 잃을 것이 분명했다.

파이프를 '칼집'에 넣는 것처럼 벨트와 작업복 사이에 끼워 넣었다. 알바레스는 정신을 잃고 클로로폼을 들이마시며 팔이 부러진 채 수갑을 차고 있었다. 그럼에도 나는 만반의 대비를 하고 싶었다. 빌어먹을, 또다시 매복을 당할 수는 없었다.

생존 지원센터를 향해 뛰었다. 숨쉬기가 점점 더 힘들어졌고 목은 부어올랐다. 조금 전 졸렸던 목이 여전히 얼얼했다. 끔찍하게 멍이 들었는지는 몰라도 숨을 쉴 수 없을 정도로 붓지는 않았다. 그 점이 가장 중요했다.

내뿜는 숨에서 담즙 맛이 느껴질 정도였지만 쉴 시간이 없었다. 쓰러진 몸들로 이루어진 장애물 코스를 맹렬히 주파했다. 고통스러운 폐로 더 많은 산소를 밀어 넣기 위해 공기 탱크의 밸브를 더 열었다. 큰 도움은 되지 않았다(공기 자체가 산소인 상황에서 그런 수법은 통하지 않는다). 그러나 적어도 마스크 바깥쪽 주위의 기압이 살짝 높아져서 클로로폼 섞인 공기가 마스크 속으로 들어오지 않도록 해주었다.

생존 지원센터에 도착한 다음 출입문에 루디의 기즈모를 대고 흔들었다. 문이 딸칵 열렸다.

정신을 잃은 베트남인들이 여기저기 널려 있었다. 벽에 걸린 주 상황판을 흘깃 보았다. 자동화 시스템만으로 보기에는 모든 것이 더할 나위 없이 좋은 상황이었다! 기압 양호, 산소량 충분, 이산화탄소 분리 작업 완벽 작동 중…. 컴퓨터로서야 뭘 더 바라겠는가?

주 조작반 앞 도안 씨의 자리는 비어 있었다. 자리에 뛰어들어가 앉아 공기 관리 계기판을 살펴보았다. 베트남어로 쓰여 있지만 대충은 알 수 있었다. 그럴 수 있었던 가장 큰 이유는 한쪽 벽에 모든 파이프와 공기 수송관의 지도가 그려져 있기 때문이었다. 상상이 되겠지만 상당히 큰 도면이다.

벽의 지도를 한참 동안 열심히 바라보았다. 비상용 공기 시스템은 금세 찾아낼 수 있었다. 모든 선이 붉은색으로 표시되어 있었으니까.

"좋아… 작동 밸브가 어디 있지?" 손가락으로 여러 가닥의 붉은색 선을 짚어가며 움직이다 마침내 생존 지원센터로 연결되는 선을 찾아냈다. 그리고 뭔가 밸브 아이콘처럼 생긴 걸 발견했다. "북서쪽 모퉁이라…."

실내는 파이프와 탱크, 밸브로 이루어진 미로 같았다. 하지만 나는 어떤 밸브를 만져야 하는지 알았다. 북서쪽 모퉁이에서 왼쪽으로 세 번째에 있는 밸브였다. 그리로 가던 중에 바닥에 쓰러져 있는 도안 씨를 지나쳤다. 드러난 모습으로 보아 도안 씨는 직접 밸브를 열려다가 실패한 것 같았다.

두 손으로 밸브를 잡고 돌렸다. 압력이 방출되는 소리가 으르렁거리며 실내를 울렸다.

주머니 속에서 내 기즈모가 울렸다. 생각도 못 했던 일이라 나는 파이프를 뽑아 들고 싸울 태세를 갖추었다. 그러다 바보 같은 내 행동에 머리를 흔들고는 무기를 다시 칼집에 꽂았다. 전화를 받았다.

"재즈?" 데일의 목소리였다. "괜찮아? 우리가 잠시 정신을 잃었었나 봐."

"데일! 그래, 난 괜찮아. 생존 지원센터에 있는데 방금 공기 방출 밸브를 열었어. 괜찮아?"

"우린 정신을 차렸어. 그래도 기분이 엿 같아. 어떻게 깨어났는지 모르겠어."

샌체즈의 목소리가 먼 곳에서 들렸다. "우리 폐가 로버 속 공기에 섞인 클로로폼을 흡수했어요. 일단 농도가 2,500ppm 아래로 떨어지자 마취제로서의 기능이 멈춘 거죠."

"아, 스피커로 통화 중이었어." 데일이 말했다.

"샌체즈." 나는 무미건조한 목소리로 말했다. "멀쩡하다니 정말 기쁘네요."

샌체즈는 심술궂은 내 말을 무시했다. "공기 공급이 다시 작동하고 있어요?"

다시 상황판 화면으로 뛰어갔다. 모든 버블에 아까는 보이지 않던 여러 개의 노란색 불빛이 반짝거리고 있었다.

"그런 것 같군요. 주의 및 경고 불빛이 잔뜩 켜졌어요. 내가 제대로 파악하고 있는 거라면 아마도 안전밸브 표시인 것 같아요. 공기를 배출하고 있어요."

옆 의자에 앉은 기술자를 쿡 찔러보았다. 움직이지 않았다. 물론 완벽한 공기가 공급된다고 해도 쓰러진 사람들이 깨어나는 데엔 어느 정도 시간이 걸릴 것이다. 사람들은 19세기에나 쓰던 마취제를 30분이나 들이마신 상태였다.

"기다려." 내가 말했다. "내가 맡아볼게."

얼굴에서 마스크를 잠시 떼어내고 아주 살짝 숨을 들이마셨다. 곧바로 바닥에 무릎을 꿇었다. 힘이 빠져서 서 있을 수가 없었다. 구역질이 났지만 참아냈다. 다시 마스크를 얼굴에 썼다.

"안 좋아…." 나는 중얼거렸다. "여전히 공기가 나빠…."

"재즈?" 데일이 말했다. "재즈! 정신 차려!"

"난 괜찮아." 나는 무릎을 짚고 몸을 일으키며 말했다. 탱크에 든 공기를 들이마실 때마다 기분이 나아졌다. "난… 괜찮다고…. 내 생각엔 그냥 기다려야 할 것 같아. 여기 공기가 전부 바뀌려면 시간이 좀 걸릴 거야. 우린 잘하고 있어. 우린 잘해내고 있어."

아마도 신들이 내 말을 듣고 폭소라도 터뜨린 것 같았다. 그 말을 하자마자 파이프에서 공기가 뿜어져 나오던 소리가 작아지더니 아예 들리지 않았다.

"이런… 있잖아… 공기가 멈췄어."

"왜?" 데일이 물었다.

"확인 중이야!" 상황판 화면을 한번 바라보았다. 특별한 건 보이지 않았다. 벽에 그려진 도면으로 향했다. 주 밸브는 바로 생존 지원센터에 있었고, 실내에 있는 임시 탱크로 연결되어 있었다. 그 탱크가 비어 있었다.

"이런!" 내가 말했다. "공기가 떨어졌어! 양이 충분치가 않아!"

"뭐야?" 데일이 말했다. "어떻게 그럴 수가 있어? 생존 지원센터는 여러 달 사용할 수 있는 공기를 갖고 있잖아."

"꼭 그렇진 않아." 내가 말했다. "한두 개 정도의 버블을 다시 채울 수 있는 공기와 수개월 동안 이산화탄소를 다시 산소로 만들어 낼 수 있는 배터리 전력을 갖고 있다는 거지. 도시 전체의 공기를 바꿀 산소를 갖고 있지는 않아. 누구나 생각할 수 있는 내용이 아니긴 해."

"이런 맙소사…" 데일이 말했다.

"한 가지 가능성이 있어." 내가 말했다. "트론 란비크가 어마어마한 양의 산소를 모아두었어. 바로 밖에 있는 탱크에 보관되어 있다고."

"그 나쁜 자식." 샌체즈가 말했다. "그놈이 내 산소 전력 계약을 노리고 있다는 걸 내 알고 있었지."

다시 도면을 바라보았다. 다행히도 베트남인들은 로마자 알파벳을 포함하는 문자를 사용했다. 한쪽에 란비크라는 표시가 붙어 있었다.

"트론의 탱크가 도면에 표시되어 있어!" 내가 말했다.

"당연히 그렇겠지." 샌체즈가 말했다. "트론은 자신의 공기 공급 시스템이 연결될 수 있도록 생존 지원센터와 서로 공모하지 않을 수 없었을 거예요."

나는 손가락으로 지도를 짚었다. "여기 보면 트론의 탱크들은 이미 시스템에 연결되어 있어. 온통 복잡한 밸브들이 사이에 있긴 해도 연결된 통로는 있어.”

“그럼 밸브를 열어!” 데일이 말했다.

“수동 손잡이가 달린 밸브인 데다 바깥에 있어.” 내가 말했다.

“뭐? 도대체 왜 외부 지역에 수동 밸브라는 거야?”

“안전 때문이지.” 내가 말했다. “트론이 전에 설명해 준 적이 있어. 상관없어. 파이프들의 연결 도면을 모두 외우고 있으니까. 끝내주게 복잡한 데다 하위 밸브들이 어떻게 연결되어 있을지는 몰라. 일단 가보면 어떻게 해야 할지 알 수 있을 거야.”

생존 지원센터에서 뛰쳐나가 암스트롱 버블의 통로를 내달렸다.

“잠깐만, 나가려는 거야?” 데일이 말했다. “뭘 입고? 네 선외활동 우주복은 여기 있다고.”

“콘래드 에어로크로 가는 길이고 커다란 파이프를 갖고 있어. 로커를 부수고 밥의 장비를 입을 거야.”

“거기 로커는 두께가 1센티미터나 되는 알루미늄이야.” 데일이 말했다. “시간 안에 절대로 뜯어내지 못할걸.”

“그렇군. 좋은 지적이야. 그렇다면….” 나는 암스트롱과 콘래드의 연결 터널을 내달리면서 기즈모를 확인했다. 우리에게는 25분이 남아 있었다. “관광용 햄스터 공을 사용할 거야.”

“손잡이는 어떻게 돌릴 건데?”

빌어먹을, 역시 옳은 지적이었다. 햄스터 공은 팔이나 장갑, 관절이 전혀 없다. 외부의 어떤 것도 잡을 도리가 없다.

“네가 내 손이 되어줘야겠어. 탱크들은 암스트롱과 셰퍼드, 빈 버블 사이의 삼각지역에 있어. 빈과 셰퍼드 연결 터널에서 만나. 삼각지역으로 들어가려면 네 도움이 필요해."

"알았어. 지금 그리로 움직이고 있어. 최대한 가까이 접근한 다음 걸어갈게."

"샌체즈를 안 죽이면서 어떻게 로버 밖으로 나올 거야?"

"나도 그걸 좀 알았으면 좋겠군요." 샌체즈가 덧붙였다.

"에어로크를 열기 전에 네 우주복을 입힐 거야." 데일이 말했다.

"내 우주복을?"

"재즈!"

"그래, 알았어. 미안."

콘래드 지상을 최대한 빠른 속도로 힘겹게 빠져나갔다. 내가 사는 이곳 버블에는 도시 최고의 비잔틴 양식 골목이 있다. 영역에 관한 규칙도 없이 장인 무리를 한 곳에 몰아놓으면 그들의 작업장은 점점 확장하면서 모든 구석과 틈을 채우게 된다. 그러나 나는 배치도를 머릿속으로 외우고 있었다.

당연하게도 관광객용 에어로크는 암스트롱과의 연결 터널에서 가장 먼 곳에 있었다. 그럼 그렇지, 어디 있겠어?

마침내 에어로크에 도착했다. 의자에 앉은 채 의식을 잃은 열여섯 명의 관광객들 앞 바닥에 선외활동 마스터 두 명이 쓰러져 있었다. 사전 안내를 하던 도중에 누출 사태를 맞은 것이다.

"데일, 에어로크에 왔어."

"알았어." 데일의 목소리가 들렸다. 기즈모의 마이크에서 멀리 떨어진 채 말하는 목소리였다. "샌체즈를 네 장비에 밀어 넣으려니까 시간이 좀 걸리네. 키가 큰 데다…."

"죄송하지만요." 샌체즈가 말했다. "내 키는 164센티미터예요. 정확히 여성 평균 키죠. 내가 큰 게 아니라 장비를 때려 부수고 다니는 당신 친구가 작은 거예요."

"내 우주복 늘여놓지 말아요." 내가 말했다.

"우주복 속에 대변을 볼 생각이에요!"

"이봐요…!"

"샌체즈, 입 좀 다물어요!" 데일이 말했다. "재즈, 도시를 구해!"

커다란 에어로크로 뛰어들어가 보관함에서 바람 빠진 햄스터 공을 하나 꺼냈다. "밖으로 나가면 알려줄게."

축 늘어진 비닐을 지퍼로 만든 출입구가 위로 오도록 바닥에 펼치고 단거리용 배낭을 벽에서 떼어내 등에 멨다. 이제 루디의 기즈모가 마술을 보여줄 시간이었다. 안쪽 출입문을 닫은 다음 기즈모를 조작반 위로 흔들었더니 에어로크 시스템이 접속을 허락했다.

다음 문제. 에어로크는 우주복을 입고 장갑을 낀 선외활동 마스터들이 조작하도록 되어 있었다. 재주를 좀 부려야 할 것 같았다.

컴퓨터 제어를 해제하고 수동으로 바꾸었다. 처음으로 한 일은 바깥 출입문의 손잡이를 돌려두는 것이었다. 출입문(모든 에어로크의 출입문이 그렇듯)은 플러그 도어였다. 출입문 안쪽의 기압이 문을 밀어내는 힘으로 밀폐를 완성하는 것이다. 그러니까 출입문을 여는 동작이 가능하도록 조작하기는 했지만 기압을 이겨내고 문을 안쪽으로 당겨서 열려면 슈퍼맨이나 되어야 가능했다. 하지만 적어도 물리적인 걸쇠가 방해는 되지 않도록 제거해 둔 것이다.

아주 천천히 배기 밸브를 돌렸다. 공기가 빠져나가는 쉭 소리가 들리자마자 돌리던 손을 멈추었다. 밸브를 완전히 열면 에어로크의 공기는 1분도 안 되어 우주 공간으로 모두 빠져나갈 것이다. 하지만 이런 속도라면 조금 더 오래 걸릴 것이다. 그 시간이 내가 죽지 않을 정도로 충분하길 바라는 마음이었다.

서둘러 햄스터 공으로 가서 안으로 기어들어갔다. 무너진 텐트 안으로 들어가는 것처럼 불편했지만 햄스터 공은 원래 이렇게 사용하려고 만든 물건이다.

지퍼를 잠그고(안전을 위해 삼중으로 처리되어 있다) 단거리용 배낭의 공기 공급 밸브를 몇 초 동안 열었다. 공에는 내가 몸을 움직일 수 있을 정도까지만 공기를 채웠다.

보통 이런 짓은 에어로크에서 공기가 빠져나가고 있지 않을 때 한다. 천천히 시간을 두고 공을 부풀리고 선외활동 마스터가 공에서 공기가 빠져나가지 않는지 확인하게 된다. 나는 그런 호사를 누릴 수가 없었다.

에어로크의 기압이 감소하자 공은 진공 속 풍선처럼 부풀었다. 비유가 아니다. 문자 그대로 '진공실 내부의 풍선'이었다.

앞으로 기어간 뒤(절반쯤 부푼 풍선 속에서 움직이는 건 힘들다) 출입문 손잡이로 손을 뻗었다. 풍선이 완전히 부풀어 단단해지지 않았기 때문에 풍선의 막을 구부려서 손잡이를 잡을 수 있었다. 기압이 내 손을 튕겨내려고 애쓰는 동안 나는 양손으로 손잡이에 매달렸다.

에어로크의 공기가 빠져나갈수록 공은 더 단단해졌고 손잡이를 붙잡고 있기가 점점 더 어려워졌다. 고무는 이제 진짜로 동그란 모양이 되고 싶어했다. 공은 내가 손으로 손잡이를 붙잡고 있는 걸 허락하지 않았다.

몇 번 잡은 손을 놓칠 뻔했지만 간신히 붙들고 있었다. 마침내 에어로크의 기압이 충분히 낮아져서 출입문을 당겨 열 수 있었다.

남았던 공기가 쉭 빠져나가더니 공이 순식간에 팽팽해졌다. 손을 너무 급작스럽게 놓는 바람에 엉덩방아를 찧고 말았다. 하지만 문제 될 것은 없었다. 나는 안전하게 햄스터 공 안에 있었고 에어로크는 열렸으니까.

일어서는데 뭔가가 다리를 긁었다. 왼손잡이로부터 빼앗은 파이프였다. 워낙 흥분했던 터라 아직도 파이프를 갖고 있다는 사실을 잊고 있었다. 공기 주입식 생존 지원 장치 안에 뾰족한 막대를 갖고 타는 것은 대개 좋은 생각이 아니었지만 이제는 어떻게 해보기엔 너무 늦어버렸다. 벨트를 단단히 조여서 파이프가 빠지지 않게 했다. 파이프가 미끄러져 빠지는 상황은 원치 않았다.

단거리용 배낭을 점검했다. 아무 이상도 없었다. 배낭은 관광객들이 착용하는 데 적합한 물건이라는 점을 기억할 것. 관광객들은 모든 걸 스스로 알아서 챙긴다.

조심스럽게 밖으로 나갔다.

여러 가지 제한이 있음에도 햄스터 공은 안에서 뛰기에 아주 좋은 장비였다. 투박한 부츠도, 힘주어 움직여야 할 두꺼운 우주복 하의도 없고 100킬로그램이나 되는 장비를 끌고 다닐 필요도 없었다. 아무것도 필요 없었다. 그저 일상복을 입고 적당히 묵직한 배낭만 짊어지면 되었다.

속도를 높이며 지면 위를 가로질러 굴렀다. 툭 튀어나온 곳에 걸릴 때마다 나는 공기 중으로 튀어 올랐다(사실 '공기' 중은 아니긴 하다. 무슨 뜻인지 알 것이다). 관광객들이 수천 슬러그를 내고 체험하는 이유가 있었다. 다른 상황이었다면 엄청나게 재미있었을 텐데.

빈 버블이 보일 때까지 콘래드 버블의 곡면을 따라서 달렸다. 빈 버블까지 최단 거리로 뛴 다음 경계면을 계속 따라갔다.

켜두었는지 확인하기 위해서 이어폰을 두드렸다. "어떻게 되어가고 있어, 데일?"

"샌체즈는 옷을 다 입었고 셰퍼드와 빈 사이 연결 통로까지 왔어. 이제 로버에서 나가려고 해. 넌?"

"거의 다 왔어."

빈 버블의 가장자리를 돌자 셰퍼드의 모습이 시야에 들어왔다. 빈 버블의 벽을 따라서 연결 터널까지 갔다. 연결 터널 벽에 서 있던 데일이 날 발견하고 손을 흔들었다. 밥의 로버는 근처에 주차해 둔 상태였다. 창문 속으로 샌체즈가 내 우주복 차림으로 어색하게 앉아 있는 모습이 보였다. 재빨리 연결 터널로 다가가며 기즈모를 확인했다. 15분 남아 있었다.

데일은 몸을 웅크려서 양팔을 내가 들어 있는 공 아래로 넣었다. "셋에 뛰어." 그가 말했다.

나는 뛰어오를 준비를 하고 다리를 구부렸다.

"하나… 둘… 셋!"

우리는 시간을 완벽하게 맞췄다. 데일이 온 힘을 다해 공을 위쪽으로 던지기 바로 직전에 내가 뛰어올랐다. 그러니까 내가 땅을 박차고 날아오른 뒤 데일은 내 힘에 더해 공을 던졌다. 공과 내 몸은 쉽게 연결 터널을 뛰어넘었다. 물론 반대편에 떨어질 때는 멍청이처럼 이리저리 튀었다.

데일은 터널 위에 설치된 수많은 손잡이들을 사용해 연습한 대로 쉽게 연결 터널을 기어서 넘었다. 내가 막 일어섰을 때 데일이 옆에 내려섰다.

빈과 셰퍼드가 뒤에 있고, 우리는 작은 돔인 암스트롱을 앞에 두고 있었다. 한쪽에 외부 탱크들이 세워져 있었는데 복잡하게 서로 연결된 파이프와 밸브에 탱크의 일부가 가려 보이지 않았다.

"나 얼굴이 가려워요." 샌체즈가 무전으로 말했다.

"거 참 안되셨네요." 내가 말했다. 데일과 나는 탱크 쪽으로 갔다.

"이 우주복 상당히 불편하군요." 샌체즈가 말을 이었다. "그냥 출입 문을 닫고 공기를 주입해서 편하게 기다리면 안 되나요?"

"안 돼요." 데일이 말했다. "로버는 언제든 급히 들어갈 수 있도록 준비해 두어야 합니다. 우리는 그런 식으로 해요."

샌체즈는 혼잣말로 투덜댔지만 계속 조르지는 않았다.

가장 가까운 파이프들 앞으로 굴러갔다. 어렴풋이 보이는 세 개의 고압 탱크가 구조물의 대부분을 차지하고 있었다. 각각의 탱크 옆면에는 '란비크'라는 글씨가 스텐실 방식으로 새겨져 있었다.

가장 가까운 파이프의 밸브 네 개 중에서 가운데 있는 것을 가리켰다. "이 밸브를 완전히 잠가버려."

"잠그라고?" 데일이 물었다.

"그래, 잠가. 그냥 날 믿어. 이쪽 파이프들에는 분출구나 세척용 투입구 그리고 다른 쓸모없는 것들이 잔뜩 있어서 엉망이 되어버릴 수도 있어."

"알았어." 데일이 두꺼운 장갑을 낀 손으로 힘껏 손잡이를 돌려서 닫았다.

나는 다른 밸브를 가리켰다. 이번 밸브는 지면에서 3미터 위를 지나는 파이프에 달려 있었다. "이제 저걸 다 열어."

데일은 점프를 해서 양손으로 파이프를 붙잡았다. 그리고 원숭이처럼 매달려 밸브까지 이동한 다음 아래쪽 파이프를 발로 밟고 밸브를 돌렸다. 그는 신음 소리를 내며 갖은 애를 썼다. "밸브가 전부 뻑뻑하네."

"여기 밸브는 문자 그대로 한 번도 움직인 적이 없어." 내가 말했다. "우리가 처음으로 사용하는 거니까."

마침내 밸브 손잡이가 열리자 데일은 안도감으로 숨을 헐떡였다. "됐다!"

"좋아, 이제 여기 아래." 나는 온통 엉망으로 얽힌 여러 파이프 위에 있는 밸브 네 개를 가리켰다. "세 번째 것 빼고 전부 잠가. 세 번째 밸브는 완전히 열어야 해."

데일이 작업하는 동안 나는 기즈모를 확인했다. 10분 남았다.

"샌체즈, 클로로폼의 독성이 한 시간 지나면 치명적일 거란 예측은 얼마나 정확한 거죠?"

"상당히 정확해요." 샌체즈가 말했다. "어떤 사람들은 벌써 위험한 상태일 거예요."

데일이 작업 속도를 더 높였다. "끝났어. 다음."

"하나만 더 하면 돼." 내가 말했다. 데일이 파이프의 미로를 벗어나 직경이 50센티미터 정도인 배출용 파이프로 이동하게 한 다음 파이프를 조절하는 밸브를 가리켰다. "이걸 전부 열어버리면 끝나."

데일은 손잡이를 붙잡고 힘껏 돌렸다. 꿈쩍도 하지 않았다.

"데일, 손잡이를 돌려야 해." 내가 말했다.

"내가 뭘 하려고 하는 것 같아?"

"더 힘을 주라고!"

데일은 돌아서서 손잡이를 양손으로 붙잡고 양다리로 버티고 서서 손잡이를 아래로 힘껏 밀었다. 손잡이는 여전히 꿈쩍도 하지 않았다.

"빌어먹을!" 데일이 말했다.

심장이 가슴에서 튀어나올 것 같았다. 나는 아무것도 할 수 없는 양 손을 바라보았다. 햄스터 공이 날 둘러싸고 있으니 밸브를 붙잡을 방법이 없었다. 할 수 있는 거라곤 지켜보는 것뿐이었다.

데일이 안간힘을 썼다. "맙소사… 빌어… 먹을…!"

"혹시 로버에 공구 상자 같은 거 있니?" 내가 물었다. "렌치나 뭐 그런 거?"

"없어." 데일은 앙다문 입으로 말했다. "공기 터널 넣을 자리를 만드느라 다 빼버렸지."

그 말인즉슨, 가장 가까운 렌치는 도시 안에 있다는 의미였다. 가서 가져오려면 시간이 너무 많이 걸릴 것이다.

"나는요?" 샌체즈가 무전기로 말했다. "내가 도와줄까요?"

"아닙니다." 데일이 말했다. "선외활동 우주복을 입고 기어오르는 걸 가르치는 데만 여러 시간이 걸려요. 내가 가서 당신을 이리로 데려와야 할 겁니다. 그러면 시간이 너무 오래 걸리는 데다 당신은 힘이 세지도 않잖아요. 별로 도움이 안 될 겁니다."

끝이었다. 우리가 해낼 수 있는 건 여기까지였다. 이제 밸브 하나만 남았는데 더는 앞으로 나아갈 수가 없었다. 2,000명이 죽을 것이다. 우리가 도시로 돌아가 공기 대피소로 끌고 들어가면 단 몇 사람이라도 살릴 수 있을까? 그러지 못할 것이다. 우리가 돌아갈 때쯤이면 모두 죽게 될 테니까.

뭐든 도움이 될 것이 없는지 주변을 둘러보았다. 그러나 아르테미스 주위는 '아무것도 없음' 그 자체였다. 돌가루와 먼지만 많았다. 밸브를 두드릴 수 있을 법하게 생긴 돌멩이 하나 없었다. 아무것도.

데일은 무릎을 꿇었다. 햇빛 가리개 너머로 얼굴은 볼 수 없지만 무전기 너머로 흐느껴 우는 소리를 들을 수 있었다.

속이 울렁거렸다. 토할 것 같았다. 눈물이 솟고 울음이 터질 것 같았다. 목이 아팠다. 파이프 하나가 이렇게 날 괴롭게….

그 순간….

바로 그 순간 무엇을 해야 할지 알았다.

그런 생각을 해냈으면 겁에 질려야 마땅했다. 왜 겁이 안 나는지 알 수가 없었다. 겁에 질리는 대신 아주 차분한 느낌이 들었다. 문제는 해결되었다.

"데일." 나는 차분하게 말했다.

"오, 맙소사…." 데일이 거친 목소리를 냈다.

"데일, 날 위해 해줘야 할 일이 있어."

"뭔데?"

나는 벨트에서 파이프를 뽑아냈다. "모두에게 내가 미안해했다고 전해줘. 내가 저지른 모든 짓에 대해 미안해."

"무슨 말을 하는 거야?"

"그리고 아빠한테 사랑한다고 전해줘. 그래, 그게 가장 중요해. 아빠한테 사랑한다고 말해줘."

"재즈." 데일이 일어섰다. "파이프로 뭘 하려는 거야?"

"우린 지렛대가 필요해." 나는 두 손으로 파이프를 움켜쥐고 날카로운 끄트머리를 앞으로 내밀었다. "그리고 난 이걸 갖고 있어. 이걸로도 안 돌아가면 안 되는 거야."

햄스터 공을 밸브의 손잡이 쪽으로 굴렸다.

"하지만 파이프는 햄스터 공 안에…. 이런, 안 돼!"

"내가 손잡이를 돌릴 수 있을 정도로 오래 붙잡고 있지 못할 수도 있어. 네가 파이프를 잡고 나 대신 끝을 내줘."

"재즈!" 데일이 내게 다가왔다.

지금 아니면 안 되었다. 데일은 제정신이 아니었다. 그를 비난할 수는 없었다. 아무리 많은 사람을 살리는 일이라고 해도 가장 친한 친구가 죽어가는 광경을 지켜보는 것은 어려운 일이니까.

"모든 걸 용서할게, 친구. 모든 걸. 안녕."

파이프의 날카로운 끝으로 공을 찔렀다. 파이프를 통해서 공기가 빠져나갔다. 나는 방금 진공 상태가 빨아들일 빨대를 꽂아준 것이다. 양손으로 쥔 파이프가 점점 차가워졌다. 더 힘을 주고 밀어서 파이프를 밸브 손잡이의 바큇살 사이로 찔러 넣었다.

햄스터 공이 늘어나더니 구멍 난 곳 주변이 찢어졌다. 시간은 잘해야 1초도 남지 않았다.

있는 힘껏 파이프를 옆으로 밀자 손잡이가 움직이는 느낌이 들었다.

그 순간 물리학적 현상이 맹렬하게 모습을 드러냈다.

햄스터 공이 조각조각 찢어졌다. 파이프를 힘껏 밀고 있다고 생각한 순간 내 몸은 텅 빈 공간을 날고 있었다.

모든 소음이 즉시 멈췄다. 햇빛이 눈을 멀게 할 것처럼 공격해 왔다. 나는 고통스러워서 눈을 가늘게 떴다. 폐에서 공기가 빠져나갔다. 거칠게 숨을 들이마셨다. 가슴을 팽창시켰지만 아무것도 들어오지 않았다. 무시무시한 기분이었다.

얼굴이 하늘을 향한 채 바닥에 떨어졌다. 양손과 목은 타오르고 옷으로 보호한 몸의 나머지 부분은 천천히 익어가기 시작했다. 이글거리는 햇빛의 맹공격에 얼굴이 아팠다. 진공 상태에서 체액이 끓어올라 입과 눈에서 거품이 일었다.

 세상이 깜깜해졌고 의식이 사라졌다. 고통이 멈췄다.

재즈에게,

뉴스를 보니까 아르테미스에 엄청 이상한 일이 있나 봐. 사람들 말로는 도시 전체가 연결이 안 된대. 전혀 연락할 수가 없대. 내 이메일이라고 다를 게 없겠지만 시도는 해봐야겠지.

읽고 있니? 괜찮아? 대체 무슨 일이야?

17

어둠 속에서 잠에서 깨어났다.

잠깐만. 잠에서 깨어났다고?

"내가 어떻게 안 죽었지?" 나는 말하려고 애썼다.

"애 어케 아 주거지?" 실제로 나온 말은 이랬다.

"얘야!" 아빠의 목소리였다. "들리니?"

"으."

아빠가 손을 잡았다. 그런데 느낌이 이상했다. 감각이 무뎌진 것 같
았다.

"안… 보여…요….."

"눈에 붕대를 감았어."

아빠의 손을 잡으려고 해봤지만 아팠다.

"안 돼. 손을 쓰지 마." 아빠가 말했다. "손도 다쳤다."

"잠에서 깨면 안 돼." 루셀 박사였다. "재즈? 내 목소리 들리니?"

"얼마나 심각해요?" 나는 루셀 박사에게 물었다.

"너, 아랍어로 말하고 있어." 루셀 박사가 말했다. "무슨 말인지 모르겠구나."

"얼마나 심각하냐고 묻습니다." 아빠가 말했다.

"회복하는 동안 고통을 좀 겪겠지만, 목숨이 위험하지는 않아."

"아니, 나 말고… 사람들. 얼마나 죽었어요?"

뭔가가 팔을 찌르는 느낌이 들었다.

"뭐 하는 겁니까?" 아빠가 물었다.

"깨어 있으면 안 돼요." 루셀이 말했다.

그 순간 나는 다시 잠들었다.

온종일 의식이 오락가락했다. 여기저기 토막토막 기억이 났다. 반응 검사를 하고, 누군가 붕대를 갈았고, 주사를 맞았고, 그런 식이었다. 하지만 사람들이 몸을 더듬을 때만 반쯤 정신이 들었고 그 뒤에는 다시 아무것도 기억나지 않았다.

"재즈?"

"에?"

"재즈, 정신이 드니?" 루셀 박사였다.

"…네?"

"눈에서 붕대를 풀 거야."

"네."

루셀 박사가 머리에 손대는 것이 느껴졌다. 얼굴을 덮었던 것이 벗겨지고 마침내 앞을 볼 수 있었다. 빛에 얼굴을 찌푸렸다. 눈이 적응하면서 방 안의 모습이 좀 더 보였다.

병원처럼 보이는 작은 방 안이었다. '병원처럼 보이는'이라고 말한 이유는 아르테미스에는 병원이 없었다. 그냥 루셀 박사의 의무실이 전부였다. 이곳은 의무실의 안쪽 어디인 것 같았다.

양손에는 여전히 붕대가 감겨 있었다. 끔찍한 기분이었다. 손이 아팠지만 심하지는 않았다.

60대에다 머리가 잿빛으로 센 여자 의사는 내 양쪽 눈에 플래시를 비췄다. 그러더니 손가락 세 개를 들어 보였다. "몇 개야?"

"도시는 괜찮아요?"

박사는 손을 흔들었다. "한 가지씩 하자. 손가락이 몇 개지?"

"세 개?"

"좋아. 뭐가 기억나니?"

내 몸을 내려다보았다. 떨어져 나간 곳은 없는 것 같았다. 병원 환자복 차림으로 침대에 누워 있었다. 양손은 붕대로 덮여 있었다. "햄스터 공을 터뜨린 기억이 나요. 죽을 줄 알았는데."

"당연히 죽었어야 했지." 박사가 말했다. "하지만 데일 셔피로와 로레타 샌체즈가 널 구했어. 내가 듣기로는 데일이 네 몸을 암스트롱과 셰퍼드의 연결 터널 너머로 던졌어. 샌체즈가 반대편에 있었지. 샌체즈가 널 로버 안으로 끌고 들어간 다음 안에 공기를 주입시켰어. 넌 전부 해서 3분 동안 진공 상태에 노출되었어."

나는 붕대로 만든 장갑을 내려다보며 말했다. "그런데도 안 죽었어요?"

"인간의 몸은 진공 상태에서도 몇 분은 살아남을 수 있어. 아르테미스의 기압이 아주 낮아서 잠수병에 걸리지 않은 거야. 가장 위험한 건 산소가 없다는 건데, 익사나 마찬가지지. 두 사람이 널 가까스로 구해

396

냈어. 1분만 더 늦었어도 죽었을 거야."

박사는 내 목에 손가락을 대고 벽시계를 바라보았다. "양손과 목 뒤쪽에 2도 화상을 입었어. 아마 달 표면에 직접적으로 닿아서 그럴 거야. 그리고 얼굴도 심각하게 햇볕에 탔어. 당분간은 한 달에 한 번씩 피부암 검사를 해야 하겠지만 별일은 없을 거다."

"도시는 어떻게 됐나요?" 내가 물었다.

"그건 루디하고 이야기해 봐. 밖에 있으니까. 들어오라고 하지."

나는 박사의 소매를 잡았다. "하지만…"

"재즈, 난 의사야. 그러니까 널 잘 치료할 거야. 하지만 우리가 친구 사이는 아니잖니. 이거 놓으렴."

나는 손을 놓았다. 박사는 문을 열고 밖으로 나갔다.

문밖에 있던 스보보다가 흘깃 보였다. 그는 목을 빼고 안쪽을 들여다보았다. 그 순간 루디의 인상적인 덩치가 시야를 가렸다.

"안녕, 재즈." 루디가 말했다. "기분이 어때?"

"죽은 사람 있어요?"

루디는 들어와서 문을 닫았다. "아니. 아무도 안 죽었어."

안도의 한숨을 내쉰 나는 베개 위로 머리를 떨구었다. 그제야 내가 얼마나 이를 악물고 있었는지 깨달았다. "빌어먹을, 하느님 감사합니다."

"그래도 넌 여전히 어마어마하게 곤란한 상황이야."

"그렇겠군요."

"만일 이번 일이 여기가 아닌 다른 곳에서 벌어졌다면 사망자가 나왔을 거야." 루디는 뒷짐을 졌다. "모든 상황이 우리에게 유리하게 작용했지. 이곳에는 자동차가 없어서 그 순간에 아무도 차량을 몰고 있지 않았어. 중력이 낮은 덕분에 바닥에 쓰러지면서도 아무도 다치지 않았고. 몇 명 긁히고 멍든 게 전부야."

"피해가 없으니 잘못도 없네요."

루디는 나를 째려보았다. "세 명이 클로로폼 중독으로 심장마비를 겪었어. 세 명 모두 원래 폐가 좋지 않은 노인들이었고."

"하지만 지금은 전부 괜찮죠?"

"그래, 하지만 운이 좋았던 거지. 먼저 정신을 차린 사람들이 이웃들을 살폈어. 우리처럼 유대감이 긴밀한 사회가 아니었다면 그렇지 않았을 거야. 게다가 중력이 낮아서 정신을 잃은 사람들을 이송하기도 쉬웠고. 또 루셀 박사가 있는 곳에서 멀리 떨어진 곳도 없었지." 루디는 문가로 고개를 돌렸다. "그건 그렇고 박사는 널 달갑게 생각하지 않아."

"그렇더군요."

"공중 보건을 심각하게 생각하는 사람이니까."

"그래요."

루디는 아무 말도 없이 잠시 서 있었다. "누가 함께 일을 저지른 건지 말해줄 수 있을까?"

"아뇨."

"데일 셔피로가 연루되었다는 건 알아."

"무슨 말을 하는지 모르겠네요. 데일은 그때 우연히 그곳을 지나가고 있었던 거예요."

"밥의 로버를 타고?"

"두 사람은 친구잖아요. 서로 이런저런 걸 빌리곤 해요."

"로레타 샌체즈를 태우고?"

"둘이 데이트 중이었나 보죠."

"셔피로는 게이야."

"완전 게이는 아닌가 보죠."

"그래." 루디가 말했다. "오늘 아침에 레네 란비크가 왜 네 계좌로 100만 g를 이체했는지는 설명할 수 있겠니?"

좋은 소식 알려줘서 고마워요! 하지만 나는 무표정한 얼굴을 유지했다. "사업상 돈을 좀 빌렸어요. 내가 차릴 선외활동 관광 회사에 투자한 거예요."

"너, 선외활동 시험에 떨어졌잖아."

"장기투자죠."

"그건 확실히 거짓말이로군."

"어쨌든. 나 피곤해요."

"쉽게 해주지." 루디는 문으로 걸어갔다. "몸을 좀 추스르면 행정관이 보고 싶다고 했어. 가벼운 옷가지를 좀 싸두면 좋을 거야. 지금 사우디아라비아는 여름이니까."

루디가 나가는 동시에 스보보다가 스르륵 들어왔다.

"여, 재즈!" 스보보다는 의자를 끌어와 침대 옆에 앉았다. "의사 말로는 아주 좋아졌대!"

"안녕, 스보보다. 클로로폼 건은 미안해."

"아, 괜찮아." 스보보다는 어깨를 으쓱했다.

"도시의 다른 사람들은 용서하지 않겠지?"

"사람들이 화내는 것 같진 않아. 화내는 사람도 있지만. 대부분은 안 그래."

"진짜? 도시 전체를 기절시켰잖아."

스보보다는 손을 흔들었다. "네 잘못만은 아니야. 기술적으로 여러 가지 소홀한 점이 있었어. 이를테면, 왜 공기 공급관에 복합적인 독소의 검출 장치가 없었느냐? 왜 샌체즈는 메탄과 산소, 염소를 불가마랑 함께 쌓아둔 거냐? 왜 생존 지원센터는 도시 전체에 문제가 생길 경우에도 깨어 있을 수 있도록 별도로 분리된 공기를 사용하지 않았던 거냐? 왜 생존 지원센터는 각 버블마다 공기를 따로 공급하지 않고 한 곳에서 집중 운영을 하고 있었느냐? 사람들은 이런 질문을 하고 있어."

스보보다는 내 팔에 손을 얹었다. "네가 괜찮아서 기뻐."

나는 스보보다의 손 위에 내 손을 올려놓았다. 손에 붕대가 감겨 있어서 효과는 별로 없는 것 같았다.

"어쨌든 이번 일을 겪으면서 네 아빠와 친해졌어."

"정말?"

"그렇다니까!" 스보보다가 말했다. "정신을 차린 후에 둘이 팀을 이루어서 이웃 사람들을 확인했어. 멋졌지. 아버님이 나중에 맥주도 사주셨어."

나는 눈을 크게 떴다. "아빠가… 맥주를 사주셨다고?"

"그래, 나한테. 아버님은 주스를 마셨지만. 우린 금속공학에 관해서 한 시간 동안 이야기를 나눴어! 멋진 분이야.

아빠와 스보보다가 어울리는 모습을 상상하려 애썼다. 상상이 되지 않았다.

"멋진 분이라니까." 스보보다는 이번에는 조금 작은 목소리로 되풀이해 말했다. 웃음이 사라졌다.

"스보보다?" 내가 말했다.

스보보다는 나를 내려다보았다. "너… 떠나는 거야, 재즈? 추방당해? 그러면 정말 싫은데."

붕대 감은 손을 스보보다의 어깨에 둘렀다. "괜찮을 거야. 난 아무 데도 안 가."

"정말?"

"그래, 계획이 있어."

"계획이라고?" 스보보다는 걱정스러워 보였다. "네가 계획을 세우면…. 어, 나 또 어디 숨어야 하는 거야?"

나는 웃었다. "이번에는 아니야."

"그래…." 스보보다는 전혀 믿는 것 같지 않았다. "하지만 이번에는 어떻게 빠져나갈 거야? 그러니까… 도시 전체를 기절시켰잖아."

나는 그를 향해 웃어 보였다. "걱정 마. 해결할 수 있어."

"그래, 알았어." 스보보다는 문득 생각이 난 것처럼 고개를 숙여 내 뺨에 입을 맞췄다. 뭐에 홀려서 그런 건지 알 수가 없었다. 솔직히 그에게 그럴 용기가 있을 거라고는 생각도 하지 못했다. 하지만 그 용기는 오래 가지 못했다. 곧 자기가 무슨 짓을 했는지 깨달은 그의 얼굴에 두려움이 떠올랐다. "이런, 제기랄! 미안해. 내가 아무 생각도 없이…."

나는 웃었다. 불쌍한 사내의 눈에 어린 표정을 보면… 참을 수가 없었다. "진정해, 스보보다. 그냥 뺨에 입술을 댄 것뿐이잖아. 흥분해서 난리 피울 것 없어."

"그, 그래. 알았어."

나는 손으로 스보보다의 목덜미를 잡고 머리를 가까이 끌어당겨 입술끼리 맞닿게 했다. 애매함 따위는 없는 길고 훌륭한 키스였다. 입술을 떼고 나자 스보보다의 얼굴은 대책이 없을 정도로 혼란스러워 보였다.

"자, 흥분해서 난리를 피우려면 이 정도는 돼야지." 내가 말했다.

나는 CD2-5186이라는 표시가 붙은 문 옆 회색 통로에서 멍하니 기다렸다. 콘래드 다운 2는 크게 다른 것이 없었지만 일반적인 콘래드 다운의 다른 곳들보다 조금 더 세련되어 보였다. 육체 노동자들의 공간은 분명하지만 더 낮은 층에서 풍기는 절망의 분위기가 없었다.

손을 몇 번 쥐었다 폈다. 붕대는 풀었지만 양손에는 벌건 물집이 잔뜩 잡혀 있었다. 나병 환자처럼 보였다. 아니면 나병 환자들만 상대로 수음을 해주고 돈을 버는 창녀 같았다.

아빠가 기즈모의 안내를 받으며 모퉁이를 돌아왔다. 그러다가 내가 있는 걸 알아차렸다. "아. 여기 있었구나."

"만나러 와주셔서 고마워요, 아빠."

아빠는 내 오른손을 잡고 살펴보았다. 상처를 보더니 얼굴을 찡그렸다. "기분은 어떠냐? 아프진 않아? 아프면 루셀 박사한테 가봐야 해."

"괜찮아요. 보이는 것보다 기분은 괜찮아요." 이번에도 아빠에게 거짓말하고 있었다.

"그래, 오라고 해서 왔다." 아빠는 문을 가리켰다. "CD2-5186. 뭐냐?"

출입문 잠금장치에 내 기즈모를 대고 흔들어서 문을 열었다. "들어오세요."

거의 텅 빈 넓은 작업장의 벽은 아무것도 없어 휑했다. 둘이 걸어 들어가자 발소리가 울렸다. 가운데 놓인 작업대 위를 산업용 장비들이 뒤덮고 있었다. 멀리 안쪽에는 벽을 따라 가스통들이 설치되어 있고 통에서 뻗어 나온 파이프들이 작업장 전체로 뻗어 있었다. 구석에는 표준형 공기 대피소가 세워져 있었다.

"141제곱미터예요." 내가 말했다. "전에는 빵집이었어요. 완벽한 방화 공간이고 시 당국에 고온 작업 사용 허가도 받았어요. 독자적인 공기 정화 시스템을 갖추었고 네 명이 들어갈 수 있는 공기 대피소도 있어요."

나는 탱크들 쪽으로 걸어갔다. "이것들은 막 설치했어요. 중앙의 아세틸렌, 산소, 네온 가스는 작업장 어디서든 사용이 가능해요. 물론 가득 차 있어요."

작업대를 가리켰다. "토치 분사구 다섯 개에 가스 공급선 20미터, 점화기도 네 개 있어요. 그리고 보호 장비 다섯 세트에 마스크 다섯 개, 필터 내장 마스크 세트가 세 개예요."

"재스민, 나는…." 아빠가 말했다.

"작업대 밑에는 알루미늄 용접봉 23개, 강철 용접봉 5개, 구리 용접봉 1개가 있어요. 아빠가 예전에 왜 구리 용접봉을 갖고 있었는지 모르지만 한 개 있었으니까 그렇게 맞췄어요. 일 년치 임대료는 미리 냈고 잠금장치에 아빠 기즈모 정보도 미리 넣어두었어요."

나는 어깨를 으쓱해 보인 다음 팔을 내렸다. "맞아요. 그날 내가 망가뜨렸던 것들이에요."

"부순 사람은 네 멍청한 남자친구였지."

"제 책임이에요."

"그래, 네 책임이지." 아빠는 손으로 작업대를 쓰다듬었다. "이거 엄청나게 비싸겠구나."

"416,922흉죠."

아빠는 얼굴을 찌푸렸다. "재스민… 이걸 산 돈은…."

"아빠… 제발요, 그냥…." 나는 바닥에 털썩 주저앉았다. "이 돈을 번 방법이 아빠 마음에 안 든다는 건 알아요. 하지만…."

아빠는 뒷짐을 졌다. "아버지, 그러니까 네 할아버지는 심한 우울증을 앓으셨다. 내가 여덟 살 때 자살하셨지."

나는 고개를 끄덕였다. 우리 가족의 어두운 과거였다. 아빠는 그 얘기를 꺼내는 법이 없었다.

"할아버지가 살아 계실 때, 그분은 진짜 '살아 있는 게' 아니었어. 나는 아버지 없이 자랐단다. 아버지와 산다는 게 뭔지도 몰랐지. 그래서 난 최선을 다했고…."

"아빠는 나쁜 아버지가 아니었어요. 그저 내가 형편없는 딸이라서…."

"하던 말을 마저 하마." 아빠는 무릎을 꿇고 가지런히 앉았다. 아빠는 그런 자세로 60년 동안 하루에 다섯 번씩 기도를 해왔다. 그런 자세로 편안하게 앉는 법을 알았다. "너도 알겠지만 나는 임기응변으로 대처해왔어. 아버지로서 말이야. 보고 배워서 할 수가 없었으니까. 면밀한 계획도 없었어. 그리고 우리 둘에게 힘든 삶을 선택했지. 개척지 도시에서 이민자로서의 삶을."

"불만은 없어요." 내가 말했다. "지구에서 부자로 사느니 아르테미스에서 가난하지만 열심히 일하는 편이 나아요. 이곳은 내 고향이고…."

아빠가 손을 들어 올려 내 말을 막았다. "나는 네가 세상에 맞설 준비를 할 수 있게 해주고 싶었다. 널 관대하게 대하지 않은 이유는 세상이 분명 관대하지 않을 것이기 때문이었어. 난 네가 준비되어 있기를 바랐어. 물론 가끔은 너랑 싸우기도 했지. 안 싸우는 부모 자식이 어디 있겠니. 그리고 네 삶의 어떤 면은 좀 달랐으면 하는 구석도 분명히 있었다. 하지만 전체적으로 봐서 너는 강하고 독립적인 어른이 됐고, 아빠는 네가 자랑스러워. 그리고 더 나아가서 널 키운 나 자신이 자랑스럽다."

내 입술이 살짝 떨렸다.

"나는 무함마드의 가르침에 따라 평생을 살았어. 모든 결정을 정직하고 진실하게 내리려고 애썼지. 하지만 다른 모든 사람들처럼 내게도 흠이 있어. 죄도 짓고. 내게 작은 오점이 생기는 대가로 네가 마음의 평화를 얻는다면 그렇게 해야지. 그저 알라께서 용서해 주실 정도로 내가 충분히 선행을 쌓았기를 바라는 수밖에."

아빠는 내 양손을 잡았다. "재스민. 네 배상을 받아들이마. 돈을 번 방법이 정직하지 못하다고 해도 말이야. 그리고 널 용서하마."

아빠와 나는 힘찬 악수를 한 다음 그것으로 하루를 마감했다.

사실 그게 끝은 아니었다. 나는 아빠 품속으로 무너져 내려 아이처럼 울었다. 그 일에 대해서는 말하고 싶지 않다.

책임을 져야 할 시간이었다. 나는 응구기의 사무실 밖에서 기다렸다. 앞으로 몇 분간이 내가 이곳에 머물지 떠나야 할지 결정을 지어줄 터였다.

레네 란비크가 목발을 짚고 절뚝거리며 나왔다. "오! 안녕, 재즈. 며칠 전에 계좌로 돈 보냈어."

"확인했어. 고마워."

"오늘 아침에 오 팔라시오가 샌체즈 알루미늄을 내게 팔았어. 문서 작업을 하는 데 몇 주 걸리겠지만 가격은 확정했고 잘 진행되고 있어. 로레타가 이미 새로 만들 용광로를 설계하고 있어. 몇 가지 개선점을 생각하고 있더라고. 새 용광로는 규소 추출을 우선적으로 하면서…."

"로레타 샌체즈를 해고하지 않을 거야?"

"아, 응."

"정신 나갔어?"

"난 방금 제련도 못 하는 제련회사에 50만 흥를 지불했어. 누군가 재건할 사람이 있어야지. 그 일에 샌체즈만 한 적임자가 어디 있겠어?"

"하지만 그 사람은 우리 적이야!"

"누구든 돈을 벌어다 줄 수 있는 사람은 친구지." 레네가 말했다. "아빠한테서 배운 거야. 그리고 그 여성이 언니 목숨을 구해준 게 겨우 나흘 전이야. 어쩌면 이제 서로 비긴 거 아냐?"

나는 팔짱을 꼈다. "나중에 뒤통수 맞을 거야, 레네. 믿을 수 없는 여성이라고."

"아, 그 여자 안 믿어. 그냥 필요할 뿐이야. 완전히 다른 거지." 레네는 문을 향해 고개를 돌렸다. "웅구기가 그러는데 KSC는 산소 생산을 되살리는 데 열성적이래. 시 당국은 안전 규제를 지나치게 엄격하게 적용하지는 않을 거야. 참 이상하지? 오히려 더 깐깐해져야 하는 거 아니야?"

"샌체즈가 책임자라니…." 나는 한숨을 내쉬었다. "계획을 세웠을 때 내가 생각했던 건 이런 게 아니었는데."

"글쎄, 그렇다고 도시 전체를 기절시킬 생각도 아니었잖아. 계획은 변하는 거야." 레네는 시계를 들여다보았다. "나 영상회의를 해야 해. 들어가서 좋은 결과 있길 바랄게. 내가 도울 일이 있으면 연락하고."

레네는 절뚝거리며 사라졌다. 잠시 그녀가 멀어지는 모습을 지켜보았다. 전보다 키가 더 큰 것 같았다. 아마 조명으로 착시가 일어난 거지.

깊게 한숨을 내쉬고 웅구기의 사무실로 걸어 들어갔다.

웅구기는 책상 앞에 앉아 있었다. 안경 너머로 나를 노려보고 있었다. "앉아."

나는 문을 닫고 웅구기의 맞은편 의자에 앉았다.

"내가 어떻게 할지 짐작할 거라고 생각한다, 재스민. 이건 내게도 쉽지 않은 일이야." 웅구기는 책상 위로 종이 한 장을 내밀었다. 무슨 서류인지 알 수 있었다. 루디의 사무실에서 전에 몇 번 본 적이 있었다. 공식 추방 명령서였다.

"네, 어떻게 하실지 알아요. 행정관님이 제게 고마워해야죠."

"농담이겠지."

"고맙구나, 재즈." 내가 말했다. "오 팔라시오가 이곳을 장악하지 못하게 해줘서 고마워. 엄청난 경제적 도약에 걸림돌이 되고 있는, 시대에 뒤처진 계약을 없애줘서 고맙다. 아르테미스를 구하기 위해서 네 자신을 희생해 줘서 고맙고. 여기 감사패를 받으렴."

"재스민, 넌 사우디아라비아로 돌아가야 해." 웅구기는 추방 명령서를 두드렸다. "기소는 하지 않을 거고, 네가 지구 중력에 적응할 때까지 생활비를 지급해 주마. 하지만 그게 내가 할 수 있는 최선이야."

"내가 그렇게 도왔는데요? 필요 없어진 쓰레기라도 되는 것처럼 날 쫓아낸다고요?"

"내가 원해서 이러는 게 아니야, 재스민. 어쩔 수 없는 일이지. 우리가 법에 따라 살아가는 사회라는 걸 보여줄 필요가 있어. ZAFO 산업이 들어올 거라서 그런 모습을 보여주는 게 그 어느 때보다 더 중요해졌어. 만일 가해자가 정의로운 심판을 받지 않아 투자금만 날릴 수 있다는 생각이 든다면 사람들은 이곳에 아예 투자하지 않을 거야."

"사람들은 달리 선택할 수가 없어요." 내가 말했다. "여기가 달 위의 유일한 도시잖아요."

"우리를 대체하는 것이 불가능하지는 않아. 우린 그저 편리한 대상일 뿐이야. 만일 ZAFO 관련 회사들이 우리를 신뢰할 수 없다고 생각한다면, 자체적으로 자신들만의 달 도시를 만들 거야. 자기 사업을 보호할 수 있는 도시. 네가 해준 일은 고맙지만 우리 시의 이익을 위해서 널 희생할 수밖에 없구나."

나는 준비해온 문서를 꺼내 웅구기에게 내밀었다.

"이건 뭐지?" 웅구기가 물었다.

"진술서예요. 행정관님과 란비크 부녀, 그 외에 누구도 언급하지 않았다는 점을 알아주세요. 저의 단독 행위인 거죠. 아래에 서명도 했어요."

웅구기는 어리둥절해하는 표정이었다. "널 추방하는 일에 도움을 주는 거니?"

"아뇨. 행정관님한테 '재즈 추방 무료 쿠폰'을 드리는 거예요. 어디 서랍에다 보관해 두었다가 비상시에 사용하세요."

"하지만 난 지금 당장 널 추방할 건데."

"아뇨, 그럴 수 없어요." 나는 의자에 등을 기대고 다리를 꼬았다.

"왜지?"

"전부 잊은 것 같은데 저는 밀수업자예요. 파괴 공작원도, 액션 영웅도, 도시 계획가도 아니란 말이죠. 밀수꾼이라고요. 열심히 노력해서 사업이 돌아가게 해두었고 순조롭게 일하고 있었어요. 처음에는 경쟁도 있었죠. 하지만 지금은 아니에요. 더 낮은 가격, 더 좋은 서비스, 그리고 약속을 지킨다는 평판으로 경쟁자들을 시장에서 몰아냈어요."

응구기는 눈을 가늘게 떴다. "무슨 생각으로 이런 말을 하는지 도무지 알 수가 없구나."

"아르테미스에서 총을 본 적 있어요? 행정관님이 책상에 숨겨둔 것 말고요."

행정관은 고개를 흔들었다. "없지."

"중독성 마약은요? 헤로인? 아편? 그런 거는요?"

"어떤 식으로든 없었지. 가끔 관광객이 개인적으로 숨겨 들여온 걸 루디가 잡아내기는 했지만 아주 드물었고."

"왜 그런 것들이 이곳에 들어오지 않았는지 이상하게 생각해 본 적 없어요?" 나는 내 가슴을 가리켰다. "제가 허락하지 않았기 때문이에요. 마약하고 총은 안 돼요. 그리고 또 저는 다른 많은 규칙을 갖고 있어요. 인화성 물질은 최소한으로 한다. 살아 있는 식물은 안 된다. 뭔가 정체를 알 수 없는 곰팡이의 침입이야말로 우리가 절대로 원하지 않는 거니까요."

"그래, 넌 아주 도덕적이야, 하지만…"

"제가 없어지면 어떻게 될까요?" 내가 물었다. "밀수가 그냥 멈출 거라고 생각하세요? 아니죠. 잠깐 동안 권력의 진공 상태가 있겠지만 곧 다른 누군가가 제 자리를 차지하겠죠. 누가 될지는 알 수 없어요. 그런데 그 사람들이 저처럼 시민답게 생각할까요? 아마 그렇지 않을걸요."

행정관은 눈썹을 추켜세웠다.

나는 밀어붙였다. "이 도시는 이제 곧 ZAFO로 호황을 맞을 거예요. 일자리가 넘쳐나고 건설 공사가 늘고 노동자들이 밀려오겠죠. 도시의 모든 사업마다 새로운 고객들이 생길 거예요. 수요에 대응하기 위해서 새로운 회사들이 계속 문을 열겠죠. 인구는 급증할 테고요. 이미 예측치를 갖고 있죠?"

행정관은 잠시 나를 바라보았다. "일 년 안에 인구가 만 명까지 늘어날 거야."

"그것 봐요. 인구가 늘어난다는 건 밀수품에 대한 수요도 늘어난다는 뜻이에요. 수천 명의 사람들이 마약을 원할지도 몰라요. 어마어마한 양의 돈이 빠르게 돌고 범죄도 늘어나겠죠. 그런 범죄자들은 총을 원할 거예요. 어떤 식이든 총기를 들여오려고 할 테고 암시장이 생길 거예요. 아르테미스가 어떤 모습의 도시가 되었으면 좋겠어요?"

행정관은 손으로 턱을 괴었다. "그건… 아주 훌륭한 지적이로구나."

"맞아요. 행정관님은 제 진술서를 갖고 있어요. 그걸 맡겼으니 저는 선을 벗어난 행동을 할 수가 없어요. 균형과 견제 뭐 그런 거죠."

응구기는 불편한 정도로 오랫동안 내가 한 말에 대해 생각했다. 내 눈에서 눈길을 떼지 않은 채 그녀는 추방명령서를 책상에서 치우더니 서랍에 넣었다. 나는 안도의 한숨을 내쉬었다.

"그래도 처벌 문제는 여전히 남는데…." 응구기는 구식 컴퓨터 키보드로 몸을 숙이더니 타이핑을 시작했다. 그녀는 손가락으로 화면을 짚었다. "이걸 보니 네 계좌 잔액이 585,966ğ로군."

"네… 왜요?"

"레네가 네게 100만 ğ를 지불했다고 생각했는데."

"그걸 어떻게…. 됐어요. 최근에 빚을 갚았어요. 그게 무슨 관련이 있죠?"

"일부 배상이 있어야 한다고 생각해. 말하자면 벌금이랄까."

"뭐라고요?" 나는 몸을 꼿꼿이 세웠다. "아르테미스에는 벌금이 없잖아요!"

"시 예산에 대한 자발적 기부라고 해두지."

"자발적인 부분은 하나도 없는데요!"

"당연히 자발적이지." 웅구기는 의자에 몸을 뒤로 기대앉았다. "넌 돈을 한 푼도 내놓지 않은 채 추방당할 수도 있어."

젠장. 그래도 이건 나의 승리다. 돈이야 언제든지 벌 수 있지만 추방은 되돌릴 방법이 없다. 게다가 웅구기의 말도 일리가 있다. 만일 날 처벌하지 않으면 어떤 놈이든 내가 한 짓을 똑같이 저지르고 처벌 없이 빠져나가길 기대할 것이다. 가벼운 처벌은 감수해야 했다. "좋아요. 얼마나요?"

"550,000ǧ면 될 거야."

숨이 막혔다. "지금 저랑 장난하는 거예요?"

웅구기는 능글맞게 웃었다. "네가 말한 대로야. 난 네가 밀수업을 조절해 줬으면 해. 하지만 네가 돈을 잔뜩 가지고 있으면 은퇴할 수도 있잖아. 그럼 내가 어떻게 되겠니? 널 배고프게 두는 게 최선이라고."

논리적으로 결국 최후에는 내가 이득이었다. 양심의 가책을 덜 수도 있었다. 하지만 내 계좌의 잔액이 여섯 자리에서 다섯 자리로 떨어진다는 생각을 하니 정말 가슴이 아팠다.

"아!" 웅구기는 뭔가 생각났는지 웃었다. "그리고 아르테미스의 비공식 무보수 수입 규제관으로 자원해 줘서 고마워. 시내에 위험한 밀수품이 있다면 어떻게 이곳에 들어온 건지에 상관없이 당연히 네게 책임을 지울 거야. 그러니까 혹시 다른 밀수꾼이 나타나서 총이나 마약을 들여오면 넌 나랑 이야기 좀 해야 할 거야."

나는 멍하니 웅구기를 바라보았다. 그녀도 나를 마주 보았다.

"돈은 오늘 안에 이체시켰으면 좋겠구나." 웅구기가 말했다.

내 허세는 완전히 사라졌다. 의자에서 일어나 문으로 향했다. 문고리를 잡는 순간 나는 멈춰 섰다.

"결국에는 어떻게 되는 거죠?" 내가 물었다. "일단 ZAFO 관련 회사들이 생겨나면 그때는 어떻게 되는 거예요?"

"다음번으로 큰 단계는 세금이지."

"세금이요?" 나는 콧방귀를 뀌었다. "사람들이 여기로 오는 이유는 세금을 내고 싶지 않아서예요."

"사람들은 이미 세금을 내고 있어. KSC에 임대료 형식으로. 우리는 재산권과 세금을 하나로 엮는 형태로 바꿔나가야 해. 그러면 도시의 부가 직접적으로 경제와 연계되는 거지. 하지만 당분간은 기다려야 할 거야."

웅구기는 안경을 벗었다. "라이프사이클의 일부란다. 처음에는 무법 상태의 자본주의를 이루다가 성장이 정체되는 거야. 그다음에 규제와 법 집행, 세금이 따르는 거지. 그 뒤에 공익과 복지를 이루게 되겠지. 그러다 결국에는 초과 지출을 하다 붕괴하는 거지."

"잠깐만요. 붕괴해요?"

"그래, 붕괴. 경제는 살아 있는 생물이야. 태어날 때는 활력이 넘치다가 곧 경직되고 지쳐서 죽게 되지. 그런 다음에는 필요에 따라 사람들은 더 작은 경제 집단으로 나뉘고 새 사이클이 시작되지. 좀 더 검소하겠지만 말이야. 아기 경제라고 할 수 있지. 바로 현재의 아르테미스처럼."

"아, 네. 아기를 만들고 싶으면 누군가 씨받이 노릇을 해야죠."

웅구기는 웃었다. "너랑 나는 서로 잘해나갈 거야, 재스민."

더는 아무 말도 하지 않고 그곳을 떠났다. 경제학자의 머릿속에서 조금도 더 시간을 보내고 싶지 않았다. 그곳은 어둡고 불안했다.

맥주가 필요했다.

나는 아르테미스에서 인기 절정에 오르긴 틀렸다. 통로에서 기분 나쁘게 나를 째려보는 사람도 있었다. 하지만 나를 지지하는 사람들 몇몇은 내게 엄지손가락을 들어보이기도 했다. 시간이 어서 지나 흥분이 사라졌으면 하고 바랐다. 유명해지는 건 바라지 않았다. 사람들이 날 전혀 알아보지 못했으면 했다.

어떤 대접을 받을지 확실히 알지 못한 채 하트넬스에 들어섰다. 단골들이 각자의 자리에 앉아 있었다. 데일도 와 있었다.

"이봐, 재즈가 왔어!" 빌리가 소리를 질렀다.

갑자기 모두가 '정신을 잃었다.' 단골손님들은 제각각 다른 사람들보다 더 우스꽝스러운 모습으로 정신 잃은 모습을 보이려고 애썼다. 어떤 사람은 혀를 늘어뜨렸고, 어떤 사람은 코미디언처럼 휘파람 소리를 뿜으며 코를 골았고, 몇몇은 사지를 벌린 채 바닥에 드러누웠다.

"하하하. 재밌기도 해라." 내가 말했다.

내가 반응을 보이자 장난은 끝났다. 사람들은 평상시 조용히 술잔을 기울이던 모습으로 돌아갔고, 몇몇은 킥킥대며 웃음을 억눌렀다.

"어서 와." 데일이 말했다. "네가 날 용서했으니까 아무 때나 와서 너랑 어울려도 괜찮겠지."

"널 용서한 이유는 단지 내가 죽을 거라고 생각했기 때문이었어. 하지만 그래. 취소할 수는 없으니까."

빌리는 신선하고 아주 차가운 맥주를 내 앞에 놓았다. "손님들이 투표를 해서 이번 잔은 네가 내는 것으로 결정을 내렸어. 알다시피 모두를 죽일 뻔한 일에 대한 보상이야."

"아, 그래?" 바를 훑어보았다. "어쩔 수 없겠군. 전부 나한테 달아놓으라고."

빌리는 자신에게도 술을 반쯤 따르더니 잔을 높이 들었다. "도시를 구한 재즈를 위하여!"

"재즈를 위하여!" 손님들이 소리치며 술잔을 높이 들었다. 내가 맥주를 사기는 했지만 그들은 기꺼이 날 위해 건배했다. 이게 시작인 것 같았다.

"손은 어때?" 데일이 물었다.

"데었고 물집이 잡혔고 끝내주게 아파." 나는 맥주를 한 모금 마셨다. "그건 그렇고 목숨을 구해줘서 고마워."

"별말씀을. 어쩌면 샌체즈에게도 고마워해야 할 거야."

"에이."

데일은 어깨를 으쓱하고 또 한 모금을 마셨다. "타일러가 널 정말 걱정했어."

"흐음."

"언제 널 보고 싶대. 우리 셋이서 점심이라도 먹을까? 물론 내가 살게."

속에서 북받치는 기분 나쁜 말을 꾹 참았다. 괴상한 만남이 될 것이다. 그런데도 나는 이렇게 말했다. "그래, 좋지."

데일은 그런 대답을 기대하지 않았던 게 분명했다. "진짜? 왜냐하면…. 잠깐, 진짜야?"

"그래." 나는 데일을 보며 고개를 끄덕였다. "그래. 그래도 되지, 뭐."

"와. 끄, 끝내주네! 그 스보보다라는 친구도 데려올 거야?"

"스보보다를? 걔를 왜 데려와?"

"너희 둘이 사귀잖아? 그 친구는 확실히 너한테 빠져 있고, 너도 아마 약간은…"

"아니야! 그러니까… 그런 게 아니라고."

"아. 그럼 둘이 그냥 친구야?"

"그러니까…."

데일이 능글맞게 웃었다. "알았어."

우리는 잠시 조용히 술만 마셨다. 그러다 데일이 말했다. "너 분명히 그 친구랑 잘 거야."

"아, 닥쳐!"

"한 달 안에 너희 두 사람이 화끈하게 잔다는 데 1,000흥를 걸지."

나는 그를 째려보았다. 데일도 나를 째려보았다.

"걸 거야?" 데일이 물었다.

나는 술잔을 비웠다. "내기는 무슨."

"이런!"

켈빈에게,

답장이 늦어서 미안해. 클로로폼 유출 사고에 관해서는 뉴스에서 전부 읽었겠지. 이 동네 사람들은 '낮잠'이라고 불러. 사망자나 심각하게 다친 사람은 없지만 내가 괜찮다는 확인용으로 메일 보낸다.

난 우주복 없이 달 표면에서 3분 동안 지글지글 끓었어. 정말 징글징글했어(일부러 지글지글과 징글징글의 운을 맞춘 건 아니야). 게다가 모두가 낮잠이 내 책임이라는 걸 알아.

그래서 또 다른 문제가 생긴 거야. 난 파산했어. 또다시. 긴 이야기를 짧게 하자면 시에서 내 돈 대부분을 빼앗아 갔어. 무분별했던 내 행동에 대한 대가였지. 유감스럽게도 이번 달 네 몫의 수익을 보내지 못했고 그래서 빚을 져야겠어. 돈이 되는 대로 갚을게. 약속해.

네가 발품을 팔아야 할 일이 있어. '진 추'라는 남성이(가명일 수도 있어) 지금 지구로 돌아가는 중이야. 홍콩에서 왔다고 했는데 아마 진짜일 거야. 중국의 소재 관련 연구 기업에서 일해. 어느 회사인지는 모르겠어.

못되게 군 벌로 아르테미스에서 집으로 쫓겨가는 거야. 며칠 전에 우주선에 태웠으니까 분명히 고든 호에 타고 있을 거야. 그 말은 곧, 그 친구가 KSC에 도착할 때까지 나흘이 남았다는 뜻이지. 탐정이든 뭐든 고용해서 그자가 어디서 일하는지 알아내. 우린 그 회사 이름을 알아내야 해.

오랜 친구 켈빈, 왜냐하면 이건 평생에 단 한 번의 기회야. 그 회사는 수십억을 벌게 될 거야. 나는 최대한 그 회사에 투자를 할 거야. 너도 그랬으면 해. 이야기가 길어. 나중에 자세한 이야기를 이메일로 보낼게.

그와 별개로 우린 다시 예전처럼 사업을 할 거야. 계속 물건을 보내. 곧 밀반입 양이 늘어날 테니까. 아르테미스 인구가 폭발적으로 늘어날 거야. 손님들이 더 몰려오고 있다고!

우린 부자가 될 거야, 친구. 어마어마한 부자.

그리고 있잖아, 우리가 부자가 되면 넌 여기 꼭 와봐야 해. 최근 친구의 가치에 대해서 배웠거든. 그리고 넌 내가 지금까지 사귄 최고의 친구들 중 한 명이야. 직접 널 만나보고 싶어. 그렇지 않더라도 아르테미스에 와보고 싶지 않은 사람이 어디 있겠어?

작지만 세상에서 가장 끝내주는 도시잖아.

⋮ 감사의 말 ⋮

여러 사람들에게 감사를 전하고 싶다.

에이전트 데이비드 퓨게이트가 없었다면 지금도 밤이나 주말에 소설을 블로그에 올리고 있었을 것이다.

편집자인 줄리언 파비아는 정확히 필요한 순간에 날 짜증나게 하곤 했다.

크라운과 랜덤하우스의 영업 조직 전체의 노고와 지지에 감사드린다. 그렇게 많은 똑똑한 사람들이 내 작품을 믿고 세상에 내보낼 수 있도록 해준 데 대해서 고마워하고 있다는 사실을 알아주기 바란다.

오랫동안 홍보 담당으로 일을 해온 새라 브라이보글에게는 특별히 큰 감사를 전하고 싶다. 지난 몇 년 동안 그녀의 노력이 내가 온전한 정신을 유지하는 데 도움이 되었다.

이 책을 쓰는 동안 다양한 분야에 종사하는 현명한 사람들의 의견을 들었다. 특히 여성을 화자로 소설을 쓰는 것은 내게 새로운 도전이었다. 그 과정을 함께 하고 기꺼이 도움을 준 몰리 스턴(발행인), 앤절린 로드리게스(편집), 길리엄 그린(영국 편집자), 애슐리(내 여자친구), 마흐바쉬 시디키(친구이자 이슬람 문화에 대한 묘사를 확인하는 데 도움을 주었다) 그리고 재닛 튀어(어머니)에게 감사드린다.

옮긴이 **남명성**

한양대학교를 졸업하고 방송국 PD와 인터넷 기획자로 일했으며, 현재 전문번역가로 활동하고 있다. 옮긴 책으로는 《나이트 이터널》, 《드라이 : 죽음을 질투한 사람들》, 《우리들의 반역자》, 《거인들의 몰락》, 《세계의 겨울》, 《영원의 끝》, 《본 슈프리머시》, 《문신 속 여인과 사랑에 빠진 남자》, 《높은 성의 사내》, 《스노크래시》, 《남겨진 자들》, 《셜록 홈즈 : 주홍색 연구》, 《셜록홈즈 : 바스커빌 가문의 개》 등이 있다.

아르테미스

1판 1쇄 발행 2017년 11월 30일
2판 1쇄 발행 2021년 5월 4일
2판 6쇄 발행 2024년 9월 24일

지은이 앤디 위어
옮긴이 남명성

발행인 양원석 **편집장** 김건희
디자인 석윤이 **영업마케팅** 양정길, 정다은, 윤송, 김지현, 한혜원

펴낸 곳 ㈜알에이치코리아
주소 서울시 금천구 가산디지털2로 53, 20층 (가산동, 한라시그마밸리)
편집문의 02-6443-8902 **도서문의** 02-6443-8800
홈페이지 http://rhk.co.kr
등록 2004년 1월 15일 제2-3726호

ISBN 978-89-255-8871-1 (03840)